Zila

Os

La forma de la oscuridad

Mirko Zilahy

La forma de la oscuridad

Un caso del comisario Mancini

Traducción del italiano de Carlos Gumpert

NEGRA
ALFAGUARA

Papel certificado por el Forest Stewardship Council®

Título original: *La forma del buio*
Primera edición en castellano: abril de 2018

© 2016, Mirko Zilahy
Acuerdo de licencia realizado a través de Laura Ceccacci Agency
© 2018, Penguin Random House Grupo Editorial, S. A. U.
Travessera de Gràcia, 47-49. 08021 Barcelona
© 2018, Carlos Gumpert, por la traducción

© Diseño: Penguin Random House Grupo Editorial, inspirado en un diseño original de Enric Satué

Printed in Spain – Impreso en España

ISBN: 978-84-204-3273-1
Depósito legal: B-2985-2018

Compuesto en MT Color & Diseño, S. L.
Impreso en Unigraf, Móstoles (Madrid)

AL32731

Penguin
Random House
Grupo Editorial

A Isabella y a Chiara, hermanas de madriguera.

La imaginación no es un estado: es la existencia humana en sí misma.

WILLIAM BLAKE

La imaginación es la única arma en la guerra contra la realidad.

LEWIS CARROLL

Nuestra mente consciente recrea de forma continua la ilusión de un mundo exterior [...], «real».

CARL GUSTAV JUNG

Es la noche el tiempo de las metamorfosis.

GIORGIO MANGANELLI

En el centro de la verja oxidada, un corazón gira sobre el eje de metal. El gemido se expande por el aire, cruza el césped, acaricia los bancos y se pierde entre el follaje de alerces y cipreses. A escasas decenas de metros, el blanco de la galería Borghese refulge a la luz de las farolas. Suspendida en la frente de la noche, una luna de marfil empapa la grava que inunda el tono esmeralda del césped.

Movido por el viento, el chirrido vuelve a sonar, se desliza entre las hendiduras, penetra en el espacio silencioso del museo. Alcanza la última sala, acaricia las telas y se encaja en la cabeza del hombre de rodillas, mientras sus labios se abren compulsivamente para liberar un grito.

Pero es incapaz.

Solo consigue llorar lágrimas que queman. Bruno mira a su alrededor, agotado por el terror. Dentro de las paredes del cráneo retumban los tambores. Los ojos se le ahogan en esa sal líquida, deforman la realidad, distorsionan la sala y todo lo que contiene en una vorágine de perfiles absurdos. Le tiemblan las manos, y el estruendo estalla en el cerebro ahogando el grito antes de que explote en la solemne quietud del museo.

Antes de que se tope con el último silbido del corazón giratorio.

Primera parte

EL CAZADOR

1.

Umbría, tres años antes

Aquel día, la campana tañía solemne mientras los rayos de un tímido sol brillaban en los reflejos escarlata del rosetón. La lluvia había dejado de caer hacía un momento y la madera descolorida del banco se encontraba completamente mojada. Del parterre de rosas blancas ascendía el olor a hierba. Un reguero de agua rozó la acera arrancando una hoja de castaño de Indias del borde en el que estaba acuclillada. La barquita amarillenta se balanceó en las aguas sucias, se dobló hacia un lado, después hacia el otro, para al fin ganar estabilidad, dispuesta a desafiar el oleaje unos metros más allá.

Dos ojos azules, bajo los hilos de oro del flequillo, acompañaron el balanceo de la hoja hasta un cúmulo de piedrecitas, donde encalló. Entonces la mirada de acero se volvió hacia la silueta del viejo situado de pie bajo la marquesina.

—¿Cuándo saldré? —silabeó lento el chico.

—No lo sé.

—¿Es por lo que hice?

El hombre soltó un suspiro profundo y no contestó.

—¿Así que no puedo salir por lo que hice?

El viejo asintió y el chico estiró los labios hasta que formaron una línea. Se quedó mirando otra vez la hoja que daba vueltas sobre sí misma, después levantó los ojos hacia lo alto, por donde pasaban pequeñas nubes algodonosas. Las siguió durante un instante, observando cómo se deshacían y se perdían en la lejanía.

Seguía repitiéndoselo, no había sido culpa suya que aquel hombre se hallara en su celda cuando él había *cambiado*. Pero todo era inútil: estaba definitivamente condenado, permanecería para siempre entre esas paredes, saliendo de vez en cuando al jardín para acrecentar la rabia y el deseo de libertad.

—No me parece justo —repitió, frustrado.

—Es la norma —le cortó el religioso, mientras una gruesa gota resbalaba por la corteza del sauce.

—No me parece justo, padre.

El hombre se esforzó para que su voz sonara firme:

—Cuando haces esas cosas horribles, tú... Tú no eres tú.

—Yo...

—Lo siento, pero esta es tu casa —lo interrumpió el padre superior—. Hoy y para siempre.

Aquel día, un viernes por la tarde de principios de otoño, la percusión del badajo resonó en la pesada silueta de la campana, mientras los tañidos a difuntos esparcían su funesta voz. Entre las paredes del convento había muerto un hombre. Un hermano que, en ese instante, cruzaba la nave central de la iglesia después de haber devuelto su alma a Dios. En el ataúd que avanzaba hacia el altar, el primero que había sido sellado en aquellos lugares santos, yacían los pobres restos de un ser humano. Las caras pálidas de los monjes seguían el féretro con lo que quedaba de sus restos mortales. Había quien pensaba en aquella alma arrebatada por la violencia. Otros revivían sus últimos instantes, los barrotes de la celda cerrados por dentro y el fraile solo, allí dentro, con aquella fiera. Ellos, fuera, petrificados por el miedo, mirando cómo lo hacía pedazos. Solo el sonido de la piel desgarrada, el hedor de los tejidos blandos, la repentina aparición de los intestinos arrancados, los ojos en blanco de la fiera. Y la rabia que se atenuaba. Poseído, había dicho otro.

El joven devolvió la mirada al borde del sendero: la hoja se había soltado y había reemprendido la marcha, atraída por el remolino en la embocadura de la acera. Engullida, acabaría cayendo hasta el sumidero. Se la imaginaba, testaruda como un náufrago en la balsa, la proa con el rabillo enhiesto, surcando las minúsculas tormentas subterráneas. La vio, sacudida por los encrespamientos del torrente hasta la inmensidad del mar.

No, él no veía nunca el mar, pensó observando la muralla de piedra descolorida. Estaba cubierta de abanicos de hiedra que llegaban hasta la crestería recortada. En el fondo, su mundo se concentraba del todo allí. Era su casa, lo protegía de lo que había fuera, como decía el padre superior, y, tal vez, también de lo que escondía dentro. Al crecer, su habitación no se había transformado en una galaxia de libros, juegos y sueños, sino en un mundo cuyas fronteras solo eran paredes que había que romper. Hasta que la vio tal como era de verdad: una celda. Y si una persona te mantiene encerrado en una celda, no es un padre afectuoso, es tu carcelero.

La infancia había quedado atrás y él, por fin, estaba listo para salir. ¿Qué le esperaba allá fuera? Nunca se había atrevido a escrutar detrás de esos muros. Ni una sola vez. Es peligroso, le repetían. Y él siempre había obedecido. El mundo exterior parecía lleno de cosas horrendas. Dolor, enfermedad, pecado.

Y además estaban los monstruos. El eje de todos los miedos. El epicentro de la noche, la raíz del caos. La oscuridad sin forma.

Su momento, sin embargo, estaba cerca, esos altos bloques de piedra no constituirían problema alguno. Nadie seguiría teniéndolo prisionero.

Aquel día, los hermanos acariciaban la superficie tosca del ataúd, con los ojos rebosantes de temor y de piedad. Pero ni uno solo de los veinte rostros compungidos podía imaginar en su último saludo que aquellas no serían las últimas lágrimas vertidas por su causa.

Porque la caza no había hecho más que empezar.

Y el cazador había afilado las armas.

2.

Se introdujo en el hayedo, entre el acebo y el arce blanco, con el ruido de sus pasos sobre las hojas mojadas y un intenso olor a musgo. El esfuerzo lo obligaba a respirar con la boca abierta, y sin embargo notaba el aroma de la madera empapada, percibía el goteo de las hojas, el crujido del viento entre las ramas mezclándose con el zumbido de los tábanos. Tenues hilos de luz penetraban desde lo alto, picoteando los troncos nudosos. En algún sitio cayó una piña y algo se movió entre los matorrales. Sabía que su olor permanecería durante horas en su recorrido, poniendo en guardia a la fauna del bosque.

Allí, entre cazadores y presas, el extraño era él.

Era febrero y el cielo parecía una bóveda de nubes azuladas. Bajo y repentinamente amenazador, anunciaba el chaparrón inminente con un rugido que daba la impresión de provenir del estómago del bosque. En lo alto revoloteaba un halcón, listo para castigar una equivocación, aprovechando el miedo al trueno para hundir el pico y las garras. Una perdiz de montaña surgió en la vereda, levantó la cabeza y desapareció rápida entre los espinosos arbustos.

También él levantó la mirada. Aquello no prometía nada bueno. Había dejado a sus espaldas el yacimiento de carbón y las plantas de extracción que se hundían en las vísceras de la tierra y recorría el camino en forma de herradura entre las retamas y los grandes afloramientos rocosos. La nieve de los días precedentes se había derretido sembrando el camino de charcos de agua sucia, por lo que ahora le costaba caminar sujetando entre los brazos el pesado saco de yute. Las botas se hundían y las rodillas le temblaban, el cuerpo empapado de sudor bajo la ropa de trabajo. El calor húmedo de la piel, el denso frío del monte. Él seguía a la escucha, inspirando por la nariz para oxigenar la sangre y espirando despacio. Paso tras paso, el cansancio crecía, tenía los brazos y los hombros doloridos por el peso con el que debían cargar.

Por fin desembocó en un claro circular de unos treinta metros de amplitud. Los ojos se le cerraron con brusquedad antes de acostumbrarse a la luz. Dejó el saco en el terreno yermo, se ajustó el gorro de lana tapándose las orejas y se subió la cremallera del chaquetón forrado. Se encontraba exhausto. El pecho le subía y le bajaba con cortos espasmos jadeantes. Al otro lado del calvero divisó un grueso castaño cuya corteza agrietada había conocido la furia del rayo. La planta estaba veteada de quemaduras y marcada por desgarrones que la abrían casi hasta la mitad del tronco. El invierno había hecho lo demás, desnudándola de las hojas dentadas y de sus frutos erizados.

Una vibración inesperada lo sacudió. Tres, cuatro, cinco veces. Provenía de su bolsillo. Después se detuvo y, tal y como había venido, la sensación desapareció. Abrió el saco y extrajo una pequeña pala y una planta. Examinó la bóveda cenicienta, el aire estaba helado y el ave rapaz volaba ahora a menor altura. No existía momento mejor para plantar el roblecillo adormecido en su letargo vegetal. Se quitó los gruesos guantes de faena y excavó un agujero ancho y profundo, en el que depositó el terrón con las raíces; después retiró la redecilla que lo envolvía. Extrajo del chaquetón un saquito verde con una cuerdecilla, lo abrió y volcó el contenido en la base de las raíces, presionó bien con la punta de las manos y, al final, volvió a taparlo todo con tierra que aplastó a pisotones.

Era una zona resguardada y el viento no importunaría al pequeño roble. Por él velaría el castaño del otro lado del claro. Solo un relámpago, un violento e inesperado suceso, lo había zarandeado, quebrándolo, pero sin conseguir vencerlo. Permaneció frente a la nueva planta, en silencio, observándola. Una docena de ramitas cubrían el tronco. Podía salir adelante.

Cogió el saco, lo dobló y prosiguió el descenso. Varios cientos de metros más abajo, en un pequeño valle entre las colinas peladas, se encontraba Polino. Podía ver ya la ventana de la casa que daba a la fachada de piedra. Debía regresar antes de que aquel cielo descargara su furia. Le hacía falta una ducha. Le dolía el cuerpo, pero era un dolor que había aprendido a apreciar, hacía que se sintiera vivo, auténtico.

Cien metros más abajo, huertos y olivares perfilaban el paisaje de la colina alternándose con el contorno de las piedras calizas. Tras cruzar un bosquecillo de chopos, divisó el saliente con la ermita abandonada. Se dejó llevar sin miedo, resbalando sobre las botas, pasó por delante de los barracones destinados a los animales y entró en la plaza con la fuente y el lavadero. Eran casi las ocho y las punzadas del hambre se dejaban notar. Se encaramó por las escaleras de piedra que zigzagueaban hacia lo alto entre arcos y casas de piedra, mientras los cuádriceps se estremecían. Al final, a la derecha, surgió la silueta del castillo. Las dos torres cilíndricas y la planta poligonal de la pequeña fortaleza le conferían un aire de delicada firmeza. Cruzó la explanada dedicada a los partisanos caídos en aquellos montes y se detuvo ante la puerta de madera.

Nada más girar la llave en la cerradura le embistió el olor de los tizones que habían ardido la noche anterior. Las vigas de abeto sostenían los tablones del techo, apoyado en paredes de piedras cuadradas. A la izquierda, una vieja cocina de gas albergaba el cuerpo de hierro de una cafetera quemada y el resto de una barra de pan sin sal. En el centro de la habitación, sobre las baldosas, había una mesa de nogal con un trozo de jamón y un gran cuchillo encima. En el rincón opuesto, un sofá enfrentado a una chimenea de ladrillos. Mancini cerró la puerta, colgó el chaquetón y se arrodilló delante. El eco de las brasas susurraba y la promesa de un nuevo calor lo reanimó. Cogió leña seca de la pila y la prendió. No había café, pero no tenía ganas de bajar hasta la tienda, prefería pasar desapercibido. Qué le íbamos a hacer.

Mientras las ramas empezaban a arder bajó dos escalones hasta el dormitorio y entró en el baño. Se quitó los guantes de faena y el gorro de lana, abrió el grifo del agua caliente y empezó a desnudarse. El fuego crujía lanzando minúsculas chispas naranjas cuando sonaron dos golpes en la puerta de entrada. Se asomó desde el baño y permaneció a la espera. No habló, confiando en que aquel pesado desistiera; pero después otro golpe hizo temblar la puerta, se resignó y fue a abrir.

—Han llamado —soltó el sujeto robusto que repartía la leña a los trescientos habitantes de aquel pueblo de Umbría.

La mirada de Mancini se desplazó de la camisa a cuadros negros y rojos al rostro áspero del hombre. Asintió despacio y esperó, mientras un hilillo de brisa se introducía en la casa y le acariciaba el torso.

—Abajo en el restaurante —prosiguió el visitante—. Han llamado.

Enrico había subido hasta allí para desconectar, para intentar cambiar las cosas desde el exterior. Desplazarse le sentaba bien, le otorgaba una especie de ventaja sobre sí mismo. Por lo menos sobre una parte de él. Y la casa de la montaña resultaba un lugar lo suficientemente solitario como para enfrentarse al ansia que lo asaltaba cuando acababa de trabajar y, ya solo, no sabía qué hacer.

—¿Quién? —preguntó.

—No lo sé. Han dicho que era urgente. De Roma.

Después, el leñador le entregó una servilleta de papel con algo escrito, hizo un gesto con la cabeza y desapareció absorbido por una ráfaga helada.

Enrico Mancini cerró la puerta para dejar el frío fuera, se dio la vuelta y permaneció inmóvil.

La casa seguía estando tal como la había dejado meses atrás, durante las vacaciones que el superintendente Gugliotti le había impuesto tras la resolución del caso de la Sombra. Aquellas dos semanas que pasó allí las recordaba como una única niebla borrosa en la que había vagado, perdido entre los recuerdos y atontado por el mal del que había sido testigo, por la nueva luz que había adquirido su dolor. Sin embargo, al final de aquel momento dilatado, en el que se había dedicado en cuerpo y alma a beber casi sin probar bocado, había acabado ganando el cuerpo. Debía entregarse a su físico para seguir tirando, a la carne, a los músculos, a los huesos embebidos de angustia. Cada una de sus células le pedía que se levantara, que viviera, porque eso era lo único que conocía; lo único que contaba de verdad.

Se acercó a la chimenea y arrojó en ella la servilleta, que se consumió en un suspiro incandescente. Se le había pasado el hambre. Giró alrededor del sofá, pero antes de llegar a la bodeguilla donde guardaba las botellas se topó en la pared de piedra con el espejo de marco dorado. Su forma anómala hacía días que lo acosaba, y se sintió observado. Hasta ese momento había conseguido esquivarlo; ahora, en cambio, su mirada se perdía en los ojos del fantasma que lo contemplaba desde el fondo de aquel pozo transparente. Arrebatado por su reflejo, Enrico titubeaba ante la sensación de vacío que lo había invadido. El pelo que se había dejado crecer sobre las orejas, rizado y oscuro a excepción de un mechón gris, la frente amplia marcada por tres arrugas y el triángulo de la barbilla.

El móvil vibró otra vez en el bolsillo del chaquetón arrancándolo de la hipnótica mirada del espejo. Se acercó al perchero, rebuscó y pulsó el botón para contestar mientras miraba por el ventanuco que había encima de la puerta.

—¿Oiga? —resonó la voz insegura del inspector Comello.

—Dime.

—Buenos días, comisario.

—Dime —repitió.

—Lo siento. Tendría usted que regresar.

La masa accidentada de nubes se estaba envolviendo sobre sí misma, hasta que, de repente, se coaguló. El aire de fuera parecía mojado, pesado. Mancini soltó aire, a la espera.

—Ha habido un... Nos han avisado. En la galería Borghese.

—¿Cuándo?

—Hace poco. Un asesinato atroz.

Esta vez el comisario resopló por la nariz y contestó:

—Volveré el lunes por la mañana y pasaré por el instituto forense para examinar el cuerpo. La inspección ocular puede hacerla el subcomisario. Dile que se lleve a Caterina.

—Tiene que venir usted.

—Estoy en la montaña. Volveré el lunes.

—Comisario, debe venir a... ver.

En aquel «debe» Mancini advirtió una inquietud que desentonaba con el temperamento del inspector. Sabía que cuando a Walter se le escapaba esa palabra era porque había algo anómalo, algo que un polizonte de calle como él no estaba en condiciones de descifrar. Algo inquietante.

Observó su propia cara en el espejo y captó una expresión que no había reconocido.

—Entiendo —dijo. Y colgó.

3.

Las botas de piel negra martilleaban sobre el suelo del vestíbulo. La escalinata era una espiral de mármol guiada por una barandilla de hierro forjado. Desde la primera planta llegaban voces masculinas. Mancini llegó al hall, hizo un gesto de saludo a dos agentes con chalecos antibalas y prosiguió hacia la última sala.

La Sala de Psique.

Fuera, alrededor de la grava, la cinta blanca y roja de la policía rodeaba todo el edificio manteniendo a distancia a los turistas, decepcionados por el cierre del museo, y a los curiosos, atraídos por los coches patrulla aparcados frente a la entrada. El sol estaba en lo alto, encima del tejado del museo, y entre las copas de los árboles los mirlos gorjeaban con estridencia.

Por más que estuvieran de espaldas, Enrico Mancini reconoció las siluetas del superintendente y el inspector Comello, que charloteaban mientras, a su izquierda, los técnicos de la policía científica, con monos, guantes, cubrezapatos blancos y gorro, colocaban etiquetas y sacaban fotos. Los cuatro impedían casi por completo la vista de la estatua sobre el pedestal que se hallaba detrás de ellos.

En el suelo yacía el cuerpo de un hombre vestido de uniforme. Se detuvo a un metro y, sin decir nada, observó el cadáver. Estaba tumbado sobre su costado derecho y un charco de sangre coagulada le salía de la bóveda craneal, extendiéndose por un diámetro de unos diez centímetros. Su rostro parecía de cera.

Gugliotti se dio la vuelta. Walter hizo lo mismo y se presentó con un saludo formal. El movimiento de ambos despejó un espacio visible entre ellos.

—¡Mancini, ya era hora! —exclamó el superintendente con un tono autoritario que retumbó en la sala.

El comisario levantó la vista por delante de él. De repente, notó en el aire un no sé qué rancio, a cerrado. Junto a la escultura *Retrato de muchacho,* Mancini tuvo que clavar la mirada en una escena del crimen que, en su recuerdo de analista criminal, carecía de precedentes.

Había tres cuerpos colocados en una absurda pose artística. Un hombre de mole imponente se hallaba en el centro, desnudo. A ambos lados, dos muchachos de rodillas, también sin ropa, abrazaban las poderosas piernas del hombre. En el agarrotamiento del *rigor mortis* parecían haber adquirido los gélidos rasgos del mármol. Entre ellos corría una gruesa soga de cáñamo, una maroma quizá, cuya maraña les apretaba las piernas, las rodillas y los torsos.

—Esperó a que se pusieran rígidos y después los colocó juntos —dijo Gugliotti señalando satisfecho los orificios rojos a la altura de los tobillos, las rodillas y los brazos, de los que asomaban gruesos clavos. El resto del trabajo de la puesta en escena lo completaba el abrazo de la cuerda.

—¿Quiénes son? —preguntó el comisario.

—El jardinero y sus hijos —contestó Comello.

Aparte de la postura poco natural de la composición, la pesadilla de carne adquiría los rasgos de los tres cadáveres, estremecidos por la misma expresión de sufrimiento. Estaba claro que el autor del crimen había esperado a las primeras fases del *rigor mortis* para modelar los cuerpos y hasta sus rostros. Un temblor parecía recorrer las salas. El escalofrío del viento o la impresión de los gritos de aquellos desgraciados tensos en sus esfuerzos por liberarse. Todo aparecía lleno de vida, espectacular, con los tres rostros tensos: las cejas enarcadas, las fosas nasales hinchadas, las bocas abiertas.

—Estamos realizando la inspección técnica.

Fue la voz de Gugliotti la que le espabiló. Mancini apartó los ojos del conjunto de músculos y cuerdas, y los desplazó hacia su superior.

—Están estableciendo el marco material —prosiguió Walter.

Mancini se acuclilló a un lado, intrigado.

—¿Escenario principal o secundario? —preguntó mirando de abajo arriba al inspector Comello.

En la jerga técnica existía una secuencia de sitios involucrados en el homicidio: el escenario principal representaba el lugar del asesinato, mientras que el secundario era el de la colocación, en los crímenes en los que el homicida preparaba una suerte de puesta en escena. En algunos casos los dos coincidían. Esta vez no sucedía así.

—Secundario. Los ha traído a rastras a través del jardín; después los ha metido por la puerta y ha subido las escaleras. El escenario principal es en la Pajarera, a unos pocos cientos de metros de la galería. Debe de haberlos golpeado con un arma contundente, porque los tres tienen el cráneo fracturado.

—Los tres más uno —precisó el superintendente señalando el cadáver del hombre vestido de uniforme que había en el suelo.

—Pero a estos tres les cortó la garganta con una cuchilla muy fina. Debe de haber dejado que se desangraran en algún sitio, y después los trasladó aquí para la puesta en escena —señaló Comello.

—Para la toma de huellas, me imagino que habrá un follón de los buenos —dijo Mancini—; dado que estamos en un museo al que cada día acuden miles de personas.

En el suelo había etiquetas amarillas con números negros. El número 1 señalaba el punto en el que había un mechón de pelo castaño. El 2 indicaba con una flecha negra la fila de huellas que arrancaba de la entrada y llegaba hasta el punto 1. Un fotógrafo forense estaba apuntando algo sobre la forma y la naturaleza de las huellas. El número 3 mostraba un conjunto de gotas de sangre detrás del cuerpo central.

—¿Quién coordina la investigación, señor? ¿Por qué no está aquí? —le preguntó Mancini a Gugliotti.

—Giulia Foderà es quien se va a encargar del asunto —contestó seco el superintendente—, pero no hemos podido localizarla esta mañana.

Mancini apretó los labios e hizo como si nada, volviendo a observar la escena. La otra fotógrafa era Caterina De Marchi. Lo dedujo por el color rojo del pelo que le asomaba del gorro, por la estatura y por los ojos de gata que destacaban sobre la mascarilla. Y, por supuesto, por su Nikon. Fotografiaba muy próxima a los cuerpos, sacando detalles de las cuerdas; después iba bajando, siguiendo las maromas que apretaban las piernas de los dos muchachos. Las manos de las tres víctimas habían sido metidas en bolsas para conservar las eventuales trazas que quedaran bajo las uñas.

—Y este es el guarda —dijo el comisario señalando el cuerpo que había en el suelo.

—Lo era —precisó Gugliotti.

Mancini se levantó y se volvió hacia la estatua de cáñamo y carne.

—Caterina, ¿has sacado también fotos de dentro?

Al decir «dentro», el comisario se refería a las orejas, a las fosas nasales, a la boca y todo lo demás.

—Lo tengo todo, jefe. Me parece que no hay nada raro.

—Así que ya podemos irnos —dijo Gugliotti.

—Antes debería ver esto —dijo el otro fotógrafo, que se hallaba a espaldas del hombre apoyado en el pedestal. Todos se desplazaron a la parte posterior del cuerpo central. En la piel, a la altura de la nuca, había algo. Un signo.

—Es una incisión, practicada con algo muy afilado, fino, pero irregular —dijo Comello.

—Parece una «ele» —añadió Gugliotti observando los bordes de la piel, separados unos pocos milímetros a causa del corte. Eran blancos y la piel le recordó el suave pellejo de un cerdo. La incisión tenía dos centímetros de alto y uno de ancho.

—Llamemos a Rocchi —propuso Walter.

En ese momento, Caterina se apartó, señalando algo abajo, más allá de la estructura de carne:

—¡Dios mío!

Los hombres se alejaron siguiendo el arco del brazo de la mujer. Detrás de ellos, en el suelo, en el charco rojo, junto a la boca y la nariz del guarda se había formado una zona diáfana. Sus labios se estaban moviendo. En busca de aire, el hombre arrastraba la mandíbula por el pavimento. Boqueaba como un pez en las últimas, con los ojos turbios y hundidos.

Desorbitados aún en el terror de su última visión.

4.

Aquellas [serpientes]
rodean con su abrazo
los pequeños cuerpos de sus dos hijos
y a mordiscos devoran
sus pobres miembros.

Virgilio, *Eneida*, II, 213-215

En las tripas de la galería Borghese, Bruno permanece tumbado en la cama procurando inútilmente conciliar el sueño. Hace dos horas que lo intenta y el dolor de cabeza lo está matando. Se levanta y se acerca a la ventana, la abre y respira. Fuera hace frío. Su habitación resulta muy sencilla, con una cama, un armario y una repisa. El rincón de la cocina y el baño son pequeños, pero más que suficientes para una persona. La paga no está mal, y él carece de vicios. Aún está aprendiendo el oficio de guarda nocturno, pero le pone mucha voluntad. Es verdad, tal vez sea un poco lento y el director de vez en cuando le echa la bronca, pero no le importa.

Vuelve a sentarse en el colchón, se pasa la mano por la frente con la esperanza de que el chirrido desaparezca, y es entonces cuando oye rechinar la grava en la explanada. El ruido se prolonga, desaparece, vuelve otra vez después. Bruno no se lo piensa dos veces, se viste, se calza los zapatos y sale de su pequeño alojamiento. Abre el portal de la galería Borghese, lo cierra tras él con tres vueltas y baja por la escalinata que da justo a la explanada.

Se encuentra fuera.

Aunque lleva poco allí, la fachada, los arcos, las torres y los relieves le resultan ya familiares. La grava está iluminada y no se ve a nadie. Decide avanzar hasta el zoo, unos doscientos metros más abajo. Tampoco de los crujidos queda ya rastro alguno, solo persiste el dolor de cabeza. Con la intención de espabilarse, cruza la verja de la Pajarera. Avanza hacia las fuentes circulares que en otro tiempo apagaban la sed de las aves que ahora decoran relieves y dibujos como sombras variopintas de fantasmas. Esa cúpula albergaba antes a cientos de especies, mientras fuera de las jaulas abarrotadas vagaban los pavos reales, vistosas ocurrencias barrocas, con la vana policromía de los abanicos.

La única farola encendida emite una luz débil, anaranjada, a la que le cuesta atravesar el cobertor de las plantas. Saca su pequeña linterna, la enciende y la dirige hacia el muro próximo a las jaulas. La luz relampaguea entre los estucos. Las hojas del seto crujen y el olor a laurel se esparce por el aire. Después, algo se yergue, pero Bruno no lo distingue bien. De la figura en pie intuye solo la mano levantada. Va armada.

Con los ojos desorbitados, Bruno se da la vuelta mientras aumenta el sonido de las hojas avasalladas por la silueta que avanza. Siente otra palpitación en la bóveda craneal y la yugular se le hincha. Se aleja a trompicones y nota cómo la brecha va siendo devorada detrás de él. Cruza el jardín y supera el pilón ennegrecido por el musgo. Debe llegar a la explanada y regresar al museo; pero el ruido se acerca y el pánico crece. Quisiera volverse, aunque no lo hace. Prosigue su carrera desordenada, a cámara lenta. Con los tímpanos como acolchados, con la certeza de que su perseguidor lo alcanzará y usará eso que lleva en la mano contra él.

Bruno huye como si fuera la muerte quien lo persiguiera, huye y tropieza con los cordones de sus zapatos relucientes. Su rodilla cede. Huye, se repite, y por más que de la voz no quede rastro, es como si esa palabra le explotara como un trueno en los oídos. Sacude la cabeza, boquea y corre. Se enfrenta a las escaleras jadeando. Llega hasta el portal, mete la mano en el bolsillo y saca las llaves. Por fin se da la vuelta, pero todo le resulta confuso. La llave balbuce en la cerradura y gira. Bruno empuja, entra y cierra justo cuando algo se abalanza al otro lado de la puerta.

Está dentro. Está a salvo. Se vuelve y apoya la espalda contra la madera. Respira. Fuera, solo el silencio.

En el interior de la galería, una discreta luz llena el vestíbulo y envuelve el mostrador de recepción, por detrás del cual se extiende el salón de entrada: la bóveda decorada con frescos y un mosaico en el suelo. Hace tres meses que Bruno trabaja allí. Durante el día es un buen empleo, en medio de la gente. Pero de noche esos espacios se transforman, las estatuas cobran vida, los frescos susurran en la lengua de los muertos.

A la izquierda se halla la pequeña puerta de su vivienda. Entra y cierra con llave. La cabeza le late con fuerza y la sangre le bombea sin parar en los oídos. Se asoma a la ventana, la que está enrejada, y escruta fuera, esperando que no haya nadie, esperando que, sea quien fuere, se haya marchado ya. Se vuelve y entra en el baño, abre el grifo y se lava la cara. Lo cierra y se acerca a la cama. Se sienta sobre las sábanas, el corazón ha empezado a amortiguar su ritmo y la respiración vuelve a ser normal. Solo le siguen latiendo los oídos. Recoge la botella de agua de al lado de la cama, bebe un sorbo y se tumba, apoya la cabeza en la almohada y se deja llevar.

Debe de haberse quedado dormido porque los ojos escarban sorprendidos en la oscuridad de la habitación. Se siente un poco aturdido, pero ya no le duele la cabeza. Se esfuerza por escuchar, tiene miedo, nota una extraña sensación de opresión. ¿Cuánto habrá dormido? Avanza despacio hacia la puerta. La abre y vuelve a encontrarse inmerso en la penumbra. De forma habitual, el museo permanece iluminado de noche por las luces de neón que permiten filmar a las cámaras.

Sin embargo, esta noche no.

Debe de haberse caído todo el sistema. No es la primera vez que ocurre. Hace dos días, un cuervo partió un cable en el tejado de la galería. El técnico lo sustituyó con un apaño a la espera de reemplazarlo. Habrá sido eso, se dice al llegar al salón de entrada. El portal continúa cerrado, pero en ese momento un temblor sacude el oído de Bruno. Un ruido seco en algún sitio, como de una puerta que da golpes. El pánico lo invade a oleadas y corre escaleras abajo hasta la planta del restaurante, donde se encuentra la librería.

Y el teléfono.

Descuelga y marca el número de emergencias. Se seca el sudor de la frente y mira a su alrededor. La línea no da señales de vida. No hay corriente.

Vuelve a subir a toda prisa. La galería se mantiene en silencio, habitada por las sombras de las obras expuestas. A Bruno le gustan esos cuadros, esas estatuas, por más que le produzcan miedo. Durante las rondas nocturnas, cuando cruza las salas iluminadas como de día, se aferra al eco de sus pasos para no sentirse perdido. Ahora, en cambio, anda de puntillas y vigila sala por sala, ayudado por la luz de las farolas del exterior. Después de Paolina Borghese, *se topa con la tela en la que Caravaggio representa a san Jerónimo con la calavera en el escritorio. Bruno echa una ojeada y sigue recto. No es capaz de mirar esas cuencas vacías. Se apresura hacia la sala en la que se encuentra la pieza más espantosa,* Apolo y Dafne, *de Bernini. La gente se pasa las horas contemplándola, pero él no soporta ese espectáculo inmóvil y tornasolado. La transformación captada en devenir y, sin embargo, clavada por los átomos del mármol.*

El horror de la metamorfosis.

Aún no clarea el alba, pero fuera del jardín secreto de Villa Borghese, rodeado por muros de tres metros de altura, se expande el ruido del tráfico que parte del Muro Torto. En el interior, las fuentes se preparan para sus juegos de agua en los pilones de piedra. En las valiosas salas de la galería Borghese reina el silencio.

Bruno llega al primer piso. Entra en el vestíbulo siguiendo la planta cuadrada en el sentido de las agujas del reloj, tal como hacen los turistas. Pasa furtivo por las salas de Lanfranco y de la Aurora. Tampoco allí hay nada. Qué idiota, los ruidos serían del tejado, donde hacen su nido las gaviotas, se dice, mientras accede a la última sala. La de Psique.

La bóveda está decorada con frescos de Novelli con escenas de El asno de oro, *en el perímetro de la sala hay seis chimeneas decorativas, y en el centro de la pared oeste, la tela* Amor sacro y amor profano, *de Tiziano. En el centro, la estatua* Retrato de muchacho *sobre su pedestal.*

Sin embargo, es ante el muchacho, sobre el pavimento reluciente de ocre, donde Bruno descubre una obra nueva.

Se detiene, incrédulo. Se queda mirando el contorno descompuesto de las líneas, los miembros tentaculares. Una horrenda maraña de extremidades lo observa.

¿Se mueve?

Apenas tiene tiempo de preguntárselo antes de que un potente golpe le hunda el cráneo.

5.

En el barrio Monti, a dos pasos de via Nazionale y justo al lado de la basílica de San Vitale, de la que toma su nombre la calle, se encuentra la jefatura central de policía de Roma. Sus oficinas ocupan un austero edificio de 1910, que con anterioridad fue un convento de monjes dominicos.

Esa mañana, una gruesa nube redonda dormitaba sobre el tejado blanco del edificio. Desde su despacho, Vincenzo Gugliotti la observaba con una mezcla de curiosidad y desazón. Tenía el brazo derecho reclinado en un costado y, en la mano, un ejemplar del *Messaggero*. Lo levantó y desplegó el periódico inclinándolo para leerlo mejor. La edad avanzaba y las dioptrías aumentaban de año en año. Se puso las gafas que le colgaban de una cadenilla dorada y entrecerró mucho los párpados.

Era la primera página de la crónica local. La mitad superior estaba ocupada por un artículo sobre el accidente de via Cristoforo Colombo que había matado a dos familias. Un todoterreno había intentado adelantar y las raíces de un pino rodeno habían hecho lo demás. El vehículo había derrapado, superando de un salto el guardarraíl y aterrizando en el otro carril para impactar contra un utilitario que venía en sentido contrario. En la parte inferior de la página, un suelto recogía la desaparición de algunos perros en el barrio de Nomentano. Una señora, propietaria de seis chihuahuas, contaba que los había perdido de vista mientras jugaban en el parquecillo de la ciudad jardín de Montesacro. Según un grupo de animalistas, autores de una pancarta contraria a la vivisección en Porta Pia, los raptos estaban relacionados con los experimentos de una multinacional farmacéutica con laboratorios en la zona. Gugliotti dejó escapar una mueca de desaprobación.

El resto de la página se dedicaba a un artículo sobre el homicidio de la galería Borghese. «Terror en el museo», rezaba el titular del periódico. Hipótesis descabelladas aparte, lo que resultaba en verdad inquietante para los lectores era aquella maldita foto. Un cuadrado en blanco y negro de diez centímetros de lado en el que aparecían tres cuerpos, afortunadamente enfocados de lejos, en la sala de Psique. Se intuía que se trataba de una especie de composición, pero la luz era pésima, la foto se había sacado a través de una ventana y el reflejo la había estropeado. Esta vez la suerte estaba de su lado, pensó el superintendente.

Un golpe de tos lo sorprendió. Se dio la vuelta y vio frente a él a un hombre bajo, de pelo castaño desgreñado, chaqueta marrón, corbata de un verde desvaído.

—Han encontrado a Cristina Angelini —graznó Gianni Messina.

El tono de voz del oficial no dejaba lugar a dudas sobre el estado en el que había sido hallada la mujer. Cojones, pensó Gugliotti espabilándose e imaginando de inmediato la lata que aquello iba a darle.

—¿Cuándo? ¿Y dónde? —preguntó mientras pensaba en cómo manejar la noticia.

—Hace poco, en el zoo.

El chalé de Cristina Angelini, hija del tenor, se encontraba en viale Ulisse Aldrovandi, al borde del barrio de Parioli. La mujer vivía sola en la enorme casa. La planta de abajo estaba consagrada a su profesión de cantante de ópera. Había una sala con un piano blanco de cola, instrumentos de arco, paredes y techo insonorizados, una salita con un equipo de grabación detrás de un cristal. En el primer piso se situaba la vivienda propiamente dicha, con el enorme dormitorio, el baño de veinte metros cuadrados y una habitación que contenía libros, revistas de música y diverso material musical.

El palacete, inmerso entre cedros y pinos romanos, daba al lado norte del zoo. En la planta de abajo todo se hallaba en orden, al igual que en el dormitorio de la cantante y en la sala de música. Todo como cabía esperar. Sin embargo, cuando los agentes entraron en el baño se encontraron una ciénaga roja y ya seca. El suelo estaba inundado y el borde de la bañera, manchado de sangre al igual que el agua que la llenaba hasta el borde. La única pista, aparte de las huellas dactilares de Cristina Angelini, era la misma descubierta en el césped que los setos de laurel ocultaban a la mirada de los curiosos. Dentro y fuera, los de la científica habían localizado huellas de unos zapatos del número 43, de suela totalmente lisa. Hasta ese momento no habían podido determinar ni la marca ni el modelo.

Detalles macabros que el superintendente conocía porque, días antes, a consecuencia de la alarma lanzada por el padre, que la había llamado desde Nueva York sin obtener respuesta, la policía había irrumpido en el jardín de la casa y se había tropezado con la puerta de acceso abierta.

—¿Quién la ha encontrado?

—Uno de los guardas —contestó el oficial, buscando el apellido del hombre entre las líneas confusas del fax.

Gugliotti tiró el ejemplar del *Messaggero* sobre el escritorio.

—¿Han mandado ya a alguien?

El oficial levantó la hoja, la releyó mentalmente y prosiguió:

—Hay dos inspectores de la comisaría de Salario-Parioli en el lugar, y a estas alturas ya deberían haber llegado los de la científica.

Gugliotti sabía que él mismo debía informar al padre de la joven, el tenor Mario Angelini, antes de que la noticia le llegara por terceros, acaso con alguna bonita fotografía del cadáver.

—Cierra los accesos a la zona. Telefonea de inmediato al director del parque. Que no se acerque nadie.

Gugliotti se quedó mirando a Messina, con los grandes ojos detrás de las lentes gruesas, y captó su turbación en los surcos de la frente. Le arrancó el fax de las manos y clavó la mirada en una imagen en blanco y negro. Ante el fondo gris y borroso aparecía una especie de relieve de cartón. Era el iceberg del viejo recinto de los osos polares, abandonado hacía años. En el centro del pilón se entreveía un cuerpo. También esa imagen estaba borrosa. Considerando el volumen y la masa de cabello rubio, el cadáver podía ser el de Cristina Angelini.

—¿Quién te ha dado esto?

La expresión incómoda del oficial era en sí misma la respuesta a los temores del superintendente.

—¿Uno de los nuestros? —gritó de nuevo Gugliotti.

Messina estiró su grueso cuello y desplazó el dedo índice hacia la parte superior de la hoja, donde aparecía un letrero: *ansa.it*.

—Pero ¿cómo es posible? ¡Después de lo de la galería Borghese, además!

—No lo sé, señor.

Las excusas de su subordinado se perdieron en el aire. Gugliotti ya estaba pensando en otra cosa. Pensaba en dos crímenes tan cercanos en el tiempo. Y tan próximos en el espacio. No podía ser casual que apenas hubiera cuatrocientos metros entre la galería Borghese y el parque zoológico, entre el jardinero y sus hijos y la pobre Cristina Angelini. No cabía duda, debía jugar bien sus cartas.

—Como si no hubiera dicho nada, Messina. Llama al comisario Mancini. Es necesaria otra inspección sobre el terreno.

—Enseguida, señor.

Después de todo, Gugliotti sabía que Mancini era el único capaz de acceder a la escena del crimen y de localizar elementos que nadie más se encontraba en condiciones de apreciar. O, por lo menos, así había sido hasta la muerte de su mujer. Quién sabe si seguiría siendo capaz de marcar la diferencia. En la galería Borghese lo había visto ausente, se había presentado solo por una especie de sentido del deber. Hubiera podido confiárselo todo a otro, había jóvenes impacientes; en su cabeza, algún día no demasiado lejano alguno de ellos debía ocupar el puesto de Mancini, pero en ese momento no se sentía en condiciones de poner a nadie a prueba en un caso que estaba revelándose más atroz y mediáticamente peligroso de lo que había pensado. No, no podía permitirse nuevos errores. Y, además, no descartaba llegar a obtener cierto beneficio de todo eso, de una manera u otra.

—Messina, espera, tráeme las fotos de la galería Borghese, que antes quiero hacer una llamada.

6.

A seis kilómetros al noroeste de la jefatura central se encontraba el destacamento de policía de Montesacro. En un despacho muy distinto a aquel en el que Vincenzo Gugliotti realizaba su llamada telefónica, otro funcionario público se hallaba sentado en su escritorio, ante un ordenador encendido. La ventana permanecía cerrada y la persiana, levantada. Fuera, el frío invernal había congelado el asfalto. Dentro, el resplandor de los neones rebotaba en las paredes amarillentas.

La pantalla iluminaba la cara encajada entre las palmas de las manos, los codos clavados en el tablero horizontal y el cuello de la camisa negra abierto. Sobre el viejo sofá yacía una gabardina; era nueva, pero muy parecida a la anterior, perdida en un incendio pocos meses atrás. El pasillo estaba vacío y silencioso.

Enrico Mancini se pasó los dedos índice y pulgar por los ojos enrojecidos. Aguzó la vista y vio el cursor brillando en la casilla de la dirección a la que responder. Tomó aire y lo expulsó con un resoplido destinado a proporcionarle algo de determinación.

> *Enrico:*
> *Han pasado tres días desde nuestro último encuentro. Como sabes, no tengo ninguna pretensión, ninguna esperanza. No aventuro nada. Aguardo tan solo una llamada. Llámame pues.*
> *G*

¿Debía contestar? Una nebulosa de emociones se le propagaba entre el estómago y la cabeza. Eso era lo que le pasaba: por primera vez después de tanto tiempo Enrico sentía la molesta erosión de la duda. Las violentas sacudidas para adaptarse que había sufrido no habían producido ningún equilibrio nuevo. No era el recuerdo del amor muerto lo que le oprimía, sino, más bien, las costumbres de cada día, incluso las más insignificantes, que no conseguía manejar. Desde que había abandonado la protección de los guantes, intentaba hacer algo para él mismo, como le había pedido la doctora Antonelli, la psicóloga del destacamento. Y hacerlo implicaba eliminar una cosa cada día: un recuerdo, un objeto, uno de los hábitos que había adquirido cuando entre las cuatro paredes de su casa vivían dos personas. Había empezado por el baño, convencido de que le resultaría más fácil, o tal vez tan solo era más difícil arrancar por la cocina, cargada de imágenes felices. O por el dormitorio, donde aún reinaba el desorden de Marisa.

De esta forma, había quitado el cepillo verde del vaso del lavabo de la derecha. Después le llegó el turno a la toalla, que durante meses había seguido lavando y volviendo a colocar en su sitio.

Había empezado, en efecto, pero en determinado momento se había visto obligado a interrumpir esa terapia de supresión y la mayor parte de las cosas seguían deambulando por ahí. Los libros, en la mesilla; los discos, en la caja de las verduras que ella había pintado de rojo; el cojín de Snoopy, en el sofá del cuarto de estar, a la espera de que Marisa regresara y se tumbara a su lado, acurrucada entre la suave superficie de la manta de viaje. Oliendo aún a gel de baño. Dulce y real.

Y luego estaba ese cajón que Enrico nunca había abierto. Mi cofre, lo llamaba Marisa, quién sabe lo que habría escondido allí. Sabía dónde había dejado la llave, pero no había mostrado ningún interés. Por un instante, se hizo ilusiones. Imaginó que podía encontrar algo de ella que le animara un poco. Un diario en el que hubiera escrito sobre ellos dos, una foto juntos, algo a lo que aferrarse para sentirla aún viva. Porque el dolor había dejado sitio a la nostalgia, que, como la resaca, se llevaba consigo cada vez un trocito de memoria. Lo que realmente le aterrorizaba, dejándole dentro una sensación de vacío, era el poder perderla de nuevo. Extraviarla en sus recuerdos, en la memoria táctil, olfativa, visual. Olvidar su voz, suave y punzante. Notaba que las facciones de aquel rostro hermosísimo se estaban diluyendo como se consume un trozo de papel al quemarse. El fresco olor de su piel, antes de que los tratamientos lo alteraran en vano, había desaparecido de las sábanas. Lo había buscado por todas partes en la casa. Tenía miedo porque, bien lo sabía, incluso los fantasmas, en determinado momento, se desvanecen. Y porque incluso la muerte, con el hielo que vuelve de piedra la existencia de quienes quedan, muere.

Cerró los ojos e inspiró esperando absorber un poco de serenidad; pero las imágenes que empezaron a pasarle por la película de la memoria olían, por el contrario, a fresca añoranza. Si me hubiera quedado en Polino, se dijo regresando mentalmente a la casa de la montaña... En el pequeño valle, el pueblo crecía enrocándose entre peñascos y precipicios, con los tejados inclinados y los hilillos de color nata de las chimeneas que resoplaban venciendo la resistencia de la niebla. A lo lejos, en lo alto de la montaña de enfrente, la bruma había vestido las cumbres englobando también la vieja mina. Los bosques de hayas interrumpían la extensa superficie pedregosa, y en el centro de la elevación, olvidado por el espíritu del viento, destacaba el anillo del claro. Conseguía distinguir con nitidez, casi como si aún estuviera allí, la silueta retorcida del castaño. Se imaginaba las cicatrices que surcaban el tronco de arriba abajo. Sin embargo, de esos desgarrones, lo sentía, pronto germinarían nuevas esperanzas de verde.

Volvió a abrir los ojos.

Sí, debía responderle.

7.

Roma, Hospital Policlínico

Las pupilas de Antonio Rocchi giraron nerviosas hacia el reloj de metal que colgaba de la pared. Hacía catorce horas que se hallaba en aquel lugar sin alma, las que le habían hecho falta para realizar el examen *post mortem* completo de los tres cadáveres. Los cuerpos del jardinero de la Pajarera y sus dos hijos estaban tendidos sobre tres mesas de acero. Cuando se había enterado de que la muerte se los había llevado a todos a la vez, con escasos minutos de intervalo, había decidido realizar los exámenes en paralelo, con el fin de que no transcurriera demasiado tiempo entre uno y otro.

Probablemente se debiera a todo aquel metal, pero el forense se sentía extraño, con la cabeza como acolchada. Había comido un sándwich, entre una autopsia y otra, sin que le molestara en absoluto la presencia de los tres cadáveres. El efecto de la comida no le había durado mucho, de modo que había reforzado la dosis con un Red Bull y se había quedado a la espera. Al cabo de un par de vueltas de reloj, lo único que había obtenido era una buena taquicardia y el cuello empapado de sudor. Fue entonces cuando apareció el zumbido. El suelo gris brillante había empezado a oscilar, líquido. Rocchi se había acercado a la cama de acero donde se hallaba el cuerpo lívido del jardinero, se había puesto de rodillas y se había mojado la cara con uno de los grifos mezcladores. El agua le causó un efecto inmediato, aunque transitorio, y volvió a sentarse. Por fortuna casi había terminado.

Los exámenes confirmaban lo que había resultado ya evidente para los de la científica y para Mancini en el propio escenario del crimen, en la galería Borghese: a los tres los habían aturdido con un golpe seco en el cráneo, que probablemente recibieron por detrás, quizá mientras huían. Los habían degollado con un cuchillo de hoja irregular, y el asesino esperó a que se desangraran detrás de los setos de laurel. Después, los arrastró hasta arriba y montó su composición antes de que las extremidades se agarrotaran, plantando los clavos en las articulaciones con el fin de contar con puntos fijos sobre los que trabajar. Y todo ello sin testigos: las verjas de Villa Borghese se cerraban a las siete y las cámaras del museo habían sufrido un cortocircuito.

Se volvió hacia el bloque que albergaba las cámaras frigoríficas. Había tres sitios vacíos abajo. Se armó de ánimo para enfrentarse a los escasos metros que lo separaban de los tiradores. El indicador marcaba la temperatura habitual: −20 grados. Colocó el último cadáver, el del chico de pelo castaño claro, en la cámara de la esquina. La base se deslizó hasta el fondo, pero se bloqueó un momento antes del chasquido que confirmaba el cierre. Antonio tiró de la bandeja y miró hacia el interior, pues a veces sucedía que un dedo del pie se introducía en el carril y bloqueaba el deslizamiento. Lo intentó de nuevo sin éxito. Resopló y sacó toda la plataforma hasta que el cuerpo quedó otra vez expuesto por entero. Mostraba los signos de la autopsia, el blanco verduzco de la muerte sucia, imperfecta, y los que le había dejado el hombre que lo había matado.

Antonio había visto muchas víctimas de muerte violenta, de accidentes, enfermedades, asesinatos, pero aquel chico tenía algo que lo turbaba. Como los otros dos, en cualquier caso. Eran los ojos: en su mirada había algo de hipnótico, de vivo. El asesino había debido de emplear mucho tiempo en aquella obra de carne. El *rigor mortis* aparece en general a las dos o tres horas del fallecimiento. Podría tratarse de un compañero de oficio, un colega, pensó Rocchi, en cuyo caso se sabría de memoria las fases de la rigidez cadavérica reguladas por la llamada ley de Nysten, que primero afecta a los párpados, los músculos de la mandíbula y los de la cara, después baja hacia el cuello, el tronco, y finalmente afecta a las extremidades superiores e inferiores. Dios santo, pensó, para obtener ese efecto en el rostro y en las posturas de las figuras debió de actuar con tiempos prácticamente perfectos, para someter la resistencia de los cuerpos a los movimientos pasivos que les había impuesto.

Metió el cadáver en la cámara y salió del laboratorio a través de la puerta basculante. El cansancio llevaba todas las de ganar y parecía inútil proseguir. Una vez en el despacho, se sentó en el sofá, se colocó un cojín detrás de la nuca y se tumbó para descansar. En unos pocos instantes la respiración se le hizo pesada. Por detrás de la puerta, la sala de autopsias dormía su sueño de carne y acero y los neones empezaban a parpadear.

Cuando abrió otra vez los ojos, fuera amanecía y el móvil vibraba en el bolsillo de los pantalones. Se restregó los ojos y contestó. En la pantalla había un número fijo desconocido.

—¿Diga?

—Hola, Antonio.

—Profesor... Buenos días.

—¿Tan pronto es? —Carlo Biga se lo preguntó más a sí mismo que a Rocchi, mientras escudriñaba el reloj de péndulo. Acababan de dar las seis.

—No se preocupe, profe, dígame.

Rocchi se levantó y alcanzó un rincón donde había un hornillo de inducción con una cafetera encima.

—Solo quería saber si vas a ir luego a esa *especie* de clase.

La UACV (Unidad de Análisis del Crimen Violento) había organizado una serie de conferencias para estudiantes de licenciatura que se especializaban en psicología aplicada al análisis criminal. Acudían los mejores de todas las universidades italianas. Los conferenciantes, a su vez, eran todos profesionales que actuaban en torno a la escena del crimen, y entre ellos figuraba asimismo Antonio Rocchi.

—Qué remedio, profe, mi intervención va justo detrás de la de su alumno preferido. Él, a las once; yo, a mediodía.

—¿Tú también?

—Pues sí. Me han liado a mí también, aunque en el fondo me divierte. Hoy hablaré de los fenómenos cadavéricos transformadores. He escogido una serie de diapositivas acerca de la saponificación de los cuerpos de los ahogados que les van a dejar clavados en sus asientos.

Rocchi había puesto el móvil en manos libres, había conseguido desenroscar la cafetera mientras hablaba y, después de haber vaciado el filtro, la estaba rellenando.

—Escucha, dime una cosa —al otro lado del hilo, Carlo Biga bebió de su vasito mientras se restregaba una mejilla desacostumbradamente hirsuta.

—A sus órdenes, profesor.

—¿Qué tal se encuentra él?

—¿Enrico? —no hubo respuesta y Rocchi prosiguió—: Yo diría que bien, a menos que se haya vuelto de repente un artista en eso de disimular. Ha empezado a ir a ver a la doctora Antonelli y me da la impresión de que la cosa funciona.

—¿La loquera de la jefatura?

—Sí. Ha dejado los guantes en casa.

—Entiendo... Es que hace tiempo que no hablo con él.

—Ya sabe cómo es Enrico, profesor. Usted lo conoce mejor que nadie, no tendría de qué sorprenderse. Y, además, Gugliotti le ha puesto con ese caso de Villa Borghese...

—¿Cuál? —no le había dicho nada, increíble. Era la primera vez que Enrico se guardaba un caso para él.

—Ha habido tres víctimas, profesor.

—¿Tenéis ya alguna pista?

No había nada que hacer. Biga se sentía arrinconado, olvidado en primer lugar por sus colegas, después por Gugliotti, que le había quitado sus cursos, y ahora por su alumno preferido. Un hijo. No había nadie dentro de la brigada de homicidios que lo mantuviera informado. Y además, claro, leía poco los periódicos y estaba siempre encerrado en casa. Como mucho, salía para ir al pequeño ultramarinos del final de la calle o a la vieja bodega de la esquina con viale Carnaro.

—¿Por qué no se lo pregunta más tarde usted mismo? ¿No va a ir?

Precedido por un momento de incomodidad, Carlo Biga preguntó:

—Antonio, ¿podrías llevarme?

El viejo criminólogo no tenía carné, y desde que se había jubilado no había vuelto a alejarse de su casa castillo. Hasta hacía escasos meses, las clases que seguía impartiendo a algunos chicos de la UACV las daba en su casa; aunque ya le habían apartado de toda actividad.

—Desde luego; pero hágame un favor...

—Lo que quieras.

—Deje ya eso, acabará por matarle.

El tintineo del vaso en la mesita había traicionado al profesor. Al verse descubierto, se secó la boca con insistencia y se apresuró a responder:

—¿Y qué pasa con tus cosas? ¿Has acabado ya?

—*Touché*. Paso a recogerle dentro de una hora, profe.

—Gracias, Antonio.

El café empezó a rezongar en el fuego inundando el despacho con su suave aroma. La idea del olor que le esperaba, en cambio, en la sala de autopsias le descorazonó hasta tal extremo que apagó la cafetera y fue a sentarse en el sofá. Seleccionó en el móvil una lista de rock de los ochenta y empezó a relajarse con las primeras notas de *Infinite Dreams,* una conciliadora balada de Iron Maiden. Estiró la otra mano y rebuscó en el bolsillo de los pantalones, sacó un Zippo y encendió una colilla de hierba mientras se preguntaba si, en su palacete a un kilómetro de allí, el profesor seguiría con su «terapia». Sonrió pensando que lo descubriría al cabo de una hora.

8.

Nadie en su negro bajel pasa aquí
sin que atienda a esta voz que en dulzores de miel
de los labios nos fluye.

HOMERO, *Odisea*, XII, 186-187

*Esta noche Cristina no se encuentra bien, se ha encerrado en
casa. Su corazón débil la atormenta. Está sola y siente miedo del
vacío que acompaña a la soledad. Sus lágrimas no son por el hombre que se ha deshecho de ella con un mensaje de móvil. No. Es
aquel vacío el que la espanta. Y la atrae.*

*Cristina ya no aguanta más. Se levanta de la amplia cama,
deja detrás de sí un montoncito de pañuelos húmedos, sucios de
rímel salado, y se dirige al enorme jacuzzi del baño. Las paredes
de mosaico son azules y verdes. Abre el agua caliente y se acerca al
espejo. Suspira y se mira en busca de lo que no quisiera encontrar.
El animal, el mamífero. La ballena. De niña, en el colegio, la
llamaban así, y ella entonces volvía corriendo a casa, subía a su
habitación y se encerraba con llave. Ni a su madre ni a su padre
se les permitía entrar; pero daba igual, no estaban nunca. Se
acercaba al lavabo rosa y se observaba en el óvalo del espejo hasta
que aparecía la ballena de la voz de oro. Las mejillas invadían los
pómulos. Se sujetaba la cara entre las manos y se la apretaba hasta que su rostro ya no se parecía al de un cetáceo, con los ojos como
hendiduras. Entonces, desesperada, soltaba la nota más alta de la
que era capaz, empujando, como si la voz le saliera del hueco del
orificio respiratorio. Y seguía mirando fijamente la cara que
enrojecía, deformada por el esfuerzo de mantener la nota. Su
adolescencia se había quedado encerrada allí, entre la grasa y ese
re sostenido. Sus once años, aprisionados entre el timbre ligero de
la soprano y el peso de un cuerpo asfixiante.*

Han pasado otros tantos años y esta noche Cristina llora. Parece incapaz de detenerse. Llora y se mira en el espejo. Llora y quisiera reunir el coraje para hacerlo, esta noche. Se vuelve y persigue el vapor que sale de la bañera, y ve ya su cuerpo, deforme, allá abajo, abrazado por el agua espumosa, roja de su sangre dulzona. Los contempla, esos ojos que vencen por fin la punzada de la adiposidad, enormes y desorbitados. Está allí, sin vida. Un cetáceo sacrificado.

Cede a la pena y, por un instante, deja que los párpados se acomoden. Intenta respirar. Inhala el aire cálido y las minúsculas partículas de agua suspendidas. Abre otra vez los ojos y desplaza la mirada hacia el rostro de la foto pegada en el espejo. Esos ojos negros, magnéticos, hermosos y terribles.

Los ojos de la Callas.

Vuelve al espejo. Intenta perderse en los suyos, en sus ojos, pero se extravía de nuevo en el rostro rebosante. Intenta abandonarse al remolino que la atrae. Sobre el lavabo está el mando a distancia del equipo estéreo. Lo coge, aprieta el play y la música arranca. Las notas arrollan el aire húmedo y la voz de la Divina se eleva lenta, interpreta, vive la música y, después, vuelve a subir hasta ese maravilloso mi sobreagudo.

Ella, Cristina, nunca llegará. Es inútil que siga estudiando.

Mira el armario abierto, los medicamentos, los antidepresivos, los fármacos para adelgazar. Inútil, todo inútil. En la balda inferior, bajo el peso leve del algodón, el filo de una cuchilla. Estira la mano, los dedos delicados, las uñas cuidadas, pintadas de un color aguamarina resplandeciente. Las yemas rozan el acero, acarician el miedo que corta y se retraen horrorizadas. Se muerde un labio y sueña con estar ya muerta, del miedo que siente a hacerlo por sí misma.

Abajo, en cambio, el cazador de monstruos se mueve con calma. Escruta en la oscuridad, encuadra el lugar. Olisquea el aire. Establece sus puntos de referencia. La puerta, las dos ventanas desde las que llega una luz anaranjada. Las paredes están insonorizadas. Por todas partes reina un olor agradable, dulce, familiar. Es la glicinia, su flor preferida. El cazador inspira y deja que ese aire le llene los pulmones. Está casi listo. Nota cómo enloquecen cada una de sus células. La adrenalina empieza a circular, acelera los latidos hasta que se transforma en un tañido de la campana de carne que le quiebra el pecho. Los bronquios se le dilatan, el páncreas reduce la secreción de insulina en la sangre y aumenta la glucosa, la energía necesaria para el ataque.

Reconoce la excitación de la caza. El desajuste entre la violencia del depredador y la inercia de la presa. Las pupilas se le agrandan igual que las de un felino dentro de las tinieblas. La moqueta azul ultramar se halla por todas partes y sofoca sus mortíferos pasos. Desde la planta de arriba llega la voz aguda de una mujer que canta. Posee un timbre dulce y penetrante. Esos sonidos no tardarán en convertirse en un lamento dulcísimo. Liberador. Se mete en el bolsillo una mano cubierta por un guante de látex y saca las dos bolitas de cera. Se las encaja dentro de los oídos y marcha hacia ese canto que parece estar bañándose en lágrimas.

A medida que avanza, el cazador cambia, se transforma. Paso tras paso. Al igual que el mundo a su alrededor. Los sentidos cambian, se acoplan a su nueva naturaleza. Nota el olor a salitre que viene del suelo, rodea los sofás que se han convertido en escollos mientras debajo de él se mueve, leve como un susurro, húmedo como la noche, el mar. Y así, bajo su pie ligero, cada escalón parece una roca porosa.

Allá arriba le espera la madriguera de la Sirena.

Desde el rellano divisa la boca del antro, que exhala el vapor de las olas. Dentro de poco todo habrá acabado y ese horror solo será un recuerdo.

Otro paso hacia la libertad.

Porque el caos genera el miedo.

Y el orden es la única cura.

9.

Tenía que contestar. Se merecía su sinceridad. Mancini acercó el teclado, listo para aprovechar el menor impulso que, desde la corteza cerebral, pasara a través de los brazos tendidos y llegara hasta los dedos. En cambio, en el despacho resonaron tres golpes secos. Los habituales tres golpes de Walter en la jamba de la puerta. El comisario se espabiló y cerró a toda prisa con un clic el borrador de respuesta.

—¿Noticias del laboratorio? —preguntó distraído.

—Sí, jefe —dijo Comello, mientras se quitaba la cazadora de piel color ocre.

Se la había comprado en una tienda de segunda mano de San Lorenzo porque, en su opinión, se parecía a la que llevaba un polizonte de una serie televisiva estadounidense. La dejó en el sofá junto a la gabardina. Mancini se quedó mirándole y negó con la cabeza, desplazando después la mirada hacia el perchero. Comello obedeció. Los amplios pectorales tensaban las correas de la cartuchera con su arma, una Beretta 92 que sacaba con la mano derecha. Walter se la desabrochó y se la quitó, colgándola también del perchero. Esta vez la mirada de Mancini apenas lo rozó y voló de inmediato al escritorio del otro lado de la habitación; Comello captó el mensaje y fue a guardar el arma en el cajón.

—¿Tenemos los moldes de plástico?

—Los de las huellas tomadas dentro de la galería Borghese. Parecen idénticas a las que encontraron fuera, cerca de la Pajarera. Fue allí donde mataron a los tres.

—¿Hay señales de arrastre? Allí es todo grava.

—Sí, en efecto. Indican que los subió uno por uno. Las cámaras del exterior no funcionaban; ni tampoco las de dentro —dijo el inspector, sentándose en la parte libre del sofá.

—¿Han sacado los moldes de las huellas del exterior?

—Sí. Hay tres series de huellas. Una menos profunda.

—La del asesino cuando no llevaba la carga encima.

—Exacto. Y dos más profundas, diferentes entre sí.

—Debe de haber levantado a los chicos a la vez, antes o después de haber trasladado al padre.

Walter se restregó la barba rubia, mientras Mancini estaba en la ventana. Daba la espalda a Comello cuando lo interrogaba, pero parecía encontrarse ausente. Su pensamiento no dejaba de recordarle ese correo. Le molestaba, por lo que se obligó a darse la vuelta para concentrarse en la cuestión más importante.

—¿Qué dice el molde? —preguntó entonces.

—Un 43, el perito nos ha proporcionado las características básicas: un hombre de entre veintitrés y treinta años, peso estimado de unos setenta kilos. Podría tener algún problema de pisada, dado que la huella izquierda se halla ligeramente girada con respecto a la dirección de la marcha.

—O sencillamente iba desequilibrado por el cuerpo que sostenía —observó Mancini—. ¿Las suelas?

—Lisas, sin dibujo, sin ninguna señal de desgaste.

—¿Otros restos en las huellas? ¿Pelos, cabello?

—No, nada.

—¿Y Rocchi qué dice? ¿Te has pasado a verle para que te dé los informes sobre la causa de la muerte de esos tres?

—Aquí los tiene —Comello sacó de los vaqueros una hoja de papel bastante arrugada.

Mancini se acercó hasta el centro de la habitación, mirándolo de soslayo por el estado en que la había dejado, y la leyó. Las víctimas habían sido golpeadas con un objeto contundente muy pesado y de forma cuadrada. Algo muy parecido a una gruesa piedra, dado que en los tres cráneos se habían localizado restos del mismo polvo mineral que el laboratorio aún estaba analizando. Solo tras haber perdido el conocimiento fueron degollados, quizá con un cuchillo fino e irregular. La marca en forma de «ele» hallada en la nuca del jardinero le había sido practicada con otra hoja que había penetrado profundamente. Rocchi no había sido capaz de determinar si *pre* o *post mortem*.

—Han analizado también los patrones hemáticos tomados del charco de sangre de la Pajarera. Se corresponden con los tres grupos sanguíneos de las víctimas.

—¿Y qué pasa con el guarda de la galería Borghese?

—Estable. Lo mantienen en coma inducido —se encogió de hombros Comello—. Tendremos que proseguir sin su testimonio.

El comisario apartó a Comello, se acercó al sofá y recogió la gabardina. Quería dar un paseo al fresco para aclararse las ideas; aunque no supiera a propósito de qué.

—Nos hace falta información reciente sobre las víctimas de la galería Borghese y sobre el guarda. Por «reciente» entiendo cosas distintas a lo que han recogido los agentes.

Encima del escritorio, el teléfono de baquelita sonó, pero Mancini hizo como si nada.

—Date una vuelta por la galería Borghese, quiero saber quién era el jardinero, qué hacía allí fuera de noche, por qué estaban sus hijos con él. Familia, trabajo, vamos, todo.

—Voy enseguida.

—Y quiero saberlo todo también del guarda. Localiza todos sus datos y los de sus parientes. Y confiemos en que salga del coma.

No será un hermoso despertar, pensó Comello. Recordaba a la perfección el aturdimiento con el que se había reavivado después del accidente de Pontina, meses atrás. Por una afortunada combinación, se había librado, se ve que no había llegado aún su hora, e incluso su Alfa Giulietta había quedado como nuevo.

Mancini se acercó al escritorio y apretó el botón del manos libres del aparato, que insistía en berrear.

—¿Sí?

—Se encuentra aquí la señora Nigro, comisario —anunció el agente de la recepción de la jefatura.

—¿Quién? —contestó Mancini frunciendo la nariz.

—La especialista en historia del arte que nos ha mandado el superintendente.

Los dos policías cruzaron una mirada como diciéndose: otra intromisión de Gugliotti. Después el comisario preguntó:

—¿Y qué quiere?

—No lo sé. Afirma que tiene que hablar con usted. Trae consigo el fax del superintendente Gugliotti. Se trata de la investigación de la galería Borghese.

En un instante todo quedó claro.

—Entiendo, acompáñala hasta aquí —después colgó, resoplando.

—Una profesora... —el inspector hizo un gesto de advertencia con el dedo y sonrió.

El agente se asomó anunciando a la profesora Nigro y por el marco de la puerta apareció la línea de una pierna enfundada en unos vaqueros oscuros. Llevaba un cárdigan de lana fina que le ceñía el pecho y, en los pies, un par de bailarinas negras con una rosita roja en la punta, completamente inadecuadas para aquella época del año. El pelo lo tenía revuelto y de color cobre.

Cuando la mujer entró en la habitación y el agente se alejó para volver a su puesto, Mancini y Comello intercambiaron otra mirada: parecía mucho más joven de lo que habían imaginado. Sin embargo, era sobre todo ese aire distraído e ingenuo lo que provocaba un efecto inmediato de límpida belleza.

La incomodidad de la situación quedó pulverizada por las palabras del comisario:

—Encantado, profesora.

—Alexandra, hágame el favor —contestó la mujer, revelando un evidente malestar. Dio otro paso y le tendió una mano delicada y blanca en un gesto desmañado. Cuando Mancini se la estrechó, notó unas uñas completamente comidas.

—Usted no parece italiana.

Su acento la había traicionado:

—Tiene razón. Soy italoamericana. De padre italiano y madre estadounidense; pero llevo toda la vida en Roma.

Mancini hizo un gesto hacia Walter:

—Este es el inspector Comello, de la brigada contra el crimen.

—Encantada, inspector.

—El gusto es mío —dijo él, poniéndose colorado.

—¿Puedo preguntarle...? —empezó a decir Mancini.

—Doy clases en la escuela de estudios clásicos de la American Academy de Roma —se anticipó ella—. El motivo por el que el señor Gugliotti me ha llamado es mi especialidad, centrada en la mitología en el arte antiguo.

El malestar que el apellido del superintendente le provocaba desapareció cuando Mancini se concentró en el rostro de la joven, que hacía poco que había dejado de ser una muchacha. Daba la impresión de tener veinticuatro, veinticinco años. Bajo su frente despejada sobresalía apenas una nariz fina y pecosa en la que se apoyaba la montura negra de sus gafas. Más allá de los cristales redondeados, los ojos de Mancini se perdieron en el interior de una mirada amarillo anaranjado que nunca había visto hasta entonces. Sin preocuparse de la turbación que enrojecía las mejillas de Alexandra, se demoró en contemplarla, hipnotizado por el mar de ámbar sobre el que navegaba.

Un golpe de tos rompió el hechizo.

—Solo quería confirmarles que estoy a su disposición y que...

—Por supuesto —la atajó el comisario. Después se dio la vuelta arrastrando consigo el eco cromático de esos ojos y sorprendiéndose mirando el amarillo desvaído de las paredes—. Walter, acompaña a la profesora, déjale los datos del destacamento, tu correo oficial, y en cuanto tengamos algo que consultarle la avisaremos.

Alexandra prosiguió donde Mancini la había interrumpido:

—... estoy aquí porque he analizado las fotos de la galería Borghese.

—De la galería o de los... —matizó el comisario.

—De los cuerpos, naturalmente —dijo Alexandra remarcando la última palabra.

Mancini se quitó la gabardina —ya se daría el paseo en cualquier otro momento—, la colocó en el respaldo del sillón y le hizo un gesto para que se sentara en la silla que estaba delante de su escritorio. Por un momento, se vio cara a cara con la pantalla apagada de su ordenador.

—¿Y qué es lo que ha sacado en claro, profesora Nigro?

—Alexandra, por favor —repitió ella, sentándose.

Extrajo unos papeles de la pequeña mochila de piel que, hasta ese momento, se había dejado en los hombros. Eran las fotocopias de las instantáneas que reproducían la composición de los cuerpos del jardinero y sus hijos en la galería Borghese. Comello se acercó y se quedó de pie junto a ella.

—Yo creo que quien hizo... esto —dijo Alexandra tocando el centro de la foto— quiso reproducir una escultura.

—Eso resulta evidente —se le escapó a Walter.

—No me he explicado bien, inspector. Me refiero a una escultura en particular, una obra concreta.

—¿O sea? —dijo brusco Mancini.

Alexandra volvió a coger la mochila, sacó una agenda y la abrió por el lugar en que había un marcapáginas rojo.

—Intento decir que su asesino ha reproducido, con mucha precisión considerando el material humano del que disponía, una obra que se encuentra hoy en los Museos Vaticanos, pero de la que existen varias copias, en los Uffizi, por ejemplo, y también en otros países.

El inspector y el comisario permanecían expectantes, poco propensos a creer en lo que escuchaban, al menos hasta que Alexandra dejó la fotografía sobre el escritorio.

—El grupo escultórico de Laocoonte.

Mancini estiró la mano y con la punta de los dedos acercó la imagen a la que habían sacado los fotógrafos a las víctimas. El parecido era aproximado si se consideraban las dimensiones y la musculatura de los cuerpos desnudos; pero la postura en la que cada una de las extremidades había sido colocada resultaba prácticamente idéntica. Las curvas de la cuerda que unía los cuerpos de los desafortunados de la galería Borghese tenían su correspondencia en los anillos letales de las serpientes marinas que constreñían a las tres figuras del grupo escultórico en la foto de Alexandra.

—¿Qué le parece, comisario? —preguntó Comello.

Los ojos de Mancini se desplazaban rápidamente de una a otra imagen con la esperanza de encontrar alguna diferencia relevante que frustrara el horror de aquella evidencia.

Antes de que pudiera responder, el móvil de Walter vibró en el bolsillo de sus vaqueros. Comello lo sacó, pasó el dedo por la pantalla y leyó.

—Comisario, me temo que debemos irnos.

10.

Cristina se cepilla el pelo y llora. El cepillo de marfil, la cabellera de trigo. Una, dos, diez veces, hacia abajo. Después, observa las cerdas blancas llenas de hilos de oro. Se las acerca a la nariz e inhala el aroma del talco para el pelo, el mismo de siempre. El aroma se introduce en los conductos y llega hasta las terminaciones nerviosas, construyendo una imagen vaga. Está sentada al piano, con su padre al lado. La nota alta en exceso y aquella bofetada. La mejilla que le arde de amor y desilusión.

Sus padres nunca estaban en casa, siempre fuera cantando en algún gran teatro. Fausto o Rodolfo, Nedda o Desdémona, París o Nueva York. Los amaba de lejos, como una fan. Y de repente el olor. Lo identifica en un gesto. Su madre que le cepilla el pelo y la consuela. El polvo de talco que sobrevuela su cabeza y forma una aureola alrededor. Se aferra a ese pensamiento remoto como al último arrecife seguro, el amor y el dolor, y vuelve a inhalarlo.

Cristina lloriquea, desorientada frente al espejo empañado. El vapor es como ese talco. Los sollozos revisten el ruido de los pasos detrás de ella con un velo de silencio. Gime y no se percata de los movimientos más allá de la niebla. Cristina se lamenta y no sabe que su sueño está a punto de hacerse realidad. La ballena de la voz de oro está a punto de convertirse en la mujer con cola de pez. La Sirena llora y no sabe que el cazador de monstruos ha venido a por ella.

Detrás de la cortina vaporosa hay un movimiento plateado. Unos ojos que buscan. La respiración se le quiebra cuando el brazo del hombre asoma y le rodea la garganta. La curva del codo le aprieta el cuello y la mandíbula. Se cierra como el mordisco de un pitbull y aprieta hasta quitarle todo el aire que tiene dentro. Después, como si fuera una niña, el hombre la levanta y la gira hacia el jacuzzi humeante. Así es como da comienzo la ruidosa danza de la muerte.

El hombre con los tapones de cera golpea dos veces la nuca al descubierto, después le empuja la cabeza hacia abajo, en el agua hirviendo. La Sirena bracea, y mientras el fluido le destroza las fosas nasales, le incendia la garganta y le llena los pulmones, los ojos buscan el espejo, arriba, sobre la superficie del agua.

Se incorpora. Regurgita agua y un líquido amarillo. Después, abajo y arriba otra vez. A merced de una fuerza a la que ya se ha rendido, intenta gritar.

—No..., por favor —se eleva la voz de falsete.

Pero Ulises actúa con previsión. No oye nada. No se deja seducir por el canto del monstruo. Aprieta la tráquea de la Sirena entre el dedo pulgar y el índice. Luego la hunde hacia abajo, levantando una ola que rebosa y le moja los pies, desencadenando la furia. Él grita. Levanta otra vez la cabeza de la Sirena y le golpea la cara contra el blanquísimo borde.

Ahí está el rojo. La máscara de maquillaje y terror implora a la mano que la sujeta por el pelo.

—Por favor —insiste temblando.

¿Cómo es posible que el agua queme?

Ulises sacude la cabeza, pero ella no puede verlo, aunque comprenda que sus súplicas son aire, un vacío neumático. La nada. Y la llevarán lejos. Al lugar más hermoso del mundo. Arrebatada del arrecife seguro, privada de su arma sonora, la Sirena se ahoga en su mar de lágrimas y rímel.

Las lágrimas bajan negras y, mientras él coloca la plata en la base de la oreja, ella se queda mirándole un instante a los ojos, un instante que querría prolongar para siempre, que querría capaz de detener el tiempo. Sin embargo, ese momento es el último antes del desgarro que le abre el cuello como si fuera una branquia. Un arco iris de luz relampagueante que emana del arma plateada. Mientras la voz de la Callas alcanza su máxima extensión, llega el segundo golpe. La media luna se abate sobre los cien kilos de Cristina mientras el cielo se oscurece. También la garganta encuentra ese trozo de hoja y otra branquia revela tendones y tiras musculares. *La Sirena boquea, sacude los brazos en la bañera roja. La muerte llega en cuarenta y nueve segundos. Es él quien los cuenta, antes de que se lleven para siempre ese canto maldito.*

Los mismos cuarenta y nueve segundos que sirven a la Sirena para asistir a la última proyección. En la opaca claridad de la película, ella, con los ojos desorbitados, sueña con el chico del pelo rizado, en el pupitre en medio del aula. El último año de secundaria. Las notas de papel verde arrancadas de la agenda. *Me gustas*, le escribía. El único que alguna vez la hizo sentirse hermosa. Viva. Después, los confines de la película se confunden con el traje opaco de la muerte y se queman, consumiéndose. El sabor de la añoranza en el paladar, el hierro dulzón de la sangre.

El horror y la locura.

Las sinapsis del cerebro de la criatura lo registran todo. Sintetizan la proteína de la memoria. El vapor, el espejo, la hoja que refulge. Todo atraviesa el hipocampo y en pocos instantes se encuentra dentro de la corteza. El lóbulo temporal absorbe las informaciones que se convierten en una nueva experiencia. En cambio Cristina no podrá contar a nadie ese asombro de la última emoción, porque su alma dulce acaba de volar lejos. Engullida por la última voz.

La bruja marina yace para siempre. Cabellos por todas partes. Al cazador le ha costado domeñar a la horrenda bestia. Esas dos finas membranas han dejado de temblar. No volverán a hechizar a nadie. Se siente satisfecho. Se quita la cera de los oídos. Ahora se siente mejor. Vuelve en sí. La luz cálida del espejo le molesta. La apaga y se agacha. El cuello abierto cuelga del borde del jacuzzi y la voz de la Callas muere en los tonos bajos del dolor.

Su tarea casi ha terminado. La Sirena ya no canta.

Ahora solo le queda llevarla a casa.

11.

Roma, parque zoológico

Rocchi, Comello y Mancini dejaron el Alfa Giulietta de Walter en el paseo y se asomaron a la entrada monumental del parque zoológico. La mirada de piedra de las dos fieras enfrentadas y la fachada rematada por animales en el estilo teatral de Brasini recordaron de golpe al comisario la potencia deslumbrante de aquel mágico lugar.

Una magia que Mancini había borrado de su memoria.

Comello leía en voz alta la página abierta en el iPad:

—«El 2 de noviembre de 1910 llegó a Roma el tren de Hamburgo que traía el primer grupo de animales destinado a poblar los espacios dispuestos para ellos. El zoo quedó inaugurado a principios de 1911».

—No podía haber fecha mejor para una deportación como esa —comentó Rocchi aludiendo al día de los difuntos.

—«El parque abarca doce hectáreas —prosiguió el inspector—. Fue construido sobre un proyecto de Urs Eggenschwiler y el arquitecto escenógrafo Moritz Lehmann, que crearon canales y fosos en lugar de rejas, dando al público la sensación de que las fieras se encontraban en libertad».

Rocchi meneaba la cabeza y la mueca que llevaba impresa en la cara manifestaba a las claras lo que pensaba de aquella cárcel a cielo abierto. Mancini lo observaba todo, con la mirada absorta en un pavo real que arrastraba su estela de plumas con los colores llenos de polvo.

—En su época, este lugar debió de ser un espectáculo increíble. Algo parecido a la ilusión de la locomotora que aterrorizó a los espectadores en las primeras proyecciones de los hermanos Lumière —dijo Comello, mientras cruzaban la zona de los felinos y superaban la jaula de las grullas coronadas. A su alrededor, gaviotas, cuervos y palomas, orgullosos de su propia libertad, acosaban a los visitantes en busca de un trozo de pan.

—Yo venía aquí de niño. Con mi padre —murmuró el comisario, avanzando entre el polen en suspensión de los plátanos—. Mi madre detestaba este sitio.

—Seguro que se divertían —sonrió Walter con los ojos fijos en la pantalla.

—Seguro, menuda juerga —ironizó Rocchi.

—Es inútil que insistas, Antonio. Para un niño esto es un paraíso.

—En absoluto, Walter —lo detuvo Mancini—. Mi padre me atiborraba de datos científicos sobre cada una de las especies presentes.

Cruzaron el edificio de estilo morisco que albergaba a las jirafas y el comisario se sorprendió a sí mismo buscando a Marcoantonio, la enorme jirafa macho que murió cuando él era un niño. Se decía que la habían matado a bastonazos y que acabó en el museo de zoología que había allí cerca, disecada, con la indiferencia en sus ojos de cristal, sin memoria.

Por fin llegaron al recinto de las focas. En la piedra caliza de la enorme piscina de un falso azul se encontraba adormecido un viejo ejemplar de macho. A pesar de la multitud de niños acompañados por la infantil euforia de sus padres, Federico, que así se llamaba el mamífero, se mostraba indolente. Parecía cansado, como un náufrago que ha sobrevivido al hundimiento de su nave.

A unos cincuenta metros de allí había una zona abandonada, rodeada por una verja y un muro de setos que la ocultaban a la vista. La pareja de agentes que patrullaba el acceso marcado por la cinta blanca y roja les dio guantes, cubrezapatos y gorros.

Lo que había sido el reino de cartón piedra de los osos polares albergaba ahora las siluetas blancas de los agentes de la policía científica. Hacía más de veinte años que el último animal había abandonado ese mundo descolorido y la instalación, que no reunía ya las condiciones para albergar a otras especies, había quedado abandonada.

Allí, entre el falso hielo perpetuo, se hallaba Cristina Angelini. Como un monigote tirado en la cama, su cuerpo yacía sobre un escollo artificial, reclinado sobre el costado derecho. El codo sostenía el brazo y la mano sobre la que se apoyaba la cara. Las piernas estaban envueltas juntas con lo que parecía ser cinta aislante de color verde agua. Mancini se acercó al perímetro de la pileta, por la que corría una barandilla de seguridad. Apoyó una mano en el hierro oxidado y los dedos le devolvieron una sensación familiar. Comello dijo algo a lo que Rocchi pareció responder, pero Enrico se había dejado arrastrar por un silencio melancólico.

Se acordaba de los osos polares allí debajo, al borde del foso de un blanco lácteo. Rememoró el sonido ronco que emitían para animar a los niños a que les echaran algo de comer. Entre ellos se encontraba él, muchos años atrás. Sin embargo, a diferencia de los demás, él no arrojaba cacahuetes y caramelos, él no. Claro está, le hubiera gustado alimentar a aquellas fieras de la nieve con su bocadillo, pero su padre, profesor de zoología en la Universidad de la Sapienza, no se lo consentía. Le permitía, en cambio, caminar, sujeto de la mano, por la reja de hierro, a pocos metros del abismo glacial. Enrico sufría por no poder dar de comer a los osos polares, pero le encantaba notar en él todas esas miradas, las famélicas desde el fondo del foso y las de envidia y asombro por parte del resto de los niños.

De repente, un pensamiento le invadió como un cubo de agua helada. ¿Por qué su padre le permitía hacer algo tan peligroso? De haberse caído, no habría tenido salvación. No hubiera sido el primero. ¿Por qué no le dejaba intoxicar a esos animales, pero sí caminar por allí encima?

Salió de la niebla mental con una expresión atónita, como si no se esperara hallarse precisamente allí; como si ya no reconociera ese lugar. No había duda. El lugar mágico de su infancia se había evaporado. Los olores, los colores, los sabores de aquellos días habían desaparecido. La plenitud sensorial del recuerdo de aquellos domingos con su padre se había perdido, hecha añicos al enfrentarse con la realidad gris que tenía delante.

Bajaron por las escalerillas excavadas en la piedra caliza y subieron al segundo de los tres niveles del iceberg. Rocchi se acercó al cuerpo, abrió el maletín de metal, se agachó y encendió una linterna que iluminó la cabeza de la mujer. Su pelo, rubio, estaba recubierto de sangre coagulada. Desplazó la luz hacia el vientre de la joven, su cuerpo desnudo dejaba la grasa expuesta.

—Podría tratarse de un maniaco —dijo Comello.

—No —el vientre y los genitales no parecían dañados. Mancini observó el rostro hecho trizas, machacado por una rabia más animal que humana—. En los delitos de carácter sexual el asesino no estropea el rostro de la mujer de esa manera; si acaso, se ensaña con el cuerpo, en las zonas simbólicamente relacionadas con la sexualidad. Espero una confirmación en el informe de la autopsia, Antonio. Lo antes posible.

—Lo antes posible... —repitió Rocchi con un susurro mientras la luz se deslizaba por el cuerpo.

La víctima presentaba dos cortes a la altura del cuello, en la carne lacerada se entreveían las incisiones limpias y profundas. Rocchi hundió el haz de luz de la pequeña linterna ayudándose con unas pinzas que sacó del maletín. La carne había sido desgarrada con varios golpes, pero un elemento saltó a la vista del médico forense.

—Claro.

—¿Qué has encontrado? —preguntó Mancini.

—Os presento a la Sirena —dijo Rocchi empujándose con las manos contra las rodillas para incorporarse.

—¿Eso qué significa? —intervino Comello.

—Antonio, ¿es que te has vuelto tú también un experto en mitología?

El tono del comisario distaba mucho de ser irónico; parecía molesto.

—¿Lo dice por esa especie de cola? —preguntó Comello señalando las piernas envueltas por la cinta verde.

Los pequeños pies de la muchacha habían sido forzados para colocarlos en forma de aleta, con los talones tocándose. Mancini se acercó a las piernas y llamó a los otros dos:

—Mirad.

Lo que los mantenía en esa posición tan poco natural eran unos clavos.

—Tienen la misma forma que los agujeros de los cuerpos de la galería Borghese, son cuadrados —sugirió Comello, echándose hacia atrás.

—Walter tiene razón, parecen las mismas marcas. Y además, mira esto otro —dijo Rocchi volviendo a los cortes—: Para mí, estas son las branquias.

—No hay duda. Por desgracia.

—Comisario, no se enfade, pero tal vez fuera conveniente llamar a Alexandra Nigro para una inspección ocular —Comello se había apartado un par de metros—. Tengo aquí mismo su número de teléfono...

Mancini hizo caso omiso de la propuesta del inspector y se quedó mirando al médico forense con expresión interrogante.

—Continúa, Antonio.

—Verás, Enrico... —Rocchi señaló con el dedo índice y la lucecita al interior de las heridas—. ¿Sabes lo que hay ahí al fondo?

Mancini se agachó:

—¿La tiroides?

—Sí, ahí está; pero aquí, detrás de esta zona, se encuentran las cuerdas vocales.

Mancini hundió la mirada en la carne y comprendió lo que quería decir.

—¿Se las ha arrancado?

—Las ha raspado más bien, diría yo, quizá con la hoja con la que le ha abierto la carne, ya te lo diré.

—Era cantante, ¿no? —preguntó el inspector, desde detrás.

—Toda la familia pertenece al mundo de la ópera —intervino Rocchi.

—Una Sirena perfecta —dijo Comello.

—La ha preparado y colocado sobre su pedestal natural.

No podía ser casualidad, los tres lo sabían, que el hallazgo de Cristina Angelini se produjera dos días después y a unos pocos cientos de metros del de la galería Borghese. Un procedimiento parecido —cortes con una hoja irregular y clavos para componer la figura—, por más que aquí parecieran faltar los signos del objeto contundente que había roto las cabezas del grupo de Laocoonte. Lo que preocupaba de verdad a Mancini era la ausencia de un hilo conductor claro. Por mucho que se esforzara y mirase a su alrededor, era incapaz de *sentir* la escena del crimen como le ocurría por lo general. Si aquel era un asesino en serie, y por desgracia había más de un indicio de que en efecto lo era, él no conseguía establecer una conexión con el lugar en el que el monstruo había actuado.

—Vámonos —dijo por fin, desilusionado consigo mismo.

—Deberíamos llamar a la profesora Nigro —repitió Comello.

—Hazme un favor, Walter. Déjala fuera de este asunto.

—Yo no la conozco aún, pero ¿qué es lo que no te gusta de ella, Enrico? —Rocchi sentía curiosidad.

—Nada, pero mantengámosla alejada de la escena del crimen. No es una polizonte.

—Venga —lo apremió el forense—. Hay algo que te molesta.

Mancini resopló, mirando a lo lejos.

—La ha mandado Gugliotti y no me fío de él. Es de esas que no llevan reloj. Tiene las manos llenas de marcas de tinta y las uñas, completamente mordidas. Vive en su mundo antiguo, hecho de fábulas y de mitos.

—¿Y ya está? —preguntó Rocchi.

Mancini no dijo nada. Omitió, por ejemplo, que tampoco Marisa llevaba nunca reloj, que ella también era una de esas, un poco indolente, con la cabeza en otra parte, entre las páginas de sus novelas. Tampoco dijo que los andares despreocupados de Alexandra le recordaban a cuando su mujer se hacía la borracha y caminaba dando tumbos. Se limitó a contestar:

—De acuerdo, llámala, pero limitémonos a enseñarle las fotos.

Rocchi señaló una cancela que conducía al paseo del estanque de las focas. En pocos minutos estuvieron en la amplia avenida que llevaba al exterior.

—Yo me encargo de llamar al prefecto y de hacer que se cierre toda esta área al público, desde aquí hasta la galería Borghese —dijo Mancini—. Necesitamos un análisis comparativo de los cadáveres, Antonio. Entretanto, debemos realizar una serie de exámenes oculares en la zona.

—¿Por dónde empezamos, comisario?

—Por aquí —dijo Mancini saliendo por la gran verja del parque zoológico.

12.

Roma, Garbatella

Matas de romero, albahaca y tomillo llenaban los pequeños tarros de mermelada sobre la repisa de la cocina que Walter se había comprado nada más cambiarse de casa. El puñado de euros de más en la nómina lo había convencido para dar el paso y, desde la zona de Bravetta, se había mudado a un apartamento en una histórica parcela de Garbatella. Dormitorio color habano, baño con ventanuco estrecho y un balconcito que se abría a un patio interior poblado de pinos y de adelfas bajas. Sesenta metros cuadrados que iría arreglando con pequeños trabajitos y amueblando poco a poco, a son de pagas extra. Había conseguido que le concedieran una cómoda hipoteca, y al cabo de treinta años la casa sería suya.

En la planta de abajo, en el espacio que en otros tiempos era el lavadero del edificio, se encontraba el taller de un mecánico, un hombre simpático, delgado y calvo que hablaba solo mientras se afanaba entre bujías y carburadores. Fuera, los muretes y los bancos no albergaban ya los charloteos de los obreros del puerto fluvial para los que había sido construido el barrio en los años veinte. Le hubiera gustado hacerse con un chalecito con jardín para tener un perro y levantar una buena barbacoa de ladrillos, pero los precios estaban por las nubes. En el fondo, parecía satisfecho con lo que tenía y, además, el gimnasio donde trabajaba como entrenador tres veces a la semana se hallaba a cinco minutos andando. Garbatella siempre había sido un barrio hecho a la medida del hombre. Construido como si fuera una población rural para animar a la gente del campo a instalarse en la zona de Ostiense, en la que mercados e industrias daban al Tíber, había adquirido los rasgos de un pueblo.

En cada chalecito había frisos con imágenes de animales y adornos florales. Y el verde abundaba por todas partes. Una versión popular de la ciudad jardín a la inglesa, que tenía su contrapunto más elegante al otro lado de Roma, en Montesacro.

El timbre no funcionaba. Walter lo recordó al oír los golpes en la puerta. Tres golpes acompasados. Miró el reloj de la pared, las ocho y media. Por montar la mesilla, se había olvidado de poner agua en la cafetera. Abrió de par en par la puerta con una sonrisa que le salía del corazón. La mujer que se encontró delante se la devolvió con una luz vívida en los ojos y le estampó un beso en los labios. Después, se echó hacia atrás para detener el balanceo de la cámara fotográfica.

Desde que había entrado en la plantilla de la policía científica, Caterina había decidido cortar algunas de las que consideraba malas costumbres. Había renunciado a todas las obsesiones a las que se entregaba para borrar el recuerdo del día en que, de niña, se había perdido entre los bosques de Villa Pamphili. El mismo día en que sus miedos habían adquirido una forma. Y no habían vuelto a abandonarla.

Había dejado de levantarse temprano por las mañanas para ir a correr. Había dejado de calentar, de ponerse el chándal, las zapatillas y los cascos. Había dejado de aislarse del mundo, de correr sola, y ahora intentaba empezar desde el principio, usando por fin su Nikon como un instrumento para registrar huellas y pistas y no como una pantalla entre el mundo y ella.

Se levantaba a las seis de la mañana, una hora más tarde de lo que acostumbraba, y después de una larga ducha se obligaba a tomar el desayuno con estudiada lentitud. A las siete y media salía de casa para ir al destacamento de Montesacro. Una vez a la semana acudía a un minúsculo cine, sea cual fuera la película que pusieran, compraba una entrada y se sentaba al fondo, en la última butaca, a la derecha. Compraba palomitas y se dejaba engullir por las imágenes perdida entre los diálogos de los personajes. Funcionaba. Empezaba a dejarse llevar, a ser más abierta y receptiva con sus compañeros, a advertir gestos de repentina ligereza a los que no estaba acostumbrada.

De esta manera, había empezado a salir con Walter. Siempre le había atraído su mirada azul sobre la barba rubia, su valor y el sentido de la justicia de aquel hombre sencillo. En realidad, había sido Mancini el primer destinatario de su interés, oculto, vergonzoso, inconfesable, pero después todo cambió. Sabía cuándo había ocurrido, existía una fecha concreta. Fue el día de la visita a las bombas de agua del puerto fluvial, durante las investigaciones del caso de la Sombra, cuando Walter la había levantado del suelo, arrancándola de la alucinación que la había poseído.

A veces desayunaban juntos, después se iban al trabajo. Caterina fue a la cocina y, al abrir el cajón de los mantelitos para el desayuno, vio en la mesa un grueso sobre de cartón amarillo, de esos que se emplean para los envíos de documentos.

—Es para ti —dijo Walter sin volverse. Después abrió la alacena buscando dos platos hondos y dos vasos.

—¿Qué es?

—Caterina levantó la solapa e introdujo la mano. Extrajo unas hojas de papel satinado y las colocó sobre la mesa. Eran cuatro fotos en formato A4 en blanco y negro. Brillantes y desenfocadas, probablemente instantáneas de una cámara de vigilancia. Reconoció de inmediato la explanada de delante de la estación Termini. La multitud, los taxis, los agentes, la terminal de autobuses y dos tanquetas militares.

—¿Qué es? —repitió con creciente impaciencia, mientras dirigía la mirada hacia otras dos imágenes.

La primera era una vista panorámica del espacio que hay frente a la estación. Mucha gente, las siluetas captadas en movimiento. Un grupillo de monjas vestidas de blanco, cerca de las cuales Caterina advirtió un círculo trazado con un rotulador rojo de punta fina. Dentro había un cuerpo delgado, con una camiseta blanca, cabeza pequeña, pelo oscuro, corto. Podía ser cualquiera.

Caterina pasó a la segunda: desde la perspectiva de la cámara lateral se veía mejor el perfil del chico del círculo. Porque ahora resultaba evidente que se trataba de un chico. Un escalofrío le recorrió la nuca como una dentellada de hielo. Se apresuró a mirar la tercera imagen mientras Walter se colocaba a su lado. El mismo escenario, pocos metros más adelante en la explanada, pero esta vez en un plano casi frontal, desvelaba el rostro de aquel chiquillo gitano. Caterina se volvió hacia Walter clavándole la mirada.

—Las he encontrado entre los expedientes de la investigación sobre los chicos de la piazza Esedra.

—¿Qué investigación? —preguntó ella con un hilillo de voz, desarmada.

Los periódicos los habían bautizado como «los chicos del zoo de Roma». Todos menores de edad, inmigrantes norteafricanos o de Europa del Este, todos sin familia. Chicos de entre doce y catorce años que dormían entre las paredes húmedas de los corredores subterráneos de Roma. Almas extraviadas, obligadas a venderse a cambio de cincuenta euros para poder comer algo. Se entregaban a los ogros del sexo, a viejos pedófilos que a la caída del sol abandonaban sus pisos de Monti o de la piazza Vittorio para acercarse, como moscas atraídas por el olor a comida, al mercado de carne fresca.

La cuarta hoja se dividía en dos imágenes verticales. La primera encuadraba un escenario distinto, la cámara se hallaba a unos pocos cientos de metros de la estación. Enfocaba los jardincillos que hay delante de las termas de Diocleciano, a espaldas de los puestos de libros usados. El blanco y negro de la foto se veía interrumpido por una flecha trazada por el mismo rotulador rojo, que señalaba al chiquillo gitano en el centro del encuadre, en movimiento.

—Niko —dijo Caterina, tomando en sus manos la última foto.

Su atención se desplazó después hacia la imagen gemela que había al otro lado de la hoja. Parecía uno de esos pasatiempos del estilo de «encuentra las diferencias». Todo resultaba idéntico, excepto la posición del pequeño gitano. Estaba de pie frente a un rectángulo oscuro que se abría en el centro del césped.

Caterina acercó los ojos, pero Walter se le adelantó:

—Es una rejilla.

Sin embargo, el cuerpo de Niko se inclinaba hacia delante, como si fuese a bajar por una escalera invisible.

—Lo siento, Cate —dijo Walter meneando la cabeza.

13.

Roma, Villa Angelini

—Mi hija era una muchacha infeliz.

A Francesca Angelini, la madre de la cantante hallada muerta en el recinto de los osos polares del parque zoológico, le temblaba la voz al tiempo que su abundante pecho.

La casa de los padres se encontraba a pocos cientos de metros de la de su hija y del zoo. Era una mansión hollywoodense en via dei Tre Orologi, con una piscina en forma de lágrima engastada en un césped a la inglesa.

—Desde niña siempre tuvo problemas de peso, como todos nosotros, por otra parte. Pero a mí nunca me importó lo más mínimo; lo único que tenía en la cabeza era cantar, llegar a lo más alto. Exhibirme en la Scala. Y lo mismo puedo decir de mi marido.

El hombre, sentado al lado de la mujer en el valioso sofá de brocado, hacía que ella pareciera una sílfide de lo enorme que era. La barba de Fígaro y la amplia camisa de mangas abombadas le conferían el aspecto de un personaje de ópera. Mientras ambos hablaban con el inspector Comello, Mancini los estudiaba, tomando nota de todo, desde las palabras hasta los gestos, y observaba atento los objetos que embellecían el salón, que parecía envuelto por una extravagante aura teatral. En la habitación flotaba un aroma a resina. La chimenea, enmarcada en mármol de Carrara, crepitaba alegre. Sobre la repisa, una docena de fotos los mostraba a ambos cantando cualquier aria de ópera. La última era de su hija, tercera de una fila de chiquillos frente a un micrófono, quizá en un concurso de canto. En aquella imagen, Cristina tendría como mucho siete, ocho años, y la cara, ya deforme por la obesidad. En el fondo de sus ojos se podía leer una tibia resignación y una total carencia de entusiasmo.

La mujer echó una ojeada a su marido y ambos miraron el marco sobre la repisa de la chimenea con expresión de arrepentimiento.

—Para ella no resultaba tan necesario cantar. Nunca.

—¿Cuándo hablaron por última vez?

—Yo estuve en Nueva York la semana pasada y el miércoles la llamé al móvil, como hago siempre que me encuentro fuera —dijo el hombre—. Quería saber cómo estaba. Cristina sufría últimamente de una ligera forma de depresión, algo que me preocupaba.

La mujer lo fulminó con una mirada, después se dio cuenta de que su gesto no había pasado desapercibido.

—Yo estaba en Milán, y la llamé después de hablar con mi marido. Y tampoco me contestó al teléfono de casa.

—¿Podrían ser algo más precisos con los horarios? —el inspector tomaba notas, como hacía siempre, en una pequeña libreta. Apuntaba pocas palabras, sintetizando.

—La llamé hacia las seis de la tarde, desde el hotel; tenía media hora libre antes de que llegara la limusina que debía llevarme al Metropolitan, así que se me ocurrió hablar con ella —la parte final de la frase le sonó insegura, tal vez por la turbación.

—De modo que aquí, en Roma, era ya medianoche, más o menos —escribió Comello.

El hombre asintió mientras su mujer pensaba.

—Veamos, yo creo que la llamé justo después, porque él me avisó de que no había podido localizarla.

La mujer interceptó la mirada de Mario Angelini, extendió la mano hacia la suya y se la apretó con fuerza.

—Lo primero que pensamos los dos es que había sido un acto desesperado; porque, por desgracia, no puede negarse, Cristina no estaba bien consigo misma. Incluso había empezado a hacer terapia, pero, qué duda cabe, sin resultados.

Las lágrimas humedecieron los ojos del tenor. Se estiró para coger un puñado de pañuelos de la mesa que separaba a los cónyuges de los policías. Desde hacía casi media hora, Mancini los observaba sin intervenir, pero ahora su silencio comenzaba a resultar incómodo. En sus rostros aleteaba la sombra del maquillaje, pero no había ni rastro de ojeras. Aquellos dos parecían todo menos sinceros, y sin embargo no tenían nada que esconder. No, no se trataba de eso. Más bien era la ficción en la que se habían acostumbrado a vivir lo que los corrompía y los reducía a meros intérpretes de sus propias existencias.

—Una última cosa. ¿Conocen a las personas con las que se relacionaba su hija?

—Por desgracia, siempre estamos fuera y...

—¿Por qué? —intervino la mujer—. ¿Sospechan de alguien que se viera con ella?

—Por el momento no se ha planteado ninguna hipótesis, señora —dijo Comello con tono respetuoso—; pero hemos encontrado el móvil de Cristina en su dormitorio.

Francesca Angelini se puso rígida y se le movieron los dedos que su marido aún rodeaba.

—¿Conocen a un tal Andrew Brianson? —la voz era la de Mancini que, por primera vez, intervenía.

—No —contestó el tenor.

—Nunca le había oído nombrar —le siguió su mujer.

—Su hija recibió un SMS poco antes de... —Walter titubeó, no resultaba fácil continuar, por más que sus padres lo supieran ya todo—. Antes de ser asesinada.

—Era un SMS de despedida. Únicamente decía: «Se ha acabado» —añadió Mancini.

—No sabemos nada y, verá, nos gustaría que se hablara lo menos posible de esto, ya pueden imaginarse a qué me refiero.

El comisario y el inspector asintieron conteniendo una mueca de desagrado. Para romper el silencio que se había creado, Walter preguntó:

—¿Algún comportamiento raro en los últimos tiempos?

—Mi hija era una buena chica, a pesar de algunos enojosos cambios de humor. Por desgracia, nunca se sinceraba conmigo como suelen hacer las hijas con sus madres. Yo siempre estaba fuera y ella pasaba la mayor parte del tiempo con las cuidadoras a las que la fuimos confiando a lo largo de los años. Cantar a ciertos niveles constituye un trabajo extenuante y nosotros habíamos llegado a lo más alto. Me imagino que lo entienden.

—Tenía un perfil en Facebook, ¿lo sabían? —preguntó el comisario.

—Sí, claro —se apresuró a confirmar el hombre, restregándose los ojos.

—¿Sabían también que se había puesto en contacto con un vendedor ilegal de fármacos?

—¿Podría ser él el que...?

Mancini y Comello sabían que la muchacha había acabado en las manos del mismo asesino que había construido una copia humana del *Laocoonte* y que Andrew Brianson, el remitente del SMS, había sido interrogado durante varias horas en la comisaría de Salario-Parioli. Hijo de una familia de joyeros romanos, su coartada era sólida como una roca, porque, en el supuesto momento de la muerte de Cristina Angelini, estaba en un restaurante de la zona. Seguían varias pistas, intentando cruzar los indicios de esa investigación con los elementos que parecían claros en el caso del Laocoonte. Con tal propósito, Comello había llevado a cabo sus propias indagaciones y había descubierto que el jardinero, de cincuenta años, trabajaba en la galería Borghese desde hacía treinta, llevaba cinco años viudo y sus hijos iban al colegio del barrio. Nada de antecedentes, nada que señalar por parte del Servicio de Parques Públicos que corría con su sueldo. El guarda, por el contrario, llevaba poco tiempo en el museo de la galería Borghese y se encontraba aún en los meses de prueba previos a su contratación.

Comello se limitó a responder con la habitual fórmula interlocutoria:

—Sobre el proveedor de psicofármacos aún no podemos pronunciarnos, señora, la brigada de investigación tecnológica está realizando indagaciones en internet.

—Debemos pedirles que permanezcan en la ciudad durante unos días. Podría hacernos falta una declaración más exhaustiva o ulteriores detalles —añadió Mancini poniéndose de pie. La conversación había terminado.

—Comisario... —la mujer parecía ansiosa; su voz, titubeante—. Al principio solo queríamos encontrar a nuestra hija viva, pero ahora que sabemos que está... Ahora solo deseamos una cosa.

El marido concluyó:

—Solo queremos saber la verdad. Por favor.

14.

En el parque zoológico, a unos doscientos metros al oeste del recinto de la Sirena, un enorme agujero alberga cincuenta ejemplares de macaco de cara roja: la aldea de los monos. Se trata del sitio donde los estudiantes se detienen para observar cómo se relacionan los miembros de la comunidad, y es el lugar donde va a consumarse un feroz acto de justicia.

La alergia al cemento del foso y la dieta desequilibrada han convertido el recinto de estos mamíferos en un infierno simiesco. La forma cónica del foso confirma la impresión de un Hades bestial en el que un grupo de machos persigue a un joven ejemplar, culpable de haber cubierto a una hembra en edad fértil. Los cuatro lo arrinconan contra un muro. Los gritos son los silbidos escalofriantes de sus justicieros y el joven que se ha dejado llevar por el instinto sabe que ha de pagarlo.

El primer mordisco se hunde en una pata; después llueven los golpes con trozos de madera recogidos del suelo. Se lanzan todos a la vez contra él, lo hieren con sus pequeños dientes de vampiro, abren, desgarran, engullen los pedazos, sin esperar a que muera. Lo devoran vivo, mientras la mirada del mono se pierde en el cielo gris como el cemento que lo envuelve.

Junto a la enorme boca de la muerte existe una zona verde, noventa y ocho metros cuadrados de pequeñas palmeras y magnolias rodeados por un seto de hoja perenne de dos metros de altura. En el centro de esta selva se halla una antigua cisterna de agua, inutilizada. Forma una pequeña zona cerrada al público de la que hasta los guardas más antiguos se han olvidado. Muchos de ellos ni siquiera conocen la existencia de la plancha de metal cerrada por un candado oxidado. Se encuentra a los pies de un grupito de árboles de Judas. Y resulta casi invisible. Bajo la plancha, a cuatro metros por debajo del nivel del césped, *hay una tumba etrusca. Desde su descubrimiento en los años setenta, nadie ha vuelto a abrirla. Los frescos con claroscuros habrán acabado en cualquier museo: paisajes acuáticos, bandadas de patos que representan las almas de los difuntos en una alegoría del más allá. Nada de restauraciones, nada de trabajos de consolidación.*

Pocos conocen su existencia. Nadie habla de ella.

Alguien vive allí.

Desnudo, el techo se mueve a causa de los rayos de una única vela de cera. El tenue resplandor que la envuelve no ilumina los rincones de aquel espacio. Un poyete formado por bloques de toba hace las veces de repisa y se halla junto a uno de los cuatro nichos en que duerme el cazador y desde donde observa los frescos de una luneta. Sobre esa repisa el cazador ha colocado un trozo de cuero enrollado, atado con una banda. Dentro guarda sus preciosos instrumentos.

Después de la matanza y la composición de la Sirena, el cazador descansa. Descansa y se prepara. Aguarda a su próxima presa. Tendrá que desplazarse, esa guarida ha cumplido su cometido y esta noche la abandonará. Hace años que vive en el subsuelo. La llamada dura de la piedra, el olor de la tierra: le basta con eso para sentirse en casa.

El aire escasea y dentro de poco la llama se apagará. No tardará en tener que abrir la plancha de hierro. La boca se le frunce en un espasmo inesperado, después todo vuelve a su sitio. Está a punto de suceder de nuevo, está a punto de cambiar. Los ojos relampaguean en el aire viciado antes de que todo se pierda en la oscuridad. Tiene que salir, por más que no sea aún el momento adecuado. Respira despacio para no consumir el oxígeno. Aguarda unos segundos más; después se levanta, sube los cuatro escalones y se acerca a la plancha de hierro. Apoya en ella las palmas de las manos. Está fría. Acerca la nariz a la hendidura y respira.

El olor de la noche. Tan parecido, y tan diferente a la vez, al de las noches del convento, cuando se estiraba hacia el ventanuco en busca de la mole irregular de la luna. Reconoce el frío húmedo de la tierra, el aroma de la espesura, de los árboles, de la corteza. El aroma inconfundible de la resina. Se imagina acariciando los nudos del arce y del peral. Pero sabe que ahí arriba, al otro lado de la plancha de hierro, no está el huerto del convento. Ni tampoco el jardín ornamental.

Porque este es otro mundo.

Segunda parte

LOS MONSTRUOS

15.

Umbría, tres años antes

El último rayo de luz del día horadó el manto de nubes que cubría el monasterio. La ventana no era más que un agujero cuadrado de medio metro entre los muros de piedra tosca. En el nicho bajo la abertura, delante de dos libros, ardían anaranjadas veinte velas. Más abajo, al lado de la cama, el muchacho se encontraba agachado, con la cabeza rozando el suelo. En aquella posición incómoda, susurraba para que no le oyera el monje que vigilaba detrás de la puerta.

—Psss... Sal de ahí.

La invitación se perdió en la grieta del muro. Al fondo de la hendidura hubo un movimiento rápido. Después, los dos puntos rojos de los ojos, el cuerpo gris y ahusado. Se apresuró a acercar el trozo de pan seco que sujetaba entre los dedos y aguardó confiado. El roedor avanzó y chirrió mostrando sus finos dientes. Un ratón de campo, no mayor de diez centímetros. Desde hacía dos semanas, el chico cedía cada noche una parte de su cena a su pequeño compañero. Quería que aprendiera a fiarse de él. El día anterior había conseguido acariciarle la espalda.

Abierto, sobre la áspera manta de lana, había un álbum de dibujo. Se trataba del regalo que el padre superior le había hecho antes de encerrarlo allí dentro. Hacía dos semanas ya que el chico no salía, ni siquiera para pasear por el claustro. El tiempo discurrirá muy despacio para ti, hijo mío, le había dicho el fraile, apoyándole una mano en la cabeza. Palabras que resonaron como una sentencia, y en lo hondo de su corazón el prisionero había decidido que no tardaría en dejar tras de sí esas paredes.

Porque aquella noche sería recordada como la noche de la fuga. Se deleitaba ya con el sabor del aire frío y soñaba con su viaje hacia la libertad. Decidió que vagabundearía un tiempo. Se escondería y, después, buscaría un sitio donde quedarse, aunque no mucho. Tenía una misión fuera de allí y sabía que debía obedecer a su *verdadera* vocación.

La del cazador.

En el exterior, una ráfaga acarició el sauce, con un silbido como la respiración de una enorme criatura asmática, y él se imaginó a un ogro borracho. Escucha cómo ronca.

—Venga, ven —repitió al animalillo, que volvió a desplazarse.

La punta del hocico se hallaba fuera. El chico dejó el pan en la entrada de la minúscula cueva y se echó hacia atrás. El roedor se lanzó sobre la comida, la aferró con las patitas anteriores y desapareció en la madriguera acompañado de la sonrisa de su amigo.

El resplandor de la hoja relampagueó antes de que el ratón pudiera comenzar a comer. Fuera, el viento calló, a la espera. Dentro, las sombras escalaban las paredes, ondeando al temblor de las mechas agonizantes.

Algo le mordió las vísceras. ¿La excitación? Igual que unos días antes, cuando el fraile entró en su celda, donde se había consumado el horror. El religioso, que se encontraba allí para rezar con él, cerró la puerta con llave, como siempre. De repente, aunque demasiado tarde, el muchacho se dio cuenta de que estaba *cambiando,* de que la rabia lo había arrojado a su mundo alucinado en un instante. Y todo, a su alrededor, se había transfigurado. En el momento en que el fraile se arrodilló frente a él, su mano se lanzó hacia la garganta, sus dedos duros como encinas se aferraron a la tráquea hasta que las uñas le desgarraron la piel. Cuando se percató de la sangre que caía bajo la larga barba color castaño, ya era demasiado tarde. La mueca de terror del fraile había agigantado la violencia. Sin que se le moviera un solo músculo, sus extraños ojos azules se habían desorbitado y la mano aún clavada en la garganta había tirado para arrancar. Los gritos atrajeron al resto de los hermanos a los barrotes de la puerta. En ese momento, mientras el fraile se debatía, él se le echó encima, apoyándole las rodillas en el pecho. De debajo de la sotana extrajo el instrumento. Su preferido. Y empezó a hacerlo pedazos.

Eso le había dicho el padre superior.

Ahora era distinto, porque empezaba a controlar esos momentos. Podía advertir su llegada, dominarlos, incluso convocarlos. Cuando ocurría, el corazón se le aceleraba. Como si estuviera de caza. Notaba que los ojos se volvían más vigilantes, capaces de escudriñar la oscuridad, que el paladar se le secaba y que fuera, a su alrededor, todo cambiaba, todo parecía adquirir la forma de su mundo interior.

Ese en el que se escondían los monstruos.

La boca del ratoncito mordía con fuerza la superficie de la corteza de pan, pero la mueca quedaba acentuada por la expresión, casi humana, de horror. El vientre bullicioso de vida estaba desgarrado, los pequeños intestinos sujetos en el abrazo de los dedos índice y pulgar del muchacho.

—Ven aquí.

Esta vez la voz sonó como un arañazo y algo se movió fuera de la habitación. Se trataba del monje que se había puesto a escuchar, apoyando la oreja en la puerta. También el hermano Tobia entraría pronto a formar parte de su gran cacería. Muy pronto.

El joven aplastó al animalillo en la palma de la mano y lo redujo a una masa gris de la que brotaba un arroyuelo violeta y rojo, las vísceras estallaron, los ojos se desorbitaron incrédulos. Perdido en el hielo de la mirada que lo estaba observando.

—Tenemos cosas que hacer, tú yo.

Se levantó y se volvió hacia la puerta atrancada por fuera. Del delirio brotó una sonrisa que se apoderó de los labios, se encaramó a los pómulos y aclaró el acero del iris. Fuera, el viento empezó de nuevo a soplar, y cuando los dientes del prisionero se hundieron en la carne animal, la campana de vísperas cantó en el corazón de la torre.

16.

Roma, Universidad de la Sapienza

—Faltan unos meses aún para el final de la Segunda Guerra Mundial. Son años oscuros y difíciles para quien vive en una gran ciudad como Roma. Y peores aún para quienes viven en los pueblos o en la campiña romana.

El hombre vestido de negro se desplazó por la tarima. El aula, unas sesenta cabezas, lo siguió, mientras Carlo Biga lo observaba desde el lugar que había ocupado en lo más alto para no dejarse ver. Caterina y Walter se encontraban en medio de los doctorandos, en la cuarta fila.

Mancini siguió hablando, mientras observaba un punto en el vacío, abajo, cerca de sus pies:

—Estamos en el kilómetro 47 de la vieja carretera Salaria, una de las diez vías consulares romanas. Es verano, el 6 de julio de 1944, y hace calor. Pietro Monni, abogado romano, va en bicicleta y, justo en ese tramo de carretera, se le pincha una rueda. Se baja y ve una vieja casa de campo aislada de la que sale un hombre que se ofrece a ayudarlo. Este le invita a entrar y le proporciona herramientas y cola para arreglar el pinchazo. De aquella casa, Pietro Monni saldrá cadáver. Porque el campesino que le ha acogido aguarda a que se distraiga, lo golpea en la mandíbula con un mazo, arrojándolo al suelo, y le dispara con una escopeta recortada.

El auditorio le seguía en un silencio roto solo por el susurro de los bolígrafos que llenaban las hojas de apuntes y por el sonido de los teclados de los portátiles.

—En aquella granja se ocultaba el hombre que ha pasado a la historia como «el monstruo de Nerola», entre esos campos que no le bastaban para mantenerse a sí mismo, a su mujer y a sus cuatro hijos. Pero, entonces, ¿cómo se las apaña ese campesino improvisado (también la tierra y la pequeña granja eran fruto de una apropiación ilícita) para ir tirando y dar de comer a la familia?

El énfasis retórico resonó en la sala durante unos segundos, después cayó en el silencio. Biga se movió en la silla de madera y Rocchi, que se hallaba de pie detrás de la última fila, verificó cuánto faltaba para que interviniera. Pocos minutos. Siempre se sentía tenso cuando tenía que hablar en público.

—Con estos —se contestó Mancini señalando una diapositiva proyectada en la pared blanca, donde había aparecido un montoncito de clavos de cabeza plana—. En el kilómetro 47 de la Salaria hoy ya no existe ningún mojón, ha sido retirado por los habitantes de la pequeña localidad, que no quieren que los curiosos se detengan a buscar los restos de la casa maldita. Sin embargo, era justo allí donde Ernesto Picchioni, como buen campesino, sembraba sus clavos.

Se detuvo de nuevo, repentinamente aturdido. Intentó reagrupar las ideas. Reanudar el hilo del razonamiento y no escuchar esa otra voz que lo atormentaba. Pero era inútil. La voz negra trabajaba en ese instante en su interior. Excavaba en él como un gusano carroñero. Parecía claro, a esas alturas, que su luto se había marchitado; día tras día iba atenuándose y se avergonzaba de ello, sentía remordimientos cuando pensaba en Marisa. ¿En qué se estaba transformando su dolor?

El comisario se recuperó. Tal como había aparecido, la mordedura del gusano volvió a anidar entre las espirales del vientre, aguardando su momento.

—Esta vez estamos en 1947 y es un 3 de mayo cuando Picchioni captura y mata a Alessandro Daddi, un oficinista, para robarle el Cucciolo, un ciclomotor de pequeña cilindrada, y el dinero que llevaba encima. Se comporta igual que tres años antes, el 6 de julio de 1944, con Pietro Monni, al que había capturado y asesinado para robarle la bicicleta.

Rocchi vio un sitio libre cerca del profesor y se movió entre el calor asfixiante del aula abarrotada. Los radiadores de hierro hervían resecando un aire irrespirable. A medida que Mancini hablaba, iba pasando por la pared las imágenes de la escena del crimen, de las armas, de las pruebas de la época, del huerto del horror. La manga de una camisa, partes de un jersey, el esqueleto rehecho de Monni. Los carabineros posando con el criminal encadenado. Pedazos de bicicleta desmontados, ropa, huesos de perro y decenas de clavos oxidados.

—Todo esto nos revela algo. Nos dice que Ernesto Picchioni, el famoso monstruo de Nerola, no era más que un asesino improvisado, un hombre violento, que pegaba y amenazaba de muerte a su mujer y a sus hijos; un hombre sin más móvil para sus crímenes que el mero beneficio. Y eso precisamente lo situaba fuera de cualquier esquema. Un hombre que después de haber matado a dos víctimas confirmadas, y a otras que nunca llegaron a hallarse (su mujer habló en su momento de una docena de homicidios), dejó que lo apresaran porque se puso a deambular en su pueblecito de dos mil almas con el ciclomotor sustraído a Daddi y a gastarse el dinero robado en la taberna local.

Mancini dejó vagar la mirada por los rostros de las primeras filas. No los veía, a ninguno de ellos, eran caras y nada más, pero a esas alturas de su exposición se imponía una pausa. Las diapositivas se interrumpieron y mostraron la pantalla en azul.

—Ahora me gustaría que alguno de ustedes me dijera por qué parece importante estudiar el caso Picchioni. ¿Cuáles son los elementos que lo hacen digno de la historia de la criminología italiana?

Se levantó una mano en medio del aula.

—Es importante porque nos enseña que los crímenes no siempre forman parte de un plan preconcebido; que incluso un hombre simple, ignorante, de carácter violento, puede segar tantas vidas como cualquiera de sus más conocidos homólogos estadounidenses.

Mancini reconoció la voz. ¿Qué hacía allí? Walter se estiró para ver si el acento se correspondía con la cara que tenía en mente.

—Picchioni no era un asesino en serie —intervino una voz masculina de tono grave, que se abrió paso desde el centro del aula—. No se ha llegado a probar que matara a tres víctimas. Los investigadores nunca consiguieron relacionar a Picchioni con los cuerpos del chiquillo y del hombre con bigotes que encontraron en el jardín. Y lo mismo puede decirse de los demás restos de los campos cercanos a la casa. Todo lo cual, técnicamente, impide catalogarlo como un asesino en serie.

El chicarrón de chaqueta y corbata sonreía orgulloso de su salida y miraba a la mujer que había contestado a la pregunta del comisario.

—Tiene usted razón —lo escrutó, airado, Mancini—, pero su observación posee escasa relevancia para nuestro debate.

—Yo solo quería...

El comisario no tenía ganas de seguir escuchándolo, quería acabar y marcharse. Lo interrumpió con un gesto de la mano y una mueca en los labios, mientras un murmullo de desaprobación se elevaba desde las últimas filas hasta el centro del aula. Caterina y Walter buscaron al profesor Biga con la mirada, pero él se encontraba observando a su antiguo alumno.

—Dos elementos, como decía. El primero: el *modus operandi* del monstruo de Nerola era sencillo y eficaz —Mancini levantó la mano derecha y extendió los dedos pulgar, índice y medio—. A: la presa cae en sus redes; B: el asesino la mata y se queda con todo: bici, dinero y demás; C: al final, el cuerpo es enterrado en el huerto de la pequeña granja. Por lo tanto, aunque el número de víctimas verificadas no llegue a tres, podemos afirmar que Picchioni se comporta como una de las figuras que la ciencia criminológica define como un «asesino en serie organizado». Por más que no parezca muy *bien* organizado.

Se oyeron algunas risitas en el auditorio e incluso Mancini esbozó una sonrisa.

—La peculiaridad de su estrategia estriba en lo que podemos definir como la «técnica de la araña»: el asesino hace lo posible para que la presa entre en su territorio, donde él es el más fuerte y no corre el riesgo de ser detenido o visto por testigos. Actúa entregado a la casualidad, como una araña que teje una tela y permanece a la espera. Y solo para apropiarse de los bienes de la víctima, no por venganza ni con fines sexuales o fetichistas.

—De modo que las víctimas que acaban en su tela son desconocidas y lo que las une es la mera casualidad de haber entrado en contacto con su asesino, con la araña. Él no se desplaza para cazar, sino que espera a que la presa se ponga a tiro. Después la atrapa, la mata y la saquea, todo esto entre las paredes de su guarida.

La voz intervino con un leve acento extranjero. Mancini, Comello y Biga observaron a la mujer, mientras ella miraba, con gesto de interrogación, al comisario.

—Es peor que eso, profesora Nigro. Porque nuestras «moscas» se detenían a pedir ayuda. Picchioni cooperaba con ellas, se ofrecía a arreglar las ruedas, les daba agua y comida y les prometía alojamiento hasta la mañana siguiente. Se fiaban de él, le estaban agradecidos.

Mancini se llevó los dedos al mentón y se acarició la barba incipiente. Escrutó el aula en espera de posibles consideraciones o preguntas. Que no llegaron.

—Segundo elemento. A pesar de su banalidad, en la historia de este caso existe un factor importante que debemos tener en cuenta: el contexto. En la época de los hechos no existían grupos especiales como la SAM, el equipo anti-monstruo de Florencia coordinado por Ruggero Perugini, uno de los primeros italianos en estudiar la técnica del *criminal profiling* en Quantico, Virginia.

Desde la última fila, Carlo Biga se sintió aludido: había sido uno de los colaboradores de confianza de Perugini.

—En aquellos tiempos, incluso la propia idea de relacionar dos crímenes resultaba impensable. Italia constituía la provincia, pretendía serlo; el mal venía de fuera. Y en ese país recién salido de la Segunda Guerra Mundial, Ernesto Picchioni era el primer monstruo, el primer asesino que entraba en las casas de los italianos, el hombre del saco que las madres evocan para asustar a sus hijos cuando no quieren irse a la cama pronto. El monstruo de Nerola. El asesino con carné del PCI, el monstruo perfecto para la Italia neorrepublicana en vísperas de las primeras elecciones políticas legítimas de abril de 1948.

El ponente inclinó la cabeza hacia abajo, con la barbilla casi en el pecho. Entrecerró los párpados y se puso a buscar la energía que le hacía falta para continuar. Bajo la luz, los pómulos proyectaban dos pequeñas sombras que se alargaban casi hasta la barbilla triangular. La cabeza se alzó apenas lo suficiente para divisar la silueta del profesor en la última fila.

—Y así fue —Mancini señaló una nueva diapositiva— como las filmaciones de aquellos días, las imágenes en blanco y negro del archivo histórico cinematográfico, para entendernos, inmortalizaron las excavaciones del jardín de los horrores. Puede verse a la gente del lugar incrédula por haber vivido tanto tiempo junto al monstruo. En esas semanas, salieron de Roma decenas de autobuses y Nerola concentró por primera vez la atención de los medios de comunicación, a través de la lente de la crónica negra.

Biga clavó sus pequeños ojos en los de Enrico y solo entonces se percató el alumno de que la mirada de su maestro era distinta. No solo parecía cansado y envejecido: había una dureza desconocida en el rostro de Biga. Un velo de tristeza. ¿O de reproche?

Por su parte, el profesor experimentaba con fuerza la sensación de desapego de su alumno, que mostraba una expresión fría y distante.

Mancini prosiguió:

—Gracias a esa exposición mediática, la gente sigue acordándose de la araña aún hoy... —su voz había bajado el tono, se había alejado—. Del hombre que tejía sus telarañas de acero esparciendo clavos en el kilómetro 47 de la antigua Salaria.

Desplazó la mirada hacia las manecillas del reloj que había encima de la pizarra. Lo había conseguido. Unió las palmas de las manos y concluyó:

—Acabo con una pregunta. Hoy, a más de setenta años de los hechos, ¿qué ha cambiado? Un asesino como Picchioni, con su técnica tosca, ¿se encontraría en condiciones de matar con la misma eficacia? Mejor dicho..., ¿conseguiría librarse, salirse con la suya?

La última mirada al aula reveló una masa de cabezas ondeantes, indistinta, oscura, punteada de amarillo aquí y allá. ¿Quién era toda esa gente?

—Gracias, hemos terminado.

Se volvió hacia la puerta y la cruzó, desapareciendo de la vista de Caterina y de Walter, que se habían acercado a él. Carlo Biga y Rocchi intercambiaron una mirada. Mientras el profesor intentaba llegar hasta el inspector y la fotógrafa, que estaban cruzando el umbral, Antonio apoyó el maletín de metal sobre la mesa y extrajo el iPad.

Ahora iba a hacerlos bailar él, a esos pipiolos de las narices.

17.

Roma, termas de Diocleciano

Los quinientos metros que unen la estación Termini con la fuente de la piazza della Repubblica son una línea recta a la que se asoman un hotel de lujo, un restaurante de comida rápida y un cine. Un trayecto que une el contorno de cemento de la estación con la majestuosa silueta de Santa Maria degli Angeli e dei Martiri, que vela sobre las termas de Diocleciano.

El débil esqueleto de un paraguas surgía de una pila de grandes cajas amontonadas contra una palmera. A poca distancia, en el suelo, había una rejilla. Se encontraba abierta y el perímetro del agujero que desvelaba estaba salpicado de pequeñas formas blancas. El manto de la noche se extendía hasta allí, caía como un telón entre los árboles y las ruinas y se escurría como un alga podrida por la trampilla. Caterina se asomó a las escaleras que se perdían en la oscuridad. Rebuscó en el bolsillo y sacó el llavero con la luz de emergencia, que enseguida iluminó las manchas blancas.

Eran pañuelos de papel. A decenas. Arrugados, sucios. A su alrededor, papeluchos y envoltorios de hamburguesas y patatas fritas. Niko no podía, no, no *debía,* haber acabado ahí dentro. Caterina se movió despacio, con una pequeña cámara digital colgada del cuello. El móvil en un bolsillo, el espray de pimienta en el otro. La pistola la había dejado en casa, tenía miedo de usarla, a pesar del adiestramiento en la galería de tiro. Ella no era de los polizontes que disparan, ella sacaba fotos para la científica. Por más que ahora se hallara siguiendo una pista como hubiera hecho cualquiera de sus compañeros de los equipos de operaciones.

Semanas antes, un reportaje había relatado la historia de un grupo de chiquillos, egipcios en su mayor parte, que habían acabado allí abajo. Esos pequeños faraones de la necrópolis del alcantarillado se vendían, sobre todo, a viejos que por cincuenta euros podían divertirse durante media hora. La droga no tenía nada que ver: todos eran prófugos de la miseria y habían llegado a Roma sin casa ni familia. La corriente humana los había arrastrado a la zona de la estación Termini y desde allí el siguiente paso había sido corto. Extenuados por el hambre y el frío, muchos de ellos habían hallado refugio allí debajo.

El corazón le latía en la garganta. No se trataba solo del temor a la violencia que pudiera descubrir al fondo de aquellos corredores, sino también de la angustia de encontrar a Niko. Después de haber huido del campamento gitano y de haberla ayudado en el caso de la Sombra, le había dado a entender de todas las formas posibles que no quería volver a aquel barrio de chabolas; su madre había muerto, su padre quién sabe quién sería. Caterina le había apoyado y había insistido en confiarlo a una ONG que atendía a huérfanos en situaciones de necesidad. Pero después empezaron a ocurrir demasiadas cosas, el final de las prácticas, el examen de ingreso en la científica, la relación que acababa de nacer con Walter. Y se sentía culpable por aquel momento de felicidad que iba saboreando poco a poco.

Si Niko estaba realmente ahí dentro, tenía que llevárselo de aquel lugar, y de inmediato. Las fotos que le había dado Walter lo retrataban allí. ¿Se hallaría en peligro? Solo obtendría la respuesta al final de esas escaleras.

El disco de luz de la linterna se movía dentro del agujero cuadrado, mientras Caterina lo dirigía hacia abajo para iluminar los escalones de hierro. Estaban cubiertos de papeles sucios y preservativos. Apretó con fuerza los labios, los apartó y dio el primer paso. Después, el segundo. Los escalones eran altos y crujían a medida que Caterina se hundía en la oscuridad. Ocho pasos para descender bajo la piel de la ciudad.

Se encontró en un espacio húmedo, cuadrado, con tres aberturas, una de frente, dos a los lados, de las que arrancaban otros tantos túneles lo bastante altos como para permitirle caminar de pie. Debía de ser una especie de colector. Bajó la mirada. Una sutil capa de polvillo negro brillante cubría el suelo y proseguía por el corredor que había escogido, el de enfrente. Se puso una mano delante de los labios y avanzó con paso decidido.

18.

Roma, Trastevere

La pantalla seguía relumbrando en la habitación a oscuras. Giulia llevaba parada en la misma página unos minutos, los ojos recorrían las líneas de arriba abajo. Leían una y otra vez las mismas palabras. Las contraventanas permanecían entrecerradas y una cuchilla de luz penetraba en la oscuridad. Observó la hora en la pantalla del Mac y se levantó. Cruzó la sala resbalando con las zapatillas sobre el parqué y entró en la cocina. Abrió la nevera, sacó la leche y la puso a calentar. Los copos de avena estaban ya sobre la mesa junto a la miel y un par de cruasanes industriales. Apagó el gas y se asomó al vestíbulo. El molesto timbre del despertador llevaba un rato sonando en la planta de arriba.

—¡Marco!

Su voz resonó sin que ella la reconociera. Molesta y trivial. Se pasó una mano por la mata de pelo despeinado y se mantuvo a la espera.

—¿Sí?

—¡Es tarde!

Giulia se dirigió de nuevo a la cocina para echar la leche en la taza. No había dado ni tres pasos cuando se dejó llevar hacia la derecha, atraída por un imán invisible. El ordenador iluminaba el rincón que hacía las veces de despacho, instalado en el salón. Cuatro pilas de papeles y otras tantas carpetas abiertas ocupaban las sillas y una parte de la mesa. Hacía mucho que no comían allí. Su hijo Marco almorzaba en el comedor escolar y ella casi siempre se quedaba en el tribunal. Y después, por la noche, picaban algo delante del televisor en la cocina.

Se asomó con la cautela de un niño que el día de Navidad se acerca a ver si hay algo para él debajo del árbol. Y sufrió una decepción. No le había contestado. Sin embargo, había leído una y mil veces el correo que le había mandado y no había nada que hubiera podido asustarlo. Se había mostrado sincera y le había pedido que le pagara con la misma moneda.

El chico se lanzó escaleras abajo y dio los buenos días con un grito jadeante. Giulia lo siguió a la cocina y le sirvió cereales, leche y miel en el tazón en el que estaba escrito MARCO sobre un fondo rojo y amarillo, los colores de su equipo de fútbol.

—Esta tarde tienes kárate —le recordó.

—Ya lo sé, mamá —contestó Marco bebiéndose la leche y metiendo un cruasán en la mochila.

Giulia introdujo una cápsula en la máquina del café, después colocó debajo su taza personal con el signo de Virgo. *Crítica y resolutiva*, estaba escrito. Dos cucharaditas de azúcar de caña y adentro. Marco se secó con la manga del babi azul.

—¡Me voy!

—¡Los dientes!

—¡Anda, mamá, que llego tarde! —exclamó él corriendo al baño de invitados para salir veinte segundos después con un manchón blanco en los labios.

Fuera, el microbús tocó tres veces el claxon. Marco se estiró para besar a su madre con la boca sucia.

—¡Ya está aquí!

—¿Qué es esa asquerosidad que tienes en la boca, Marco? —repuso ella limpiándosela mientras lo acompañaba a la puerta.

Un minuto después el niño había desaparecido en busca de un nuevo día de juegos, dibujos y amigos. Giulia cerró la puerta, apartó el visillo y lo vio volar en el pequeño autobús escolar. Sonrió con los ojos, pero aquellos pensamientos felices se pulverizaron en un instante reemplazados por lo que le esperaba. Un día más sin aliciente en los tribunales, privada de esa determinación que la había convertido en la mujer que era.

Subió las escaleras para ir a prepararse. En el baño, un espejo oval con el marco verde y dos pequeños focos dirigidos hacia el lavabo. Encendió ambos para pintarse los ojos, que notaba pesados debido al insomnio. Su mirada de caoba ya no brillaba y esa mañana, como muchas otras, se había levantado con un nudo en la garganta.

La casa estaba inmersa en el silencio y ahora que el pequeño se había marchado sintió que no tenía tanta prisa. Desde que se habían quedado solos, ella había establecido unas cuantas reglas, pocas, pero que no admitían excepciones: a las nueve en punto en la cama y nada de tebeos en el colegio. Aunque tenía que admitir que Marco era un niño muy bueno, ni caprichoso, ni consentido, solo algo inquieto. Lo que más feliz la hacía, sin embargo, era que a pesar de tener poco menos de seis años, Marco sabía escuchar. Curioso e interesado por todo, solo tenía ojos para ella, y aquel amor incondicional le daba energía para mostrarse fuerte, entre las paredes domésticas y en el exterior. Se pasó el perfilador por el párpado, sujeto con dedos inseguros.

Por más que su padre no hubiera venido a verlo desde hacía meses, Marco no sufría por ello, porque Giulia nunca le había dicho que el señor que de vez en cuando venía a hacerle un montón de preguntas y a discutir con su madre era el hombre que la había abandonado nada más saber que se había quedado embarazada. Ocurrió después de once años juntos, poco antes de la boda. Alto funcionario del Ministerio del Interior, su ex vivía ahora con una rubia estupenda, no podía negarlo, si bien diez años menor que ella. Y, como suele suceder, se trataba de una de sus secretarias. Con respecto a su hijo, se había lavado las manos, mientras se limpiaba la conciencia con un sustancioso cheque mensual. Un día no demasiado lejano, Marco le preguntaría por su padre, y esa idea le quitaba el aliento.

Se asomó al vestidor y pasó revista a la ropa hasta que encontró su traje de chaqueta favorito. El de color gris perla que llevaba pocos meses atrás, un día de finales de septiembre. Parecía que hubiera transcurrido una eternidad. Había ido al matadero de Testaccio para inspeccionar una escena del crimen y coordinar la investigación sobre el asesino en serie conocido como la Sombra de Roma. Fue al amanecer y la víctima, un fraile, colgaba sin vida de un gancho de matanza.

La memoria de Giulia no se demoró en aquella violenta imagen y la comisura de la boca se le frunció en un esbozo de sonrisa. Porque fue allí, en aquella ocasión, cuando conoció al hombre que ahora le estaba haciendo daño. De inmediato, ya en aquel día lluvioso, había notado que algo cambiaba, lenta, inexorablemente. Algo que se despertaba de un largo sueño. Durante años había mantenido a raya a sus colegas ofreciendo la imagen de una mujer fuerte y dura. Había dado pábulo a las voces según las cuales había sido ella quien había abandonado al hombre con el que debía casarse, para dedicarse en cuerpo y alma a la carrera judicial. Pero no era así. Y desde aquel día, el traje de chaqueta gris perla se había convertido en su preferido.

¿Dónde estaría ahora él? ¿Por qué no le había contestado? ¿Pensaba hacerlo? ¿Ocurriría lo mismo que la última vez en que se habían visto? Todo lo que deseaba, en el fondo, era alguien que solo tuviera ojos para ella. Aparte de Marco. Un hombre de verdad. Que por fin tenía nombre y apellidos.

Se llamaba Enrico Mancini.

19.

Roma, subsuelo

En el vientre pútrido de la ciudad serpentea una maraña de galerías y de canales. Dos mil kilómetros de red de alcantarillado, doméstico e industrial, que desgarran las vísceras de Roma.

Bajo las termas de Diocleciano, al final del laberinto clandestino, a una treintena de metros del pasadizo que estaba recorriendo Caterina, dos círculos de color avellana temblaban dentro del blanco de los ojos. Las fosas nasales palpitaban sedientas de aire, los labios finos se abrían a trompicones. La palidez del rostro chocaba con el negro del jersey que llevaba puesto. Sentía los brazos débiles por el esfuerzo de resistir a las cuatro manos que lo agarraban. Los dos que lo sostenían en alto eran chicos como él, tal vez algo mayores. Se lo estaban llevando de allí, avanzando en el subsuelo. El aire olía a los orines acumulados por la tribu que vivía allí abajo.

En diciembre, tras cumplir doce años, había decidido alejarse del frío del Tíber. Tardó dos días en llegar hasta allí, desplazándose siempre a pie porque detestaba los medios de transporte públicos. No podía olvidar las miradas de desprecio de la gente cuando montaba en el 170 o en el metro. Caterina había sido la primera que no lo había mirado de esa manera, pero ella también era agua pasada. Ahora Niko quería un trabajo que fuera suyo, había ido a la estación precisamente porque había oído que allí se encontraba con facilidad. Tras abandonar su refugio en el puerto fluvial, estuvo vagando durante semanas por los bulevares del Tíber, durmiendo donde hallaba refugio. Cuando llegó al barrio de Magliana, descubrió una chabola hecha con restos de hojalata que otra familia gitana había usado antes que él. Sin embargo, allí no quedaban ya gitanos: desde que el ayuntamiento les había concedido casas de protección oficial y el poblado de Pontina había sido agrandado y mejorado, se veían cada vez menos. A él no le importaba, a esas alturas se consideraba una criatura del río, una especie de rana, a medias en el agua y a medias en tierra. Y además estaba ella, Caterina, que le compraba hamburguesas con queso y coca-cola. La había visto algunas veces, pero después, cuando empezó con la historia aquella de entregarlo a quién sabe qué organización, decidió abandonarla a ella también. No porque no le gustara, le daba siempre algo de dinero y le había comprado la camiseta negra que llevaba puesta. Pero no podía arriesgarse a verse atrapado, ni entre las redes de un poblado gitano ni entre las invisibles de una asociación que ni de él ni de su vida llegaría nunca a entender nada. Ese era su sitio, en el mundo de en medio.

Cuando llegó a Termini, no se imaginaba que el trabajo fuera el que hacían esos dos. Había visto a bastantes viejos pasar por allí, y al principio había pensado que se dirigirían al cine que había al doblar la esquina. Hasta que uno de ellos, el de la gorra de béisbol, se le había acercado, moviendo una mano en el bolsillo del chándal. Niko lo entendió todo. El hombre había sacado un fajo de billetes y le había hecho un gesto con la cabeza, señalando el espacio entre dos puestos de libros que, a esas horas, se encontraban cerrados.

Fue en ese momento cuando los dos chicos lo agarraron y se lo llevaron de allí, mientras el maniaco se evaporaba en un santiamén. Y aunque casi no entendía su idioma, le resultaba claro que estaban muy cabreados porque creían que había venido a robarles los clientes. Le habían zarandeado y empujado hasta el borde del agujero, y el más alto lo había tirado dentro. Allí abajo, todos los espacios, cada galería, cada trampilla, hasta los sumideros y los respiraderos, formaban una pequeña ciudad subterránea. Las zonas más amplias estaban invadidas por el agua que caía desde arriba. A veces eran solo regueros; otras, pequeñas cascadas.

Ahora lo arrastraban y debían de estar cansados, porque los pies de Niko rozaban el suelo, descalzos y entumecidos por el agua fría y fangosa. El de la izquierda dijo algo en voz baja. El otro le contestó con una sola palabra, levantando un poco la voz. Hablaban en árabe. Niko no podía entender casi nada de aquel idioma absurdo, pero los meses en la calle y los trabajillos que se había agenciado en los mercados de via Ostiense con chicos marroquíes algo le habían enseñado. Las palabras que creía haber reconocido, sin embargo, no tenían sentido: «última sala», «chico con los ojos de cielo». Y las que parecían tenerlo eran las más inquietantes: «Acabará como el que atrapó ayer por la noche».

A pocos metros de ellos había una cámara en la que confluían los líquidos de la zona. Tenía la forma redonda de una rueda desde la que los túneles se ramificaban como radios. En lo alto, a cinco metros por encima de sus cabezas, se abrían dos pocillos de inspección. Mientras lo arrastraban quién sabe adónde, Niko levantó la cabeza con la esperanza de encontrar alguno abierto, de captar la luz artificial de la noche.

El olor había cambiado y ahora predominaba una esencia ácida en el aire, parecida al hedor del ajo. Acababan de entrar en un depósito, defendido por una verja de hierro circular de dos metros de diámetro que obstruía el paso. Uno de los dos la abrió empujando con fuerza en el lado de la cerradura, y pasadas dos o tres galerías, los tres se detuvieron frente a una rejilla gigantesca.

Desde allí se veía una última sala.

En su interior, la penumbra había vencido a la luz de una farola que se filtraba a través de un respiradero. De pronto, llegó desde la izquierda un sonido de pasos y la superficie del agua se encrespó. Los tres se acercaron a la rejilla para observar más allá de las ranuras. Era como si miraran a través de los ojos de una mosca. Todo aparecía fragmentado, partido, proyectado a cámara lenta.

Después, por una esquina asomó un hombre. Era joven, con el pelo claro. Ganó el centro de la sala. No parecía haberlos visto y ellos se quedaron en silencio, petrificados. Hubieran querido huir, pero ninguno de los tres se movió. Porque algo estaba a punto de ocurrir ante sus ojos.

20.

Luego que [Minos] encerró allí
la doble figura, de hombre y toro,
y derrotó al monstruo dos veces cebado...

OVIDIO, *Metamorfosis*, VIII, 169-170

He aquí la casa del Minotauro.
Dentro de poco será su tumba. Su mausoleo.
Ha sido el joven con los ojos de cielo quien lo ha encerrado
aquí y esta es la noche adecuada. Esta vez ha preparado antes a
su monstruo. Lo ha transformado, poco a poco, empezando por
los pies. Desde las patas de toro hacia arriba, hasta llegar a la
cabeza. La criatura está en el suelo, reclinada de costado, sobre
un escalón. Tiene las manos atadas con una soga a un gancho de
la pared. Los pies, sumergidos en agua sucia.
Permanece inmóvil, parece una estatua.
Un tenue haz de luz anaranjada envuelve desde lo alto ese
ser deformado. Le cuesta respirar, el cuerpo imponente se eleva y
vuelve a bajar.
El chico con los ojos de cielo lo sacó de su escondrijo la no-
che anterior, cuando se disponía a cerrar la carnicería. Se metió
por debajo del cierre y, mientras el hombre se hallaba en la cá-
mara frigorífica, le golpeó una, dos, tres veces con una piedra
puntiaguda. Después bajó del todo el cierre y lo arrastró hacia
abajo por el pozo de desagüe para aguas residuales que las anti-
guas carnicerías romanas aún conservan. La cabeza de buey la
sacó del frigorífico, donde se exhibía rodeada de manojos de
perejil. Ahora está ahí, enfundada como una máscara en la ca-
beza de Marcello —ese era el nombre escrito en el delantal del
carnicero—. Ha trabajado con sus pies después de haberlo deja-

do inconsciente con fosfuro de zinc, un veneno para ratas que abunda en las alcantarillas. Desde luego, ha resultado más difícil que con la Sirena, pero al final lo ha conseguido. Y allí está su medio toro, listo para el sacrificio.

Con un leve gesto de torpeza infantil, se agacha y recoge un poco de líquido sucio con las manos formando un cuenco. Da un paso y lo deja caer entre los cuernos del monstruo.

—Despierta —susurra—. Ha llegado la hora.

Los sonidos vacilan suspendidos en el aire húmedo. Pero no sucede nada más, hasta que él avanza en el agua fangosa. Se desplaza a espaldas del monstruo, trajina con las sogas de la pared, lo suelta. Después, vuelve a situarse delante.

Las pupilas se dilatan, algo se agita en el fondo de sus entrañas. Está cambiando. Gira despacio sobre sí mismo, con los ojos en blanco, ciegos. Nota el jadeo, respira las minúsculas partículas de oxígeno. Advierte el hedor del animal. Se detiene y abre de par en par los párpados. El dédalo de sombras continúa moviéndose a su alrededor, hasta que en ese horrendo desconcierto mental se recorta la imagen nítida del cuerpo de la fiera.

Golpea en el suelo y el agua se esparce por todas partes. Las salpicaduras que produce deforman la superficie oscura, dibujan círculos, esbozan signos. Una maraña de calles, una confusión de vías.

He aquí el laberinto.

He aquí la casa del Minotauro.

21.

Caterina avanzaba por la galería, insegura, con la mano en la boca. La pequeña linterna estaba otra vez en el bolsillo: prefería moverse en las sombras, y bajo el nivel del suelo llegaba algo del resplandor de las farolas de las termas de Diocleciano. Hacía frío y el chaquetón de plumas no la protegía de la humedad. Con la mano izquierda rozaba las paredes del corredor. Estaban húmedas, con manchas de musgo por todas partes. Veinte metros más adelante se abría un espacio. Apresuró el paso tambaleándose. Era una sala hexagonal, otro colector del alcantarillado. En cada lado había una puerta de hierro. Junto a cada una, pegados a la pared, se veían unos montoncitos piramidales del polvillo negro que ya le había llamado la atención antes. Dos de las puertas estaban abiertas. La de la derecha daba a un corredor que acababa en un callejón sin salida.

Una sucesión de golpes a su espalda la distrajo.

¿Pasos al final de la galería? Reconoció de inmediato el sonido del jadeo, el ruido del aliento entrecortado. En la oscuridad, Caterina no pudo dominar el pánico repentino y se lanzó por la puerta de la izquierda, corriendo sin pensar. En aquel laberinto, todo sonido se resquebrajaba, multiplicándose. Se apresuró sin atender a nada más que a lo que creía oír detrás de ella.

Y cayó en la gran cisterna.

En una fracción de segundo, todo el aire que tenía dentro estalló, como si sus pulmones fueran dos esponjas comprimidas por una mano gigantesca. Cuando el cuerpo se hundió, la laringe se contrajo y las pupilas se expandieron sedientas de luz.

Emergió braceando.

Sin embargo, más que el oxígeno pudo el horror. El pozo negro la había engullido, pero no era el temor a morir allí lo que la aterrorizaba, ni el hedor a brea lo que la arrojaba al corazón de la pesadilla, sino las pequeñas criaturas de sus pesadillas. Mediante una iluminación reveladora, mientras sacudía con las manos el agua como un pájaro despedazado por las fauces del mar, el cerebro de Caterina asoció el polvillo negro y las formas que ahora la rodeaban como trozos de corcho flotante. Lo que había visto a lo largo de los túneles debía de ser fosfuro de zinc, un potente veneno para ratas.

En el momento en que lo comprendió, los chillidos de los animales la arrollaron. En un gesto absurdo, se llevó las manos a los oídos para defenderse de aquel ruido espantoso.

Y la gélida mordaza del agua pudo con ella.

22.

... con sangre actea, lo aniquiló el tercero
de los contingentes sorteados cada nueve años.

Ovidio, Metamorfosis, VIII, 170- 171

El monstruo se mueve, se le escapa un lamento, un gemido, un bramido de hecho, porque el chico con los ojos de cielo le ha cortado la lengua a lo largo y ahora parece la de una serpiente. El Minotauro se incorpora hasta quedar sentado.

El cazador de monstruos se halla delante de él, no se aparta siquiera cuando el otro intenta darle patadas. El grito que le estalla en la garganta es el resultado del trabajo que el joven ha hecho con sus pies. Las falanges distales, medias y proximales, seccionadas, han ido a parar a algún agujero como alimento para las ratas. Los cinco metatarsos han quedado expuestos, blancos, hermosísimos. Las pezuñas de la fiera. Que ahora se queda mirándolas, perdida.

El chico de los ojos de cielo sonríe.

—Ahora, de pie —dice levantando la voz.

El otro no puede hablar. Tiene la mirada de fuego, inyectada en sangre. La rabia, más que el miedo, lo devora. Se yergue sobre las rodillas y gruñe de dolor. Incluso así, con los pies destrozados y las rodillas dobladas, con la espalda encorvada bajo el peso de la cabeza de buey, es más alto que el otro.

Y ahora está libre.

Se pone derecho y grita. Se desplaza balanceándose, como cuando practicaba boxeo, de joven. Cuánto echa de menos esos días en el gimnasio, las horas pasadas golpeando el saco, el sudor y la sangre en el cuadrilátero del círculo de Testaccio. Los hermanos que le gritaban que golpeara en el hígado, que se levantara.

Levántate.

Y entonces, durante un momento, Marcello imagina que aún puede bailar sobre sus piernas, arrojarse contra ese monstruo que lo ha mutilado para siempre. Pero Marcello ya no es el peso medio de entonces. Y sus pies hechos trizas no pueden sostenerlo. Se acerca inseguro al centro de la sala redonda donde el chico lo observa. Aunque tiene las manos sueltas, el Minotauro no se arranca esa cosa inmunda de la cabeza. A través de los orificios del cráneo bovino, los iris de Marcello titubean, desesperados.

El chico con los ojos de cielo ha cambiado. Pero sigue inmóvil, mientras el monstruo que él mismo ha creado se acerca.

Puede verlo, está furioso. Nota ese hedor que arrastra consigo. Es imponente y horroroso, pero él, al igual que Teseo, ha llegado al centro del laberinto para descuartizarlo. Para liberar al mundo de ese oprobio, para acabar con aquel hijo del caos. El Minotauro vuelve a ladrar y se lanza contra él, despegándose del suelo. Un instante antes de que el cuerpo lo golpee, el chico se aparta. No lo suficiente. La cabeza de la criatura choca contra uno de sus hombros y lo tira al suelo con un golpe que retumba contra el agua. La fiera gruñe con una risotada enronquecida y lo agarra del cuello con las manos cubiertas de cortes. Empieza a apretar mientras el otro espera.

El chico nota cómo el agua le empapa el pelo por detrás de la nuca. El Minotauro chilla como poseído y él ni siquiera rechista. Cuando el hocico despellejado se acerca jadeante al rostro del joven, un momento antes de hundirle la nuez en la garganta, sus ojos se encuentran. Los de detrás del morro animal relampaguean enloquecidos de horror. El azul de los otros, en cambio, parece lívido, penetra la máscara de piel, músculos y tendones. Marcello se pierde en el hielo de esa mirada y vuelve, por un instante, a la cámara frigorífica de la tienda, al olor a carne congelada, a la sangre coagulada. Y siente que el hielo de esos dos puntos azules lo está devorando.

Porque Marcello no se ha dado cuenta, pero está muriendo.

La sangre le baja caliente por el cuello, como la cera de una vela que se escurre antes de apagarse. ¿Qué ha ocurrido? Mien-

tras el Minotauro intenta volver a ponerse de rodillas, su mano trata de detener el flujo, pero se topa con algo. Una fina tira de hierro clavada allí, en su cuello. En la yugular seccionada. ¿Cómo lo ha hecho?

El rojo moja un rostro en el que brillan los ojos de cielo. La transformación se completa y la rabia se desencadena. Con el pulgar, el chico empuja despacio la hoja irregular, que se hunde venciendo la carne, desgarrando la tráquea del Minotauro. Cuando el toro cede, él se echa a un lado. Después, da un paso atrás y se sienta a mirarlo a la espera de que se desangre. Hilillos de sangre manchan el agua negra.

Marcello se lleva las manos a la cabeza, aprieta la cara animalesca pegada a la suya y empuja, da golpes, tira de ella. Mientras forcejea, nota un olor antiguo, el de la sangre y la sal que se le escurren de la ceja partida, como aquel día en que perdió la final del campeonato nacional de los pesos medios. Entonces pesaba setenta y dos kilos. Ahora, a sus cincuenta años pasados, supera los cien. Y, al igual que entonces, va a perder su pelea más importante. Esta vez, sin embargo, no habrá nadie que asista a su derrota, y eso casi lo consuela, hasta que la idea de que su vida termine ahí abajo, en las alcantarillas, solo, sin los gritos de sus hermanos jubilosos, lo asfixia. Tiene que quitarse de encima esa máscara bovina, grita y se contorsiona, necesita respirar con su propia boca. No quiere morir con esa cosa muerta encima. El monstruo se agita como si se le estuviera quemando la cara.

Pero ya es tarde. La fiera se desangra. Ahora que ha vencido, Teseo siente cómo la adrenalina lo abandona y el contorno de la última sala se vuelve nítido. El dolor de la mano lo despierta. Le sangra la palma. Cierra el puño y observa.

Muy cerca, la vida se escapa del toro con los últimos golpes de una tos irrigada de rojo. Aún de rodillas, el pecho se derrumba hacia abajo, la cabeza del monstruo se encuentra con los dos dedos de agua, los supera y se abate sobre el cemento. La cara de carne se le desprende por fin.

Sin que el hombre pueda ya darse cuenta.

23.

Roma, subsuelo

Los dos egipcios huyeron de inmediato. No antes de que el de la derecha se hubiera orinado a base de bien. Niko se quedó donde estaba, con la mirada clavada en el agua negra donde el cuerpo del hombre-toro parecía flotar. Después, con un gesto mecánico, desplazó la cabeza en busca del rostro del chico con los ojos de cielo.

Que lo observaba.

Antes de perderse en ese azul, Niko se sacudió el entumecimiento y huyó presa del pánico. El cazador de monstruos lo siguió con la mirada hasta que el pequeño gitano desapareció al final de la galería.

Un instante después dio comienzo la caza.

Santo Dios, la escena a la que había asistido era algo de otro mundo. Había durado un minuto, pero no podría olvidarla jamás. Una imagen remota se sobrepuso de inmediato: la de otro encuentro, con el *mullo,* entre las ruinas del enorme Gasómetro, en septiembre. También en aquel caso creyó morir. Sacudió la cabeza, incrédulo. Cuando el chico, admitiendo que fuera un chico —con la reja delante no podría jurarlo—, había empezado a balancearse, le había parecido uno de esos vagabundos borrachos, con la cabeza colgando, delante del hombre atado. Al principio daba tumbos de un lado a otro, como si estuviera poseído. Como uno de aquellos que, en los campamentos gitanos, danzaban alrededor del fuego para hablar con los muertos. Pero el tipo ese, el asesino, enseguida se puso derecho, y cuando el toro lo había embestido, no había echado a correr. No, lo había esperado, le había ofrecido el costado como si fuera una diana; Niko se había dado cuenta, se había puesto al descubierto para atraerlo a su trampa. Una vez caído en el agua, mientras el otro le apretaba la garganta, convencido de poder matarlo en un santiamén, los dedos del chico con esos ojos increíbles le habían golpeado en el cuello, del que había brotado a chorros un mar de sangre.

Niko giró a la derecha, oía a los otros dos que, en algún lugar por delante de él, corrían hacia la trampilla que los sacaría de allí, y luego, quién sabe, a casa de alguno de esos viejos asquerosos. Él ni siquiera se sentía capaz de pensar en aquella asquerosidad. Por más que con ese dinero pudiera comprarse todas las hamburguesas con queso que quisiera. Por un instante la idea lo tentó, el sabor de los pepinillos sobre la carne y el queso y quizá una buena coca-cola. Después reapareció la imagen del viejo con la gorra que quería llevárselo detrás de los puestos, trayendo consigo toda la repugnancia posible.

Estos pensamientos se disolvieron avasallados por un repentino chapoteo a sus espaldas. Niko se arrojó dentro de un pequeño nicho en el muro y se aplastó en él. Jadeaba, allí abajo el aire era muy denso, pero intentó respirar despacio, quedándose a la escucha. Otra vez ese chapoteo de pasos en el agua. Le hacían eco las gotas que caían del techo en el charco que tenía justo delante.

¿Se estaba acercando?

La imagen del hombre-toro se le impuso con fuerza, la vena del cuello seccionada, la sangre a borbotones, y una vez más se transformó en el recuerdo del cabrito sacrificado. Su cabrito, muerto, colgado cabeza abajo, listo para la comida de su último cumpleaños en el campamento gitano. Se vio a sí mismo así, colgado bocabajo, chorreando como aquel pobre animal. Eso era lo que iba a ocurrirle, no tenía ninguna duda.

La respuesta fue un golpe de tos en medio de la galería.

La respiración se le aceleró, por mucho que, esforzándose con ahínco, intentara refrenarla para no desvelar su escondrijo. Las fosas nasales se le abrieron de par en par, la taquicardia crecía junto a dudas fulminantes. Si lo aprisionaba allí, ¿cómo se las apañaría para huir? Buscó, en la superficie líquida que cubría el suelo del túnel, el reflejo adecuado, aquel que pudiera revelarle la posición del otro. Otra gota rompió el silencio y el espejo de agua que iba a ayudarlo se quebró.

Las piernas se movieron fuera del nicho a la vez que el eco del enésimo paso se apoderaba de su garganta. Se lanzó al espacio de la galería, lo que provocó una explosión de salpicaduras. Las que le alcanzaron se confundieron con la sensación de los dedos del asesino que lo rozaban.

Corre, se dijo Niko. Largo de aquí.

Y corrió sin volver la vista atrás.

Voló sobre sus piernas durante un tiempo impreciso hasta que llegó a otra galería que daba a un espacio grande y poco iluminado. Se detuvo para saber qué hacer, y desde uno de los dos accesos abovedados que tenía de frente llegó una explosión. O algo parecido. El instinto le dijo que volviera sobre sus pasos, el cerebro replicó que allí detrás seguía estando el asesino. ¿O era precisamente él quien le esperaba a la vuelta de la esquina?

Niko estaba fuera de sí y saltaba sobre uno y otro pie, atrapado entre dos fuegos cuyas llamas podrían devorarlo y que, desde luego, le estaban consumiendo la mente.

Después, el oído del pequeño gitano diferenció dos sonidos distintos. El del chapoteo en el agua y el sordo y ahogado de quien lucha para no hundirse. El tercero fue un coro de chillidos que Niko reconoció al momento. Se acercó de puntillas a la puerta de la izquierda y se metió en el pasillo. Un escalofrío en la espalda le confirmó que la amenaza se hallaba allí. Se tiró al suelo y avanzó a gatas hasta el borde de lo que parecía un enorme tanque lleno de petróleo. El corazón le latía en los oídos.

En medio del círculo negro, una cabeza subía y bajaba en el agua, los brazos remolineaban exhaustos y el vapuleo violento del agua mantenía a distancia a un grupo de ratas que nadaban a su alrededor. La boca volvió a deslizarse a ras de agua, con la pequeña nariz sumergida.

Entre las ondas, una mujer luchaba con la certeza de que lo que le ocurría iba a tener un desenlace fatal. Braceó, emergió e inspiró todo el aire que pudo para retenerlo; la energía empleada en la búsqueda de oxígeno no le permitía gritar en busca de ayuda. No tardarían en agotársele las fuerzas y la cabeza se le hundiría bajo la superficie del agua. Intentaría contener la respiración hasta el máximo, unos ochenta segundos, y después empezaría a tragar ese líquido horrible, tosiendo, escupiendo. El agua alcanzaría sus pulmones, impidiéndole absorber oxígeno. Le asaltaría un espasmo de las cuerdas vocales, los ojos empezarían a lagrimearle por el ardor en el pecho, y finalmente el terror dejaría sitio a la calma que precede a la pérdida de conocimiento. Confiaba en llegar cuanto antes a la parada cardiaca y se imaginó su propio cuerpo hundiéndose para entregarla a la definitiva muerte cerebral.

Cuando los ojos de la mujer del pelo rojo se hundieron, Niko se lanzó a la cisterna, con las piernas encogidas, como cuando se tiraba al Tíber desde el puente de hierro. Aterrizó a su lado mientras el maremoto alejaba a los roedores.

La cogió de la barbilla. El borde de la cisterna se encontraba a dos metros.

—¡Nada! —le ordenó, mientras su cuerpo débil se esforzaba por sostenerla.

Ella no oía más que los chillidos que le llenaban cada rincón del cráneo. Tenía los ojos cerrados cuando sintió la mano que le levantaba la barbilla para hacerla respirar. Tosió y avanzó batiendo con fuerza los pies, como cuando era niña, en la piscina, con los manguitos rosas, animada por la esperanza de llegar al borde de la calle. La misma sensación de agotamiento que la invadió un momento antes de apoyar los codos en el cemento.

Niko se subió al borde y escrutó de inmediato en la oscuridad más allá de la esquina por la que había venido. Y por donde temía ver aparecer al asesino del hombre-toro. Permaneció así, acurrucado en el silencio roto por los jadeos a sus espaldas, hasta que se convenció de que no había nadie más.

Se volvió para encontrarse cara a cara con su amiga.

—¿Caterina? —dijo, sílaba a sílaba.

24.

Rocchi retiró las pequeñas pinzas que sujetaban una tira de piel de la Sirena y las dejó en la palangana con las agujas y los ganchos para los músculos. Pensó en todo el trabajo que haría falta para componer el cadáver antes de su exposición para el último saludo de sus seres queridos. Consideró el espectáculo con el que se toparía el encargado a la hora de realizar las curas higiénicas del cadáver, con el fin de frenar la rápida transformación de los tejidos. Quien viniera detrás de él no podría evitar la inexorable ruina de la carne, pero intentaría aplazar, aunque fuera por breve tiempo, su descomposición.

Dejó el cuchillo de disección junto al de los cartílagos, sobre la superficie de acero inoxidable de la mesa. Se secó el sudor con la manga de la bata, mientras un susurro se expandía por el laboratorio. Se dio la vuelta. Salvo el bulto de Cristina Angelini, solo estaba él. Se quedó mirando el cuerpo enorme de la mujer-pez, que parecía moverse. Antonio se restregó los ojos. Había quedado maltrecho. Los exámenes menos invasivos, como el toxicológico, dejaban una huella mínima en los cadáveres, pero las aperturas y los cortes con los serruchos obligaban a recomponerlos después. Y, sobre todo, era él quien sentía la necesidad de arreglar el cadáver después de las tareas de búsqueda, de excavación. Se sentía incapaz de tratarlos como simples trozos de carne. Carne, ese era el asunto.

Cuando se matriculó en medicina, en su casa hubo una fiesta. Provenían del campo y las últimas tres generaciones de los Rocchi se habían dedicado al matadero familiar. Por fin alguien que sería distinto, que saldría de las paredes embadurnadas de gritos animales, que se alejaría del aire preñado de sangre, que olvidaría, quizá, el olor del miedo.

Años después, cuando contó en casa la especialidad que había escogido, nadie en su familia lo entendió. Se miraron todos y preguntaron con un tímido susurro: «¿Otra vez?». Eran incapaces de comprender que, después de todos aquellos años de estudio y de sacrificio, Antonio acabase convertido en una suerte de sepulturero. El «apañacadáveres», decía su abuelo. Sin embargo él, Antonio, había escogido la medicina forense porque no lo consideraba algo sucio. Se trataba de una forma de devolver un poco de justicia a esos cuerpos ultrajados. Devolverles un poco de la dignidad que habían tenido de vivos. Y aún seguía sintiendo ese deseo de limpiar, arreglar, recoser lo que se había roto tantas veces delante de sus ojos de niño.

En la pequeña localidad de Garfagnana donde vivían, todos comían carne de su matadero, pero ningún niño quería jugar con él. También sus padres gozaban de una especie de reservada desconfianza por parte de la comunidad local. ¿A que se dedican tu papá y tu mamá? Verdugos de animales, decía bromeando de pequeño en el colegio. Pero casi nunca se reía nadie. A pesar de ello, todos se dejaban caer por la tienda, compraban, pedían una rebajita, hacían que les apuntaran lo que se debía para saldarlo luego, a final de mes. No había nada que hacer, para esa gente el matadero era como el cementerio. Y, en el fondo, los entendía.

Pasó la aguja para coser la garganta de la Sirena. Cinco, diez, veinte veces, hasta que el hilo transparente desapareció del todo. Cuando empezó a ejercer la profesión, nadie tuvo que explicarle cómo había que comportarse en la sala de autopsias. Todo resultaba claro, fácil. Era mucho más sencillo manejar cuerpos inmóviles, fríos, que el fuego enloquecido de los del matadero. Mucho mejor el ruido del bisturí que el de las tenazas mecánicas que fracturaban los huesos de los pollos.

Con el tiempo, la sobreexposición a la violencia contra los cuerpos a la que tenía que enfrentarse como asesor de la jefatura de policía de Roma le había convencido de que, para mantener buenas relaciones con la llamada «realidad» e intentar acaso construirse una vida, debía ablandarse un poco. La hierba y la música le ayudaron bastante.

Colocó las piernas de Cristina Angelini, martirizadas por el alambre, y pasó el desinfectante. Ya se había quitado la mascarilla y la emanación ácida se le subió de inmediato a la cabeza. ¿Se había movido la cola de la mujer-pez? Dejó el algodón y se pasó una mano por la boca. La barba de una semana le arañó las yemas de los dedos. Hacía tiempo que se había dado cuenta de que sus ojos almendrados habían perdido la vivacidad marrón de la tierra. Se encontraba cansado, le hacía falta una pausa. Se colocó al lado izquierdo de la Sirena para cerrarle la boca. Le apartó el pelo de la nuca y observó una señal. Podía ser un arañazo en la piel provocado por las propias uñas de la mujer. O tal vez no.

Bajo el armario de pared al lado de la mesa de autopsias había una repisa y una cajonera. Rocchi se estiró y cogió una gran lupa. La acercó al pequeño corte entre el pelo y encendió una lucecita, mientras apartaba con el pulgar y el índice el cabello de alrededor. La pequeña herida se abrió, revelando una incisión fina y profunda. Dos centímetros y medio, midió Rocchi con el calibre, pero el corte era irregular. La punta de la hoja que había producido ese agujero tenía forma de «u». Cogió la cámara digital y sacó dos fotos, una con la piel apartada y otra en su sitio.

Aquella señal, le resultó claro de inmediato, se correspondía con la que tenía forma de «ele» en la nuca del jardinero del *Laocoonte*. Bien, pensó, un dato útil para Enrico, quien lo apreciaría tanto como las consideraciones sobre la cuchilla que había matado a Cristina Angelini.

Había completado su trabajo y se sentía exhausto. Se fue a la habitación de al lado, se ató la coleta y se quitó el jersey de cuello de pico. Lo olió. Aguantaría unos días más. Lo tiró al sofá y pensó que había llegado el momento de comprar uno nuevo.

Aquel se lo había regalado Stefania, la última relación de más de un mes que había tenido. Estuvieron bien todo un verano; después, ella acabó abandonándolo con una nota en la almohada: *Te dejo porque los quieres más a ellos que a mí*. Obviamente, se refería a sus muertos. Mejor así, no se lo tomó demasiado mal, no peor que otras veces. Por lo demás, él era de enamoramiento fácil, incapaz de acercarse a una mujer sin caer rendido a primera vista. Volvería a ocurrir. Mejor dicho, ya había sucedido. La había mirado con atención. A Alexandra. Sin embargo, esta vez le pareció notar algo distinto. De alguna manera, la sintió muy próxima a él. Tal vez por ese aire desganado y atento a la vez. Y era guapa, no cabía duda.

Él no es que fuera muy guapo, pero tampoco estaba tan mal. Advertía, en cualquier caso, una afinidad entre ellos. Como si su trabajo de análisis de cuerpos sin vida se asemejara a lo que Alexandra hacía. Ella, con sus estudios sobre figuras de mármol; él, en contacto con las siluetas de hielo de sus cadáveres. Ambos en busca de signos y trazos de violencia: él, de la mano asesina; ella, de la del cincel en la piedra. Ambos en busca de historias, escritas en los cuerpos o perdidas en la bruma de los mitos clásicos.

Hizo una mueca. Eran meras fantasías. Quién sabe lo que pensarían de ella Walter y Enrico. A Walter seguro que le gustaba, había visto cómo la miraba en el aula, pero él estaba ahora con Caterina. Cate, sí. También con ella estuvo a punto de caer. Creyó sentir algo, pero en cuanto se percató de que había algo entre Comello y ella mandó sus sueños a la cama.

Se levantó y fue hasta la pequeña nevera. El fondo blanco descollaba entre las latas de atún, un tarro de mayonesa y pan de molde de tamaño gigante.

—Igualito que el recinto de los osos polares —se dijo sin llegar a sonreír.

Lo retiró todo y se quedó mirando la blancura perfecta de la nevera, hipnotizado por la luz del fondo, por sus reflejos de nata, por el olor a vacío. Así debía de ser el infierno. Su *rela-*

ción con el más allá era inexistente, y cuando escogió su profesión, en su equipo de supervivencia incluyó dosis masivas de cinismo e ironía. Y, en efecto, hasta ese momento había funcionado, pero esa tarde, años después de la primera vez que había entrado en una sala de autopsias, se sorprendió a sí mismo preguntándose si sus tácticas seguían siendo capaces de mantener la debida distancia entre él y aquellos cuerpos.

Entre las paredes incoloras, Antonio Rocchi sintió un escalofrío desconocido. Hacía frío allí dentro y pensó en ir hasta el sofá y volver a ponerse el jersey. Dio el primer paso, pero se detuvo. De golpe se quedó ausente. Con los ojos abiertos en el vacío de la habitación y la frente perlada de sudor. Algo oscuro y molesto le había invadido y le apretaba la garganta dejándolo sin respiración. Intentó esquivar ese escalofrío, borrarlo. Sin embargo, desde la garganta bajó a los pulmones, mientras el cerebro proyectaba imágenes desordenadas. Sacudió la cabeza para espantarlas, al igual que se hace con las moscas. Manos, extremidades, órganos, dientes bailaban delante de sus ojos como personajes de un macabro teatrillo. Tragó saliva con dificultad y se dejó caer en el sofá. Pinzas, bisturí, varillas, lazos e hilos, corazones, hígados, piel desgarrada. Cogió el jersey y se secó la frente y el cuello. Después se lo echó sobre los hombros. Estaba temblando.

Pero en esta ocasión, por primera vez en su vida, Antonio Rocchi supo que aquellos no eran temblores de frío.

25.

La mirada de Caterina De Marchi viajaba entre los papelajos del McDonald y las matas de hierba amarillentas por el intenso frío de aquellos días. El aire era punzante y los agentes le habían puesto una manta sobre los hombros. Había rechazado la ambulancia. A pesar de que el miedo a ahogarse en el pozo en medio de aquella aglomeración de ratas la siguiera atenazando, quería permanecer allí y sus colegas ya habían llamado al inspector Comello. El móvil, el espray y la cámara digital habían ido a parar al fondo fangoso de aquella especie de cisterna, pero era otra la idea fija que no se le iba de la cabeza.

No podía dejar de pensar en Niko. Aquel chiquillo había sido capaz de sacarla de la cisterna en la que había caído levantándola con sus delgados brazos. Después, había insistido en que se marcharan corriendo.

—No tengo fuerzas —le contestó ella, exhausta y aterrorizada aún.

—Vámonos —la había apremiado Niko, y en sus pequeños ojos oscuros se había encendido una luz que Caterina había reconocido al instante: la del miedo y la impotencia en la que se reflejaba el terror a las ratas.

Niko le había señalado el túnel que tenían delante y había repetido «Vámonos» en un tono que parecía una súplica.

—¿Por qué?

—Por el hombre malo.

—¿Quién?

—Él, él ha... Ha matado al toro.

—¿Quién? ¿Dónde?

—Aquí. Sigue aquí —le había contestado Niko; después se había dado la vuelta y había entrado en la oscura galería.

Caterina se había levantado, haciendo caso omiso del dolor de las pantorrillas y de los pulmones, que le ardían, y había seguido el sonido de los pasos del chico que se alejaban en algún lugar por delante de ella. Al cabo de unos segundos pudo darse cuenta de que Niko ya no se encontraba ahí. Había huido. Corría, a juzgar por el estruendo de las pisadas en el agua que rebotaban en las paredes del corredor. El efecto amplificaba el ruido y hacía imposible determinar cuántas personas se hallaban allí abajo. ¿Había realmente alguien dando caza a Niko? Se maldijo por no haberse traído la pistola, después de todo. Había intentado acelerar, pero le fallaban las fuerzas. Entretanto, el ruido de los pasos se había atenuado, perdido en la oscuridad que tenía delante.

Al final llegó hasta la rejilla abierta y se encaramó por la escalerilla de hierro ayudándose con las manos. Al salir, el aire terso y helado anunciaba los primeros resplandores del alba. Caterina, empapada, comenzó a temblar. Se sentó en un trozo de mármol y empezó a mirar a su alrededor. No quedaba ningún rastro de Niko. Uno de los vendedores de libros usados, que abrían muy temprano, la vio desde su puesto, y al cabo de diez minutos apareció un coche patrulla. No fue capaz de explicar desde dónde había venido o dónde se encontraba; ni si de verdad había un hombre, como el chico le había dicho. Uno de los agentes se introdujo en el agujero de debajo de la rejilla, y cuando volvió a salir, estaba pálido. Pasada media hora, aparecieron los hombres de la científica y las luces y las sirenas aumentaron.

Los hombres de blanco habían descendido al subsuelo. Llevaban un buen rato allá abajo. Por fin reapareció un compañero con una enorme Canon del cuello, boqueando. Caterina notó con estupor que tenía el mismo aire ofuscado que el agente que había bajado antes. ¿Qué había al final de aquella maraña de galerías? ¿Qué era lo que había visto Niko? El hombre hablaba con otro que había cerrado el paso al área y estaba examinando la entrada.

El chirrido de una frenada en el paseo delante de las termas anunció la llegada del inspector Comello. Descendió del coche y reconoció la silueta de Caterina de espaldas, en el centro de la explanada. Echó a correr hacia ella y la abrazó por detrás. Ella se quedó quieta, sin mover un solo músculo, dejando que el calor del cuerpo de Walter la ganara despacio. Se movió solo para pasar una mano por encima de la de él; después, cerró los ojos con el fin de alejar el llanto. El contraste entre el frío y el cuerpo cálido de Walter le provocó un escalofrío y la tibieza desapareció de repente, dejando campo libre al hielo que la estaba invadiendo. Temblaba, lo sentía en la piel, pero era dentro de la carne por donde el hielo se iba deslizando poco a poco, acariciándole hasta el tuétano.

—¿Has venido por Niko?

Ella movió la cabeza de arriba abajo entre los brazos de Walter.

—He perdido tu pulsera —dijo, desconsolada. Él se la había dejado debajo de la servilleta durante el desayuno, apenas unos días antes. Tenía un corazón y ella se la puso enseguida. Probablemente habría ido a parar al fondo de aquella maldita cisterna.

—Lo sabía. Hice mal en enseñarte esas fotos.

De repente, Walter se apartó de ella. Caterina levantó la barbilla buscando una explicación, pero él ya se encontraba al lado de la rejilla. Cuchicheaba con el agente y el fotógrafo, que meneaba la cabeza y hacía gestos en dirección a la trampilla. Le estaba explicando el recorrido que había realizado bajo tierra. De acuerdo, pero ¿para llegar adónde? Abajo aún quedaban dos monos blancos. ¿Por qué solo había vuelto uno?

Caterina se apoyó en la piedra para levantarse, pero la manta se le cayó al suelo. La recogió, se puso de pie dándose impulso con las pantorrillas y se la colocó sobre los hombros con la afligida elegancia de una anciana dama. Recorrió el tramo que la separaba de ellos como si estuviera borracha. La vista se le nublaba y sentía que los ojos le ardían. Cuando se halló a unos pasos, Walter la vio y corrió a sostenerla.

—Cate.

—¿Qué ocurre? —preguntó ella.

Comello hizo un gesto al hombre de blanco, que le pasó la Canon. Echó un vistazo a la pantalla, después al rostro cansado de Caterina, e inclinó la cámara fotográfica.

—¿Qué? —pudo decir ella antes de mirar la pantalla. El *flash* había iluminado, como si fuera de día, el espacio subterráneo. La primera imagen mostraba una reja que daba a una sala circular. Se trataba de una especie de colector parecido a aquel en el que había ido a dar Caterina, aunque más grande y sin pozo. La segunda mostraba el suelo inundado y el color negruzco de las aguas. Caterina observó a Walter con expresión interrogante. La última foto era más nítida, porque el enfoque automático había localizado algo parecido a un rostro.

Reclinada sobre tres escalones, como arrellanada, yacía la imponente figura de un hombre. Sentado con las piernas cruzadas, descollaba en el pútrido laberinto de cloacas, los ojos enormes dentro de la máscara de carne y cuernos. Sus pies machacados parecían las pezuñas de un enorme bovino.

—¿Ha sido ese loco? —preguntó Caterina automáticamente.

—Sí —dijo Walter.

Un pánico fulminante culebreó en el cerebro exhausto de Caterina. Entonces Niko se hallaba en peligro. ¿O había conseguido escapar?

—¿Dónde está?

—¿El Escultor? Mancini lo atrapará.

Fue como un cepo clavado en su costado. Aquel terror irracional, aquel miedo que unía como un nudo las vidas del pequeño gitano y de Caterina, permanecía allí, entre ellos.

—¿Dónde está Niko?

26.

—Lo único que puedo decirle por el momento es que tenemos que dar la voz de alarma a las comisarías y a los destacamentos de toda la zona urbana.

—¡No me venga con esas, comisario! —estalló Gugliotti.

Mancini cogió el periódico y lo abrió. El titular rezaba: «En el subsuelo, la última víctima del Escultor».

—Comisario, los hallazgos se han producido en la galería Borghese, en el parque zoológico y en las alcantarillas debajo de las termas de Diocleciano. Hay quinientos metros entre el zoo y la galería, el doble aproximadamente entre esta y las termas —prosiguió enfurecido Gugliotti—. Ese es el sector que habrá que poner bajo observación. De modo que avisaremos a la comisaría de Salario-Parioli. Y ya está.

—También a la de Castro Pretorio que se halla cerca de la estación Termini, por el Minotauro —insistió Mancini, mirando fijamente a su superior.

—No echemos demasiada carne en el asador, Mancini. No debemos crear una alarma aún mayor. Si no se ha marchado, el asesino sigue allí —sentenció el superintendente señalando el plano de Roma en la pared—. Entre esos tres puntos se encuentra su guarida.

—Haga lo que quiera, pero se lo repito: es necesario que se nos comunique de inmediato cualquier denuncia de desaparición en la ciudad. También habría que avisar a los destacamentos de carabineros de la zona.

—Mancini, usted sabe mejor que yo que no tenemos ni los hombres ni los medios para abarcar un área tan grande, sin tomar en consideración que me parece absolutamente fuera de lugar.

—¡Vaya usted a contarles eso a la familia del jardinero y sus hijos, a los Angelini, y ahora también a los parientes de Marcello Licata, el carnicero desfigurado por el Escultor! —Mancini levantó la voz.

—¡Hágame el favor, comisario! —Gugliotti golpeó el escritorio con la palma de la mano—. ¡La última víctima ha sido hallada a setecientos metros de aquí y del Ministerio del Interior! ¿Se da cuenta de la pésima imagen que estamos dando? —el hombre tenía la cara enrojecida.

—¿Y qué es lo que piensa, Gugliotti? ¿Que es culpa mía el que no hayamos podido encontrarlo antes? —la pregunta quedó sin respuesta—. Se lo repito, ponga de inmediato a alguien a trabajar en las denuncias de desaparición.

El superintendente pasó al contraataque. Frunció la frente y se quedó mirando al comisario.

—¿Sabe usted cuánta gente desaparece al día en Italia?

—Dígamelo usted, señor.

—Cada veinticuatro horas desaparecen en todo el territorio nacional veintiocho personas. Cada santo día, comisario. *Zas,* engullidas en la nada. En los informes suele aparecer la frase «sin ningún rastro». Sus amigos estadounidenses lo llaman *missing.*

La última observación sonó metálica y cruel. Sin embargo, Gugliotti no había terminado.

—Desde 1974, es decir desde que se instituyó la base de datos entre los diferentes cuerpos policiales, son casi treinta mil los desaparecidos de los que no se sabe nada. Doce mil italianos y dieciocho mil extranjeros. Veinte mil adultos y diez mil menores. Ahí están los datos, comisario.

Mancini sintió el deseo, instantáneo y fortísimo, de aplastar a aquel hombre contra la pared y apretar con fuerza aquel cuello entre sus manos. Quería ver cómo esas órbitas se hinchaban de miedo. Después, el arrebato se enfrió y el comisario devolvió la mirada al superintendente.

—Haga lo que le parezca —repitió antes de salir del despacho.

Bajó dos plantas y se metió en el departamento de personas desaparecidas. Era la hora de comer y, a pesar del frío que hacía fuera, la sala se hallaba desierta. Mejor así. Mancini sabía que por lo menos habría uno. Uno a quien buscaba. Y, en efecto, detrás del respaldo de una butaca giratoria asomaban los anchos hombros de Domenico Tomei.

—¿Quién es? —masculló este último dándose la vuelta, con un espagueti con salsa colgándole de la boca.

—Domenico, necesito que me hagas un favor —dijo Mancini.

El hombretón rapado, con la nariz rota por encima de unos labios finos, lo observó por un instante, frunciendo sus ojos miopes:

—¿Es que ya ni siquiera se saluda?

Napolitano afincado en Roma, cercano a los sesenta, había formado parte durante años de las fuerzas especiales de asalto, con el pasamontañas verde militar y la misión clavada en la cabeza. Era un antiguo fascista, pero Enrico lo consideraba inofensivo, entre otras cosas por el incidente que había sufrido durante la liberación de un rehén a finales de los ochenta. Tras la convalecencia, Tomei fue destinado a tareas administrativas. Se levantó de la butaca con esfuerzo notable, alzando más de cien kilos de peso con el único apoyo del muslo izquierdo, y le tendió la mano agrietada.

—Estate quieto —le dijo Mancini.

Dentro de los pantalones reglamentarios, la rodilla izquierda crujió, mientras que de la otra pierna solo quedaba la sombra de la extremidad que perdió el 29 de julio de 1989, en la autopista A1, al norte de Roma, entre Fiano y San Cesareo. Hubo un tiroteo con la Anónima Sarda, que había secuestrado a un rico empresario de café. Cientos de disparos en un puñado de segundos. Sobre el asfalto quedaron los cuerpos de los malhechores, el rehén vivo aún, y cuatro agentes gravemente heridos.

—Estaré cojo, pero te aseguro que aún soy duro de pelar. Me apuesto lo que quieras a que tú, con tus dos piernas, eres incapaz de cogerme... —e hizo ademán de desplazarse en torno al escritorio.

—Tengo prisa —le cortó Mancini.

El otro lo miró, indeciso. ¿Debía sentirse ofendido por aquel rechazo? Optó por el no, sonrió y se dejó caer de golpe sobre la butaca, que chirrió.

—¿Qué es lo que necesitas?

—¿Sigues recibiendo avisos de las desapariciones en la zona urbana?

—Cada vez son más numerosos —dijo Tomei señalando el montón de papeles a sus espaldas.

—¿De los destacamentos de carabineros también?

—Sí, lo coordino todo desde aquí. Pero lo mantengo separado. Lo de ellos y lo nuestro.

—Estupendo. Pues hazme un favor. Comprueba los avisos de desaparición en las últimas veinticuatro horas en esta área.

Mancini se colocó a un lado del ordenador y dibujó con el dedo un polígono en el plano de Roma pegado en la pared. Abarcaba el zoo, la galería Borghese y las termas de Diocleciano.

—Claro, pero ponte cómodo, Enrico.

—No, verás. Sería mejor que no me dejara ver mucho por aquí.

—Entiendo. Ya me encargo yo.

—Quiero saber también si en las próximas veinticuatro horas te llega algo de los destacamentos y de las comisarías de las zonas limítrofes a la que te he señalado, ¿de acuerdo?

—¿Qué ocurre? ¿Es por esa mierda de historia? ¿La del Escultor?

Mancini asintió con la cabeza.

—¿Tienes ya alguna pista útil? ¿Se trata de uno de esos a los que dabas caza en Estados Unidos? Un asesino en serie, ¿verdad? —preguntó Tomei con la excitación en los ojos—. ¡Tampoco se andaban con bromas los terroristas y los secuestradores! —exclamó dándose una palmada en el muñón del muslo.

144

Había salido mejor librado que otros, pero, como bien sabía toda la gente de aquella planta, y no solo allí, Mimmo Tomei nunca olvidaría los instantes que le cambiaron la vida para siempre. El momento en el que, desde la ventanilla trasera del Lancia Delta, partieron dos descargas de fusil contra el Alfa de los NOCS era una leyenda en cada uno de los despachos de la jefatura central. La ráfaga de luz cegadora en la noche y las dieciocho balas del calibre 12 se habían convertido en un mito. Una de esas malditas balas, como las increpaba Domenico, más conocido como Mimmo, le alcanzó a la altura de la tibia, reventándosela y dejándole la pantorrilla machacada. Una segunda bala, en cambio, le acarició la rodilla, astillándole la pierna.

Suspiró y se quedó mirando a Mancini como si fuera transparente. Por aquel hombre esquivo que padecía un dolor tan distinto al suyo, Tomei sentía respeto. Un respeto que rozaba el temor, porque quien pierde la cabeza por un dolor como ese, de una forma u otra deja de tener miedo.

—Date prisa, por favor. Ya echaremos cuentas después.

Mancini le hizo un guiño cómplice y se marchó.

27.

Devorolos [...] en las bocas del antro
y chillando me alargaban los brazos
aún en su horrible agonía.

Homero, *Odisea*, XII, 256-257

Cientos de manchas palustres puntean la superficie del parque del Aniene. Seiscientas hectáreas en el sector noreste de Roma, pobladas de robles y rutilos. En el borde herboso del río, entre sauces y álamos, viven los pájaros moscones, en sus nidos en forma de bolsa. Ocultos por matas de enea y cañaverales, puercoespines y topos de la ciénaga excavan sus madrigueras.

Más al sur, a unos pocos cientos de metros del corazón de Montesacro, se encuentra un oasis de belleza arcádica. Bajo el arco del puente Nomentano, discurre, inmóvil, el Aniene, con penachos de papiros y saúcos reflejados en las aguas relucientes de vida. En el fondo cenagoso habitan los cangrejos de río, con sus caparazones verdigrises, sus centelleantes veteados amarillos, sus pinzas de color rojo oscuro. Ocultos al olfato de los zorros, se alimentan de lombrices y de peces pequeños.

Por encima de ellos, la amenazadora estructura del puente. Los bloques de toba y las almenas hacen de él una pequeña fortaleza, un pequeño castillo con la torre a la orilla izquierda del río. Y los matacanes, las trampillas, los postigos ocultos.

La mujer enterrada a cuatro metros bajo tierra, en el foso de las viejas bombas hidráulicas, tiene miedo de morir. Atada al tubo de desagüe, sabe que su momento está a punto de llegar, pero sería incapaz de decir cuánto tiempo ha pasado desde entonces. Se encontraba en el parque, buscando a sus «niños», como llama a sus cachorros. Se habían escapado hacía unos días mientras char-

laba con una amiga, había perdido la noción del tiempo y cuando quiso darse cuenta de que ya no corrían a su alrededor era demasiado tarde. Buscó en las ruinas al final del parque, armada con la luz de la linterna del móvil y un coraje completamente forzado. No recordaba cómo, pero el caso es que se le apagó la cabeza, como si un interruptor le hubiera quitado, de repente, la electricidad vital. Y se había despertado allí dentro. Ahora, a cuatro metros bajo tierra, exhala un lamento, pero, en vez de una voz de anciana, lo que le sale de la boca amordazada es un gañido.

Tras el suyo, allí abajo, le hace eco otro quejido.

Se vuelve en su dirección, incrédula, mientras ve a uno de los pequeñines que creía perdidos. Reconoce a Lola por el collar rosa. La perrita se le acerca y se restriega contra una de sus rodillas, feliz de volver a ver a su ama. También la mujer se siente contenta, hasta que ese destello de alegría que le ilumina la cara se apaga.

¿Y los demás?

En el rincón de donde ha venido Lola divisa una montañita de algo parecido a unos trapos amontonados. No consigue ver bien. La única luz proviene del ojo de la cerradura que cierra la trampilla, pero es poco más que un haz.

La mujer enterrada a cuatro metros bajo tierra ha intentado soltarse, pero la cuerda que la mantiene atada al tubo no cede. Tal vez sea muy resistente o tal vez es ella a quien le fallan las fuerzas. Sus elegantes pantalones azules están desgarrados y la blusa de seda blanca ha perdido sus preciosos botones perlados.

Aquel vacío le recuerda bastante al que llena sus días desde hace mucho tiempo, demasiado. Desde hace año y medio. Desde el día en que Anna se fue. Desde aquella tarde en la que voló al cielo, dejándole a su nieta como único testimonio de su paso por la tierra. Desde entonces, el amor por esos cachorros fue creciendo hasta echar raíces en ella y convertirse en su válvula de escape. Porque lo cierto es que se siente incapaz de querer a su nieta como debería, como a la hija de su hija. Por eso sigue comprando esos simpáticos perritos y ocupándose de ellos con un ímpetu inimaginable. Y casi se siente avergonzada de ello, de esa obsesión, porque sabe que le sirve para no pararse a pensar en el dolor de sus últimos días con Anna. Y para evitar a la nieta que le recuerda demasiado a su hija.

De repente se siente muy cansada, tiene ganas de abandonarse a ese sopor y a la húmeda sensación de vacío que se agolpa en aquel lugar oscuro. Lola aprovecha para acurrucarse a su lado, en silencio; pero se levanta casi enseguida y vuelve por donde ha venido hasta el montoncito de trapos. Asentada sobre sus cuatro patas, empieza a gruñir y se yergue sobre las posteriores, ladrando hacia la trampilla, que empieza a abrirse.

Un tintineo y se abre del todo.

En vez de intentar gritar, de aprovechar esos segundos en los que se entreabre un breve pasaje entre el mundo de arriba y el de abajo, la mujer se queda quieta, muda. También Lola deja de ladrar, con los ojos vacíos, húmedos. Una figura baja por la escalerilla de hierro, cierra la trampilla y se desliza hasta aterrizar cerca del montoncito de trapos. La mujer apenas tiene tiempo de incorporarse hasta quedar sentada.

La mujer y la perrita parecen estatuas de hielo mientras el silencio conquista cada centímetro cuadrado de esa prisión. El chico con los ojos de cielo ni siquiera la mira, se agacha junto al montón y empieza a trajinar. La mujer no consigue ver, pero algo en esos gestos le indica que debe temblar, que ha de tener miedo. Miedo de ese extraño crujido, un sonido que no le resulta desconocido, una, dos, tres veces, lento y acompasado. Después, el hombre se vuelve y se queda mirándola con los ojos ausentes, iluminados por el tenue cono de luz que penetra por la cerradura allá arriba.

Se queda así, mirándola durante un minuto, con la respiración casi detenida. Observa su blusa, y ella siente cómo esos ojos de acero le perforan el ombligo. Su verdugo desplaza la mirada de derecha a izquierda, como si estuviera... midiendo algo. Inclina la cabeza hacia Lola, que parece embalsamada por el miedo. Avanza y le quita la mordaza a la mujer. Está aterrorizada, sabe que no gritará; pero tiene que estar perfecta. Se agacha y levanta a la perrita, le sujeta la boca entre el pulgar y el índice y vuelve a trajinar detrás de las bombas, mientras el crujido resuena de nuevo.

El tiempo discurre jalonado por la sangre que retumba en los tímpanos de la anciana. Estos laten, casi explotan, cuando un grito, un aullido, ahoga el silencio.

El hombre de los ojos de hielo se levanta otra vez de su rincón.

Sostiene algo en la mano que la anciana a duras penas ve, porque las lágrimas lo hinchan todo. Arroja aquello a sus pies. Entonces la mujer se percata de que en el suelo ya no hay nada. El montón de trapos ha desaparecido.

Ahora se encuentra ahí, delante de ella.

El chico con los ojos de cielo se ha detenido, pero esta vez tiene los brazos abiertos delante del rostro. Entre sus puños apretados un grueso hilo sostiene seis objetos, como perlas de un collar gigantesco. De la última perla gotea un líquido espeso.

Cuando las pupilas cansadas de la mujer consiguen enfocar su obra y se dirigen al suelo, hacia los trapos, ya es demasiado tarde.

La transformación ha empezado.

Y el mundo vuelve a cambiar.

Allá abajo, en el habitáculo de las bombas de chorro, las tuberías que ascienden desde el suelo y se pierden en el techo se convierten en estalactitas y estalagmitas de la pequeña cueva de Escila. A su alrededor todo está oscuro y él procede despacio, con el pánico domado, enmudecido, transformado en la rabia homicida que devolverá todo al orden. Intenta cerrar los ojos y el olfato toma la iniciativa. La acidez del musgo en el hierro se transforma en el áspero olor del adarce. Su cerebro trastornado convierte el dulce aroma del moho en el olor de la sangre de los marineros destrozados por la ninfa maldita. En su conjunto, aquella mezcla de aromas penetra por las cavidades nasales y se precipita dentro de los pulmones.

Un zumbido le sacude los tímpanos. El motor de la vieja bomba que arranca y se detiene no parece otra cosa que el infinito movimiento de las mareas. De eso se trata, el hombre levanta el telón de los párpados y desvela los ojos del cazador. Fríos, escrutan entre las olas que rompen contra los salientes rocosos; el vapor de las válvulas hidráulicas es un muro de salpicaduras contra la costa. Al final la avista: agazapada en el ángulo muer-

to de la gruta, con los ojos enloquecidos de furia marina, se encuentra Escila. Esperando. Tiene hambre, ansia de hombres. El cazador se mueve desenvainando la pequeña hoja afilada. Dos pasos a la derecha; después, salta hacia delante.

El monstruo está allí, su boca desencajada vomita la sangre de sus víctimas. Las doce serpientes que le sirven de piernas le permiten desplazarse velozmente, pero él es más rápido. Se mueve entre los peñascos puntiagudos. La mano derecha se inclina hacia la fiera, pero debe retirarse de las fauces que ciñen la cintura de Escila. Seis rabiosas cabezas de perro. El cazador lanza otra estocada, un poco más abajo, y la hoja acaricia el vientre del monstruo.

Como los pétalos del dondiego de noche, la piel de la mujer revela una capa de carne clara, después el resbaladizo amasijo de los intestinos. El olor de sus tripas la fulmina como una revelación y desencadena su último espasmo de luz. Anna está allí, puede verla, a la espera, en un rincón entre las tuberías. Aguarda para llevársela consigo. Por fin. Pero una idea la aterroriza un momento antes de que los dedos del fantasma de Anna la rocen.

Su hija nunca la perdonaría.

El cazador le golpea la garganta. Y, enseguida, otra vez. La lengua de Escila, hecha trizas, se asoma para gritar. Nadie la oirá, el cazador lo sabe. Porque ese grito apenas imaginario es el último espasmo de vida que le queda.

28.

Fuera de la central, el aire soplaba seco y frío. La calle amarilleaba por las hojas caídas y, en la esquina con via Nazionale, una pareja de contenedores vomitaba quintales de basura. Los camiones de recogida llevaban tres días parados por una huelga. Mancini metió una mano en el bolsillo y notó el frío del metal. Detuvo el tintineo de las llaves y se acercó al viejo Mini en el aparcamiento de la jefatura.

Veinte minutos más tarde, mientras el comisario volvía a casa, sonó su pequeño Nokia. Era Tomei. El antiguo miembro de las fuerzas especiales le refirió una denuncia de desaparición tramitada el día anterior en el destacamento de carabineros de la estación de Città Giardino. La había puesto la nieta de una mujer que la noche anterior había salido a buscar a sus perros, perdidos en el parque, y no había regresado.

Tras colgar, el comisario buscó el número del inspector Comello para que fuera a hablar con la muchacha, mientras él, al encontrarse a poca distancia de su casa, se acercaría de inmediato al parquecillo para echar un vistazo.

De repente se iluminó la pantalla del móvil con una llamada.

Demasiado tarde.

El aviso había llegado esta vez de un ciudadano que había llamado directamente a la jefatura central. Se trataba de un guardia urbano jubilado, como insistió en subrayar repetidas veces. Esa mañana, mientras corría por el bosquecillo de pinos que costea el último tramo de calle antes de la piazza Sempione, y después de cruzar el antiguo puente Nomentano, se detuvo en la orilla para recuperarse del esfuerzo.

Con el fin de matar el tiempo se entretuvo buscando cangrejos de río. A pesar de la estación fría, solía haber, y él de vez en cuando conseguía incluso llenar una bolsita para el almuerzo. Mientras estaba agachado escudriñando aquel pequeño meandro del Aniene, entrevió el reflejo del arco del puente a pocos metros de él. En lugar de la habitual medialuna de luz entre la curva de toba y la superficie del agua, el reflejo le devolvió una medialuna *llena*. Solo entonces levantó la vista para fijarla en lo que colgaba del arco. El terror le hizo resbalar en el agua helada.

Comello estaba sentado al borde del camino empedrado que cruzaba el castillete y escuchaba por enésima vez el relato del ex guardia urbano, pues Mancini lo había llamado para que acudiera allí en vez de ir a interrogar a la nieta de la mujer desaparecida. La zona había sido acordonada con dos círculos concéntricos de cinta blanca con el rótulo POLICÍA CIENTÍFICA en negro. Uno alrededor del puente y otro, más amplio, que cerraba la entrada desde el bosquecillo y la calle de Città Giardino. En su interior, los agentes, vestidos con mono, recogían huellas y fotografiaban ambas vías de acceso.

Caminando por la orilla izquierda, Mancini y Alexandra se acercaron a la amplia lona que caía desde el puente hacia abajo y que ocultaba el arco que enmarcaba la última obra del hombre que buscaban.

—¿Estás lista?

—Sí —contestó ella apretando los labios, preparada para lo peor.

Sin embargo, para lo peor, como solía repetir el profesor Biga, nunca hay límite. Mancini levantó la lona por una esquina.

—Sujétala en alto —le dijo. Cogió del suelo un cable que estaba unido a la otra esquina y tiró hacia él.

—Dios mío —se le escapó a Alexandra antes de que Mancini le tapara los ojos con una mano. Ella se volvió y dejó caer la mirada en un punto muerto del cañaveral, con los labios abiertos, como si estuviera articulando una «o». Inspiraba en busca de oxígeno.

Mancini la sujetó de un brazo y apretó:

—No vuelvas a mirar. Y contéstame sin pensar. ¿Quién es?

No le hacía falta pensárselo. La imagen se le había quedado grabada en la mente como una impresión perfecta, negro sobre blanco.

Dos sogas colgadas de la bóveda del puente ceñían los brazos de una mujer, entre los hombros y las axilas, sujetando a ras de agua su cuerpo desnudo. Su pelo rizado era blanco, como las órbitas de los ojos, vueltas del revés. Como el escaso vello del sexo. Por debajo de este, las piernas habían sido seccionadas a la altura de la ingle. En su lugar se mecía un pútrido amasijo verde oscuro. Eran unas gruesas culebras de río unidas por la cola con clavos. Aquellos clavos. Colgaban de los dos muñones goteantes como tentáculos de un pulpo deforme.

—Escila.

—¿*Qué* Escila? ¿La de Escila y Caribdis? ¿La de Homero?

—La del duodécimo libro de la *Odisea,* sí. Y la de Virgilio, en el tercero de la *Eneida.* La de Ovidio, octavo y noveno libros de las *Metamorfosis,* y la de las *Fábulas* de Higino —dijo mecánicamente Alexandra, como si desgranar esas ideas la ayudara a alejar el espanto—. La ninfa transformada en monstruo.

—Sigue, Alexandra —dijo Mancini observando el cuerpo colgado del puente.

La profesora Nigro se llevó una mano a la boca y se volvió, señalando con el dedo índice de la otra mano la cintura de la mujer.

—Esas son las seis cabezas de perro de Escila, y esos, los pies transformados en doce serpientes por la maldición de Circe. Se trata de ella, no me cabe ninguna duda.

Mancini soltó los dos faldones de la lona, que se cerró en torno a la criatura y se adhirió a ella como un sudario. Había conseguido ocultar su repulsión ante semejante monstruosidad, pero el revoltijo de serpientes empapadas de sangre le provocó náuseas. Los dos se reunieron con el inspector Comello que había terminado de interrogar al guardia.

—¿Sabemos quién era la víctima? —preguntó el comisario.

Walter volvió a sacar su libreta, que acababa de meterse en el bolsillo.

—Una mujer que vivía en la zona, donde poseía una pequeña tienda de antigüedades. Sesenta y siete años, divorciada hace veinte. Hacía poco que había perdido a su única hija. Solo tenía como compañía a unos perros desaparecidos hace unos días. De esta denuncia es de donde hemos obtenido estos escasos datos.

—Eran los suyos —dijo Alexandra, refiriéndose a las cabezas de los chihuahuas colgados de la cintura de Escila.

—¿Su nombre?

Walter recorrió con el dedo la hoja hacia arriba.

—Se llamaba... Priscilla Grimaldi.

Mancini constató que se trataba de la mujer desaparecida sobre la que Tomei le había puesto sobre aviso, la de la denuncia presentada por su nieta. Se había movido con acierto, pero había llegado tarde.

—¿Nos vamos? —dijo Walter mirando su gran reloj de pulsera.

—Marchaos vosotros. En cuanto vuelvas, llama a Antonio y dile que me hacen falta los informes de todas las víctimas. Este hombre les inflige mutilaciones por razones simbólicas, por lo que quiero saber el orden exacto de todo lo que ha hecho en los cuerpos, antes y después de la muerte. Cada huella concreta. Esta constituye la cuarta «obra», con seis víctimas en total, y tengo elementos suficientes para trazar su perfil psicológico, pero antes quiero un informe comparativo de los análisis clínicos.

—Entendido. Vámonos, profesora.

—¿Usted no viene? —le preguntó tímidamente Alexandra a Mancini.

—Me quedo —contestó el comisario, señalando a los hombres con monos blancos de la científica que cruzaban el puente. Grababan con una pequeña cámara. El primero filmaba a 360 grados uno de los dos accesos; el otro, desplazando el objetivo en dirección a los puntos cardinales, los alrededores desde el punto de vista de la víctima.

El día era fresco y hacía rato que se había levantado el viento. El comisario cruzó el puente y se dirigió hacia la orilla opuesta del Aniene. Extrajo del bolsillo de la gabardina los guantes y los cubrezapatos, hizo un gesto a los fotógrafos y se acercó.

—¿Huellas?

—La misma planta del pie que las otras veces.

El agente le enseñó a Mancini las imágenes de las pisadas; después le indicó el lugar donde las había tomado.

—¿De dónde vienen?

—Arrancan del césped, allí, en el bosquecillo.

Las tupidas copas de los pinos se entrelazaban formando un techo verde oscuro que iba desde la Nomentana hasta el parque del Aniene, a escasos metros del puente.

—Considerando la profundidad de las huellas, debe de haberla llevado en brazos hasta el puente para colocarla allí en esa postura... —prosiguió el agente.

—¿Y? —le apremió Mancini.

—Pues, verá, resulta que no sabemos de dónde ha venido. Parece como si se hubiera dejado caer desde lo alto, como si hubiera bajado de los árboles.

—Entiendo —asintió dubitativo Mancini, para añadir, casi sin pensárselo—: ¿Sangre?

—Hasta ahora no hemos localizado restos hemáticos alrededor del puente, ni en el césped que lo rodea.

A Mancini se le ensombreció el gesto y se giró. Recorrió unos metros en dirección a un pino rodeno que daba a la orilla, apoyó la mano en la corteza y se agachó despacio. La blanda consistencia de la resina se encontró con el pulgar protegido por el látex. Los agentes de la científica habían hecho un buen trabajo barriendo toda la zona, pero a la observación y el análisis de la escena del crimen él era capaz de añadir una suerte de conexión con los lugares y los objetos, con los personajes que habían ocupado el escenario. Podía interrogar a las señales, hacer que hablaran. Sabía extraer el jugo de las huellas, darles un nombre y reconstruir la dinámica de los acontecimientos. A veces, aunque cada vez era más raro, esa capacidad de identificación desembocaba en algo que lo descolocaba. Una empatía que se transformaba en una visión fugaz y fantasmal del paso del asesino y de la víctima por un lugar.

Observó el césped de un color encendido que descendía hacia la orilla. Buscaba alguna anomalía: el color más tenue de una mata, la doblez errada de la hierba. Se incorporó y apartó la mano del tronco. Entre la superficie de la mano y la costra del árbol se generó un hilillo de ámbar que desprendió su aroma viscoso.

Las huellas del asesino en la hierba proseguían hasta detenerse, como le había dicho el agente, bajo el denso manto de un enorme pino. Levantó la cabeza y se quedó mirando el tronco, rodeándolo, en busca de una señal. La corteza estaba intacta tanto en su circunferencia como en su altura hasta donde le alcanzaba la vista. No podía haber venido de arriba con todo ese peso encima.

Mancini empezó a realizar giros concéntricos en torno al árbol, pisando con fuerza en la hierba. Los hombres de la científica se quedaron mirándolo desde la otra orilla del Aniene, incómodos ante las pruebas que estaba estropeando, pero no dijeron nada.

Un minuto después, un silbido rompió el silencio, reclamando su atención. A una decena de metros del enorme pino, la parte inferior del cuerpo de Enrico Mancini desaparecía bajo el nivel del suelo, mientras la superior agitaba los brazos para llamar la atención de sus colegas de blanco.

Tercera parte

EL CAOS

29.

Umbría, tres años antes

Era la noche perfecta.

Lo sabía, y ahora lo sabía también su pequeño amiguito, hecho papilla. Soltó el cuerpo del roedor y se acercó a la puerta de madera. Estaba atrancada por fuera con una barra y detrás de ella siempre había un fraile vigilándole. De pequeño, creía que se trataba de un guardián puesto ahí por el padre superior para defenderlo, para proteger su habitación de los monstruos que vivían fuera de los muros sagrados. Ahora aquel lugar no era más que una cárcel y el hombre al otro lado de la puerta, el único obstáculo entre él y la libertad que proporcionaba la caza.

Se acurrucó en los escalones y golpeó fuertemente con los nudillos, con la boca aún sucia de sangre.

—Socorro —barbulló.

El fraile abrió el ventanuco y se asomó, pero no vio nada. Dentro, casi todas las velas estaban apagadas y el chico permanecía acuclillado en los peldaños de piedra, mientras sus gemidos llenaban la celda.

—¿Dónde estás? —el hombre proyectó las palabras dentro de la habitación para romper el muro de las quejas.

—Socorro —repitió el chico, con la voz ahogada por el llanto, desplazándose un poco hacia atrás, con los ojos cerrados, con las manos en la cara.

Esta vez el hombre divisó el cabello dorado y la cara roja. La frente, los ojos cerrados, la boca.

—¿Qué ocurre? ¿Te sale sangre de la nariz?

Se puso a trajinar con las gruesas llaves, levantó la barra y entró. El chico estaba lleno de sangre, porque, entretanto, se había propinado un corte en la barbilla: la puesta en escena debía ser perfecta.

—¿Has tropezado en los escalones? Vaya por Dios.

El hombre recorrió los dos pasos que lo separaban del bulto quejoso, sujetando un bastón en la otra mano porque en el fondo, aunque solo llevara allí dos meses, ya había oído cosas raras sobre aquel chico.

Dentro de la celda, embestidos por el resplandor de las lámparas del pasillo, los ojos de acero fulguraron como nunca lo habían hecho. El resplandor sorprendió también al guardián, pero con un instante de retraso. De inmediato un segundo reflejo lo deslumbró. Provenía de las manos de aquel demonio.

Un momento antes del último parpadeo, fray Francesco intuyó el movimiento de la fiera, de abajo arriba. Una mano rápida había salido disparada del hábito y apretaba ya la tráquea del religioso, que parecía a punto de estallarle. Sin embargo, era la otra la que le había infligido el corte limpio, horizontal. Fue un instante. Un silencio perfecto cayó sobre la habitación donde la muerte despachaba su tarea. Francesco incluso tuvo tiempo de percatarse de que aquella paz había conquistado también el rostro que le sonreía.

La fiera se había marchado, escondida en algún lugar entre el corazón y el cráneo que encerraba una mente furiosa. El chico retiró la mano asesina de la garganta, se la limpió en el hábito de su compañero de orden y decidió que había llegado la hora de abandonar aquel sitio. Pasó por encima del cuerpo y se detuvo, dándose la vuelta. Su cama, el nicho que albergaba sus escasas pertenencias. Los libros, las velas, el trozo de cuero y el pequeño regalo del padre superior.

¿Era esa su casa? ¿Debía seguir siéndolo para siempre?

Volvió sobre sus pasos. ¿Cómo se las apañaría allá fuera sin esos objetos que le acompañaban? Sin el olor de aquellas paredes húmedas. Apagó una vela con los dedos y la dejó caer en el hondo bolsillo del sayo. Reflexionó un instante sobre la conveniencia de llevarse consigo también los dos libros. Era imposible, serían un estorbo, demasiado grandes. Cogió el pequeño regalo y el cuero enrollado, sacó las llaves del hábito del fraile y salió de la celda.

Cruzó el pasillo que llegaba hasta una puerta de doble hoja. A la izquierda se abría un arco que daba a una amplia sala empleada como almacén y despensa. Había herramientas para el huerto y el jardín, barriles repletos de manzanas, nabos y patatas. Cogió dos manzanas y de la barra de madera de la pared arrancó un trozo de panceta salada con las manos aún manchadas de rojo. Con las uñas como hoces de una luna que espiga por encima de los odres de vino al fondo de la habitación, titubeó, arrebatado por el seductor olor del mosto.

En el lado opuesto del pasillo había una puerta cerrada. La lisa superficie de madera mostraba los nudos del nogal que le había dado la vida. En la parte superior estaba grabado uno de los lemas de san Francisco: «Dispongan de las herramientas e instrumentos necesarios para su oficio».

«Es forzoso mantener alejado el ocio, hijo mío», le había dicho el padre superior después del incidente de su celda, cuando había perdido la razón y había hecho pedazos al primer fraile. «Porque el ocio es el enemigo del hombre y del alma y causa de perversión.» Después le había señalado la frase sobre la puerta. «Aquí pasarás tu tiempo, de ahora en adelante, y aquí trabajarás. Necesitas descubrir tu vocación en esta tierra. Y lo harás aquí, con devoción y fidelidad. Eso te ayudará a encontrarte mejor, te mantendrá ocupado, y si Dios lo quiere, aquí podrás dar forma a las oscuras fantasías que te atormentan.»

El muchacho pasó una mano por la puerta y los dedos se introdujeron en las hendiduras que el escalpelo había excavado transformándolas en las palabras del santo. Desde entonces, el padre superior lo había condenado a la sombra de la celda, pero, a pesar de ello, él lo amaba como un perro ama la mano de su dueño, la que te alimenta y te azota, la que te educa y te castiga. Aquel hombre ejercía sobre él una fascinación irresistible. Pero había algo más. Advertía con toda claridad la pasión del superior hacia él, algo que tenía que ver con el afecto y con el orgullo.

Llegó hasta el portal y metió la llave en la cerradura, que saltó con cada vuelta. Después de cuatro giros, la hoja de la derecha se abrió acompañada de la llamada de la noche. La dulce fragancia de la glicinia se perdía entre el húmedo frescor de la oscuridad. El único sonido que reconoció fue el gorgoteo del torrente que cortaba en dos el huerto en la parte posterior del convento. El cazador se hallaba listo para la huida y, por una vez, la noche lo protegería. La misma noche que, durante años, lo había esperado detrás de la puerta de su celda, saliendo de debajo de la cama, ocupando el fondo de los párpados, siempre dispuesta a devorarlo.

Ella, precisamente ella, era la que ahora lo escondería.

Las manecillas del reloj de la iglesia estaban a punto de encontrarse en la medianoche. Los hermanos no se percatarían de la muerte del guardián hasta dentro de cinco horas. Miró por última vez la entrada de su prisión, apretó entre sus manos el regalo del padre superior y dejó que sus piernas se lanzaran a una carrera frenética.

Mientras la campana daba el primero de sus doce tañidos, el cazador de monstruos ya había desaparecido entre la espesura de los manzanos, hacia el torrente, lejos del pomar.

30.

A la altura de Porta Pia, justo enfrente del Ministerio de Obras Públicas y Transportes, había una manifestación de los trabajadores de la empresa municipal de autobuses. Comello bajó el parasol, empuñó la señal de mano, bajó la ventanilla y la agitó, tocando el claxon para abrirse paso.

—¿Por qué hace eso?

Alexandra tenía las piernas cruzadas y la mirada fija fuera del habitáculo desde que habían arrancado.

—¿Por qué hace qué? —contestó Comello.

—Aislarse. Parece como si quisiera evitarnos. ¿Es culpa mía?

—¿El comisario? No, qué va. Siempre ha sido de los que prefieren ir por su cuenta. Incluso cuando trabajamos en equipo en un caso, él siempre tiene momentos en los que ha de quedarse solo. Supongo que será una especie de técnica para concentrarse —comentó Walter.

—¿Son ciertas esas voces que circulan en el curso de la UACV?

El inspector Comello cambió de marcha y contestó con tono de curiosidad en la voz:

—Pues sí, a propósito... Y tú ¿cómo es que estás en ese curso? ¿No eres investigadora o profesora de no sé qué?, de arte o mitología, ¿no?

—Asisto al curso para licenciarme e intentar dedicarme a este oficio; bueno, como asesora. Son dos oficios, dos pasiones que en mi opinión se parecen. Y el superintendente Gugliotti me ha seleccionado para eso, para..., vaya, para echaros una mano.

Comello asintió con decisión, sopesando que el motivo por el que Gugliotti la había escogido tal vez no fuera solo de carácter profesional.

—Y yo que creía que venías de una familia de cerebritos —intentó bromear Walter—. En cambio, eres de las que quieren ensuciarse las manos.

—En realidad, he decidido estudiar criminología para cortar lazos con el pasado. Para volver a empezar desde cero, en cierto modo, y para buscar un poco de paz después de ciertos... De ciertos problemas con mi familia.

Comello hizo como que entendía y volvió a la senda principal. La que le parecía menos arriesgada.

—¿Y qué es eso que se dice de Mancini en tu curso?

Alexandra se giró y se quedó mirando el lado derecho del rostro de Walter, la barba rubia de un dedo de longitud, los ojos claros y francos que recorrían el flujo del tráfico. Después inspiró, como si estuviera tomando las debidas distancias de una idea dolorosa.

—Que no se encuentra bien y que no está del todo... en sus cabales. Pero que es de los mejores. O que lo era.

El Giulietta se detuvo en el semáforo en rojo y Walter se volvió hacia Alexandra, que aún seguía observándolo. Aquella mirada ocre era lo más increíble que había visto nunca. Sus ojos eran dos pequeños imanes de ámbar y ella debía de saberlo muy bien, a juzgar por el colgante del mismo color que llevaba en el cuello.

—Era el mejor, no cabe duda.

—¿Y qué fue lo que pasó?

—Que dejó de creer.

—¿Era muy religioso?

Walter sonrió y meneó la cabeza.

—No. Ya no creía en sí mismo y en lo que hacía. Se dejó llevar. Puso su vida en pausa, por decirlo así. Hubo un periodo, hace meses, en el que estuvo fatal. Después de la muerte de su mujer, Marisa. Era una mujer extraordinaria. De verdad.

Alexandra lo miraba asombrada, con la boca entreabierta, como si esa revelación le concerniera de una forma u otra.

—En determinado momento temimos muy en serio por su salud: había empezado a desvariar con teorías sobre una especie de filosofía de la balística. Además, siempre llevaba puestos los guantes de la mujer. Nunca se los quitaba.

Walter se quedó mirando un punto más allá del salpicadero sin darse cuenta de que el semáforo se había puesto en verde. Arrancó mientras Alexandra inclinaba un poco la cabeza.

—¿Cómo murió?

—De un mal incurable —dijo él de un tirón, como si fuera una sola palabra—. Y cuando ocurrió, él no se encontraba aquí, estaba fuera por trabajo. Se quedó hecho polvo por el sentimiento de culpa. Pero te aseguro que ahora está mucho mejor. Yo diría que casi vuelve a ser el que era.

Sonrió de nuevo con una luz benévola en sus ojos y Alexandra pudo captar la esencia de los lazos que unían a ese hombre con su superior.

En via Nomentana, cuatro kilómetros más adelante, el comisario Enrico Mancini inspiraba el aire fangoso del habitáculo de las bombas de chorro del Aniene. Algunos metros debajo de la superficie herbosa del parque, las tuberías parecían empapadas de la luz que entraba por la trampilla abierta. Nada más bajar allí se dio cuenta de que aquella había sido la cueva de Escila, su cárcel, antes de que el Escultor la colgara como una tela del marco del puente Nomentano. Y cuando agarró la escalera de hierro el hielo le invadió las manos, ascendiendo en un instante hasta los codos. Aquella sensación se había mezclado con el olor a moho, a lodo y a algo más, lo que le provocó un malestar que se había transformado enseguida en un molesto latido en las sienes.

A su izquierda, una maraña de conductos y serpentines con grifos y termostatos oxidados arrancaba del suelo y desaparecía en lo alto, dentro del muro. A su derecha, un amasijo de pelo blanco sin vida velaba dos trozos de carne. El cuerpo lanoso de Lola yacía junto a lo que quedaba de su ama. Los restos del sacrificio permanecían allí expuestos: las arterias, las terminaciones nerviosas, la cabeza de los fémures y los tendones blanqueaban entre las carnes rosadas de los delgados cuádriceps de la mujer.

Del exterior le llegaban las voces de los hombres de la científica que acordonaban la zona, pero allí abajo Mancini seguía acercándose a las piernas machacadas. Levantó el cuerpecillo del perro con la punta de los dedos recubiertos de látex. Lo dejó a un lado y observó las extremidades de la mujer arrancadas de su cuerpo. Los desgarramientos parecían obra de una hoja pequeña e irregular, como la que Rocchi había establecido que se empleó con la Sirena.

A uno de los dos agentes que habían llegado hasta Mancini se le escapó una imprecación de horror; después se puso a sacar fotos. El *flash* iluminó la sala como si hubiera caído un relámpago. Entonces Mancini se percató de un objeto a la derecha que los *flashes* reflejaban. Se agachó para verlo mejor. En el suelo, en un rincón, oculto por una telaraña de conductos, había un rectángulo rojo. Parecía una octavilla publicitaria. La cogió con la punta de los dedos por una esquina y la separó del regazo del pantano.

Era un folleto publicitario de un centro comercial de la zona; no estaba demasiado lejos de su casa en realidad, pensó. Consistía en cuatro páginas repletas de anuncios de tiendas: una breve descripción de su actividad comercial y de sus propietarios con las ofertas del mes de febrero. Iba a pasárselo a los chicos de la científica para que lo guardaran como prueba cuando se detuvo y volvió a la segunda página. Arriba del todo había un vistoso recuadro dorado: OBJETOS HERMOSOS, y más abajo, ANTIGÜEDADES DE SCILLA GRIMALDI.

La granizada de *flashes* terminó con un último clic y, en ese mismo instante, algo saltó en la cabeza del comisario. La primera auténtica intuición, acaso, desde que había empezado aquella historia. ¿Una pista decisiva? Sentía que esa minúscula tesela había ido a colocarse en algún lugar del

mosaico, invisible por ahora, que su cerebro estaba reconstruyendo y que, de un momento a otro, emergería de las
nieblas que aún lo envolvían.

Sí, pero ¿cuándo?, se preguntó desconsolado.

31.

La idea de aquella mujer había ido fortaleciéndose casi como si se tratara de un antídoto contra el frío que lo asediaba. Después de la cita por la que se había quedado en el laboratorio, volvería a casa a darse una ducha caliente y a por una abundante dosis de su relajante natural. Rocchi no tenía hambre, pero se impondría su habitual sándwich de atún porque en las últimas semanas había adelgazado. Tenía la cara chupada y las ojeras, compañeras inseparables de sus gafas de miope, parecían más oscuras y profundas de lo habitual. En cuanto cerrara la racha de trabajo que el caso del Escultor estaba acarreando, haría los análisis de rigor y, después, desaparecería durante un par de semanas, como siempre. Esta vez, sin embargo, nada de fiordos noruegos ni de auroras boreales, sentía la necesidad de un clima que pudiera revitalizarlo de verdad.

Se sobresaltó con los tres golpes en el cristal opaco. El único que no llamaba al timbre era el comisario.

Dejó a Escila, o lo que quedaba de ella, en la mesa de autopsias. Aún no la había tocado a causa de esas culebras pegadas a los muñones de los muslos. Los reptiles eran su talón de Aquiles; ni siquiera podía soportar su vista, meter mano allí quedaba fuera de su alcance. Se quitó los guantes y fue a abrir.

—Aquí estamos —le saludó Mancini, cerrando la puerta detrás de la figura femenina que lo acompañaba. Rocchi palideció como si hubiera visto un fantasma. Alexandra le tendió la mano, él se la estrechó y se dio la vuelta para acercarse, con un paso más desgarbado de lo normal, al escritorio con las cinco sillas que había preparado.

El timbre sonó dos veces y Mancini fue a abrir al inspector Comello, que había pasado por casa del profesor Carlo Biga para recogerlo.

—Profesor.

—Enrico —contestó el anciano con la mirada baja. Por los lados de la boina de tweed que le cubría la cabeza redonda y calva en la coronilla asomaban unos cuantos mechones de pelo gris muy enmarañados.

Mancini puso una mano en el hombro de Walter.

—¿Qué tal se encuentra Caterina?

—Mejor. Está en casa, la he obligado a cogerse una semana de permiso. Le afectó mucho el follón de las alcantarillas. Me da miedo que recaiga en su fobia a las ratas.

—Has hecho bien. Venid. Sentémonos.

Sin mencionárselo a colegas y superiores, Mancini había decidido que aquel día, allí precisamente, en el laboratorio de autopsias, volvería a nacer la brigada que había trabajado en el caso de la Sombra. La única que faltaba era la fiscal: Giulia Foderà.

El comisario sabía que la mente criminal que había puesto en pie ese museo de la muerte volvería a matar, y muy pronto, teniendo en cuenta el ritmo que había mantenido hasta ese momento. Había habido seis asesinatos, pero, con Escila, Mancini había advertido por fin la presencia del asesino y se había acercado mucho a él. Por desgracia para esa mujer, no había conseguido llegar a tiempo. Había pagado a Domenico Tomei la deuda contraída por la información, una enorme bandeja de dulces napolitanos, y le había insistido en que siguiera atento a los casos de desapariciones de los últimos días.

Se hacía necesario ya reunir toda la información y anticiparse al Escultor.

—¿Por qué nos ha hecho venir aquí, comisario? Esto es... asqueroso. Perdona, Antonio —dijo Walter, y después se encogió de hombros.

—No te preocupes.

—Tenemos que hacer balance. Y os necesito. Ya han muerto seis personas. Yo... tengo que arrojar luz sobre los distintos aspectos de la investigación. El análisis de las muestras recogidas en las escenas del crimen no ha sacado a la luz indicios suficientes para abrir nuevas hipótesis. De modo que partamos de los hechos, Antonio.

Rocchi se quitó las gafas y se restregó los párpados con los nudillos. Las dejó sobre el escritorio para evitar mirar a Alexandra, que se había sentado justo delante de él. Abrió en su portátil el pdf del examen comparativo.

—En cuanto al momento de la muerte, puedo deciros que en todos los casos analizados nuestro hombre realizó el montaje de sus obras en la hora posterior al fallecimiento. No le quedaba más remedio a causa del *rigor mortis*. Los primeros tres homicidios, con cinco víctimas en total, los he denominado Laocoonte, Sirena y Minotauro.

Rocchi pulsó sobre la flecha inferior para que el texto corriera en la pantalla; después lo amplió.

—Los informes de las autopsias confirman que el jardinero y sus hijos recibieron, uno detrás de otro, sendos golpes en la cabeza y fueron degollados allí mismo. La hija del tenor, nuestra Sirena, murió, en cambio, por una herida en la garganta, aunque encontré sus pulmones llenos de agua y jabón. El carnicero-Minotauro sufrió una severa mutilación en los dedos de los pies cuando aún estaba vivo y murió a causa de un corte en la yugular que lo desangró.

—¿Y Escila?

—A ella aún no he podido examinarla —dijo Rocchi, abochornado—. Los elementos comunes hallados en los cadáveres son, en primer lugar, los clavos. También en el caso de Escila he podido comprobar que los ha usado para componer el tronco con esos reptiles que le adosó.

—Son las serpientes que en algunas versiones del mito le crecen en lugar de las piernas, después de que Circe, celosa porque Glauco prefería a la joven ninfa antes que a ella, envenenara las aguas en las que se bañaba.

Rocchi asintió sin mirarla.

—Los clavos establecen una conexión entre todas las víctimas, aparte del Minotauro que, según las imágenes de los fotógrafos que he visto, solo fue colocado sobre unos peldaños. Luego tenemos las marcas en los cuerpos de las víctimas. Están los hematomas provocados por lo que los análisis minerales han identificado como un adoquín para los tres del Laocoonte y el Minotauro. Fue así como los dejó atontados y casi inconscientes, y después los mató y los trasladó al escenario del crimen.

—¿Y en el caso de Cristina Angelini, en cambio? —preguntó el profesor, hojeando una pequeña agenda negra en la que tomaba notas.

—Con ella fue diferente, como decía. A juzgar por las marcas del cuello, debió de sorprenderla e inmovilizarla por detrás con el antebrazo, hasta casi ahogarla, pero presenta también dos grandes moratones a la altura de la nuca. La joven tenía los pulmones llenos de espuma, aunque fueron los dos cortes desde las orejas a la garganta, las dos branquias, los que la mataron. Nada más morir, le arrancó las cuerdas vocales.

—¿Y Marcello Licata, el carnicero de piazza Vittorio al que Caterina encontró en las alcantarillas que hay debajo de las termas de Diocleciano? —le interrumpió Walter.

—El Minotauro constituye la más interesante de sus obras, porque él es el único al que practicó las mutilaciones *pre mortem*.

—¿Y eso qué quiere decir? —Biga parecía desconcertado.

—Acabamos de decir que el Escultor mata y realiza su puesta en escena. Así ocurrió con el Laocoonte, con la Sirena y, probablemente, también con Escila —contestó Rocchi.

—En este caso, en cambio —Biga prosiguió con su suave tono de voz—, ¿preparó la obra... antes de matarlo?

—Exacto, profesor —confirmó Antonio.

—Eso quiere decir que la composición de lugar que me había hecho —concluyó Biga borrando con un garabato cuanto había escrito en su agendita— no vale.

También Mancini parecía descolocado, como si de repente algo no cuadrara.

—El otro elemento que se sale de mi experiencia es lo que llamamos la historia de los cuerpos, su relato *en frío* —Rocchi sonrió sin que nadie le siguiera—. Estos cadáveres parecen contarnos que han tenido que ver con dos pares de manos diferentes.

—¿Qué quieres decir? —preguntó Mancini.

—Existen dos tipos de marcas en los cuerpos que he examinado. Las de la agresión y el asesinato de las víctimas, que son despiadadas, y las más ponderadas, hechas con arte, podríamos decir, de su montaje en el escenario. Por un lado, la furia ciega que se apodera del asesino, que puede deducirse por el tipo de desgarros en la garganta, por los cortes desiguales y los puñetazos que le propinó a la Sirena antes de rematarla en la bañera, por ejemplo. Por otro, la tranquila precisión de las mutilaciones *pre* o *post mortem*.

Alexandra permanecía en silencio, cohibida por lo delicado de los temas que se estaban tratando ante ese escritorio. Observaba las fotografías de las víctimas en sus respectivos lugares de hallazgo, desplazando la mirada de una a otra sin descanso.

—Es eso en concreto lo que me ha llamado a engaño —dijo Biga—. Poseemos una amplia casuística de asesinos en serie que dan rienda suelta a sus impulsos de manera feroz y después, una vez cumplida la fantasía, se apaciguan y preparan su puesta en escena. En cambio, resulta casi excepcional que suceda lo contrario, como con el Minotauro.

—En efecto, en ese caso lo camufló con esa cabeza de toro y le mutiló los pies para que se parecieran a las pezuñas de un bovino. Después lo mató, presa de una furia incontenible.

—Discúlpeme, comisario —el tono de voz de Alexandra parecía ahora firme—. Quisiera plantearles mi hipótesis, antes de proseguir. Hay un dato importante que he advertido observando las imágenes de las víctimas.

—Te escuchamos.

—He intentado poner en conexión las obras que el Escultor ha dejado tras de sí.

Hablaba como una estudiante, pero había conseguido atraer la atención de toda la mesa. Comello levantó una ceja mientras Rocchi se disponía a escucharla. Biga y Mancini, de pie detrás de la mujer, mostraban una expresión dubitativa.

—En un primer momento, pensé que el escenario escogido para representar a su Laocoonte, la galería Borghese, podía tener alguna relación directa, aunque oculta, con la historia de la propia obra o con la del personaje mitológico.

—¿Y no es así? —preguntó Biga.

—Perdóneme, profesor, pero me gustaría terminar. El *Laocoonte* es una escultura que se encuentra en los Museos Vaticanos, pero existen copias en decenas de galerías de todo el mundo. La obra no presenta ninguna relación previa con la galería Borghese; he hecho una indagación de carácter comparativo entre los museos y he estudiado todas las exposiciones de los últimos cincuenta años. Nada. Tampoco el personaje de Laocoonte, según el modo en que aparece en las fuentes clásicas que he consultado.

—Pero la Sirena ha sido hallada sobre el iceberg de la jaula de los osos en el zoo, de modo que algo tiene que ver con el lugar en el que la dejó —dijo Walter plantando el dedo índice sobre la foto de Cristina Angelini.

—La Sirena sí, por más que esa montaña de cartón piedra no represente la residencia mediterránea de las Sirenas.

—¿Y con el Minotauro? ¿Por qué en las alcantarillas?

—Yo creo que la red de alcantarillas simboliza para el Escultor una especie de laberinto, algo parecido al del centro del palacio de Cnosos en Creta, donde fue encerrado el Minotauro por orden de Minos —contestó Alexandra—. Y la misma manera de pensar y de actuar podría servir para Escila, la hija de la ninfa Crateis. Un monstruo que tenía doce pies y llevaba un cinturón de cabezas de perro; y él la ha reproducido de manera fiel, yo diría que literal, colocándola en un meandro del Aniene, como si fuera el peñasco calabrés del estrecho de Mesina.

Literal.

Esa palabra removió algo en el puzle mental de Mancini, quien aún se sentía incapaz de extraer una visión de conjunto.

—A lo que quiero llegar es a que si al Minotauro lo preparó con tanta calma, hasta el punto de mutilarlo y matarlo después, parece como si hubiera puesto en escena una *pièce* teatral, un drama. Y en eso consiste el *fil rouge* al que aludía —dijo Alexandra sin dejar de mirar la foto del monstruo.

—No nos precipitemos con las hipótesis, profesora Nigro —la detuvo Mancini.

Ella se puso de pie.

—Lo que la prensa llama «el Escultor» es un hombre en busca de un museo en el que exponer sus obras y donde relatar su historia. Un museo simbólico, por supuesto. Y ese museo es Roma. No conocemos su móvil, pero tengo la sensación de que quiere, en cierto sentido, crear su obra maestra —insistió.

—O bien trata de encontrar un enorme escenario —sugirió Rocchi.

—Pero ¿por qué pasar entonces de la galería Borghese a las alcantarillas? —preguntó Biga, meneando la cabeza—. No, no hay mensaje alguno, no anda en busca de un público. Todo esto lo hace para sí mismo.

Mancini empezó a moverse alrededor de la mesa. Se encontraba nervioso. Le hacía falta entender y tenía que hacerlo escuchándose, de modo que empezó a hablar.

—La pregunta sería: ¿es este hombre un asesino metódico o impulsivo? Sin embargo, parece una pregunta con dos respuestas, tal como lo veo yo y según lo que ha expuesto Antonio. Se trata de alguien metódico por el modo de actuar, por la atención con la que se oculta y se acerca a sus víctimas, como si fueran agresiones planificadas. Y son víctimas que escoge con mucho cuidado, por más que, como han puesto de relieve las investigaciones de Walter, sean personas ajenas a él.

—Por las indagaciones sobre el terreno hemos averiguado que tampoco se conocían entre ellas —añadió Comello.

—Y sobre todo por cómo coloca los cuerpos, con lucidez y cuidado por los detalles, utilizando instrumentos y aptitudes lógicas y haciendo gala de un sólido manejo de las emociones —prosiguió el comisario.

Biga continuaba tomando apuntes, Rocchi se remangó la camisa, mientras Comello y Alexandra seguían al comisario en su continuo deambular por la habitación.

—Por otra parte, por el ímpetu con el que ataca a sus víctimas, por la repentina violencia con la que se abate sobre ellas, daría la impresión de todo lo contrario.

—Básicamente como si fuera un asesino impulsivo —dijo Alexandra.

—Así es, sí —contestó Mancini con la mirada perdida en una esquina de la habitación.

—Enrico, ¿qué tienes en la cabeza? —preguntó Biga.

—Contamos con hipótesis de interpretación del perfil psicológico y con huellas, algunos indicios objetivos. Y una serie de víctimas que aumentará, sin lugar a dudas.

—¿Cuál es nuestra línea de investigación? —preguntó Alexandra.

—Sí, comisario, ¿qué hacemos ahora? Me he hartado de estar encerrado aquí dentro —soltó Comello.

—Partamos de datos concretos, de las víctimas. Hoy tendrá lugar el funeral de Priscilla Grimaldi en la iglesia de Santi Angeli Custodi en Montesacro.

La ceremonia se llevaría a cabo sin el cadáver de la anciana, que no se expondría a causa de las condiciones en las que se hallaba y dado que aún debía ser sometido a la autopsia.

—Llévate a dos hombres y echad un vistazo. Vigilad a los que asistan solos. No podemos excluir que el asesino desee asistir de alguna forma a la entrega de sus obras a la eternidad.

—¿A quién buscamos?

—Varón, caucásico, solitario.

—¿Y nosotros? —preguntó Alexandra.

—Tú sigue investigando la puesta en escena de los cadáveres. Tú, Antonio, continúa con Escila. Y rápido. Ya hablaremos más tarde. Tengo cosas que hacer —dijo Mancini mirando el reloj que llevaba en su muñeca derecha.

32.

El experto en rastreo de huellas en la escena del crimen, del departamento de la policía científica, entró en el destacamento de policía de Montesacro con el portafolios de piel marrón debajo del brazo. Uno de sus fotógrafos había sacado numerosas fotos de la guarida de Escila, justo en el momento en el que Mancini se encontraba allí. Había dejado el coche lejos del aparcamiento de los empleados, tal y como se le había pedido, y se dirigió al final del pasillo. Llamó y entró sin esperar respuesta.

El estado del despacho del comisario era lamentable. El escritorio, la mesa al otro extremo de la habitación, el hueco que albergaba la cafetera y el sofá estaban repletos de hojas de papel. Mancini, que no se había dado cuenta de la presencia del hombre, se movía de un lado a otro repitiendo en voz baja una serie de frases sin sentido. Cuando el funcionario cerró la puerta tras él, se volvió de repente. Tenía la cara pálida y enflaquecida, con barba de dos días, y una expresión indescifrable se la inundaba de una extraña luz.

—¿Te ha visto alguien?

La sensación de humedad persistía, a pesar de que los radiadores estaban encendidos. Provenía de las paredes amarillentas y, al mezclarse con aquel calor, volvía irrespirable el aire. El comisario se había quitado la corbata, que descansaba ahora al lado del ordenador. También los dos botones de la camisa negra habían aflojado la presión en el cuello.

—No, señor. Le he traído las fotos de las que le hablé —contestó el hombre acercándose al escritorio, pero Mancini lo detuvo levantando el brazo remangado.

—Espera, pongámonos aquí —dijo, señalando el único rincón libre de desorden.

El hombre, un cincuentón con bigotes que llevaba una camisa celeste de rayas y unos pantalones beis, lo siguió mientras extraía una carpeta del portafolios. Se trataba de uno de esos, pensó Mancini observándolo, que sin bigote tenían una cara insignificante y así, en cambio, adquirían los rasgos agraciados de un narcotraficante mexicano.

—Comisario, he sacado copias para usted y retrasaré la entrega a quien corresponda —afirmó con complicidad.

—Ni media palabra de esto a nadie, por favor.

—Puede estar tranquilo. Gugliotti ya me ha apartado dos veces del servicio y comprenderá que esto me compensa de sobra.

—De acuerdo, ¿qué tenemos?

—Quería enseñarle esta imagen. Apareció entre las fotos de la trampilla de las bombas del Aniene.

Sacó una hoja de papel reluciente no más grande que una postal. En la secuencia de disparos, mostraba el fondo negro de las paredes y del suelo, sobre el que se recortaba un luminoso amasijo de tuberías.

—No ha quedado muy clara, pero pensé que podría interesarle.

El comisario la cogió entre las manos y se la acercó a la nariz. De buenas a primeras no vio nada, pero volvió a observarla desde la esquina superior izquierda. Pasó casi un minuto en silencio. Al llegar a la esquina opuesta, el comisario apartó la hoja de su cara y se puso de pie.

—Dios mío. ¿Y eso qué es?

Cuarenta minutos más tarde, Mancini bajaba por segunda vez la escalerilla de hierro que llevaba al habitáculo de las bombas del Aniene. No había podido encontrar la linterna que guardaba en el cajón del escritorio del destacamento y se las apañaba con la minúscula pantalla del móvil. Había dejado abierta la tapa de arriba y se había metido entre la maraña de los tubos. Lo que había visto en la foto podría consistir solo en un juego de sombras y de herrumbre, pero debía asegurarse. Levantó una pierna saltando sobre tres tuberías y, a la altura del pecho, se topó con un conducto que discurría de forma horizontal y tenía un diámetro tres veces más grande que los demás.

El comisario acercó la pantalla encendida del móvil y la deslizó de izquierda a derecha a lo largo de los tres metros del conducto que desaparecía en el muro. Treinta centímetros antes de la boca detuvo la mano, que aproximó a la superficie.

Las notas de la *Quinta* de Beethoven estallaron en el habitáculo como una detonación. Mancini se sobresaltó, pero en vez de contestar a la llamada, acercó un poco más la luz. En la curvatura metálica del tubo se distinguía una pátina algo más clara, de forma regular. Era un rectángulo de papel, que se había pegado a causa de la humedad.

El móvil dejó de sonar y la luz se amortiguó. Lo volvió a encender deprisa y lo colocó de modo que el resplandor cayera desde la derecha sobre el papel.

El sonido del teléfono lo devolvió a la realidad de aquel agujero empapado.

—Dime —vociferó, y la voz llegó del otro lado como un eco lejano.

—¿Dónde está usted, comisario?

—Da igual, Walter. Dime.

—Me acaban de llamar los chicos de la científica. Además de las trazas hemáticas de Priscilla Grimaldi y de los pelos del perro, entre las muestras recogidas en la fosa de las bombas del Aniene han encontrado restos de cera fresca.

Mancini miró a su alrededor, moviendo la luz del móvil puesto en manos libres. Cristo santo. Entonces, aquella no había sido solo la cárcel de Escila...

—¿Me oye, señor?

—Sigue, Walter.

—Han encontrado una cosa más. En los análisis de las muestras de tierra y de barro se ha detectado la presencia de moléculas de almidón gelificado. Pan, comisario. ¿Me entiende? —dijo Comello, antes de que se cortara la línea.

La batería del viejo móvil se había descargado, pero a Mancini le había dado tiempo a oírlo todo. Asaltado por una repentina sensación de incomodidad, salió del entramado de acero y se secó la frente con una manga. Lo había entendido, sí, pero ahora quería *ver* con los ojos de la mente. Tenía que partir de los datos científicos, de la inspección ocular, de los resultados de los exámenes de la autopsia y del análisis sobre el terreno, para pasar después a la reconstrucción del *modus operandi*. Etapas, todas ellas, de un recorrido que lo llevaría cerca de la idea final. Sin embargo, antes, Enrico sentía la necesidad de pisar la tierra, de olfatear el aire en la escena del crimen, de tocarla. Era esa su primera toma de contacto con el asesino. Un trámite indirecto que le servía para dar con la sintonía, para escuchar la voz del delito, para percibir los pasos del homicida, hasta que su presencia espectral se le revelara en la mente. Una imagen. Todo ello requería una concentración absoluta y solitaria en las escenas del crimen, motivo por el cual procuraba entrar siempre el primero y solo. Desafortunadamente, desde que se había encargado del caso, los lugares de las muertes habían permanecido mudos para él.

Apoyó la espalda en la escalerilla y cerró los ojos. Las víctimas, las escenas del crimen, los *flashes,* los monos blancos, todo corría muy rápido en un remolino de imágenes hasta que, de golpe, Mancini levantó los párpados. Percibió un calor familiar que empezaba a irradiarse desde la punta de los dedos y le inundaba los pies, hasta que él mismo se transformó, convirtiéndose en parte de aquel lugar, del escenario, como si fuera una cosa. Esa era la única manera en que podía *ver,* como si se hubiera convertido en un objeto testigo del crimen.

Y lo vio.

Lo vio entrar, era él, era su hombre, no podía divisar su rostro, pero sabía que solo podía ser él. Bajó desde la trampilla y Mancini siguió esa visión mientras se movía, encendía las velas, mordía el pan del que habían caído las migas de las que hablaba Comello y se volvía hacia el rincón donde se encontraba atada Priscilla Grimaldi.

El comisario desplazó la mirada hacia las cañerías, pero era una mirada ausente, ciega. Capaz de adivinar el gesto delicado, afectuoso, con el que el hombre había pegado la hoja con el retrato de Escila, las cabezas de perro y las serpientes en el tubo. La imagen desapareció y Mancini abrió los ojos. No estaba ya apoyado en la escalerilla que llevaba al césped, arriba, sino sentado en el suelo, cerca del conducto. La visión empática había vuelto a visitarlo, pero ahora las preguntas se multiplicaban. ¿Por qué el Escultor había pegado allí aquella hoja? ¿Era él el autor de ese boceto? Y de ser así, ¿por qué lo había hecho?

33.

Era una figura gordiana de deslumbrante color,
con manchas bermellón, doradas, verdes y azules.

John Keats, *Lamia*

*A finales del siglo XIX, al fondo del parque de Villa Torlonia
se erigía la Cabaña Suiza. A lo largo de las décadas, fue sufriendo cambios y modificaciones. La antigua edificación rústica constituye hoy una sofisticada residencia con galerías, pórticos, balaustres y pequeñas torres. Las espléndidas vidrieras modernistas
y los tejados de pizarra y mayólica decorada han transformado
su nombre y su aspecto.*

*Sobre una de las puertas de entrada destaca el lema del príncipe Alessandro Torlonia: SABIDURÍA Y SOLEDAD. Pasado
ese umbral, los nichos y los pasajes se multiplican en un dédalo de
salas encajadas unas en otras. La sensación de hallarse en un escenario construido de forma deliberada, que busca un grandioso
efecto de espacio simulado, resulta inmediata. Aquí se celebra el
artificio, lo antinatural. El aura que envuelve a los visitantes que
llegan aquí, de abril a septiembre, es mágica y simbólica. La asfixiante sucesión de temas esotéricos en la decoración, en los muebles y en las vidrieras pasa de los motivos geométricos a una serie
infinita de plantas, frutas, flores, cisnes, golondrinas, pavos reales.
Por doquier asoman las lechuzas. En los frescos, sobre las columnas, en las ventanas. En la vidriera de la planta de abajo aparecen retratadas dos de esas aves estilizadas entre verdes pámpanos
de yedra. Rapaces clarividentes, de ojos amarillos y severos y una
equívoca mirada de cristal con la que escrutan los secretos de la
Casita de las Lechuzas, pues así se llama en la actualidad, en el
interior, y horadan la oscuridad de la noche en el exterior.*

Fuera, bajo el nivel del suelo, Mussolini mandó construir tres refugios antiaéreos. A espaldas de la casita, bajo tierra, hay un alojamiento de seguridad para la servidumbre. La puerta está cerrada con un candado. Más que una puerta, es una reja de hierro con una separación de cincuenta centímetros entre cada barrote. Allí hallan refugio gatos y perros callejeros, y de vez en cuando algún vagabundo.

Desde hace unas cuantas noches, ha pasado a ser la casa del cazador.

Porque no cabe duda de que la casita es el refugio de la criatura que lo turbaba en sus sueños en el convento. Aquel monstruo nocturno lo espera desde siempre. Desde que temblaba en el frío que agitaba las pequeñas llamas de su pobre celda.

Se puso al acecho y una noche la vio. Era ella, Lamia, que salía a raptar a los recién nacidos en sus cunas. Recuerda bien esa horrible cara y sus espeluznantes alas de ave rapaz. Vigiló durante dos noches sus desplazamientos dentro de la casa-castillo en la que vive. Hizo sus cálculos mentales. Cinco veces contó hasta cien antes de que abriera la puerta de los cristales de rosas amarillas y rojas y cruzara la espesura de palmeras para ir a la caza de niños.

Mientras ella se hallaba fuera, entró en la casa, estudió cada rincón oscuro, y ahora que ella está otra vez dentro, puede entrar. Deberá ajusticiarla allí mismo, en la torrecilla, en el salón de los sátiros, donde los caracoles de yeso se encaraman por las paredes dirigiéndose hacia los estucos que enmarcan la pequeña cúpula de cristal.

34.

Roma, destacamento de policía de Montesacro

—Aquí estoy —susurró la voz.

—¿Diga?

—No chilles, estoy encerrado en el baño de la central.

Mancini le había pedido que le comunicara toda denuncia de desaparición en un área que abarcaba desde Porta Pia hasta Montesacro. Se trataba de una zona más amplia que la vigilada con anterioridad. Y al final, tal como esperaba, llegó la notificación. Lo comprendió en cuanto sonó el teléfono y apareció el nombre de Domenico Tomei, que lo estaba haciendo todo «de forma estrictamente confidencial».

—De acuerdo, pero date prisa.

La inquietud constituía el precio que le tocaba pagar por su profesión, pero también una señal de que algo había cambiado y de que había vuelto a convivir con ella, incluso a esperarla como una agitación nerviosa necesaria. Y, además, sabía que incluso un puñado de minutos podían cambiarlo todo, salvar una vida.

—Me ha llegado hace un momento un aviso de la sala de operaciones, donde tengo un viejo amigo. El sujeto es una mujer de treinta y nueve años. El último que la vio fue su marido, que llamó a emergencias. Salió de casa ayer a las dieciocho horas y no ha vuelto.

—Podría ser cualquier cosa, un accidente, una fuga amorosa, cualquier cosa, pero en estos momentos tengo que seguir lo que se me presenta. Y tener confianza —pensó Mancini en voz alta.

—Claro. Y además han pasado bastantes horas desde la primera comunicación.

Lo que le decía Tomei era que el aviso no se formalizaría en la oficina de coordinación de las fuerzas de policía de Nomentano hasta pasadas sesenta y dos horas desde la primera llamada del marido. A partir de ese momento empezaría el baile y Mancini ya no podría trabajar tranquilo.

—Lo sé. ¿Cómo se llama la mujer desaparecida? ¿A qué se dedica?

—Maria Taddei. Su marido ha dicho que ella se encarga, durante el periodo de invierno, de la vigilancia del recinto monumental de Villa Torlonia en via Nomentana.

Otra tesela que llenaba un hueco en el mosaico.

—De acuerdo. Gracias, Domenico —contestó de forma mecánica Mancini, pero su interlocutor ya había colgado.

Llovía con fuerza desde hacía dos horas y empezaba a oscurecer. Por la puerta del despacho entró Walter, que estornudó aparatosamente y se sorbió la nariz.

—Disculpe.

Mancini no le prestaba atención, absorto en rebuscar en el cajón del escritorio.

—Nos vemos dentro de cinco minutos en el coche.

—¿Adónde vamos, comisario?

—A la Casita de las Lechuzas.

—Pero si la villa cierra dentro de media hora.

—Pues por eso —concluyó Mancini metiéndose algo bajo la gabardina y cerrando el cajón con llave.

Veinte minutos más tarde, los dos agentes habían interceptado al encargado de los jardines, en cuyo poder se encontraban las llaves de la verja de Villa Torlonia.

—El otro par lo tiene la guardesa de la Casita de las Lechuzas, pero debe de estar mala, porque anoche no apareció por aquí —concluyó el hombre encogiéndose de hombros.

—Déjemelas a mí —dijo Comello—, esta noche ya nos encargamos nosotros de cerrar.

Se encaminaron hacia el otro lado del parque. Mancini iba delante con un paraguas negro, y Comello, dos pasos más atrás con un chubasquero oscuro que le tapaba la cabeza. El comisario movía la cabeza a derecha e izquierda, como si buscara algo concreto. Pasaron por delante de la entrada del búnker antiaéreo bajo la residencia de Mussolini, el Casino Nobile, una construcción monumental parecida a un templo de mármol blanco con pórticos, columnas dóricas y estatuas antiguas. La puerta de acero del búnker estaba atrancada.

Cuando llegaron a la Casita de las Lechuzas dejó de llover. En la oscuridad, las moléculas de agua vacilaban entre dos farolas frente al edificio, que había adquirido un no sé qué de extravagante y vetusto, algo que Mancini tachó de victoriano y Comello, de casa de Hänsel y Gretel.

—Da un rodeo por la izquierda. Vigila la casa y el parque —dijo el comisario.

El inspector se alejó deprisa y Mancini hizo lo mismo en dirección contraria. Al llegar a la parte de atrás, se detuvo a observar las vidrieras desde las que los animales, recelosos, lo escrutaban. A unos veinte metros de allí, bajo un terraplén coronado por un grupo de árboles, había una abertura protegida por una reja. Se acercó, la forzó con el hombro, con cuidado de no hacer ruido, y el candado cedió de inmediato.

Entretanto, Walter casi había completado su media circunvalación para llegar a la parte de atrás cuando le llegó desde lo alto el canto de un pájaro e imaginó que sería un cuervo. Observó la estructura de la casita, su mirada rozó los tejados y las agujas de pizarra, prosiguió intentando penetrar por las vidrieras atiborradas de colores y de símbolos de la planta baja. A continuación, Comello oyó de nuevo aquel canto que caía desde lo alto. Y de nuevo, con una prisa que se destilaba del pánico que le invadía, recorrió con la mirada el contorno de la casa en busca de la pequeña silueta negra.

El comisario observó la escalera de toba que se perdía en la oscuridad. Bajó despacio y, quince peldaños más abajo, encontró la puerta cortafuegos abierta. Una habitación de tres metros por dos excavada en la roca con un techo bajo y redondeado albergaba unos cartones que habían servido de cama a un vagabundo y unos tetrabriks de vino que aún desprendían la aspereza de los sulfitos en el aire cargado de moho. Los sistemas de filtrado del aire estaban apagados y los gruesos conductos de aluminio, mudos. En un cubículo adyacente había un pequeño retrete que olía a orina. La luz del móvil le sirvió, una vez más, de faro. Hacia lo alto, en la bóveda de piedra, y por el suelo. En un saliente de la pared del baño iluminó los restos de cinco velas blancas. Las tocó con el pulgar; estaban frías.

Siguió mirando a su alrededor en busca de aquello que esperaba, y temía, encontrar. Nada. En el pasillo, una escalerilla de hierro ascendía unos metros a través de una oquedad de la que provenía el tenue resplandor de una farola. Se metió el móvil en el bolsillo y sujetó con una mano el primer travesaño y con la otra el montante. Subió hasta que, de repente, una idea lo iluminó. Bajó a toda prisa corriendo el riesgo de caerse. Entró en la sala principal y levantó la cabeza. Volvió a coger el móvil y lo encendió alargando el brazo. Poniéndose de puntillas llegaba a escasos centímetros del conducto de ventilación. Con el resplandor del móvil consiguió iluminar el tubo. Lo recorrió hasta encontrar lo que buscaba.

La tercera vez el sonido le llegó con más fuerza, pero a esas alturas Walter había decidido entrar. La llave maestra del guardián hizo saltar la cerradura y el clic metálico resonó durante unos segundos en el vestíbulo recubierto de madera. Después Comello cerró la puerta tras de sí. No había encendido la linterna para no revelar su presencia. De modo que decidió avanzar en línea recta hacia la escalinata. La goma de las zapatillas deportivas mordió el pavimento un par de veces antes de llegar al descansillo. De allí arrancaban tres pequeñas escaleras que se introducían en galerías ascendentes.

Bajo tierra, Mancini se quedó mirando una hojita blanca, o, mejor dicho, la imagen dibujada en ella: una mujer con unas grandes alas replegadas sobre la espalda. Estaba arrodillada delante de una cuna y tenía los labios contraídos en una expresión diabólica. Cuando la última tesela del mosaico se colocó en su sitio, Mancini comprendió que no le quedaba tiempo para detenerse a analizarla y salió corriendo. En la parte trasera de la Casita de las Lechuzas, la puerta se hallaba abierta de par en par y el comisario la cruzó mientras la gabardina le rebotaba en las piernas y los tacones de los botines resonaban en el suelo.

Comello, mientras tanto, había subido por la escalera central que llevaba a la torrecilla y había entrado en el espacio circular. Reinaba la oscuridad, a pesar de la cupulita de cristal coloreado que lo coronaba, y en el momento en que puso allí los pies oyó tres sonidos diferentes. Un ruido gutural, ahogado, en algún lugar por delante de él. Una serie de golpes que provenían de la planta de abajo. Y, por último, un crujido. Que no le dejó tiempo para extraer el arma de su funda.

Mancini se precipitó por las escaleras por donde había oído llegar una serie de ruidos. Entró desenfundando el Colt M1911 de la pistolera del muslo y, sin esperar, disparó con el arma hacia arriba. La luz verde y la detonación congelaron la escena en un fotograma.

Walter estaba tumbado en el suelo con las manos en el aire intentando defenderse de los golpes del hombre que se encontraba encima de él con las rodillas sobre su pecho. La cabeza de color rubio ceniza del asesino brilló y su mirada devolvió la luz del disparo como la de un felino sorprendido por los faros de un coche.

El primer disparo no había producido el efecto esperado, el de romper el equilibrio, fuera este cual fuera, de la escena. Pero ahora no podía abrir fuego. Se arriesgaba a herir a Comello o a la figura que había entrevisto por detrás de él. Porque, a espaldas de los dos que luchaban en el suelo, en una silla, había una mujer de largos cabellos rubios, con la boca tapada con una cuerda que desaparecía por detrás del respaldo sujetándole las manos. Forcejeaba, con los ojos cerrados de miedo, y gemía.

—¡Quieto! —gritó Mancini.

Con cuidado para no alcanzar la vidriera de la cúpula por encima de los dos que forcejeaban, el comisario decidió disparar otra vez hacia arriba. El segundo relámpago expuso la película en una imagen casi idéntica a la anterior.

Casi.

La mujer de la silla tenía la cabeza echada hacia atrás y la boca, muy abierta, como a punto de gritar. Por el suelo, Comello se hallaba en la misma posición de antes, pero permanecía inmóvil, con los ojos cerrados. Había dejado de resistirse.

A menos de dos metros del comisario, la silueta felina se había lanzado contra la garganta de su presa.

Y esta vez su presa era él.

35.

La atrapó sin que soltara un suspiro.

Ni tiempo tuvo de darse cuenta de nada, aquella mujer inmunda. Bastó un golpe en la nuca con su piedra. Ahora está ahí, en la silla a la que la ha atado con una cuerda. Lo ha hecho como le enseñaron en el convento, cuando se preparaba el cordero para la comida de la santa Pascua.

Antes de que todo cambiara.

Desde que se halla fuera, hace ya tres años, ha aprendido a ser fuerte y a no tener miedo a la ciudad. Roma, la ciudad de los muertos, lo mima en su regazo de túneles, subterráneos y catacumbas. Y él ha aprendido a amarla. Como si fuera su enorme celda. En Roma ha conseguido construirse una red de lugares y de personas que lo han ayudado y apoyado. Ninguno de ellos conoce su misión, nadie lo comprendería. Nadie perdonaría al cazador de monstruos si supiera lo que hace de noche, cuando tiene más miedo que nunca. Cuando sale en busca de sus monstruosas presas.

Conserva una nítida memoria de su libro y sabe que ha ejecutado cuanto estaba escrito allí, que casi ha acabado su propia obra. La de esta noche la tiene grabada delante de los ojos y también esta vez ha usado el regalo del padre superior, un cuaderno con las hojas en blanco para preparar la caza. Está terminando de bosquejar a su Lamia en la página, y el dibujo le ha quedado igual que la foto de la escultura griega de su viejo libro, donde la criatura, con las alas desplegadas y el pelo rebelde recogido con un pasador de hueso en forma de calavera, sostiene a un niño en sus brazos.

Pagará también por ese pobre chiquitín, se repite el cazador mientras nota cómo la ira le remueve las vísceras. Estaba inconsciente, con la cabeza colgando, cuando le ha apartado los largos cabellos hacia atrás y ha hundido delicadamente las uñas de la mano derecha dentro de la cavidad orbital. El pulgar en la base y el índice bajo la lámina. Y entonces lo ha oído. El grito monstruoso de Lamia, espantoso como el infierno del que ha salido, roto por la cuerda en la boca.

Más tarde llegará el turno de los otros tres. Otros tres monstruos y volverá a casa. A su casa, al convento, con el padre superior, el único que siempre lo ha querido. Cierra los ojos y se deja arrastrar hasta la sensación de calor que sus brazos le daban de pequeño, cuando le leía la Biblia y el libro de los mitos, con esa voz suave y ronca que lo acunaba. Se ve de nuevo entre las sábanas, con las velas apagadas. Le parece estar oyendo las palabras del padre: «No tengas miedo, tranquilo, la historia de esta noche te la cuento en voz baja». Después sonreía, con el labio inferior hacia abajo. «No queremos que se despierten esas cosas que viven en la oscuridad, ¿verdad?»

Ahí está. Ya viene el primer temblor. La primera señal de la transformación.

Se pone de pie y se prepara. La mujer de la silla intenta soltarse y gritar, y eso acelera el proceso, aviva el fuego de su rabia. El chico abre y cierra los párpados. Los agita con fuerza.

Y la mujer atada desaparece.

Deja su sitio a Lamia, la mujer pájaro, la mujer vampiro. Desde lo alto le llega el ruido de alas de sus cuervos, los oye golpear contra la cúpula de cristal, han venido a decenas, relucientes y negros como la muerte. Están allí para detenerlo.

Lamia permanece sentada en el trono y ha dejado los ojos descansando en su regazo. El sonido que proviene de ella es el de un sueño profundo, ciego. De eso se aprovechará el cazador.

Ya se ha movido cuando, a sus espaldas, lo sobresalta un ruido. Se vuelve. Un ser enorme, parecido a un murciélago, lo contempla. Avanza para detenerlo, y entonces el cazador se agacha, como el gato antes de saltar sobre la paloma, y se lanza contra el monstruo. Tiene que hundirle el pecho. Pero cuando la mano armada se hunde para desgarrar la carne se ve rechazada hacia atrás. El gigante cae y él se le echa encima, coge la piedra y le golpea la cabeza, mientras el otro se protege con las manos.

Ahora le reventará la sien y luego le hundirá su vieja cuchilla en esa maldita garganta.

No lo consigue. Una saeta verde ilumina la habitación circular y un trueno nunca oído le estalla en los tímpanos.

Otro de sus guardias ha venido a salvar a Lamia. ¿De quién se trata esta vez?

No puede sucumbir. Los oídos le silban, ¿está volviendo en sí? La transformación se repliega. No puede, tiene que matar a Lamia. Pero el hombre de negro, de pie en el umbral, hace estallar un trueno más y la rabia vuelve a zarandear al cazador, que cae otra vez en la pesadilla. Y entre las sombras de la visión deformante, lo único cierto, ahora, es que ha de destruir al nuevo monstruo que tiene delante.

El Rey del Caos.

36.

—¿Cómo sabías que iba a actuar en la Casita de las Lechuzas?

Mancini estaba en la ventana con las manos en el alféizar y la mirada perdida en el tráfico que se iba formando abajo. La pregunta se la había hecho Antonio Rocchi.

—No tenía ni idea. He reunido un par de indicios y las sensaciones que tenía, a falta de algo mejor. Pero no ha sido suficiente. Ese bastardo se nos ha escapado.

—Has conseguido salvar a la mujer —dijo Rocchi, haciendo un gesto hacia la puerta de la habitación número 6. La desgraciada de la que hablaban era Maria Taddei, que se había librado de una muerte horrible y se encontraba en el cuarto a sus espaldas.

—Lo hizo Walter —contestó Mancini volviéndose hacia el inspector Comello, al que acababan de coserle una ceja rota en urgencias, tres plantas más abajo.

—Comisario, si usted no hubiera intervenido, ese me rompía la cabeza con la piedra.

Se encontraban en el Hospital Policlínico Umberto I, a unos pocos cientos de metros de Villa Torlonia, y Alexandra ya había llegado también. El marido de la mujer hospitalizada apareció en el descansillo, con aire desorientado. Antes de entrar en la habitación se dirigió a Comello y al comisario para darles las gracias. Le estrecharon la mano, pero cuando la mirada de gratitud del hombre se giró hacia el rostro de Mancini la expresión del policía se volvió evasiva. En cualquier caso, reunió fuerzas para ser sincero y dijo:

—Su mujer se halla ahora sedada. Ha sufrido un *shock* muy fuerte que podría debilitar su estado de salud mental durante las próximas semanas. El hospital ha puesto un psicólogo a su disposición.

—¿Cómo que un psicólogo? ¿Por qué? —dijo el hombre en voz más alta.

Mancini echó una mirada a los demás y volvió a dirigirse al marido de Maria Taddei.

—El psicólogo está a su disposición también. Verá, el médico nos ha referido que su mujer ha sufrido heridas bastante graves y por desgracia... —Mancini se pasó una mano por la boca y, después, por la barbilla—. Tal vez lo mejor sea que hable usted con él.

Al hombre le cambió la cara y su consternación alteró el tono de su voz:

—¿Qué quiere decir?

La mente del comisario se moderó. Se sentía poco capaz de enfrentarse a los parientes de las víctimas y, por más que esta vez el desenlace hubiera sido mejor, Maria Taddei no había salido ilesa de su encuentro con el Escultor.

El hombre miró a su alrededor, en busca de las palabras que parecían atascadas en la lengua del polizonte con gabardina.

Fue entonces cuando Rocchi se decidió a dejarse de titubeos con sus maneras enérgicas:

—Su mujer ha sufrido contusiones en las muñecas y en la boca provocadas por la cuerda con la que estaba atada. Por desgracia —prosiguió sin titubeos—, el criminal que la secuestró se ha ensañado con sus ojos.

Alexandra se llevó una mano a la boca, mientras el hombre se desplomaba, presa de una crisis emocional. Estalló en lágrimas.

—¡Yo lo mato! Santo Dios, ¿qué le ha hecho? —repetía en un tono cada vez más alto—. ¿Qué le ha hecho? A ese maldito cabrón ¡yo lo mato!

Los hombros de Rocchi se tambalearon bajo las sacudidas de desesperación del marido. Con gesto amable, Comello lo rodeó con un brazo y se alejó con él, confiándolo al médico que en ese momento salía de otra habitación, para volver enseguida con los demás.

La puerta de la habitación en la que se encontraba la mujer se había quedado entreabierta después de que la enfermera acabara sus tareas.

Mancini se dirigió a Alexandra.

—Profesora Nigro, ¿quién es Maria Taddei?

La tomó con delicadeza del brazo y la guio despacio mientras los demás lo observaban con gesto interrogante. Los dos recorrieron los cinco pasos que los separaban de la puerta y Mancini la abrió un poco más, señalando con el dedo índice hacia el interior.

—No te preocupes, no vamos a despertarla, y aunque así fuera, ella no podría verte.

Alexandra se movió mientras él se quedaba mirándola. Los ojos se le humedecieron nada más encuadrar el rostro de Maria Taddei.

—Creo que es Lamia.

—¿De qué lo deduces?

—Según la mitología griega, Lamia era una amante de Zeus. Su amor desencadenó los celos de Hera, la mujer de Zeus, que se vengó matando a todos sus hijos y lanzando su maldición contra Lamia: ya nunca podría...

Ahí se detuvo y las lágrimas se convirtieron en pequeños sollozos que se esforzaba por sofocar.

—... no podría volver a cerrar los ojos nunca. La leyenda cuenta que el dolor por la pérdida de sus hijos volvió loca a Lamia, que los veía por todas partes. Zeus intentó ayudar a su amante y le concedió la capacidad de arrancarse los ojos de las cuencas para que estos descansaran.

—Mírala, Alexandra.

Mancini le apretó el brazo y la obligó a avanzar un poco más. Uno, dos pasos en la habitación de Maria Taddei, la Lamia, la mujer a la que el Escultor había arrancado los globos oculares.

—¿Por qué la escogió? Dímelo. Mírala y dímelo.

El brazo doblado de Alexandra temblaba al mismo tiempo que su labio inferior. Se sentía incapaz de decir nada y se mantuvo en silencio, aguardando a que el comisario la soltara.

No, razonó Mancini, no parece hecha para este oficio.

—No importa, Alexandra. Con esto es suficiente.

Los demás habían permanecido en silencio. Mancini salió de la habitación y se dirigió a Rocchi:

—Vamos a ver al profesor. Vente tú también, Alexandra. Walter, llama a Caterina si crees que ya se ha recuperado. La necesito.

En su interior, Mancini sentía otro deseo. Quería volver a acercarse a su maestro. Durante las últimas semanas lo había evitado. La culpa era suya; desde el último caso no había vuelto a dar señales de vida, se habían cruzado en las clases de la UACV y ni siquiera allí lo había saludado. Ese deseo de volver a aproximarse a él se mezclaba con una indecisión igual de profunda. La duda de que su viejo maestro fuera, precisamente, demasiado mayor como para aguantar el estrés de un caso como ese y que sus métodos, de forma inexorable, empezaran a perder adherencia con respecto a la realidad de las investigaciones.

A pesar de ello, Mancini se sentía culpable; por la edad del profesor y por lo que aquel hombre había representado tras la muerte de su padre. No era ya el guía que fue en otros tiempos, no podía serlo, pero el comisario le tenía mucho aprecio y le debía muchísimo. Reuniría fuerzas para hablarle, para explicarle su ausencia, porque sentía la necesidad de su aprobación ahora que comenzaba a salir del agujero negro en el que se había hundido tras la muerte de Marisa.

Volvería a visitarlo, iría a recogerlo con su viejo Mini ahora que había vuelto a conducir, ya que Biga nunca llegó a sacarse el carné. Se encerrarían en el pub. Días enteros hablando, bebiendo cerveza negra y sidra y contándose cosas, reconstruyendo determinados recuerdos. A pesar del sufrimiento que algunos de ellos harían aflorar, Biga representaba eso también para él: su memoria. Conservaba recuerdos únicos y valiosos de su padre, amigo de juventud. De él de niño y luego como alumno curioso, de Marisa y de otras mil cosas que Enrico había borrado como de un plumazo. Cosería ese desgarrón invisible intentando implicar al profesor, por última vez, en una investigación de verdad. Alexandra no había demostrado ser en el caso del Escultor, como había supuesto Gugliotti, una asesora lo bastante capacitada. Su punto de vista podía resultar útil para una aproximación mitológico-literaria, pero a Mancini le hacían falta otros ojos, los de un experto en la materia con años de experiencia a sus espaldas y una mirada distinta. Distinta a la suya también.

37.

Caterina miró el móvil que vibraba con un mensaje de Walter: «¿Nos vemos en casa del profesor? ¡Me lo ha pedido el comisario! ¡Dentro de una hora estaremos allí!».

El texto iba seguido de dos emoticones y un corazón. Comello había omitido referirse al suceso de la noche anterior con el Escultor y Caterina rechazó la llamada, se metió el móvil en el bolsillo y siguió caminando por aquella galería por segunda vez en pocos días. En esta ocasión llevaba el arma en la pistolera. No por miedo al monstruo que aterrorizaba a la ciudad, sino por la certeza de toparse con sus pequeños monstruos en aquella pesadilla subterránea.

Se había tomado una baja por enfermedad, pero las paredes de su piso se le caían encima y en casa de Walter no se encontraba del todo cómoda. Se sentía inquieta, aturdida. Necesitaba llenar ese nuevo vacío, volver a dar con aquel chico al que, ya no quedaba la menor duda, la unía un afecto visceral.

Comello había tratado de involucrarla, como demostraba el mensaje. Ella sabía que debía contestar para que no se preocupara, y lo haría, pero más tarde. Mejor dicho, se reuniría con él en casa del profesor en cuanto acabara allá abajo. Había decidido enfrentarse sola a su miedo a esos lugares, ante esas repugnantes criaturas que vivían allí, para buscar alguna señal de Niko. Lo había perdido, se había esfumado sin dejar rastro. En los días anteriores, había intentado reconstruir sus desplazamientos, pero nadie parecía haberlo visto, ni siquiera los chicos que se vendían entre los puestos de libros usados. No le había quedado más alternativa: volver al laberinto de cloacas, confiando en encontrar alguna pista. Había llegado a la boca del pozo en el que había caído y se había quedado mirándolo, contemplándose otra vez braceando entre las ratas como en una película. En el borde aún se veían las señales de los dedos tras lograr salir ayudada por el chico. Todas sus cosas habían ido a parar al fondo.

Enfiló el pasillo de la gran verja que daba a la escena del crimen. Los sombríos tonos monocromos de aquel lugar habían quedado rotos por las tiras de cinta blanca y roja de la científica que impedían el paso al habitáculo del Minotauro. Se había traído una linterna led telescópica que proyectaba una luz casi diurna y eso, en parte, la tranquilizaba. En la sala donde había sido hallada la víctima había metros de cinta y etiquetas amarillas numeradas que señalaban el paso de los monos blancos. Dio una vuelta para explorar las paredes y el suelo, en el que el barro se había secado. Después se encaminó de nuevo hacia la entrada, donde había entrevisto otra galería que seguía recta en dirección sur, como le sugería su reloj de entrenamiento. Era muy larga, hasta el punto de que la linterna no alcanzaba a iluminarla hasta el final. Apuntó hacia abajo para asegurarse de que nada caminaba por allí y reconoció una serie de gotas de sangre. Parecían secas y tenían una forma ligeramente alargada. El que las había perdido corría. Huyendo tal vez.

El miedo a que se tratara de la sangre de Niko hizo que acelerara el paso. Las manchitas rojas iban espaciándose a lo largo del recorrido. Caminó durante un cuarto de hora por el túnel, que se había ensanchado hasta los tres metros y desembocaba en el enésimo depósito de conexión. Esta vez la esperaba una especie de pasadizo por el que cabía un perro de tamaño medio. Se arrodilló para introducirse dentro y avanzó con los codos en el suelo. A pesar de lo estrecho del pasaje, Caterina estaba lo bastante delgada para pasar y en pocos segundos llegó al otro lado. El repentino mal olor la obligó a taparse la cara con la manga, mientras el cono de luz revelaba una cámara circular con cúpula y un agujero en el centro del techo. Una serie de escalones excavados en la pared conducían hasta arriba. En el suelo había también un agujero del mismo tamaño, un metro de circunferencia aproximadamente, y era de allí de donde provenía el hedor de las aguas fecales.

Dirigió la luz hacia la intersección entre los muros y el suelo y dio una vuelta completa a la sala. A poca distancia de la entrada del túnel por el que había llegado arrastrándose había una costra blanca tan grande como un plato y de un par de centímetros de grosor. La tocó con el índice. Era dura y opaca, pero arañando con la uña desprendió un trozo. Se trataba de cera, y en su superficie endurecida se veían los numerosos puntitos negros de los pábilos.

Se enderezó y dio una vuelta sobre sí misma, iluminándolo todo a su alrededor. ¿Habría estado Niko allí? ¿Serían suyas esas velas? No había forma de saberlo. Sacó la navaja multiusos, una bolsita para pruebas y despegó toda la cera, que metió dentro. Después se acercó a la escalera, empinada y resbaladiza, excavada en la pared. Se encaramó y, a pesar de no estar muy en forma, notó que los músculos de los brazos y de las piernas le respondían bien.

Cuando llegó a lo alto, metió los dedos en las hendiduras de la tapa de la alcantarilla y empujó con fuerza. No lo suficiente como para levantarla. Volvió a empuñar la navaja y, sujetándose con una mano a la escalera, excavó con la punta de la hoja alrededor de la superficie de hierro colado. Sudaba y le dolía el antebrazo, pero después de varios intentos la tapa se movió.

La levantó con un último esfuerzo y, sin pensárselo, metió la cabeza en el hueco. La luz del día la cegó durante unos segundos. En cuanto recuperó la vista, dio otro paso en la escalera y se encontró con medio cuerpo fuera, al nivel del suelo, frente a una verja que rodeaba un jardín. Salió por completo para hallarse en una calzada pavimentada con adoquines. Se apresuró a poner en su sitio la tapa, se quitó el polvo como pudo y avanzó hacia la verja.

Los restos de sangre proseguían más allá de las rejas. Por encima campeaba un letrero: MONASTERIO DE CLAUSURA SANTA LUCIA IN SELCI. Caterina puso las manos en el hierro y se apoyó. Estaba entreabierto. Miró a su alrededor, no pasaba nadie. Empujó lentamente, confiando en que la pesada hoja no chirriara, y entró.

Las hojas pinadas de una palmera daban sombra a un huerto y a un pequeño invernadero. Una Virgen miraba un trono en el que se encontraba sentada otra mujer, que debía de ser santa Lucía, vestida de rojo, con una palma en la mano y un platito. Reinaba un silencio surreal, teniendo en cuenta el intenso tráfico de calles cercanas como via Cavour o via Merulana. Caterina avanzó despacio, siguiendo las gotas de sangre que se detenían frente a tres escalones y un estrecho portal de madera, de no más de un metro de anchura pero de casi tres de altura.

Cuando se encontró cara a cara con el batiente, retrocedió con lentitud. Sobre la gruesa argolla de hierro, el panel de madera oscura revelaba una figura grabada en su superficie. Solo era visible a corta distancia. Ignota y desconocida a la vez.

Incongruente y sobrecogedora.

A pocos metros, el follaje tembló recorrido por un estremecimiento del aire, seguido por el zumbido del móvil. Caterina lo sacó para silenciarlo y vio el enésimo SMS de Walter: «¡Tienes que venir!».

No podía seguir dándole largas. Se metió el móvil en el bolsillo y desapareció tras la gran verja de hierro, que dejó abierta.

38.

Roma, Montesacro

Cuando Mancini disparó por segunda vez, lo que podría ser un hombre bastante joven, rubio y de estatura indefinida, dada su posición acurrucada, se abalanzó sobre él. En un instante tuvo que decidir qué hacer. Y ese instante le había costado el impacto con el cuerpo del criminal, que lo atropelló con un golpe del hombro en el plexo solar. Había caído al suelo y se había golpeado la cabeza contra la jamba de la puerta. No llegó a perder el sentido, pero no pudo perseguir al asesino, cuyos pasos se perdieron tras el umbral de la Casita de las Lechuzas.

Fue Walter quien encontró el interruptor, a pesar de que la sangre de la ceja derecha le nublara la vista. En la pared esmaltada se había encendido una lámpara cuyos cristales coloreados simulaban la rueda de la cola de un pavo real. Aturdido aún, Mancini se había sentado con la espalda contra la pared y había señalado a la mujer. Comello se había acercado a ella hablando despacio; le había dicho que eran de la policía, que se encontraba a salvo y que el loco que la había raptado había huido. La mujer, con los ojos cerrados, había contestado con otro sonido gutural que moría en una boca obstruida por dos vueltas de cuerda.

—Ahora la suelto, tranquilícese —había dicho Walter moviéndose con lentitud, mientras el comisario se incorporaba apoyándose contra la pared.

Sin embargo, cuando le soltó las manos, atadas al respaldo de la silla, y la mandíbula y se agachó frente a Maria Taddei, ella dejó caer la cabeza en el pecho. Parecía cansada de luchar, de gemir y de llorar, había pensado Mancini. Después, contempló lo que Maria Taddei ya no podría ver.

En el regazo del vestido negro destacaban dos gruesas canicas de carne blanca.

El monstruo se las había arrancado de las cuencas.

Al relato del comisario siguió el del inspector Comello, mientras en la casa de Biga resonaban el ruido de los platos que la mujer colocaba en la mesa después de haber cocinado. «La mujer», como él la llamaba, era una especie de gobernanta que le limpiaba la casa y le dejaba algo de comer dos veces a la semana.

Walter había resumido su informe sobre el funeral con el ataúd vacío de la anticuaria Priscilla Grimaldi. Había sido desolador. Ocho personas en total, incluida su nieta, a la que él había interrogado brevemente sin descubrir nada relevante. Ninguna presencia sospechosa. Después había pasado al sujeto con el que se veía Cristina Angelini, para confirmar que tampoco por ahí había salido nada. Al igual que con las otras víctimas: lo de las tres del Laocoonte ya se lo había contado, por lo que se demoró con los familiares del carnicero de piazza Vittorio y con los de Lamia. Porque esa era la identidad con la que el asesino había vestido a la pobre Maria Taddei.

Y eso era exactamente lo que estaba explicando la profesora Nigro.

—En las leyendas que nos han llegado de las fuentes griegas y latinas, las Lamias son seres malignos capaces de entrar en las casas, raptar a los niños y despedazarlos para comérselos. Precisamente, a veces se relaciona la etimología de su nombre con el verbo latino *laniare,* desmembrar. Las descripciones que extraemos de las fuentes son variadas. Con el tiempo, Lamia adquirió numerosas formas, transformándose, según las ocasiones, en figuras compuestas, medio humanas, medio animales, peces, lobos, aunque con más frecuencia aves. Seducían a los hombres y, sobre todo, raptaban a niños, a los que devoraban o cuya sangre bebían.

—Unos vampiros a la antigua —observó Comello.

—Algo parecido. Según otras fuentes —prosiguió Alexandra—, Lamia tiene cuerpo de mujer y hocico de animal, un lobo, una hiena, o al revés, cuerpo de animal y rostro de mujer, como en el caso de Maria Taddei.

—¿Y cómo lo sabes?

—Nuestro hombre la raptó y la *preparó* en la Casita de las Lechuzas. Y la lechuza es una de las representaciones más frecuentes de Lamia.

—¿Se te ocurre alguna razón por la que, entre tantas otras, haya elegido esa forma de representarla y no, qué sé yo, la del lobo? —preguntó Rocchi con la mirada puesta en el jersey de cuello vuelto de la mujer.

—Alexandra ya nos lo ha dicho —se inmiscuyó el profesor—. El asesino debe de tener un modelo preciso. Una fuente. Y lo mismo vale para las otras criaturas.

Alexandra apartó la mirada de Carlo Biga, mientras Mancini se quedaba mirándola, y la dejó vagar entre los libros de la enorme biblioteca.

—Completamente de acuerdo. Todas las víctimas son copias de un modelo preciso. Por desgracia, no podrán contarnos ya nada.

—Comete usted un error garrafal al decir eso, Alexandra —Biga sacudió la cabeza.

—Los muertos nunca son mudos. Hablan la lengua de los muertos —dijo Mancini.

Biga se había levantado del sofá y se dirigió al centro de la habitación; había colocado una pizarra con sus correspondientes banderitas y anillas para señalizar. A la izquierda se encontraba el plano de los crímenes; en el centro, las fotos de las víctimas, antes y después de la puesta en escena del Escultor; y a la derecha, las pruebas de las autopsias y de la científica.

Con un dedo índice rechoncho trazó un círculo en el aire que abarcaba todas las fotos de los cadáveres.

—El eco de sus palabras nos llega desde el reino de los difuntos. Su pasado, su biografía y lo que el asesino ha escrito en su piel nos cuentan su historia.

—Y la del asesino —lo interrumpió el comisario—. Así que concentrémonos en él, porque estoy seguro de que nuestra irrupción en la Casita de las Lechuzas lo ha contrariado y no tardará en atacar de nuevo para demostrarnos que no está asustado. Pero ahora quiero enseñaros una cosa.

El profesor volvió a sentarse y dejó los brazos apoyados en las piernas, con las manos, nerviosas, tamborileando en las rodillas. Mientras tanto, Mancini sacaba unos papeles satinados de la carpeta que había dejado en la mesa del comedor. Introdujo los dedos índice y pulgar y extrajo dos papelitos. Se acercó a la pizarra y los sujetó con imanes.

—¿Dibujos? —se sorprendió Rocchi.

—¿Qué clase de dibujos son esos? —preguntó Walter.

—Acercaos, por favor.

Uno tras otro, se levantaron del sofá y se acercaron a la pizarra. En dos hojas de papel estaban representadas Escila y Lamia con todo lujo de detalles, desde el cinturón de cabezas de perro y las serpientes de la primera hasta el rostro sin ojos de la segunda. Alexandra se había quedado detrás y Mancini le hizo señas para que se acercara.

Una vez que cada uno volvió a su sitio, Mancini se pasó una mano por la frente y extendió el brazo hacia la pizarra:

—Estos dibujos los he encontrado en las madrigueras del asesino.

—¿Dónde? —preguntó Rocchi.

—En mi última inspección en el habitáculo de las bombas del Aniene, donde el Escultor encerró a Priscilla Grimaldi, y en uno de los búnkeres de Villa Torlonia, muy cerca de la Casita de las Lechuzas, donde se escondió para atacar a Maria Taddei.

Alexandra volvió a seguir una línea imaginaria entre las baldas de la biblioteca del profesor. Después, de repente, inclinó los ojos hacia el comisario y, mirándole fijamente, preguntó:

—Si es como usted dice, ¿dónde están los otros dibujos?

—Por desgracia, no conocemos el escondrijo del que salió para la puesta en escena de la Sirena y el Laocoonte. Sin embargo, estoy convencido de que se halla entre el zoo y la galería Borghese. Y creo que allí también habrá dejado una pista como esta.

Les interrumpió el timbre, y cuando la mujer fue a abrir, apareció en el umbral, sucia, sudada y temblando, Caterina.

Walter corrió a su encuentro sin hacer caso a los demás.

—¿Qué ha pasado? ¿Cómo estás?

Ella lo abrazó y luego se apartó. Se quitó los zapatos sucios y entró cerrando la puerta detrás de la señora de la limpieza, que aprovechó para marcharse. Tenía el pelo rojizo impregnado de barro, pero se acercó de inmediato a la pizarra.

—Caterina... —pronunció el comisario.

Ella saludó a los demás que se encontraban en el sofá y clavó los ojos en la pizarra.

—¿Has vuelto a bajar ahí? —le reprochó Comello, despertando la curiosidad de Mancini.

La joven asintió, después acercó la cara para examinar los dos dibujos. Miró al comisario y rebuscó en el chaleco de trabajo, donde había puesto la bolsa con los restos de cera que había descubierto en las alcantarillas. La abrió y le tendió la costra a Mancini. Parecía partida por la mitad y revelaba el secreto que había ocultado hasta entonces. Los puntitos negros no eran los pábilos quemados de las velas consumidas. Por la grieta asomaba una hoja con un dibujo a lápiz, que reproducía la cabeza de un toro sobre el cuerpo de un hombre.

El comisario le puso una mano en el brazo.

—Ya sabía yo que nos serías de gran ayuda.

Caterina siguió mirando a Mancini a la cara.

—Comisario, el otro día, en su clase sobre el monstruo de Nerola, se refirió a él como «la araña». Yo estuve allí y lo entendí todo. Las alcantarillas son como una especie de telaraña. Él se esconde allí abajo. Y esconde también a sus presas, al igual que una araña esconde las moscas que devorará más adelante.

—Así es, Caterina; pero no solo en las alcantarillas —Mancini se volvió hacia el sofá—. Decía que sus madrigueras se hallan todas bajo tierra; también en los casos de Escila y Lamia ha sucedido así. Y para contestar a la última pregunta, Alexandra, con este dibujo se confirma cuanto se ha dicho.

—Pero, entonces, ¿por qué deja allí tirados esos dibujos? ¿Son mensajes? —se defendió la profesora Nigro, con el rostro inflamado y los ojos ambarinos reluciendo bajo la luz de las lámparas.

—No —Biga levantó la voz—. Ya lo he explicado antes. Si fuera así, los habría abandonado cerca de sus obras, como si fueran tarjetas de visita. No. Es algo que hace para sí mismo.

—Como si dibujara la imagen de la criatura que se dispone a matar, como un recordatorio, una guía —dijo Rocchi.

—Es una obsesión —Alexandra parecía ausente, lejana, acaso perdida en su mundo de mitos y leyendas. Cerró los ojos como si tuviera miedo de que se le escapara algo—. Él se prepara para..., sí, para lo que va a hacer, se centra en su presa. La dibuja porque está obsesionado.

Se detuvo a reflexionar, pero Mancini no quiso que se interrumpiera el flujo que la hacía avanzar.

—Sigue, Alexandra.

—La dibuja en un trozo de papel para dar forma a su obsesión, para grabar esa forma en su mente. Cuando ya no le hace falta, lo deja en su madriguera; me refiero a esos dibujos, como usted decía. Y va a componer su obra.

—¿En quién se inspira, Alex? —la apremió el comisario.

—Creo... —apretó los párpados—, creo que nuestro hombre actúa de forma tan metódica porque su obsesión es igual de metódica. Porque tiene un modelo, como decíamos hace poco. Habíamos llegado hasta ahí. Pues bien, ese modelo preciso del que hablan yo creo que existe en realidad. Solo que son muchos los modelos, uno por cada obra que ha levantado.

—¿Y qué puede servir de modelo a cada uno de ellos?

—Un compendio de monstruos —rio Rocchi.

—No te rías —le replicó Mancini. Antonio se calló.

—¿Es eso? Estás pensando en un texto en concreto, ¿verdad, Enrico? —preguntó Biga.

Mancini asintió y la profesora Nigro meneó la cabeza.

—Existen cientos de compendios de mitología clásica, comisario.

—Sí, pero estoy convencido de que él tiene en la cabeza uno en particular.

—¿Y dónde está?

—Eso es lo que tenemos que descubrir, y hay que hacerlo deprisa.

Mancini había galvanizado la atención del equipo. Estaban en tensión, listos para actuar. Lo miraban, ansiosos y asustados.

—Volverá a atacar muy pronto. Y esta vez no cometerá el mismo error que con Lamia. Será más rápido y letal, porque nos ha descubierto —concluyó Mancini.

—¿Cómo nos organizamos, Enrico? —preguntó Biga con voz ronca.

—Yo me estoy encargando de los restos y de las huellas de las escenas del crimen y tengo a alguien que me informa al momento de las desapariciones. El profesor se concentrará en el trabajo analítico, reordenando las ideas, recapitulando y sintetizándolo todo. Antonio, me hacen falta los análisis de Escila. Tengo que pasar por casa, pero mi base estará aquí.

—¿Y yo? —preguntó Alexandra.

—Necesito una investigación comparativa entre las figuras mitológicas que incluya a Lamia. Y una bibliografía de los compendios de mitología griega más importantes. Vosotros —añadió Mancini señalando a Walter y a Caterina—, id a la caza de las demás madrigueras. Las que ha usado para el Laocoonte y para la Sirena. Acudid al archivo estatal del EUR y preguntad por esta persona —les pasó una tarjeta—. Haced que os dé todos los planos de los lugares subterráneos del centro de Roma en la zona de los hallazgos.

—De acuerdo, comisario. Iremos enseguida.

—Sí —se limitó a responder Caterina.

En su interior esperaba, al descubrir el escondrijo de aquel hombre, encontrar también, de una forma u otra, a su pequeño Niko.

39.

Despiadado, el milano surca el cielo con los ojos ávidos de carne. Está hambriento y busca los rápidos movimientos del ratón o el vuelo torpe de la paloma. El depredador ha cambiado de casa; los bosques y los claros constituyen un recuerdo que su antigua biología ha sustituido por los edificios de la capital. Planea en círculos concéntricos hacia las copas oscuras de los cipreses que hay alrededor del chalé donde ha construido su nido.

Ochenta metros más abajo, otro cazador aguarda a su presa. Otro sabueso olfatea el aire y escruta en la oscuridad. El olor a tierra húmeda lo inflama, pero esta vez debe esperar. Ha llegado hasta allí siguiendo al Rey del Caos, ese demonio que ha salvado a Lamia. No puede permitirle que lo estropee todo. La caza casi ha llegado a su fin y nadie puede interrumpirla. Pero por esta vez, solo por esta vez, modificará su plan principal. Al igual que los dioses olímpicos, él también castigará a quien se ha atrevido a entrometerse.

El caos no puede triunfar.

Debe domar la materia multiforme y monstruosa del mundo. Los monstruos son el estado del caos que precedió a la creación de Dios. El único Dios, el que susurraba entre las glicinias en el jardín del convento, el mismo que habita en algún lugar dentro de su corazón.

Desde su escondrijo verde puede ver el interior de la casa. Con el Rey del Caos está Baco. Su silueta oronda y los pámpanos de rizos en las sienes, su andadura vacilante. Es idéntico al de su libro. Es él. Oye el ruido de una puerta que golpea en la parte de atrás y se hunde en la espesura del seto de boj. Al cabo de unos segundos aparece el Rey del Caos, alto y con sus infernales ojos negros. Se acerca a la caseta de madera y coge unos troncos entre sus brazos. La frente, el cuello, la nuca del cazador se hielan de terror.

¿Tiene miedo? Si no se trata de un monstruo, ¿por qué lo aterroriza?

Quisiera aprovechar el impulso violento que le revuelve las tripas para salir al descubierto y agredirlo por la espalda. Sería un segundo; pero se ha quedado paralizado dentro de su ataúd de follaje con sus ramas puntiagudas. Todo permanece inmóvil, detenido y, a la vez, tembloroso, vago, en la sombra en la que espera el momento.

Un instante después, el rey se mueve, cargado de ramas y finos troncos de pino, hasta que la puerta se cierra tras él.

La cara del cazador de monstruos recubierta de arañazos asoma entre la vegetación, inexpresiva, como una mascarilla mortuoria. Sale y se acerca al segundo ventanal, de donde le llega el olor a comida. Desde allí los ve a los dos sentados, hablando.

Empieza a perder el control, pero no puede, no es capaz de enfrentarse ahora con él. Debe resistir a la visión que siente crecer. Le bulle la cabeza mientras se lleva las manos a las sienes y aprieta para refrenar la transformación.

Todavía no, te lo ruego, Señor.

Siente que los ojos se le agrandan. Los globos oculares lagrimean dentro de las cuencas. El gris inunda las siluetas de las imágenes, como el papel que se contrae ante la cerilla encendida. Después, justo cuando se encuentra a punto de enloquecer, la suerte vuelve a sonreírle. El hombre que lo aterroriza se levanta del sofá y desaparece. Un ruido, una cerradura y el golpe de la verja de la entrada.

Aguarda un poco más. Dos, tres minutos. Hasta que está seguro. Seguro de que esta vez sí que lo conseguirá. Porque el Rey del Caos se ha ido.

Y Baco se ha quedado solo.

40.

Roma, tribunal

La entrada al palacio de justicia estaba más abarrotada de lo habitual. Un enjambre de abogados grises y encorbatados debatían con sus defendidos, hablaban por el móvil con auriculares y micrófono o fumaban aguardando las vistas.

La fiscal Foderà avanzaba golpeando con los tacones de diez centímetros sobre el asfalto desigual de la acera. El aire frío y la calle mojada sugerían vestirse con vaqueros y un chaquetón, pero ella, lejos de ceder, había relanzado el desafío con su hermoso traje de chaqueta gris. Poniéndoselo, había querido dar una señal al día que le esperaba. Y a sí misma. Sería dura y fuerte, como siempre.

Llegó a la garita de acceso al tribunal y se cruzó con su propio reflejo en el plexiglás. Se detuvo a contemplar a esa mujer cansada y opaca en el cristal redondeado. ¿Quién era? En sus pestañas pesaban microscópicos pedruscos de rímel y los labios eran de un rojo encendido. Lo único que reconoció fue el traje, y en un instante comprendió que no se lo había puesto para darse ánimos ni para afrontar la batalla cotidiana con el valor y la determinación de siempre. Lo había hecho, en aquel momento le quedó tan claro como el alba, porque quería volver a ver a Enrico. Porque necesitaba saber, comprender qué había ocurrido.

Aquella mañana Giulia se había dejado de titubeos, había sacado su móvil y había tecleado una docena de veces el mismo mensaje, borrándolo ante cada vacilación, temor o momento de timidez. Lo había guardado en los borradores y solo en el último momento se decidió a mandárselo, después de días de silencio y después de ese correo al que Enrico no había querido, o podido, como esperaba ella, contestar. Era un riesgo, tal vez. Pero no podía hacer como si nada, no podía fingir que no había ocurrido nada.

Se observó una vez más en el cristal del tribunal e hizo aquello para lo que, ahora lo sabía, se había preparado. En el fondo, aunque hasta ese momento hubiera remoloneado, ¿no era ella la fiscal encargada del caso del Escultor? Se dio la vuelta y echó a andar hacia el coche que la llevaría al destacamento de policía de Montesacro.

Mancini y el profesor habían hecho una pausa después de intercambiar opiniones durante una hora. Enrico había aprovechado para ir a recoger piñas y ramas a la pequeña cabaña del jardín y ahora encendía la chimenea. En el cono de luz cálida que emanaba de la lámpara con forma de colmillo de elefante, Biga aguardaba sentado en su fiel butaca de terciopelo verde. En una mesita redonda al lado del reloj de péndulo había colocado apuntes y libros. Enrico se reunió con él trayéndose una silla de la sala. Estaba esperando los resultados del laboratorio de la científica sobre las dos pruebas que había encontrado en las guaridas del asesino, pero la razón por la que se había quedado con el profesor era otra.

Solo con él podía hablar de lo que le rondaba por la cabeza.

—Pues bien, Enrico...

—Aquí estoy.

—Antes, sírveme un whisky, si no te importa.

El repiqueteo de las piñas presagiaba la fragancia de la resina, y cuando el comisario volvió con un vaso medio lleno de whisky, el profesor lo miró con aire interrogante como diciéndole: ¿y tú? Enrico meneó la cabeza y se sentó.

—Pásame eso. Todo, mis notas y esos libros.

Se puso las gafitas que llevaba colgadas del cuello con un cordón rojo. Se humedeció el pulgar y el índice y hojeó su bloc de notas hacia delante y hacia atrás; después se detuvo:

—¡Aquí está! Veamos qué tenemos acerca de nuestro hombre —dijo aspirando fuerte—. Sabemos que vive bajo tierra, que deja estos bosquejos a lápiz de las víctimas, llamémosles sus proyectos. Y si utilizamos las categorías canónicas de catalogación de los asesinos en serie, refleja un comportamiento ambiguo.

Resultaba claro que saboreaba ese momento tanto como su whisky. Se trataba de su primera reunión en meses, unos minutos de intimidad y de trabajo, como cuando los papeles estaban invertidos y Biga era un importante criminólogo y Mancini, su discípulo más destacado. Ahora que la inactividad había agotado al profesor, volviéndolo más lento, Enrico se sentía en el deber de devolverle algo.

—Le leo el perfil que he redactado —contestó Mancini—. Sobre la base de cuanto ha sido referido y de los análisis de los lugares y las escenas del crimen, estoy convencido de que nos enfrentamos a un individuo con una vida social escasa o inexistente. Evidentes problemas psicopatológicos, socialización reprimida. A pesar de que no haya una injerencia de elementos sexuales, parece que necesita experimentar sensaciones de omnipotencia mediante el ejercicio del poder, por más que en una modalidad compleja y bifronte: sea *pre mortem,* casi como si fueran torturas, como en el Minotauro; sea *post mortem,* como en el caso de los demás.

—Yo también tengo algunas notas sobre él, espera. Me he concentrado en la relación entre mitología y psique criminal. He utilizado esos libros, que luego te enseñaré, y viejas publicaciones mías sobre el tema. Veamos... En el caso del Escultor, me parece evidente que existe un código de interpretación virtual, el mito, que determina la intención del asesino. Una voluntad de edificar el mundo según códigos específicos que tienen una potencia simbólica cargada de un exceso de libido —se detuvo pasándose un dedo por los labios, que humedeció con un sorbo de whisky—. Lo que pretendo decir es que nos enfrentamos a un hombre que, como resulta obvio, no posee una mirada contemplativa, sino activa. Observa el mundo para *transformarlo* y sus acciones producen efectos de realidad, *hace* la realidad. Lo que nos queda constituye una realidad reconstruida por él.

El viejo reloj de péndulo tocó nueve veces con el martillo en el círculo de latón. Ese era su maestro, pensó Mancini. Fue él quien le enseñó, muchos años antes, que era necesaria una aproximación comprensiva al perfil psicológico de los asesinos en serie para localizar y circunscribir el núcleo del delirio, la carga simbólica que encauza las manifestaciones psíquicas de un criminal hacia la violencia, según la cual todos sus gestos se reordenan en un universo simbólico organizado como un teorema geométrico.

—Es como si su mirada hacia el mundo fuera un instrumento de la voluntad de recomponer el desorden exterior según un componente simbólico interior. Una mirada que aspira a poner en pie, de la misma manera que los códigos del mito han puesto en pie su relación con la ausencia, es decir, con un mundo ausente.

—Si el asesino reconstruye su mundo interior con el trasfondo de la realidad, eso quizá pueda indicar que estamos ante un hombre que vive o ha vivido una forma de existencia que lo ha privado de una mirada social, real.

—Exacto. Se trata de comprender qué clase de patología aflige esa mirada que arroja sobre el mundo, porque, por sí sola, su ausencia del mundo real no puede bastar. Discúlpame un momento.

Carlo Biga le guiñó un ojo y se alejó para regresar dos minutos después, mientras la cisterna del baño hacía ruido y su vaso había vuelto a llenarse como por arte de magia.

—Profesor, hay algo que antes, cuando estaban aquí los demás, no he dicho. Y que no deja de darme vueltas en la cabeza.

Biga sonrió y asintió, como confirmando que había intuido algo. Sabía que su viejo amigo se había guardado las mejores cartas para una segunda mano y ahora se disponía a enseñarle su juego.

—Cuando ese hombre se me abalanzó en la Casita de las Lechuzas, noté algo que no comprendí de inmediato. Algo en sus ojos, en su rostro. Fue solo un instante rapidísimo y no llegué a verle bien la cara. Tenía el pelo rubio, pero se me quedó algo en la cabeza que ha seguido atormentándome.

—Mmm... —sorbió el profesor.

—Verá, estaba convencido de no haber registrado nada más. Sin embargo, después, esta noche, han ido saliendo a flote pequeños detalles. La forma de la cara y los pómulos agudos. Es todo lo que tengo, como si de ese instante solo me hubiera quedado una radiografía de ese rostro.

—¿Y resulta suficiente?

—En realidad, no. Hay algo que no consigo encuadrar bien o, mejor dicho... No tengo claro si fue en la casita donde vi esa cara por primera vez.

Resonó la *Quinta* de Beethoven y Mancini respondió a Comello. Parecía improbable que ya tuviera noticias.

—Comisario, la fiscal Foderà ha pasado por el destacamento y ha preguntado por usted. La verdad, perdone, porque no es mi intención entrometerme, pero me pareció muy alterada.

—¿Qué le has dicho?

—Que usted no estaba y que muy probablemente le encontraría en su casa.

—Estupendo —la voz de Mancini resonó sarcástica—. ¿Y qué ha dicho ella?

—Que se pasaría por su casa.

Había llegado el momento. Lo había ido aplazando en vano. Cobardemente, había pensado que bastaba con hacer como si nada para que el asunto se desvaneciera por sí solo.

—Entendido. ¿Hace mucho que se ha ido?

—Unos diez minutos.

—¿Y me llamas ahora? —levantó la voz el comisario.

—Perdone.

—Bueno, vale —Mancini colgó.

El profesor lo miraba con expresión interrogante desde su sitio.

—Profesor... Es Giulia. Tengo que marcharme.

Biga comprendió al instante todo lo que no se habían dicho en esas semanas de distanciamiento.

—Vete. Tienes que recuperar tu vida.

Mancini lo miró a los ojos durante unos segundos y se aferró a esa emoción positiva para no dejarse arrastrar hacia la incertidumbre que le aguardaba.

41.

Esta noche el profesor siente frío. Se nota cansado. Pero reúne fuerzas para levantarse del sillón echándose un poco hacia delante con el pecho para darse impulso. Sus meniscos crujen. Se levanta, mete la mano rechoncha en el bolsillo del jersey y la mueve al tuntún; los dedos insisten hasta que agarran el metal. Enrico se ha ido hace un rato y él ha vuelto a caer en su depresión. Sabe que está deprimido, no existe otra palabra, pero tampoco se avergüenza. Ya no trabaja, sus colegas de la universidad ya no lo llaman, pocos de sus estudiantes siguen yendo a visitarlo. Llena las horas vacías de las tardes leyendo y bebiendo, hasta el umbral de la cama, donde abandona durante unas cuantas horas la mísera conciencia de su vacío.

Las llaves son dos. Idénticas. Abren la misma cerradura. Lo lógico sería separarlas de la anilla que las mantiene unidas y guardar una en un lugar seguro, en algún sitio, pero no le apetece hacerlo y eso también contribuye a su desánimo. Deja la bolsa negra de la bodega cerca del panel de nogal en el corazón de su biblioteca. Introduce la llave en la cerradura camuflada en la escena de caza pintada al fresco. El sitio exacto del mecanismo está oculto por el gatillo del fusil que apunta hacia arriba, contra una bandada de patos en fuga. El cazador los observa con la mirada satisfecha de quien se sabe en posición ventajosa.

En algún lugar de la casa se funde una bombilla y otro pensamiento sombrío le corta el aliento. Ni eso siquiera es capaz de hacer. La mujer ha comprado esas nuevas de led, pero él ya no puede subirse a una escalera. La mujer no llega, de lo altos que son los techos del palacete. De eso se trata, ni siquiera sabe ya cambiar una bombilla. Sacude la cabeza y busca la cerradura con la punta del dedo corazón. La mano le tiembla un poco, pero al final encuentra el agujero. El hierro gira en el ojo cuatro veces y los batientes se abren, desvelando decenas de botellas excelentes: son su seguro, su tesoro oculto. Hoy añade dos whiskies escoceses caros. Pero su jubilación se la gasta como le parece, y además no tiene hijos ni nietos a los que hacer regalos inútiles. Compra vinos, licores y libros. Pone al resguardo a sus nuevas compañeras, acaricia sus cuellos ambarinos y cierra su secreter espiritual.

Debe de tener fiebre porque esta mañana ha salido y le ha sorprendido la lluvia. Con pasos lentos se acerca a la chimenea donde las llamas languidecen. Bendice a Enrico, que ha traído leña, y arroja dentro un tronco y una piña seca que arden chisporroteando. Se acerca al globo terráqueo de cerezo donde guarda las botellas abiertas y se sirve otro vaso medio lleno. Se deja caer en el sofá y pierde una zapatilla. Refunfuña y enciende el viejo televisor de tres canales en blanco y negro que aún no se ha decidido a cambiar. Desde la pequeña estantería, el aparato desprende una luz opaca, que llega hasta sus pies.

El invierno se encuentra en su apogeo, pero Carlo Biga no recuerda haber notado tanto frío nunca. Eso quiere decir que esta noche se concederá un par de viajes más alrededor de su mapamundi, bromea consigo mismo. Ha llegado al umbral de los setenta y cinco años y sigue aumentando de peso, a la vez que le empeora la tensión. El alcohol, en resumidas cuentas, no le sienta bien. Pero qué más da. Se rasca los dos matojos que le crecen sobre las orejas. Antes iba al barbero una vez a la semana a arreglarse un poco el pelo. Ahora hace un mes que solo sale de casa para ir a la tienda de vinos y al charcutero de la esquina, donde compra speck *y encurtidos, porque también ha dejado de cocinar esas salsas tan ricas y sabrosas que a Enrico tanto le gustaban.*

Suspira, con los ojos húmedos de nostalgia. A la clase magistral y a la reunión en el laboratorio de autopsias, en cambio, sí acudió. Superó la apatía porque quería escucharlo, disfrutar de lo que, en parte, siente como mérito propio: el éxito del comisario Mancini. En cierto sentido, parece como si lo hubiera criado. No como un hijo, algo de lo que se siente incapaz, sino como el hijo de su amigo, Franco Mancini. Y como su discípulo más brillante y sensible. Porque esa clase de trabajo, está convencido, no puede hacerse solo con la cabeza. Ahora tiene la impresión de que ese chico —porque para él es y será siempre un chico— va bien encaminado; si no para olvidar, por lo menos para encaramarse a la pendiente del dolor e intentar vivir el presente. Para abandonar las voces de los fantasmas. Resulta gracioso que sea precisamente él quien lo piense, él, que sigue dialogando con sus fantasmas desde hace tantos, demasiados, años.

El profesor engulle ese buen trago que calienta el paladar, la faringe, el esófago, y halla la paz en el estómago. En la cesta de mimbre al lado de la chimenea se encuentra Sampa. El gato ronronea de gusto mientras fuera el jardín calla envuelto en su fría y húmeda niebla. Los cipreses y los muros recubiertos de hiedra parecen de mármol y, después de la cura a base de sulfato de aluminio, las hortensias han quedado listas para virar hacia el azul en primavera. El caqui sostiene sus últimos frutos y el césped se halla cubierto de una alfombra amarilla y marrón de hojas.

Los setos que rodean el palacete vomitan un cuerpo vivo.

El del cazador de monstruos.

42.

Roma, Montesacro

Alexandra y Antonio llegaron hasta la piazza Sempione bajo una lluvia intensa y sin paraguas. Desde allí tenían la intención de coger un taxi. Pero la tarde pasada por agua había reducido el número de vehículos disponibles y cuando estuvieron por fin bajo la marquesina se hallaron compartiendo el espacio con otros clientes que esperaban.

Habían pasado dos minutos y, pese a la bulliciosa compañía de los demás, Antonio se sentía raro al lado de ella.

—¿Te apetece comer algo? —propuso ella señalando un local que vendía porciones de pizza al otro lado de la calle.

El sonrojo se asomó a la cara de Antonio y sus mejillas cambiaron de color. Para no traicionarse, pronunció una respuesta seca que sonó descortés:

—Sí, tengo hambre. Vamos.

Cruzaron corso Sempione corriendo, para evitar los coches y la lluvia. La pizzería tenía azulejos blancos en las paredes, un mostrador con cuatro bandejas y otros tantos taburetes. El lugar se encontraba desierto, a pesar del olor a pizza que llegaba hasta el otro lado de la calle.

—Un *supplì** —pidió él sin preguntar a Alexandra.

—Para mí también, gracias.

El viejo egipcio se les quedó mirando y les lanzó su respuesta clásica:

—¿Y para beber?

---

* Croqueta de arroz rellena de carne y mozzarella o de otros ingredientes, típicamente romana. *(N. del T.)*

La lluvia había parado y el tráfico se iba agilizando, pero la cola en la parada de taxis seguía siendo la misma y los vehículos no aparecían. Un 36 resopló pocos metros detrás del semáforo, sobrecargado de seres humanos que se agolpaban para no caer cuando abriera las puertas.

—¿Vives solo? —preguntó ella, hincando el diente en una de las bolas de fuego que Aziz les había entregado junto con dos cervezas heladas.

En la acera, Antonio engulló haciendo como que miraba a lo lejos, hacia la parroquia de Santi Angeli Custodi. Después asintió con gesto distraído. Sentía las piernas clavadas en el suelo.

—¿Y vives lejos?

—A cinco minutos.

Rocchi seguía con la mirada fija en la escalinata de acceso a la iglesia, repitiéndose que no iba a suceder nada de todo lo que soñaba. En aquel momento de esperanza reconoció el peso de la soledad que llevaba soportando desde hacía muchísimo tiempo. Se giró y clavó sus ojos en los de ella. El miedo se había quedado atrás y las piernas volvían a moverse. Observó su hermoso rostro anguloso bajo el pelo mojado, la nariz fina y algunas pecas. Y así se quedó, perdiéndose en la luz tenue y magnética de sus ojos.

Para aliviar la tensión, Alexandra le puso una mano en el hombro. Apoyándose en él, se quitó una tras otra las bailarinas azules con brillantitos en la punta. Sacudió el agua en la acera sucia y, satisfecha, se las volvió a poner.

—¿Vamos? —dijo después, pasándose los dedos por los ojos para apartar un mechón de pelo.

—La verdad... —Antonio estaba muerto de vergüenza. Tenía un pisito abarrotado de cosas y desordenado; hacía dos semanas que no pasaba un trapo, por no hablar de las cajas de pizza que se acumulaban en el balconcito.

—¿Qué ocurre?

Una inspiración repentina vino en su ayuda:

—Pues que está mi hermana en casa. Vino ayer y se irá pasado mañana —así tendría tiempo, si se le volvía a presentar la ocasión, claro, de arreglar el piso; incluso de llamar a alguna empresa, pensó—. Lo siento.

Alexandra le sonrió, se abrochó el cárdigan que le pesaba a causa del agua y echó a andar con Antonio a su lado.

—¿Adónde vamos? —preguntó él con un tono que no consiguió ocultar la turbación que sentía.

Alexandra se volvió y le sonrió otra vez; le cogió de la mano y simplemente dijo:

—A mi casa.

Walter y Caterina habían pasado por el destacamento de Montesacro. Él para cambiarse y dejar la pistola; ella para lavarse un poco antes de ir a darse una ducha como es debido en casa, al otro lado de Roma. Cuando Comello entró en el despacho, se dio cuenta de que había alguien esperándolo. Antes de encender el largo tubo de neón del techo, reconoció incluso el olor de su huésped. Esa fragancia dulce y delicada la había notado muchas otras veces.

—Hola, Walter —le saludó una voz suave desde el escritorio del fondo del despacho.

—Señora Foderà, pero qué hace usted a oscuras —dijo el inspector accionando el interruptor. Después cruzó la habitación para estrechar la mano a la fiscal.

—¿Qué tal está? ¿Cómo usted por aquí a estas horas? —preguntó quitándose el chaquetón.

—Busco al comisario Mancini.

—¿Es por el caso del Escultor? —sonrió Walter.

—Bueno, aún soy la fiscal encargada...

Dejó la frase a medias y sonrió. No hizo falta que se lo repitiera dos veces. Comello le refirió, en líneas generales, el estado de la investigación, descubriendo que Giulia estaba al tanto, y vaya si lo estaba, del caso del Escultor. Entre los nombres de las víctimas, los detalles y las pruebas, no solo estaba el rastro del hombre al que todos buscaban, sino también el del único al que ella quería realmente encontrar.

—Creo que eso es todo, por ahora —concluyó Comello.

Giulia meneó la cabeza, agachando por un instante la mirada y volviendo a levantarla.

—En realidad, si estoy aquí es sobre todo por otro motivo, Walter.

—Pero es que el comisario no está. Y ya no creo que se acerque —miró el reloj de la pared—. Venimos todos de casa del profesor, a estas horas ya habrá llegado a la suya.

Foderà se levantó, se dirigió a la puerta y, antes de salir, sin darse la vuelta, dijo:

—Solo te pido un favor, Walter, no lo avises.

Cuando se hubo ido, el inspector se empezó a preguntar qué sería eso tan urgente o tan personal que la había llevado hasta allí a esas horas y por qué le había pedido que no dijera nada. Se acercó a la ventana y apartó el estor. Llovía y el pequeño paraguas rojo de Giulia ocultaba buena parte de su figura, que desapareció en el coche aparcado al lado de su Giulietta.

—Ya estoy aquí.

Walter se volvió y vio a Caterina. Se había lavado y se había puesto unos vaqueros claros, una blusa verde como sus ojos y el colgante de coral que le hacía juego con el color del pelo. Se sonrieron, y en ese instante comprendió Walter el sentido de la visita de Giulia Foderà y el porqué de su traje de chaqueta gris.

43.

Los pequeños ruidos de una vieja morada se parecen a los achaques de un hombre anciano. Son siempre los mismos y se reconocen desde sus primeros síntomas. El anciano que vive en esta casa los conoce bien, las molestias que aquejan a la estructura, el enlucido que se resquebraja bajo el balcón, los ratones que corren por detrás de los paneles de madera de la planta baja. Y reconocería al vuelo, a pesar de la edad y de ser ya algo duro de oído, cualquier cosa que se saliera de lo habitual. Sabría discernir el rechinar de los radiadores que se enfrían en lo profundo de la noche, los crujidos de la escalera de nogal o un paso sobre los tablones de madera en la cocina.

Carlo Biga advertiría el más imperceptible de los sonidos, si no estuviera dormido. El leve pataleo del gato en la manta lo despierta del sueño en el que se ha sumido. Abre los ojos para espantarlo y volver a adormecerse. Entretanto, la chimenea desprende humo, la leña ha dejado de arder y la habitación se halla inmersa en una niebla densa. Como si hubieran apagado el fuego con agua. Acaricia la idea de levantarse para reavivarlo, pero sus pobres rodillas se niegan.

A su izquierda, una ráfaga de aire arrastra un poco de humo. Se trata del ventanal que da a la galería. No recuerda haberlo dejado abierto; habrá sido Enrico, cuando fue a recoger la leña, o Sampa, como de costumbre. Mejor así. Se tumba otra vez, intentando recobrar el sueño. El aturdimiento del alcohol y la televisión le sirven de nana.

El cazador se ha quedado en los escalones esperando el silencio de la noche. Dado que esta función no estaba prevista tendrá que conformarse con lo que encuentre para su puesta en escena. Se concentra hasta reconocer el vértigo que le recorre la garganta y sube hasta sus ojos húmedos. Desde el ciprés del rincón le llega *el canto de un milano, con las uñas bien hincadas en el cuello del cuervo.*

Cuando entra, el aire huele a humo. Desplaza la mirada a su alrededor y se desliza por el suelo. Baco duerme en el sofá, un dios obeso con una boca abierta que emana ácido. La habitación, que se ha vuelto para sus ojos de color amarillo uva, da vueltas y hasta el color se difumina. Anaranjado. El zumbido que tiene en la cabeza se ha convertido en un silbido más agudo. Debe apresurarse, antes de que todo vire hacia el rojo. Las voces confusas del televisor no son más que el eco del alboroto y la parranda en torno al carro-diván de Baco.

Se sitúa detrás del sofá y coge el trozo de cuerda que ha preparado. Lo desliza en el hueco del cuello de Baco, que tiene un lado de la cabeza apoyado en el reposabrazos. Sujeta los dos cabos y deja correr la cuerda hasta que se alinea con la oreja y la boca abierta. Después, tira hacia arriba. La cuerda se clava en la boca y desgarra las comisuras de los labios. El grito se queda en la garganta y el cuerpo se incorpora hasta quedar sentado siguiendo el impulso.

—¡Soco...! —implora la voz sofocada. Los pies patalean en el suelo y, desde un rincón de la sala, el gato sale disparado hacia el jardín.

—Aaah, aaah —sigue intentándolo Baco, rasgando las cuerdas vocales con el escaso aire que aún le queda en los pulmones.

Dando otra vuelta a la cuerda, el cazador de monstruos le bloquea los brazos y le golpea detrás de la nuca con los nudillos; dos golpes secos. Baco deja de forcejear. Cuando se pone delante de él se percata de que Baco tiene los ojos abiertos, lúcidos, que lo siguen. Es la primera vez que el cazador se topa con la mirada de una presa que carece de miedo.

El profesor lo escruta mientras su cerebro analiza los daños sufridos y calcula la energía que le queda. Una única respuesta: no saldrá vivo. Su mirada vuela a su alrededor y se posa en el teléfono. ¿Y el móvil?, ¿dónde lo ha dejado?

El otro se agacha, acurrucándose delante de las rodillas del viejo, y observa cómo ladea la cabeza. Se levanta y desaparece. Biga le oye trajinando en la galería y de repente, sin poder girarse, reconoce un olor a tierra húmeda dentro de la casa. Un peso en su costado derecho, y después en el otro, le confirma que el Escultor ha dejado algo a ambos lados. Sus hortensias, sus preciosas plantas. Así será su tumba.

No tiene miedo, no siente nada, en esos últimos instantes de vida. Nada más que la ironía de morir a manos de un asesino en serie. Solo lamenta no despedirse de Enrico ni de los chicos de la brigada; ni hacer la llamada que llevaba años aplazando. Escuchar la voz de la mujer con la que hubiera debido casarse.

Cuando el cazador le pone la punta fría de su instrumento en el cuello, Biga lo comprende todo. En ese instante tiene el dibujo ante él, descubre la ropa y los zapatos que lleva, el pelo de un rubio antinatural.

Y esos ojos de la fiera, del extraño, del monstruo. En esos ojos reconoce el profesor el eslabón perdido, el instante de la revelación, mientras el otro presiona y las primeras gotas rojas salen de la piel áspera del cuello. El intruso coge las pajitas transparentes que se ha traído consigo, parecen de goma. Después, cuatro botellas que, Biga lo sabe, ha encontrado en el jardín. El asesino toma una y el profesor lo observa sin rechistar. El dolor en la yugular es inmediato y acaba enseguida. El cazador ha insertado la cánula y la introduce en el cuello de la botella.

El rubí de la sangre de Baco empapa el esmeralda de la botella. Un hilillo fino de líquido amaranto destila de un cuello al otro, mezclando el olor de ambos fluidos. El frío que le había entumecido los dedos avanza ahora dentro de su cuerpo blando listo para rendirse. A pesar de tener los brazos atados, la mano derecha se le escurre desde la pierna hasta el sofá. Y la sorpresa se dibuja en el rostro pálido del profesor.

Apenas le da tiempo a apretar la tecla 1 de su móvil cuando el asesino se le acerca y le susurra despacio al oído:

—Buenas noches.

Cuarta parte

EL ORDEN

44.

Roma, tres años después de la huida

El cazador solo sale de noche.

Emerge de sus madrigueras bajo la piel de la ciudad. De día escruta a través de las hendiduras de las bocas oxidadas del alcantarillado, descansa en los nichos de las catacumbas, deambula como un fantasma en el dédalo de las cloacas. Aguarda la puesta de sol en silencio, en los depósitos bajo los embarcaderos del paseo a orillas del Tíber, en los sótanos de edificios en ruinas. Ha sembrado muchos nidos como esos, organizados para desplazarse con comodidad desde un punto del centro hasta otro, bajo el nivel del suelo con el sol, en la superficie cuando oscurece. Son numerosos los lugares abandonados hace décadas, un tiempo brevísimo para la historia de Roma, enorme para la memoria de la gente de la superficie. Ha cambiado candados, cadenas y cerraduras y ha escondido todas las llaves en las cercanías de cada madriguera. Ha escogido esos lugares porque le recuerdan su celda del convento.

Al cabo de tres años, la echa de menos, fuera celda o prisión.

A veces, cuando la ciudad duerme, él sale y se tumba en el suelo, mirando hacia lo alto en busca de señales. Respira y sus ojos se reflejan en los astros engarzados en la más negra de las noches. Y los ve, allá arriba, animales y personajes de los relatos antiguos, hechos de una luz que no lo asusta, al contrario, lo atrae. La del cosmos, la del orden celeste que da forma al caos, a sus fabulosas criaturas.

Algunas veces vuelve a su guarida y emborrona lo que ha visto en el cielo en el pequeño álbum de dibujo, uno de los regalos del padre superior. Otras veces modifica y corrige sus bosquejos, y al hacerlo se prepara para una de sus siegas. Después, cuando la noche alcanza su punto más oscuro, aflora del vientre de la ciudad y vaga entre los parques y los palacetes, espía a la gente por las ventanas, recoge señales, huellas y pistas que le sirvan para localizar a sus presas.

Sus monstruos.

Aún le faltan tres. Sí, esa es la noche perfecta y su nueva madriguera se encuentra cerca de donde vive la siguiente criatura. Algo le dice que el tiempo apremia. El Rey del Caos no tardará en ir a buscarlo, intentará detenerlo. Para vengarse de lo que le ha hecho a Baco. Pero eso no puede ocurrir. Le queda realmente poco para concluir su misión en la tierra, para estampar el sello del único Dios, domar el caos que precedió a la creación y ha generado, sustancia cambiante y aterradora, a los monstruos.

El sello del silencio eterno.

Después podrá regresar al convento. A la cárcel, a su casa. Con el padre superior. Le estremece un escalofrío. No, no quiere volver a defraudarlo, y cuando todo haya acabado y él se sienta bien, será de nuevo como antes. Cierra los párpados y se hunde en el sueño de un niño.

«Ven aquí, sé bueno», le decía el padre superior. Y de aquella boca brotaba un susurro con el que adquirían forma sus historias. Cantaba en voz baja, para no despertar, decía sonriendo, las cosas que duermen en la oscuridad. Le sujetaba la mano. Y cuando por fin se quedaba dormido, la noche parecía menos espantosa.

Por eso, ahora, encerrado entre esos muros al final de una escalera en un almacén abandonado en el Pigneto, el cazador se apresura a completar el dibujo. Solo le faltan algunos detalles. Recuerda muy bien esa imagen. Sus ojos se pierden en el vacío de la memoria y la mano corre por sí sola, siguiendo los contornos de aquel recuerdo.

Ya está, ha terminado.

Levanta la hoja por las esquinas sin mirar la figura del centro. Se pone de pie y se acerca a la puerta que, desde dentro, pero solo desde ahí, resulta igual a otras muchas. Cuelga de un clavo el dibujo. Extrae del bolsillo de tela unos cabos blancos *y la caja de cerillas. Enciende las velas y las coloca a los pies de la figura. Se arrodilla, mantiene los ojos cerrados, susurra el acto de contrición tres veces al principio y tres al final, no antes de haberle contado a Dios los pequeños pecados que ha cometido en su nombre.*

Y reza. Reza para encontrar la fuerza y el valor para afrontar su misión. Para llevarla a término. Para no titubear jamás. Reza y, cuando abre los ojos, la magia *de la* oración *ha actuado.*

El dibujo está cambiando.

Los párpados de la Gorgona se han abierto. Una tras otra, las serpientes se mueven como si se estuvieran desperezando después de un demorado letargo. El papel se hincha y las venas del cuello de la Medusa sobresalen en relieve. Se trata de la señal que esperaba. El dibujo está listo.

El monstruo está vivo.

Y ahora le toca a él.

45.

Roma, Parioli

El olor del pelo de Alexandra seguía siendo intenso, a pesar de que la lluvia y el tráfico de Roma lo hubieran dejado en un estado lamentable. La puerta de su vivienda en el último piso del edificio se abrió al tiempo que se encendían las luces, revelando una amplia sala blanca. El suelo, las paredes y las dos columnas decorativas en el centro de la habitación eran de mármol.

—¡$CaCO_3$!

—¿Eso qué es? ¿El robot de *La guerra de las galaxias*? —sonrió Antonio.

—Qué va —contestó ella, descalzándose—; es la fórmula química del carbonato de calcio, del mármol. Ya he visto cómo te quedabas mirándolo, siempre provoca el mismo efecto. Si vieras lo bonito que se ve de día.

—Sinceramente, no te hacía viviendo en un sitio como este.

—Ya lo sé, por cómo me visto y la historia de la universidad... ¿Creías que vivía en San Lorenzo?

La carcajada de Alexandra resonó en la sala como un eco en una cueva. Antonio se quedó mirándola, la blancura del mármol se reflejaba en sus ojos ocre, iluminándolos con una luz que nunca había visto antes.

Ella avanzó hasta el sofá claro de estilo moderno y se dejó caer con todo su peso, acogida por las plumas de quién sabe qué ave, pensó Rocchi. Después se le acercó, pero en vez de sentarse a su lado cruzó la sala hasta el ventanal que ocupaba la pared. Fuera reinaba la oscuridad y unos farolillos iluminaban toda la superficie de la terraza.

—Qué maravilla —se le escapó—. Se ve Roma entera.

Hablaba como un chiquillo ante el último modelo de videoconsola. No, desde luego no se esperaba que el piso de Alex fuera así. La lámpara del techo era una enorme corona de cristal y, a juzgar por las puertas del otro lado de la habitación, el ático debía de ser bastante grande. Pero lo que más lo impresionó fueron esas extrañas presencias.

—¿Te asustan? —le preguntó divertida

A lo largo del perímetro de la sala había varias composiciones de mármol que Antonio hubiera definido como abstractas. Sin embargo, mirándolas mejor, había algo absurdo en esas siluetas de piedra. Algo que las volvía imposibles y familiares al mismo tiempo, casi como si hubieran sido exhumadas de una memoria ancestral y colectiva.

—Son..., ¿qué son? —preguntó acercándose al sofá.

—¡Esculturas metafísicas! —se echó a reír ella—. Ven, que te enseño el resto de la casa —dijo, levantándose y extendiendo la mano para estrechar la suya.

Antonio percibió el escalofrío de las grandes ocasiones, esa sacudida de intensa incertidumbre que precede a algo imprevisible.

Alexandra le enseñó el baño con sauna y una cocina minúscula. Las dos puertas que había al final del corto pasillo estaban abiertas. Antonio se asomó a la de la derecha y Alexandra se apresuró a encenderle la luz, que allí, a diferencia del resto de la casa, era tenue. Una larga mesa de acero y cristal albergaba un enorme Mac y una serie de libros de arte clásico apilados de forma desordenada unos sobre otros. El resto de la habitación lo ocupaba una librería que recorría todas las paredes, interrumpida solo por la ventana y por un nicho repleto de recortes amarillentos de revistas de arte y periódicos. Rocchi reconoció la foto del *Laocoonte* que la prensa había hecho pública justo después del hallazgo en la galería Borghese. Había también otros recortes sobre el caso del Escultor. La chica había estado atareada, desde luego. Pero casi no le había dado tiempo a acercarse cuando la luz se apagó.

—¿Qué...?

La respuesta de Alexandra fue el contacto de sus labios húmedos contra los suyos.

46.

El timbre sonó tres veces. Después, silencio. La puerta se abrió lentamente y un rostro enmarcado por una masa de pelo rizado se asomó. Giulia la había encontrado entreabierta y había preguntado si podía pasar. Al no recibir respuesta se había decidido a entrar. Por casa de Mancini ni siquiera había pasado. Sabía que se habría quedado allí, a desentrañar el caso del Escultor con Biga.

En la sala, el televisor estaba encendido y mudo. Una gota resonaba en el fregadero de la cocina. Lenta, insistente. Volvió a preguntar si había alguien. En cuanto pisó el interior, la sensación de apuro se vio sustituida por otra más agria. Una inquietud que se convirtió en pánico cuando los ojos distinguieron, en el claroscuro del televisor, la pesada silueta del sofá rodeada por lo que parecía un altar vegetal.

—¿Hay alguien ahí?

Esta vez la voz resultó temblorosa ante el presentimiento que, segundo a segundo, se transformaba en certeza.

—¿Profesor? —probó a decir, para cambiar a un tono más fuerte y decidido—. ¿Comisario Mancini?

Si se hallaba allí, no traicionaría su turbación llamándolo por su nombre de pila.

Cuando llegó al sofá, reconoció la masa pálida y redonda de lo que parecía un enorme muñeco maquillado. La cara blanca, las mejillas coloradas. Inmóvil como una vieja muñeca de porcelana, el profesor parecía disfrazado para una fiesta. Antes de que el espanto prevaleciera, Giulia se vio embestida por el impacto de la escena en su conjunto: las plantas alrededor de la figura y, en la base del sofá, una a la derecha y otra a la izquierda, dos ruedas de bicicleta.

Alargó una mano y tocó el cuerpo frío. Estaba rígido y los dedos se apartaron, horrorizados, de la piel.

—¡Profesor! —el grito casi le salió solo.

Entre los brazos colocados en su regazo, Carlo Biga sostenía dos botellas verdes de vidrio. Las etiquetas hacían referencia a dos vinos tintos del Friuli. El olor que desprendían cuando Giulia acercó la cabeza contaba algo tristemente distinto. En ese momento, momificado en un embrión de dolor y de espanto, reapareció el goteo de antes. Pero no provenía de la cocina. Estaba mucho más cerca.

Lo tenía allí delante.

Otra gota cayó de la cánula clavada en el cuello de la botella que Biga tenía agarrada a la izquierda. Su rostro parecía sereno, con los ojos cerrados y los labios forzados en una sonrisa impuesta por las dos pinzas que le pellizcaban la carne de las mejillas.

Algo parecido a una arcada o a un acceso de tos estalló sacudiendo el cuerpo del profesor y haciendo que la cánula cayera en el sofá.

Y el dios obeso se despertó.

Sus párpados se abrieron como conchas incrustadas de la costra salina de un mar abisal. Sus ojos céreos viraban hacia el alba de una noche que, hasta hacía un momento, parecía no tener fin. Giulia metió la mano en el bolso, sacó el teléfono y marcó el número que hacía días que no usaba. Aguardó unos instantes hasta que, fuera de la verja del palacete de Carlo Biga, resonó la *Quinta* de Beethoven.

Agradecida y sorprendida, Giulia se giró y salió al encuentro del hombre que entraba por la puerta.

—¡Enrico! —estalló, en un llanto rebosante de frustración.

El comisario se la encontró abrazada a él, enfundada en el traje de chaqueta gris con el que la había conocido. No lo había olvidado. La primera impresión de incomodidad se disolvió con la sensación de peligro que flotaba en la atmósfera de la casa. Y en vez de rechazarla, siguiendo su instinto, la estrechó con fuerza.

—El profesor... —imploró ella con la cara en el jersey negro de Mancini. Señaló con el dedo el sofá y se apartó del abrazo frío del comisario.

Él no la retuvo, y con la incredulidad dibujada en la cara, se movió. Ella permaneció donde estaba mientras Enrico se acercaba hasta la composición.

—Está vivo —dijo por detrás Giulia, sin ninguna certeza. Parecía aturdida. En esos pocos segundos que había pasado entre los brazos de Enrico se había olvidado incluso del motivo por el que le había telefoneado, contraviniendo la promesa que le había hecho. Y que se había hecho a sí misma.

—Llama a una ambulancia —las palabras del comisario le habían salido de la boca leves, carentes de vigor o de esperanza, pero un impulso rabioso las avivó un momento antes de que gritara—: ¡Llámala!

Giulia corrió hacia la puerta y marcó el número.

Al quedarse solo, Mancini se inclinó sobre el rostro que tenía delante.

—Profesor, ¿me oye?

El viejo parpadeó sin alterar la expresión grotesca que el Escultor —lo había comprendido por la escenificación con las flores y las ruedas— le había diseñado en la cara. El comisario acercó la mano para desprender las pinzas de las mejillas. El doble clic que produjeron desencadenó una avalancha dentro de él, un abismo por el que se encaramaban las voces del pasado. Una punzada de remordimiento lo invadió. Un instante antes de entrar en el palacete, y antes incluso de que su móvil sonara por la llamada de Giulia, había echado un vistazo a la pequeña pantalla. Pero solo en ese momento le quedó claro que lo que había leído habría de atormentarlo para siempre.

Mientras la sirena de la ambulancia se acercaba, Mancini cogió el móvil y se quedó mirando la pantalla confiando en haberse equivocado.

1 LLAMADA SIN CONTESTAR
DE: PROFESOR
HORA: 18:23

47.

A su alrededor, oscuridad.
Dentro, el vacío.
La luz muerta, el aire exhausto.
Enrico permanece de pie, perdido y trastornado en el interior de su sueño. De inmediato, delante de él, intuye una presencia voluminosa, extiende los brazos y se topa con un obstáculo, algo sólido. Es un muro. Viscoso, resbaladizo, pero las manos lo exploran ávidas, lo siguen.
¿Dónde se encuentra?
Intenta contar sus pasos, pero dentro de esa oscuridad, dentro de ese vacío, se le hace imposible. Los dedos vuelan por la superficie hasta que notan una hendidura sutil. La siguen y descubren otras. No son las marcas del ladrillo, sus perfiles están redondeados. Los acompaña con ambas manos y se le presenta la imagen mental de un círculo en cuyo interior se despliega un mapa de signos concéntricos.
¿Un laberinto?
Enrico se aparta del muro, además de esa pared tiene que haber algo más. Boquea, necesita respirar. Encuentra un pasaje, cruza el umbral invisible y se topa con una penumbra inesperada, hija de la claridad que proviene de lo alto. Levanta la cabeza. Por encima de él hay un rectángulo de luz intensa; le resulta imposible aguantar la vista de ese único recuadro.
Agacha la cabeza y los ecos de ese resplandor invaden sus globos oculares. Aprieta los párpados para alejar los puntos amarillos que, frenéticos, no dejan de danzar. Por fin, la mirada roba espacio a la oscuridad que lo envuelve como un sudario. Y lo moja. El pecho, las piernas, la espalda. Está empapado. Acabará ahogándose, ahí abajo.
Sí, pero ¿dónde está ese «ahí abajo»?

Desde el agujero de arriba se deslizan tentáculos de rayos que las pupilas recogen como una ilusión salvadora. Es una luminosidad sulfúrea que a duras penas le permite intuir la forma cuadrada de la cámara en la que se encuentra. Grande y desnuda, sus muros son yermos y húmedos, recubiertos de un musgo que desprende un hedor repulsivo.

En sus oídos, el silbido de la oscuridad.

Enrico da un paso hacia el centro de la habitación. Avanza hasta que de la niebla de carbón emergen dos siluetas oscuras. En forma de hexágono.

Se detiene. Las rodillas se le doblan en el momento en que la pestilencia a madera podrida le invade las fosas nasales y las pupilas distinguen por fin aquellas dos cosas. Ya ha reconocido ese olor. Sabe que lo ha percibido otras veces, aunque no recuerde dónde ni cuándo. Y entonces el corazón se desacelera, la garganta se le encoge y una náusea mortal lo derrota. Después, una fuerza desconocida lo arranca del suelo. Se mueve, arrastrado por esa energía negra. El pie derecho, el pie izquierdo. Una y otra vez. Cuatro pasos y allí los tiene. A un metro de él, tétricos guardianes de un umbral invisible, dos pesados ataúdes de roble.

Están abiertos.

No puede contenerse. Sabe que no debe hacerlo, que no ha de mirar en su interior. Pero no tiene elección. Enrico se echa a un lado y se asoma. Mira hacia abajo, sabiendo lo que le espera. Está allí, lo espera. Un cuerpo embalsamado, con las manos cruzadas sobre el pecho. Los ojos abiertos, carentes de vida y de color, pero de una intensidad espectral; el pelo oscuro que atraviesa las vendas, la forma apenas acentuada del pecho. No hay nada que lo diga, pero él sabe quién es. Se siente atraído por aquello; una atracción enfermiza, demente, irreal, lo vence. Hasta que se percata de que un ángulo del tejido, a la altura del vientre, deja al descubierto un trozo de carne. Negra. No quiere hacerlo, no quiere acercar la cara, pero también esta vez cede. El ojo se acerca arrebatado por el movimiento del interior.

¿Aún hay vida ahí dentro? ¿O se trata solo del hormigueo de sus larvas mnemónicas?

Desde ese punto se devana un torbellino de vendajes. Se enrosca en el interior del cuerpo, perforando el féretro y desapareciendo en la negrura de debajo. Intenta gritar, se lleva las manos a la cara, se obliga y desvía la mirada, que cae hacia allá, hacia el otro féretro. Está vacío. Un instante después, surgen dos signos en su interior. Dos cuencas y dos cimas, las cavidades oculares y los pómulos. Es un rostro humano. Un rostro de hombre. Lo reconoce.

Una violenta idea lo hiere. La luz rectangular de lo alto parece el acceso a la tumba. Y él, sea como fuere, ha acabado allí dentro. Un repentino cansancio le recorre las piernas, un calor que asciende y lo derrite despacio. La sensación de un bache de aire, mientras desde el centro del ataúd algo se mueve.

Es un remolino de polvo negro que sale para engullirlo. El asombro por aquel absurdo prodigio se mezcla con el terror del pozo que lo reclama, que lo absorbe dentro de ese vértigo. Enrico empieza a resbalar, se agarra con las manos al borde de la madera. Resiste. Presiona con los pies en el suelo, la energía lo abandona y se precipita.

Allá abajo, donde las sombras no se distinguen de las sombras. Donde incluso la muerte aguarda la muerte. Enrico se deja llevar, mientras la idea del descanso eterno va conquistándolo poco a poco. Mientras cae la subterránea noche.

Inmóvil, silenciosa. Sin tiempo.

48.

Roma, jefatura central de policía

IL MESSAGGERO

EL ESCULTOR TAMBIÉN ASUSTA A LA POLICÍA

La pasada noche, el asesino en serie conocido por el público y los medios de comunicación como «el Escultor» volvió a actuar en el barrio de Montesacro. La víctima del asesino ha sido esta vez el profesor Carlo Biga, renombrado criminólogo y colaborador de la policía. Por el momento se desconocen los detalles del caso y su relación con los precedentes crímenes del asesino en serie. Los investigadores no han querido hacer declaraciones y el superintendente no se ha manifestado sobre el asunto desde que el monstruo empezó a aterrorizar a la capital.

—¡Vuelve a llamarlo! No contesta —se enfureció Gugliotti con el pobre Messina, quien lo observaba asustado. Como era de prever, el caso había acabado por llegar a los telediarios nacionales y había arrastrado al propio superintendente.

Esta vez no le quedaría más opción que dimitir. Lo sabía perfectamente, pero estaba seguro de que Mancini caería con él y eso, en parte, lo consolaba. Se hallaba tan asustado por todo lo que ocurría a su alrededor que ni siquiera había acudido a la escena del crimen para que lo fotografiaran allí. Se sentía paralizado.

Messina marcó una vez más el número de la casa del comisario Mancini y, justo después, el de su móvil, con el mismo resultado: nada de nada.

En medio de todo aquel follón, Carlo Biga se debatía entre la vida y la muerte. Y no era una forma de hablar. Había recibido tres transfusiones, la primera de ellas del propio comisario Mancini.

El asesino había dejado allí al profesor para que se desangrara. Lo había salvado la rudimentaria confección de la cánula, cuyas paredes internas se habían pegado impidiendo que la sangre fluyera con rapidez, y el corte superficial en la yugular. El corazón del anciano criminólogo había seguido bombeando lentamente, pese a haber perdido el conocimiento, y solo un litro de sangre había ido a parar a las dos botellas de tres cuartos.

Gugliotti nunca había albergado excesiva simpatía hacia Biga, pero si llegaba a salvarse, la opinión pública obtendría por lo menos cierta satisfacción y él podría manejar la situación como un éxito a medias. Mientras que, si moría, aprovecharía la circunstancia para apartar a Mancini del servicio. De forma definitiva esta vez.

También Alexandra Nigro, a la que había mandado a colaborar con Mancini y Comello en las investigaciones sobre el Escultor, le había decepcionado. Le habían impresionado la rápida carrera de la investigadora y su actitud resuelta y había decidido asignársela al comisario convencido de que el caso se resolvería deprisa. En cambio, a medida que crecía el número de esas monstruosas obras de arte, iba en aumento también el escándalo que ya le había salpicado, demostrando más allá de toda duda razonable sus errores de valoración.

—Nada, imposible, señor —Messina se encogió de hombros desconsolado y colgó.

El comisario se había pasado toda la noche en el hospital. Después de la transfusión, le habían dejado tumbado en una camilla para que descansara y le habían ofrecido algo de comer y unas bolsitas de glucosa líquida. Él las había rechazado y se había quedado en la oscuridad de un pequeño cuarto, que acogía dos estanterías metálicas y una serie de escobas y cubos, para digerir el cansancio y la sensación de abatimiento que no le daba tregua.

Giulia se había ofrecido a quedarse con él, pero la había despedido procurando no parecer demasiado brusco. Quería quedarse a solas con sus propios pensamientos. El primero, el más ruin, llevaba la voz de ella, de Giulia Foderà, la mujer a la que había cedido, al cabo de tanto tiempo, un trocito de su corazón, animado por la esperanza de que hubiera una posibilidad de volver a empezar. Se avergonzaba de sí mismo, pero la sensación que tenía resultaba tan clara e hiriente como un cuchillo: era culpa de Giulia, porque si no se hubiera acercado a la comisaría y Walter no le hubiera avisado para que volviera a casa a buscarla, él no habría dejado solo al profesor.

Y después, de inmediato, otra voz le decía que la culpa era solo de él, porque no había respondido al correo de Giulia. Había estado dando largas, sin saber qué hacer, porque a eso había quedado reducido: a un ser atormentado por un enjambre de dudas e incertidumbres. Había tenido miedo de contestarle por no darle falsas esperanzas, pero también para no dárselas a sí mismo. Porque, en el fondo, y en eso no podía equivocarse, aquella mujer había echado raíces en sus pensamientos más íntimos. Había entrado de puntillas y había excavado un hueco en la dura piedra de su corazón, amparada en una fragilidad que Enrico creía haber dejado atrás. Cuando ocurrió, resultó hermosísimo, incluso sin remordimientos. Volver a estar con una mujer, nunca hubiera creído que lo conseguiría sin la asfixiante idea de la traición, de la comparación con el olor de Marisa, con su sabor. Una vez ocurrido todo, sin embargo, él se dejó llevar hacia una zona de sombra de la que no había vuelto a salir, un limbo en el que había estado flotando días y días. Un laberinto de espejos que le devolvían siempre las mismas preguntas: ¿qué peso tenía esa mujer en su vida, en su nueva vida?

El segundo pensamiento que tampoco le daba tregua, ni siquiera en esa media hora en la que había logrado quedarse dormido —y la pesadilla que había tenido representaba la mejor prueba de ello—, era el sentimiento de culpa que sentía en relación con el profesor. Biga había conseguido llamarlo, quién sabe cómo, mientras el Escultor lo torturaba, con la cánula en el cuello, con la sangre y la vida deslizándosele en una botella. Sin embargo, él no había contestado, no lo hacía nunca. Y cuando notó el móvil vibrando en el bolsillo de los vaqueros, mientras iba hacia casa para resolver el asunto con Giulia, pensó que se trataría de Walter, o de alguna novedad sobre las investigaciones, y que, en cualquier caso, no sería tan importante como lo que, tras reunir el valor, se disponía a decirle a ella. Que todo había acabado.

También esta vez había llegado tarde. El 15 de mayo del año anterior se había perdido la última mirada de Marisa, agonizante, el último beso en vida, sin haber podido decirle: «Adiós, amor mío». Ahora había ocurrido lo mismo con el hombre que lo había criado, que le había enseñado todo lo que sabía, que le había guiado en el mundo de la criminología y que, prácticamente, había hecho las veces de padre.

Le había estado mirando largo rato mientras los enfermeros los preparaban a ambos para la transfusión. En sus manos, el profesor parecía un objeto muerto, sin alma ni calor. En alguna parte dentro de ese cuerpo exhausto se encontraba el espíritu guerrero de su viejo amigo, por más que las señales que transmitían los electrodos pegados a su pecho fueran tan tenues como la esperanza de verlo de nuevo en pie.

El móvil vibró otra vez. Lo sacó sorprendiéndose a sí mismo con la idea de que pudiera ser una repetición más afortunada de la película emitida horas antes delante de la puerta del palacete de Biga.

Era el bastardo de Gugliotti. Rechazó la llamada y volvió a cerrar los ojos en busca de respuestas a las preguntas que se le agolpaban en la cabeza. No le había dado tiempo a sumergirse otra vez en su mar amargo cuando alguien golpeó el marco de la puerta. Se incorporó hasta quedarse sentado y dirigió la mirada hacia la voluminosa silueta de Comello. Detrás de él estaban Rocchi y Alexandra.

—Caterina ha encontrado algo, comisario. En el archivo estatal. A propósito de los planos del subsuelo de Roma —dijo el inspector.

Mancini fijó su mirada en Walter como si no lo viera. Después giró la cabeza hacia el otro lado.

—Marchaos de aquí, por favor.

—Comisario —intervino Alexandra—, sé que soy la última que debería hablar, pero es urgente que lleguemos hasta el final. Ya estamos muy cerca.

De repente la mirada del comisario se volvió rígida. Esos ojos ambarinos ya no lo intimidaban. Y pareció a punto de soltarle algo, pero se contuvo.

—Vete de aquí. Fuera todos.

Rocchi sobrepasó a Walter y se acercó a la camilla. Apoyó la mano en el brazo del comisario.

—Enrico, Caterina tiene pruebas de que el Escultor se mueve por el subsuelo, no ha encontrado solo sus escondrijos. Se desplaza de noche. En las alcantarillas de debajo de las termas de Diocleciano ha seguido huellas de sangre que la han llevado...

—¿Es que estáis sordos? Largo de aquí.

—Comisario... —se atrevió a decir Walter.

—¡Largo!

Su tono de voz se había elevado hasta ocultar el de los demás, los sonidos distantes del electrocardiograma y la rabia que empezaba a desencadenarse. Una cólera mucho más antigua que el dolor de las últimas horas. Un odio violento al que no había sabido dar voz hasta ese instante. Con gran esfuerzo, Mancini se puso de pie. Tenía la barbilla apoyada en el pecho y sentía que las piernas le flojeaban. Despegó la mirada del suelo y se la clavó en la cara al forense. En un segundo, dando medio paso, agarró el viejo jersey de Rocchi justo por debajo de la garganta. Lo sujetó con fuerza y lo sacudió como si fuera una alfombra.

Antonio no se sorprendió, ni parecía asustado.

—Tú no tienes la culpa. Recupérate de la transfusión y volvamos al trabajo. Enseguida. Sin pensar en ello.

—¿Sin pensar en qué? —dijo Mancini, soltándolo.

Rocchi no abrió la boca y el comisario no apartó los ojos de él. Pero su mirada era más débil y la cólera ya se había apagado.

—Sin pensar en que no estabas allí cuando el Escultor le hizo... —Rocchi extendió el brazo hacia la habitación donde se hallaba Biga—... eso. No puedes castigarte a ti mismo de esa manera por no haber contestado la llamada del profesor. Deja de vivir con tantos sentimientos de culpa.

—No sabes de lo que estás hablando.

—Lo sé muy bien, claro que sí. Hablo de ti. Desde que perdiste a Marisa, ya no eres tú.

Mancini miró a su alrededor, turbado de pronto por la presencia de los demás.

—No pudiste volver a tiempo entonces y eso te sigue torturando. No añadas más peso al que ya tienes.

La bofetada llegó fulminante y las gafas volaron al suelo en el silencio.

—Comisario... —Alexandra meneó despacio la cabeza.

Antonio se agachó, las recogió, se incorporó y se las colocó en la nariz. Tenía la mejilla izquierda colorada y le latía. Mancini se dejó caer hacia atrás y aterrizó en la camilla. La cabeza inclinada y los ojos húmedos. Después, Rocchi pasó por delante de Walter y de Alexandra y salió de la habitación. Enrico lo había golpeado delante de ella y el dolor de aquella bofetada se hundía bastante más allá de la superficie de la piel que comenzaba a hincharse.

—Me he equivocado dos veces. Habría debido dispararle —murmuró Mancini.

Alexandra se estremeció.

Walter se sentía decepcionado, pero de todas maneras quiso intentarlo.

—Comisario, no me siento capaz de juzgar a nadie. Y mucho menos a usted con su dolor. Pero tengo que decirle una cosa, de policía a policía. Y es el servidor del Estado que hay en mí el que habla al que se halla dentro de usted.

A espaldas del inspector, la enorme ventana perfilaba el fondo oscuro de la noche en la que se encajaba la fina silueta de una farola apagada. Desde abajo subía el vapor blancuzco de una cisterna a causa del enfriamiento del oxígeno.

—Si no encontramos a ese hombre, si no somos capaces de detenerlo, morirán otras personas, y esta vez, sí, esta vez será en parte por su culpa.

Mancini tenía la cabeza entre las manos, con las palabras de Antonio y las de Walter como un eco acompasado por los bips del electrocardiograma en la habitación de al lado. Hasta que se coló un sonido lejano: Franco Mancini en la bicicleta con la que iba a trabajar, el leve crujido de los radios en el aire frío de la mañana. Él también, su padre, perdido entre las sombras del pasado, junto con el vestido lila de Marisa y, muy pronto, la enorme casa del profesor Biga. Aquella bicicleta que se oxidaba en su sótano, el vestido de su mujer en el armario en el que lo había dejado ella antes de ser internada por última vez, y el palacete que se quedaría donde estaba tras la desaparición del viejo. Todas esas cosas habían sobrevivido a las personas que las habían poseído y amado. Mientras que ellos, seres animados, sus esperanzas, sus afectos, sus emociones, habían desaparecido, pulverizados en las mandíbulas del tiempo. En lo que advirtió como un pálpito de eternidad, Enrico Mancini se sintió repentinamente solo.

—Os lo pido por favor, marchaos de una vez.

Esta vez nadie se opuso. Se giraron, intercambiándose miradas afligidas, y salieron del pequeño cuarto sin rechistar. Ni siquiera en las escaleras se sintieron con ganas de decir nada, y una vez fuera se despidieron con un gesto de la mano.

Tres plantas más arriba, Enrico Mancini se preparaba a toda prisa. Si no quería convertirse en una sombra antes de que su cuerpo se redujera a polvo, tenía que reunir fuerzas para mirarse en el espejo de su propio dolor.

Una vez más.

Una última vez.

49.

*Agazapado entre los grandes edificios de via Prenestina y la
línea férrea de Casilina, el triángulo del Pigneto constituye una
maraña de callejuelas sin ningún orden y casitas condonadas
convertidas en alojamientos para estudiantes, seudoartistas y
traficantes de medio pelo. La senda que iba desde la aniquila-
dora miseria de los años cincuenta hasta la almibarada esencia
del barrio-de-copas había sido recorrida; y esta noche dos generaciones de radicales chic se agolpan en los locales de la calle
principal disertando sobre fotografía, comercio justo y solidario
y pequeñas editoriales.*

*El asfalto está maquillado por todas partes con pintadas y
dibujos. En una esquina, como una enorme y llamativa flor, un
contenedor desborda de sacos amarillos, rodeado de pétalos de
basura de todo tipo. Al otro lado hay un localito* vintage, *con un
piano y las paredes recubiertas de vinilos. Un poco más abajo, la
melancólica silueta de un Citroën Dyane resucitada de quién
sabe qué desguace acoge a cuatro chicos y una densa nube de
humo. Escuchan un ingenuo rap itálico con el volumen bajo, se
lían unos porros y rompen a reír.*

*Dos cruces más allá, a la derecha, aparece una callejuela
minúscula y aislada. Se trata de un callejón sin salida, aunque
al fondo, a través de la verja metálica, se entrevé una alta maraña de hierbajos. La línea de la manzana, de un centenar de
metros de longitud, queda interrumpida por el acceso a un patio
interior destinado a almacén. Justo a continuación, un edificio
sobresale un poco en la acera. Sus dos plantas carecen de ventanas, y sobre la única puerta se extiende la superficie de un muro
descolorido. La sórdida callejuela está inmersa en la oscuridad
de la noche y en la desidia. En el suelo, a lo largo del borde de la
acera, solo se ven latas de cerveza y algunas jeringuillas.*

La puerta no tiene ningún timbre, ni tampoco cerradura, ni sombra de picaporte. Es una superficie lisa, rota solo por las grietas de la pintura. Nadie le ha hecho nunca caso, tal vez porque una pedrada cegó la farola. Nadie ha considerado jamás esa puerta como un pasaje hacia otro lugar, un interior, una casa. Ni siquiera los magrebíes que por la noche encienden cerillas raspándolas contra su marco.

Nadie sabe qué hay dentro.

O quién.

Detrás del umbral, una habitación de quince metros. Sin ventanas, sin mobiliario, con unos cuantos cartones tirados por el suelo. Y muchas, muchas velas. Allí dentro, un hombre se prepara. Ha sacado un mono del contenedor amarillo de recogida de ropa, porque la realidad, allí fuera, resulta peligrosa. Esta noche le toca a ella, a la mujer que petrifica. El dibujo ha cobrado vida y él lo ha pegado a la puerta. A esa puerta. Cada espasmo del vientre, cada gota de sudor, lo empujan a salir. A enfrentarse al terror mediante la transformación.

Apoya la oreja en la puerta y se queda escuchando durante un minuto entero sin percibir ruidos exteriores. Su agudísimo oído no oye nada. De modo que abre. Sale de su madriguera y cierra rápido la puerta a sus espaldas. Después empieza a dar saltitos sobre el terreno. Se lo ha visto hacer a un viejo en la vía férrea; luego se aleja a paso lento. Se detiene, se cubre la frente, la única parte de su cuerpo que se halla al descubierto, bebe en una fuentecilla y prosigue.

Corre entre las calles del Pigneto. Hace frío y hay poca gente deambulando. Y eso no hace más que aumentar los escalofríos del miedo, la excitación de la caza. Si se apresura encontrará a su presa. Abandona la zona de los pubs y se mete corriendo entre la tupida retícula de los callejones. Ese barrio huele a suciedad. Gira dos veces a la izquierda y, pegado a un muro rojo, en la mitad de una callejón sin salida, encuentra lo que buscaba.

Una señora lleva a un niño de la mano y se acerca al quiosco, donde un anciano compra un ejemplar del Corriere della Sera. El corredor se pone en la cola. El niño pide a su madre diez paquetes de cromos de futbolistas, y cuando ella solo le com-

pra cinco, él intenta poner cara de enfado. Pero la mujer lo fulmina con la mirada y él exhibe una bonita sonrisa de circunstancia. Los dientes son diminutos, la luz de la infancia se refleja en sus ojos azules.

Cuando llega el turno del tipo vestido con mono, la chica con rastas que atiende el quiosco le hace un gesto, pero él se queda de piedra, le entra un sudor frío. Se da la vuelta para marcharse y ella le sonríe; después se encoge de hombros y le dice:

—Adiós.

Sin volverse siquiera, mientras se aleja de la cueva de la Medusa, el cazador de monstruos le responde con un susurro imperceptible:

—Hasta luego.

50.

La carretera ascendía serpenteando alrededor de la colina. Por encima de la cumbre boscosa destacaba la silueta de un enorme palacete de estilo colonial. Tres plantas de estucos blancos sobre un fondo amarillo claro, un enorme mirador octogonal y la torrecilla almenada le conferían un aire de mansión de otros tiempos. A dos kilómetros hacia el oeste resplandecía la delgada línea del mar.

Mancini aparcó el Mini, que mordió la gravilla. Bajó y cerró la portezuela, que resonó con un golpe seco en el jardín. No se veía a nadie y del césped se elevaban minúsculas partículas de bruma. El comisario se levantó el cuello de la gabardina y se dirigió a la entrada. Cuando el hombre de la recepción vio la placa, hizo un gesto de conformidad.

Mancini afrontó con paso decidido la escalinata que se abría en el vestíbulo delante del hueco del ascensor. Necesitaba respuestas, había perdido el rumbo y debía entregarse a la corriente del instinto. Ante la enorme cruz con el Cristo muerto y los jarrones de flores colocados a sus pies, notó un malestar que se transformó en conciencia de la sensación de vacío que lo colmaba.

Hacía mucho tiempo que Franco Mancini ya no estaba y la vida de su hijo, desde sus estudios hasta la profesión que ejercía, había sido una continua comparación con la figura del hombre al que su madre, tan distinta, había amado. Tanto que lo siguió a la tumba al cabo de seis meses. Ahora descansaban en el cementerio de Prima Porta, adonde Enrico llevaba un ramo de calas una vez al año, en su aniversario de boda. Hijo único, había quedado unido a los deseos y a las esperanzas de sus padres como su única herencia. Sentía que no había traicionado a ninguno de los dos, secundando los deseos de ella, que lo quería con carrera, y los de su padre, que confiaba en llegar a verlo como funcionario de policía. Desde que Marisa había abandonado también esta vida, Enrico se preguntaba, sin miedo, si también a él le ocurriría lo mismo. Si él también se reuniría pronto con ella, tal como su madre había hecho con su padre. Pero el final no llegaba y él necesitaba respuestas. No le quedaba otro camino que recobrar el valor para mirarse al espejo.

Villa Cesira era un hospital particular. Porque sus habitaciones no las ocupaban personas como las demás. No se parecía en nada a los manicomios para criminales de otros tiempos, esos que en su edulcorada definición burocrática fueron, al principio, hospitales psiquiátricos judiciales y, más tarde, residencias para la ejecución de medidas de seguridad sanitaria. En Italia sobrevivían aún siete, pero en los últimos años el sector privado había olido el negocio e incluso Villa Cesira había adquirido el perfil de una casa de cura, a pesar de que su personal fuera el mismo de la gestión precedente, ahora a medio camino entre el consultorio público y el capital privado.

Cada nivel correspondía a un departamento y cada planta tenía las habitaciones numeradas de la 1 a la 7. En la primera, el color de las paredes era el verde y el olor a desinfectante se mezclaba con el de un ambientador de pino. Allí se encontraban los detenidos en régimen de custodia cautelar, sometidos a exámenes psiquiátricos y a medidas de seguridad provisionales. La segunda era la planta azul. Había hombres y mujeres que padecían trastornos mentales o discapacidad psíquica, y presos socialmente peligrosos. El olor más común recordaba el del salitre.

Enrico llegó a la tercera planta, al cabo de setenta y cuatro escalones, jadeando y con una ligera molestia en las pantorrillas. El pasillo en el que se encontraba se hallaba en penumbra, en comparación con la intensa luz de las otras dos plantas. Se extendía a derecha e izquierda unos treinta metros. Había siete habitaciones, cerradas por puertas blindadas. El color violeta reinaba por todas partes y un tenue aroma a lavanda invadía los cuartos de los pacientes: eran psicóticos peligrosos culpables de graves delitos contra las personas. Se asomó a la sala del jefe de planta, estaba vacía. Avanzó hacia la izquierda y se detuvo delante de la tercera puerta, que tenía el número 5 encima del marco. Echó un vistazo dentro por el ventanuco. Enfrente, una persiana echada a medias dejaba entrar una luz difuminada; a la derecha había una cama en torno a la cual una enfermera cambiaba a un paciente del que Mancini solo divisó su densa cabellera. Apartó los ojos del cristal y apoyó la espalda en la pared al lado de la puerta para respirar. La jefa de sala salió del baño al final del pasillo, lo observó y entró en su cuarto. Mancini se secó la frente empapada en sudor, que, así lo decidió, era fruto de su escalada hasta allí.

La puerta se abrió, él se echó hacia atrás y extrajo del bolsillo la placa; después hizo un gesto hacia el interior de la habitación. La mujer, con un orinal en la mano, asintió y la dejó abierta. El comisario sujetó la puerta que se cerraba con la mano de la placa mientras se pasaba la otra por la nuca húmeda.

Después entró.

La silla de ruedas se hallaba delante de la ventana abierta de par en par. En el jardín, el frío generaba una neblina que hacía del césped una alfombra espectral.

—¿Le recuerda a algo, comisario?

La voz gutural provenía del hombre que se encontraba de espaldas. Permanecía inmóvil y miraba hacia fuera. Mancini cerró la puerta tras de sí y dio un paso. Luego, se detuvo. No había más sillas allí dentro. Nada de visitas. Ninguna. Giró la cabeza hacia la cama: en la mesilla había dos libros, una botella de plástico sin tapón y una caja de música con una figurita danzante.

—Me refiero a la neblina —prosiguió el recluso sin darse la vuelta.

Tenía las manos apoyadas en los brazos de la silla, tan quietas que no parecían de verdad. Solo las marcas que había dejado el fuego confirmaban que eran de carne y hueso.

El hombre de la silla entreabrió los ojos y, por un instante, Mancini creyó oír el ruido de los párpados sobre el húmedo velo del iris.

El comisario se desabrochó el cuello de la camisa. Seguía sudando.

—¿Qué tal estás, Oscar?

51.

Roma, Monteverde

Giulia Foderà estaba sumida en la penumbra de una habitación de la primera planta de un chalecito de Monteverde. Se encontraba en casa de su madre, donde de vez en cuando se refugiaba, sobre todo cuando la mujer se hallaba fuera, en uno de sus viajes alrededor del mundo. Después de su divorcio, sus padres se habían perdido de vista. Al principio, Giulia se había preguntado por qué una pareja que había resistido criando a una hija, afrontando con brillantez sus respectivas carreras —él, abogado penalista del foro romano; ella, propietaria de una tienda de alta costura en el barrio— y sobreviviendo a varias infidelidades recíprocas, había cedido al final. Más tarde acabó comprendiéndolo: el hastío, el miedo al vacío que los había embargado al jubilarse. Su padre vivía desde hacía años en una villa en Olgiata y su madre se había quedado con ese chalecito en via Ugo Bassi, en un barrio, Monteverde, que a Giulia le gustaba más que el de Trastevere, donde vivía con su hijo. Aquella tarde Marco tenía clase de música y volvería a última hora con la cuidadora.

Giulia había entornado las contraventanas para que sus ojos hinchados descansaran y para intentar dejar de pensar en cuanto había ocurrido. Aquel remolino de imágenes, sin embargo, no le daba tregua y ella procuraba aislarlas para analizarlas, como tenía por costumbre ante cada problema. El dolor y los remordimientos que sentía habían alzado la voz y ocupaban la escena. ¿Era ella la causa de que Carlo Biga se hallara en una cama de hospital casi sin esperanzas? ¿Era culpa suya si Enrico lo había dejado a merced del Escul-

269

tor para reunirse con ella? Y, por último, la pregunta más dolorosa: ¿debía culparse del alejamiento de Enrico y de que ahora hubiera desaparecido?

Había vuelto a casa de su madre también, o mejor dicho, *sobre todo,* por algo que ahora le parecía una estupidez. Echaba de menos su aroma. El olor exacto de aquella casa que, con el paso de los años, seguía siendo idéntico, como un viejo inquilino. Claro está, en el último periodo se habían sumado la naftalina en el armario de la ropa de invierno y un ambientador indio de jazmín, al que su madre se había aficionado tras habérselo traído de sus últimas vacaciones. Sin embargo, en su pequeño cuarto —el de su infancia y adolescencia, el que había cambiado en torno a ella, junto con ella, del rosa al rojo en las paredes, el de la litera donde jugaba sola a que era Jane, a la espera de un hermanito que no llegaría jamás—, en la cama individual con la colcha bordada, se conservaba aún ese aroma infantil, las sábanas que olían a detergente, la moqueta clara y el pelo de la muñeca que olía a tarta.

Entre esas paredes, Giulia era capaz de materializar sus sensaciones más íntimas, dando vida a recuerdos lejanísimos y desencadenando una apacible nostalgia en la que le encantaba extraviarse. Los lápices de cera, los rotuladores y las manos llenas de pintura en la mesa de la cocina, donde su madre le preparaba su «caballo de batalla», el filete de carne a la plancha. Y, además, el aroma a fresa de su cuaderno preferido y el de los libros nuevos el primer día de colegio. Esta vez, la sutil melancolía que había ido a buscar y los recuerdos que quería revivir no eran los de siempre. Tomó aire para buscar la levedad de esa infancia, de esos años desvaídos, sin conseguirlo. Esa ingravidez no existía, nunca había existido, salvo en la perspectiva de la memoria.

Ahora, aquellas claves emocionales se veían sustituidas por el intenso olor de dos cuerpos adultos. Giró la cabeza sobre la almohada y sumergió la nariz en la funda. Lo vio de nuevo, pegado a su cuerpo como una serpiente que devora a su presa resignada. Voraz y dulcísimo, como ninguno antes que él. La idea de que aquella habría sido la última vez le quebró el aliento y las mejillas se elevaron listas para recibir las enésimas lágrimas de esos días. El recuerdo fresco de esos ojos perdidos en los suyos, ojos heridos, de un niño extraviado y, a ratos, de un hombre salvaje. Hubiera querido perderse dentro de esas ascuas, saborear su tibieza. Los iris engarzados en dos hendiduras que, desde la nariz recta, subían hacia las sienes, parecidas a las de un felino, pero más grandes, y relucientes como el ónix. Le había mordido la boca, devorándosela, y le había susurrado palabras punzantes como agujas que se le habían clavado en las venas.

El frío repentino que la había sorprendido en el sueño, cuando él la había dejado dormida, acunada por el abrazo del edredón, era idéntico a la impresión que Giulia había percibido cuando había vuelto a verlo en casa del profesor. Al abrazarlo, frente al cuerpo casi exánime del profesor, había notado una frialdad que esperaba hubiese desaparecido. Un velo sutil, pero resistente, los separaba en ese abrazo, una película invisible a la mirada, hecha de hielo. Una sensación de malestar, al principio, y de ser acusada, de forma tácita, después. Porque Enrico no se lo había dicho en ningún momento: *Me has alejado de él. Tú tienes la culpa.*

¿Adónde había ido a parar el calor vital de aquella noche, la energía palpitante que la había despertado de la modorra a la que se había condenado? No quería creer que la hubiera usado, no después de aquello por lo que él había pasado. No podía ser solo un desahogo, un capricho. No, él no era así, y todo lo que había ocurrido en esos meses —las citas a escondidas de los compañeros, el sonrojo de un primer beso que escapó al control de la severidad de Enrico, justo en el banco de debajo de esa casa, como dos chiquillos, el pub de Montesacro donde se vio obligada a entrar para verlo beber horas y horas— no podía ser casualidad. Pero ¿dónde se encontraba entonces el hombre del que se había enamorado y a cuyo fantasma era incapaz de sustraerse? De repente, su vida hasta ese momento le pareció insípida, una línea constelada de puntitos insignificantes: sus estudios, su carrera en la fiscalía, su exnovio. Todo, excepto Marco, representaba una enorme farsa. ¿Y ella? No había hecho más que fingir, más que vivir para los demás, para lo que se esperaba de ella, para no desilusionar ni a su madre ni a su padre, para contentar al hombre que acabó abandonándola, para no ser menos que sus colegas, para que no le faltara de nada a su hijo. Ahora, tumbada sobre la manta de su antigua habitación, se sentía cansada y pesada, como si su cuerpo se estuviera hundiendo en esas viejas colchas, aplastado por el peso de las expectativas, de los deberes, del pasado.

Todo le parecía disiparse en una niebla de recuerdos de la que emergían, confusos, los olores de un mundo desaparecido junto con su juventud. No tardarían mucho esos recuerdos en pulverizarse también.

Se incorporó y abrazó la almohada para librarse de aquella sensación de vacío e incertidumbre. Se levantó de la cama y se dirigió a la balda rosa que había al lado de la ventana, justo encima del escritorio del mismo color. Dejó que su fina mano se deslizara en la cestita de mimbre. Y lo encontró enseguida.

Con el asombro en los labios, Giulia recuperó su diario de quinto de primaria. Era rosa, los últimos melindres de una infancia cercana a su final, pensó, con un espejito en forma de corazón en el centro de la cubierta. Se sentó en la silla y encendió la lamparita en forma de flor. Sabía por qué había ido a buscarlo, pero quería una constatación. Lo abrió en la página con los datos de la propietaria y no pudo evitar sonreír ante la escritura, incierta aún, en busca de la inclinación exacta, de la rotunda seguridad del trazo, que acabaría alcanzando, lo recordaba a la perfección, bastante después de acabar el instituto.

Debajo de la dirección de su casa, del nombre de su animal doméstico, el gato Zanna, y su *hobby*, escribir, aparecía la firma de su padre: Marco Foderà. No era algo oficial, para los profesores o el director. No. Justo encima de la firma, en efecto, se encontraban las palabras que Giulia estaba buscando.

Lee, estudia, aprende. Sé fuerte y libre.

Y que las riendas de tu vida estén siempre en tus manos, cariño mío.

Había mantenido esa promesa que había hecho a su padre. Siempre había sido fuerte y libre, con las riendas de su vida bien sujetas. Y así sería esta vez también. Detestaba esa imagen de sí misma, frágil, que había adoptado y en la que se debatía. No volvería a tolerar más momentos de desánimo.

Y recuperaría lo que, por derecho, le correspondía.

52.

El hombre que meses atrás había asesinado brutalmente a seis personas, siguiendo un plan criminal propio, levantó una mano que mostró una piel apergaminada. Después la reclinó en el reposabrazos.

—Lo único que quiero es que pase lo más rápido posible.

—¿El dolor?

—No. De eso se encargan los fármacos.

Hizo un gesto con la cabeza señalando la cama. El gotero con los analgésicos lo aguardaba para una terapia que proseguiría durante toda su vida.

—Si te refieres al tiempo... Te quedarás aquí para siempre.

—Lo único que quiero es que esta vida pase rápido.

Los cuatro ojos estaban clavados en el mismo punto fuera de la ventana. El viento había empezado a soplar y los eucaliptos se veían sacudidos por vigorosas ráfagas que doblaban sus copas. Por detrás de ellas, la accidentada línea de los Apeninos parecía el bosquejo desvaído de un paisajista sobre el que una enorme ave rapaz cabalgaba la ola de aire como un surfista. De vez en cuando lanzaba ojeadas hacia abajo, moviendo la cabeza a tirones como si tratara de separarla del cuerpo. De repente, cerró las alas y se dejó caer en picado, atraída por el incauto movimiento de algún animal.

Cuando desapareció entre el follaje de un pino, Oscar concluyó con la voz rota:

—Mi vida.

Mancini dio un paso hacia delante y se colocó al lado del hombre de la silla, que no se movió. Tenía la cabeza moteada de calvas que el pelo largo no conseguía tapar del todo. La nariz había desaparecido y la piel del rostro era de un intenso color rosa.

—Usted me traicionó, comisario Mancini. Yo le había escogido a usted, pero usted me traicionó. Mi testigo traicionó mi gran acto de justicia.

El rostro se giró y los ojos encogidos entre párpados sin pestañas lo buscaron. También las cejas habían quedado reducidas a dos hebras. De pronto Mancini volvió a verlo delante, afeitado, y el otro pareció adivinarle el pensamiento.

—No es lo mismo.

El asesino movía los labios como si fueran cáscaras de una nuez seca, con las manos como hojas amarillentas y la cara como un enorme molusco reseco. Por primera vez desde lo sucedido, Mancini sintió una dentellada de responsabilidad. Se sintió responsable por haberlo salvado de aquel maldito sótano en llamas. Paradójicamente culpable de haberle evitado una muerte horrible al condenarle a una salvación que lo había dejado reducido a... aquella cosa perdida dentro de quién sabe cuánto sufrimiento.

Dios santo, ¿por qué estaba ahí?

Una vez más sus pensamientos parecieron cruzar el aire que los separaba.

—Comisario, dígame para qué ha venido.

Como un resoplido, inesperado para ambos, se le escapó la respuesta:

—Porque he sentido miedo.

El sol caía indolente entre el follaje y el relieve lejano. El amarillo se había vuelto anaranjado y también el ave rapaz había regresado a su nido en la roca.

—Me lo imaginaba.

Mancini intentó sonreír, pero las dos palabras se asomaron sin vigor:

—¿Por qué?

Los ojos del asesino en serie conocido como la Sombra se inclinaron despacio hacia su izquierda. Como un chiquillo pillado en falta, el comisario escondió a toda prisa las manos detrás de la espalda, con un gesto tan instintivo como vergonzoso. Los guantes de Marisa cubrían de nuevo las manos de Enrico Mancini.

—Ya sé que las sesiones con los psiquiatras van bien —cambió de asunto el policía, que se debatía entre el deseo de demostrarle (sí, de demostrar nada menos que a ese hombre) que él ahora era distinto y la conciencia de que el nuevo contacto con la piel muerta de los guantes le hacía sentirse bien, protegido.

—Pues sí, parece que se lo están pensando y podría bajar pronto a alguna de las plantas. Donde se encuentran los «huéspedes no peligrosos».

—La psiquiatra dice que a un asesino en serie que habla de sí mismo con tal pericia psicológica, tan consciente de lo que ha hecho, nunca se le ocurriría pedir la libertad condicional.

—No lo haré, comisario.

—Ya sabes que no saldrás de aquí.

—Sé que el tiempo y el espacio empiezan y acaban para mí aquí dentro. Pero no me importa, no quiero volver al mundo. Tal vez me dejen salir a pasear, acaso vigilado. Eso es, me gustaría ir allí —dijo señalando un lugar del jardín.

Había un canal que cruzaba el camino de gravilla y desaparecía en la espesura del bosque. A lo lejos, ese curso de agua sucia desembocaba en el azul oscuro del mar Tirreno. También la casa de Oscar se hallaba cerca de la costa, y con un vuelco del corazón, un sorprendido Mancini se descubrió lamentando que aquel asesino no pudiera volver a ver el mar o ir a depositar, quizá, una flor en la tumba de su madre, enterrada en el jardín de casa.

—¿La sigue oyendo?

Mancini se había perdido entre las nieblas de esos recuerdos.

—¿El qué?

—Su voz.

El comisario inclinó la cabeza para observar al hombre a su derecha. Su silueta parecía fundida con la silla.

—¿La sigue oyendo? —volvió a decir.

—La he olvidado.

—Ella también, entonces.

La herida volvió a arderle, la cicatriz de la memoria destilaba un dolor consciente, pero inconfesable hasta ese momento. Aquí está, pensó Enrico, el efecto espejo por el que había venido. Heme aquí solo frente al miedo. Después dejó que las palabras fluyeran por sí solas:

—No quiero, yo... no quiero que se vaya, no puedo, no debo olvidar nada de ella.

En cambio, ocurría exactamente lo contrario, la vida era más fuerte y, como una perra con una escoba atada a la cola, borraba las huellas de los pasos que daba.

—La busco, a veces, en lo más hondo de la memoria. Pero no es más que un eco lejano, una impresión de la que no estoy muy seguro.

Oscar se humedeció los labios secos y tosió.

—Lo primero que desaparece de la memoria son los sonidos, el timbre de las voces que ya no escuchamos. Quedan los olores, las figuras en movimiento, pero si miro una foto suya parece como si la mujer que tengo en la memoria, en mi corazón, no coincidiera con esa imagen.

Una hilera de lámparas de suelo redondas se encendió con un repiqueteo abajo en el jardín. Al cabo de media hora, todos los huéspedes del complejo tendrían que apagar la luz de sus habitaciones. El cielo no se había oscurecido aún y la brisa había dejado de agitar el alargado follaje de los eucaliptos.

—Se dice que las personas que desaparecen permanecen con nosotros, que viven en una dimensión contigua a la nuestra, invisibles, pero presentes. En este lugar sin esperanza yo he tenido la oportunidad de descubrir que no es así. La verdad es que cuando alguien se nos va, cuando lo perdemos para siempre, sea la peor de las muertes o un accidente trivial lo que nos lo arrebate, aquí dentro —se llevó el puño al esternón— se forma un vacío. Y a medida que seguimos hacia delante, ese espacio se dilata y parece como si se llenara. De fantasmas. Fantasmas que nos habitan. Y que nos hablan, comisario, de un pasado en el que estaban hechos de carne. Nos hablan y sus palabras producen ecos que quedan flotando en nuestro interior.

Oscar acercó la otra mano al pecho y con un gesto simuló una burbuja que se hincha. Cuando las lágrimas llenaron también el vacío de sus ojos, prosiguió:

—Todos nosotros, comisario, vivimos la vida como una respuesta a esas palabras, todos vivimos para alejarnos de esos espectros, de sus incesantes voces. O bien para perseguir sus recuerdos.

Se echó a reír, de repente, con fuerza, y Mancini reconoció la voz enloquecida de dolor en aquella invocación maldita contra el cielo.

Después se apagó.

Y volvió el silencio.

Oscar se movió para mirar la foto del marco que había en la segunda mesilla al lado de la cama. Lo hizo con gran esfuerzo y le costó dos fuertes ataques de tos. En la superficie blanca, Mancini divisó el rostro de una mujer de unos treinta años. Sonreía con el rostro suave bajo una cascada de cabellos castaños, con los ojos marrones veteados de verde.

—Es la única foto que tengo, comisario. Yo no puedo salir de aquí, pero si usted, o alguien, pudiera hacerlo en mi lugar... Si pudieran traerme algunas de las cosas que se llevaron de mi casa...

Algo lejano, en la línea del mar, y una lágrima mojaron el dorso de la mano de Oscar.

—Se lo ruego, comisario.

El tono de su voz era el de un niño que implora a su madre una caricia, un gesto de afecto. En esos ojos se reflejaba el último suspiro del sol, casi a punto de ponerse, el reflejo de un mundo que declinaba inexorable, el naranja que se diluía en el marrón.

—Te lo prometo.

Los ojos, inexpresivos a causa de las quemaduras, brillaron con una fortísima intensidad. Tosió con fuerza, después lanzó un suspiro y se secó la frente sudada. Hizo un gesto para que lo acercara a la cama y Mancini le obedeció, aunque con dificultades en la maniobra con la silla de ruedas. Oscar sacó del cajón un botecito y engulló dos cápsulas, sin agua.

—Veo que tienen un problema —continuó, señalando el televisor.

En la pequeña pantalla se sucedían las imágenes del barrio de Montesacro y del palacete del profesor Biga, encuadrado desde el exterior. Durante unos segundos, el comisario se quedó mirando la verja familiar de aquella casa; después empezó a leer las noticias que avanzaban superpuestas. Hablaban de la última obra del Escultor, mientras el rostro del profesor aparecía en el lado izquierdo de la imagen.

—¿Ha muerto?

—Todavía no —la respuesta llegó sin ningún matiz de afecto o de piedad.

—Tiene que encontrarlo, comisario. Como hizo conmigo.

—Sabes que no fue así.

—¿Por qué ha venido? ¿Por qué no está ahí fuera, persiguiéndolo?

—Ya te he contestado, Oscar.

El miedo lo tenía bloqueado. El miedo a fracasar, a no ser ya el que era. Lo imponderable lo confundía, sustrayéndole parámetros, puntos de referencia a los que aferrarse para saber quién era y qué era capaz aún de hacer. En la vida, como hombre, en su trabajo, para salvar a personas y entregar a los criminales a la justicia. Era la segunda vez que le ocurría: perder todo aquello sobre lo que había edificado sus certezas. Justo mientras se recuperaba de su primera y dramática derrota había llegado el segundo golpe.

—Contigo fracasé. No quiero que vuelva a ocurrir.

—Debe salvarlos.

—No estás en la mejor posición para decírmelo.

Oscar se apoyó con los codos en los brazos de la silla y se inclinó levantando la voz:

—Yo nunca busqué venganza, comisario. Lo mío fue un acto de justicia para con mi madre, y usted, comisario, inte-

rrumpió ese acto salvándome la vida y condenándome...
—se miró las palmas de las manos, las líneas devoradas por
el fuego—... a esto. ¡Yo tenía que morir! Y usted habría debido ser el hombre adecuado. Ahora le toca salvarlos.

—Yo no puedo salvar a nadie. Y tiene razón, tampoco debí salvarte a ti.

Su primer fracaso se encontraba precisamente allí, en aquella silla de ruedas, recordándoselo.

En la pantalla continuaban pasando las fotos de las víctimas de los tres primeros homicidios rituales. Sus cuerpos aparecían colocados en sus artísticas posturas. La prensa había llegado al núcleo de las investigaciones y ahora se disponía a despedazar a todo el mundo, empezando por el superintendente.

—Tiene que detener a ese hombre. Él no es como yo. No busca justicia, ni tampoco venganza.

—Él también, igual que tú, nos cuenta una historia. La suya.

Oscar lo observó y meneó su cabeza moteada, esbozando una sonrisa que no tardó en transformarse en mueca.

—No, comisario. Él no está contando su historia, sino su propio cuento de hadas. Persigue sus miedos. Y mata a sus fantasmas.

53.

Roma, cárcel de Regina Coeli

En 1880, un antiguo convento de monjas fue reconvertido en la cárcel de Regina Coeli. Frente al puente Mazzini, en el número 29 de via della Lungara, bajo el nivel del suelo del paseo a orillas del Tíber, se halla el portal de la cárcel. Y para acceder hay que subir tres escalones de mármol. Hubo un tiempo en que solo quien los recorría y entraba en la cárcel como detenido podía vanagloriarse de ser un auténtico romano.

Sobre la colina del Gianicolo, en la que se aloja el faro blanco, existe un balcón que dista escasas decenas de metros de las celdas de la esquina de la cárcel. Desde allí, los detenidos se comunicaban con sus parientes tras recurrir a los servicios de los «gritones», individuos que, a cambio de unas monedas, prestaban sus potentes gargantas para servir de voceros.

Nada más cruzar el arco que llevaba a la rotonda, la primera de las alas octogonales, los gritos de los detenidos ahogaron la conversación entre Walter y el director. Cada vez que entraba en esa cárcel, Comello se ponía su máscara de hombre de piedra y daba las gracias a sus padres por haberlo hecho robusto. Sus artes marciales no le servirían de mucho allí, reflexionaba. Celdas, altillos, galerías y redes extendidas, guardias que subían y bajaban como si fueran alcaides medievales, con gruesas llaves en la cintura. El olor a comida humeaba en los carritos. Y los gritos, siempre los gritos.

—En los últimos años ha aumentado la presencia de detenidos extranjeros en todas las cárceles italianas. Ya son casi veinte mil. Y luego pasa lo que pasa.

El director, un joven toscano con gesto preocupado, se refería a una pelea con palos y banquetas entre dos grupos de encarcelados.

—Diez albaneses contra siete sudamericanos; los agentes se las vieron y se las desearon para apaciguar la refriega y uno de ellos acabó en la enfermería.

Comello, que conocía bien a los carceleros de Regina Coeli, asintió sin entusiasmo.

El inspector se hallaba en la sala de visitas desde hacía veinte minutos. Encima de la mesa había una hoja de papel y un sobre iluminados por un viejo flexo. Las paredes de la desnuda habitación mostraban amplias manchas de enlucido desconchado. Los barrotes de las dos ventanas cuadradas parecían ser sólidos y muy frágiles al mismo tiempo, pues, aunque eran gruesos, estaban oxidados.

Dos carceleros entraron sin llamar. Ambos llevaban el pelo rapado al cero: el más joven, delgado y sin barba; el otro, grueso y achaparrado con una esvástica tatuada en el cuello y una incipiente barbita rubia. Acompañaban a un detenido, a quien habían ido a buscar a su lugar de trabajo. Ciento sesenta personas se turnaban cada día, repartiéndose las tareas en las oficinas, en la carpintería, en la imprenta, en la lavandería, en la cocina y en una sala que albergaba los servicios de limpieza de la cárcel. El detenido, que rondaba los sesenta años, trabajaba en el taller textil.

Cuando Comello vio que tenía un aspecto inofensivo, hizo un gesto a los funcionarios para que se fueran. Tenía un rostro inteligente. Los ojos avispados bajo las gruesas lentes arañadas eran oscuros. Llevaba un mono y una sudadera con capucha.

—Buenos días, señor —dijo el hombre.

Walter le estrechó la mano y le indicó con un gesto que se sentara; después empezó a leer su ficha. Luigi Delgatto había ido a parar a la cárcel por estafa agravada en perjuicio del Estado y le quedaban tres años por cumplir. Su salud, considerando la tos que lo había acompañado desde que ingresó en prisión, no prometía nada bueno. Y, además, el hecho de que fuera el jefe del recién creado SDCI, sindicato de detenidos de las cárceles italianas, no le granjeaba la amistad de nadie allí dentro.

—Para no perder el tiempo, voy a ir enseguida al grano —dijo Comello.

—¿Me ha traído un regalito? —bromeó el otro.

Comello sacó del chaquetón de piel un bloc de espiral del que retiró un bolígrafo. Después abrió el sobre en la mesa y extrajo una bolsita más pequeña de plástico transparente.

—Quiero saber qué es esto y dónde lo han hecho.

Dentro de la bolsa había un pedazo de cuerda de unos noventa centímetros, enrollada. Mostraba señales de desgaste y manchas oscuras de sangre coagulada.

—¿Puedo verla? —preguntó Delgatto señalándola.

Walter asintió y le pasó un par de guantes de látex.

—Ponte esto.

El preso dejó caer la cuerda sobre la mesa.

—Me pide algo muy difícil, señor. Hoy los chinos imitan incluso la seda.

Delgatto se rio, y su voz rotunda, exagerada respecto al cuerpecillo del que había salido, llenó de alborozo el espacio que rodeaban las paredes.

Apartó el flexo, cogió entre las manos la cuerda y la examinó acercándosela a las gafas. La palpó entre los pulgares, desgranando su urdimbre.

—Es lana blanca, aunque bastante vieja; tiene una decena de años por lo menos, diría yo. A ojo de buen cubero, proviene de Umbría.

Acercó un cabo a la nariz e inspiró, luego sacó la punta de la lengua y chupó el trozo de cuerda. Se quedó pensativo.

—Hace tiempo, había docenas de artesanos que confeccionaban hábitos franciscanos y sus cíngulos. Sobre todo en Asís, por supuesto.

Walter asintió, fingiendo que había entendido la referencia.

—¿Por qué estás tan seguro de que se trata de un...?, ¿cómo lo has llamado?, ¿... cíngulo franciscano?

—Un cíngulo, sí. Se trata del símbolo de la represión de las pasiones y de una vida sencilla y virtuosa; es el cordón que llevan alrededor de la cintura los frailes franciscanos. Los cordones están hechos de algodón o, como este, de lana blanca, y la peculiaridad de la orden consiste en la textura, en la urdimbre hecha a mano. Tienen tres hilos principales que se bifurcan y enlazan con tres más, y estos, a su vez, con otros tres.

—Debido a la Trinidad —añadió Comello, satisfecho—. De modo que crees que quizá provenga de Asís.

—Sí, pero tengo que añadir que hoy se puede enviar por mensajero cualquier cosa y nos encontramos a dos pasos del Vaticano. Si no me equivoco, en via della Stazione di San Pietro existe una tienda que vende esa clase de artículos religiosos. Haría bien en acercarse allí para preguntar qué mayorista proporciona este material a los franciscanos y con qué talleres trabaja.

El inspector lo había escrito todo. Y empujado por el sentido de la justicia que lo impulsaba, considerando el servicio que acababa de prestarle, se acercó a Luigi Delgatto y le dijo:

—¿Te hace falta algo?

—Somos demasiados aquí dentro, señor.

Aquella forma, irónica y respetuosa a la vez, de dirigirse a la policía, enfadó a Walter.

—No vuelvas a llamarme «señor». ¿Te queda claro? Si no, te vuelves a tu celda y santas pascuas.

—Clarísimo.

De repente, a Luigi Delgatto se le ensombreció el rostro, que perdió la luz afable que lo había iluminado hasta ese momento.

—Hace frío, inspector. Mi celda se encuentra en la segunda rotonda, una especie de encrucijada de todas las corrientes de aire de la cárcel. Y ese olor, ¿no lo nota? Es el de una humedad con muchos siglos. Yo la tengo metida en los pulmones, en los huesos, en todas partes.

—¿Te hace falta algo? —repitió Comello.

—Este sitio te roba la vida, te anula el alma —tosió con fuerza—. Y estoy hasta los cojones de ver el sol a cuadros. No quiero morirme aquí dentro.

Walter cogió la ficha en la mano: le quedaban tres años de condena. En la columna de al lado podía leerse: libertad condicional en estudio por buena conducta. Y el nombre del fiscal que se ocupaba de su caso.

—De acuerdo. Lo intentaré.

Salió y dejó a sus espaldas esos muros embebidos de un mal antiguo, un lugar que revelaba los principios de una psicología superada, edificada sobre la humillación, la soledad y la aniquilación del alma humana.

En el destacamento de Montesacro lo esperaban Antonio, Caterina y Alexandra. Walter los hizo entrar en el despacho del comisario Mancini, donde él tenía su escritorio. Con un café en la mano, les contó su excursión a Regina Coeli y su visita a la tienda de artículos religiosos, donde la dueña, atemorizada desde el principio por las preguntas y por la placa del policía, le había explicado que solo quedaba un artesano que aún fabricara a mano los cordones para los hábitos de los franciscanos. Los demás se valían de técnicas industriales y empleaban sobre todo algodón. Ese taller se hallaba en Asís, trabajaba la cuerda de lana con instrumentos antiguos y confeccionaba cíngulos de hasta seis metros que luego cortaban las hábiles manos de los propios frailes, que sacaban de ellas hasta cuatro trozos.

—Aunque lo más interesante es que he llamado a ese taller de Asís y he hablado con el dueño. Hijo, nieto y bisnieto de una familia de artesanos textiles que trabaja desde siempre con numerosas órdenes religiosas de toda Italia. Se han puesto al día y ahora disponen incluso de una página web con la que venden en todo el mundo.

—Y eso lo complica todo, ¿verdad? —preguntó Alexandra, mirando a su alrededor insegura.

—Podría complicarlo, de no ser porque he mandado en un correo a nuestro amigo de Asís una foto de la cuerda con la que el Escultor ató al profesor Biga.

—¡Eres un genio, Walter! —Rocchi se dio una palmada en el muslo.

—He hecho algo mejor. Le he enviado también las fotos de los trozos de cuerda empleados con las otras víctimas. Aparte de la del Laocoonte, que, como descubrimos, fue robada en el almacén de la zona de los elefantes del zoo.

Walter prosiguió leyendo el correo de respuesta en el móvil:

—«Todos los trozos de cuerda forman parte de un lote que mi padre vendió sin intermediarios a un convento de Terni hace una docena de años».

—Pero ¿por qué seguimos investigando de esta manera casi... clandestina? —le interrumpió Alexandra en tono resentido y duro—. ¿No deberíamos parar y dejar la iniciativa al superintendente, dado que el comisario Mancini se ha retirado?

—Pero ¿qué dices? —saltó Caterina—. No tardará en volver, y debemos estar listos.

—No podemos quedarnos atrás —confirmó Antonio—. A propósito —carraspeó para intentar eliminar toda huella de incertidumbre de su voz—, Alexandra y yo tenemos que ir al Hospital San Camillo. Parece ser que el guarda de la galería Borghese ha despertado del coma y se halla en condiciones de hablar. Tengo un par de amigos que trabajan en la sección de reanimación; intentaremos charlar con él sobre el Laocoonte y sobre lo que vio la noche de la agresión.

—Estupendo, id enseguida —ordenó Walter. Después se volvió hacia Caterina—. ¿Dónde está el comisario?

Hasta ese momento había asumido el papel de líder de la manada, olvidándose de los demás.

—Tal vez se haya quedado en el hospital —dijo ella.

—Prueba a llamarlo, Walter. Nosotros nos vamos —concluyó Antonio antes de salir.

Lo intentaron en su casa, después en el móvil, que estaba apagado, y por último en el hospital. La enfermera contestó que no sabían nada de él desde el día anterior.

Como último recurso, Caterina se decidió a llamar a Giulia Foderà. Ella tampoco sabía nada de Mancini. Sin embargo, Caterina percibió cierta inquietud en la voz de la fiscal, que hasta ese momento se había mantenido al margen de la investigación. Parecía insegura y confusa, aunque a esas alturas no quedaban ni tiempo ni espacio para la duda y la confusión. Debían encontrar a Mancini.

De inmediato.

54.

Roma, hidropuerto de Ostia

El hidropuerto de Ostia es la punta de un distrito municipal tan grande como una ciudad. En él viven unas doscientas mil personas. Asentamientos espontáneos de los muchos que, a partir de los años cincuenta, ya no encontraron sitio en Roma. Retazos de cabañas, barracas e infraviviendas resisten aplastadas entre el puerto turístico y el estuario. Entre esas casas húmedas y ruinosas, la progenie de esos romanos desubicados convive con distintos grupos de emigrantes. Más allá de la aglomeración de chabolas, una estrecha franja de arena y piedras.

Mancini bajó del coche y empezó a caminar sin meta, atraído por el olor salobre de aquel tramo de río-mar. Se hallaba en el extremo de la pequeña península: a sus espaldas, tugurios separados por muretes; a su alrededor, imparable, el chapoteo entre lo dulce y lo salado.

Solo aquí soy capaz de llorar.

Lo sobrecogió como un golpe por la espalda, duro, cobarde. Era el eco de una voz. Instintivamente, se llevó la mano al pecho, como había hecho Oscar poco antes, y el rastro de una hoja gélida lo atravesó... Enrico y Marisa estaban de pie, mientras el sol iba resbalando y presagiaba los silencios de la noche marina. ¿Por eso había conducido hasta allí? ¿Por eso había pasado por delante del pequeño campo de fútbol de Pasolini y había llegado hasta allí? No sabría decirlo. No podría decirlo. No quería confesarlo. Que tenía ganas, necesidad de abandonarse. De hacerlo sin frenos, pero solo frente al mar que tenía delante.

A aquella inmensa ventana que se asomaba al yo.

«¿Sabes que algún día renaceré?», le había dicho Marisa echando a correr hacia la orilla, dejando sus zapatos rojos en la arena seca a su lado. Fue poco antes de descubrirse mortal. Un mes antes del diagnóstico. Ahora aquel recuerdo solo le parecía un triste presentimiento.

«Ven aquí. Te vas a empapar», consiguió susurrar contra las olas sucias de espuma, mientras ella avanzaba hasta las rodillas, se daba la vuelta y le sonreía como se sonríe en el paraíso, había pensado él. ¿Con cuántas sonrisas se había topado desde entonces? De compasión, de amistad, de circunstancia, de dolor, cientos, miles, y ni una siquiera que recordara.

Mancini avanzó bajando desde la duna y se acercó al agua. Se quitó los botines y dio dos pasos despacio, mirando el mar bajo la línea del horizonte. El sucio violeta del ocaso se diluía en el anaranjado y lo atraía hacia sí. Hipnotizado por el chapoteo que acompañaba el ilusorio adiós del sol, Enrico se entregó al abrazo del mar azul cobalto. Un grupo de gaviotas flotaba en la superficie, sumergiéndose y emergiendo con los picos repletos de peces. A continuación emprendieron el vuelo todas juntas, alejándose a flor de agua. Siguió observándolas un rato, y cuando no fueron más que puntitos contra el fondo del cielo-mar, algo dentro de él se apagó.

Paseó sin rumbo durante un rato. No había nadie y la oscuridad asediaba el tenue resplandor de las farolas. Solo un viejo pescador, unos cincuenta metros más abajo, en la otra orilla, sostenía una gruesa caña de bambú. Parecía una estatua, dada su inmovilidad, a la espera.

En aquel punto, el canal apenas tenía un par de metros de profundidad y bajo las boyas se entreveía la salida de un colector que inyectaba agua caliente al fondo. A medio camino entre la superficie y el lecho, unas anguilas flotaban suspendidas en el aire líquido. Aguardaban en la oscuridad, con sus ojos inexpresivos, a que los pececillos atraídos por el flujo cálido se pusieran a tiro.

El comisario apoyó los codos en la barrera y se asomó para seguir los movimientos de las anguilas, el lugar donde el cebo las acechaba. Como dragones de papel, fluctuaban apremiadas por la corriente artificial. De vez en cuando, una se lanzaba hacia delante para engullir a las carpas. No tardarían en quedar saciadas de peces y en dejarse caer para descansar en el fondo; pero la avidez de una comida fácil las llevaría a concluir su ciclo vital. «Porque, Enrico, el animal en la cima de la cadena alimenticia de su hábitat no sabe que, fuera de ahí, él también se convierte en presa», le contaba su padre.

Una y otra vez, con una suerte de esperanza de que la respuesta pudiera variar, Enrico le preguntaba a su padre si el hombre constituía una excepción. La respuesta, al cabo de tantos años, se encontraba allí, a pocos metros. Incluso ese viejo, desde su posición privilegiada de observador-depredador, podía sufrir la inercia de esa ley natural. Oyó la voz de Franco Mancini, que repetía: «Es así para todos, Enrico. Todo depredador, antes o después, se transforma en presa. La única diferencia entre los animales y nosotros es que nosotros somos la presa del cazador más inexorable que existe: el propio hombre».

También el Escultor se parecía a esa anguila. Inconsciente, se movía como si careciera de visión de conjunto, como si viviera solo en su ambiente y no conociera otro, sin saber que sobre la superficie del agua había otro asesino al acecho. Aquel hombre, aquel simulacro de hombre, se sentía en la cumbre de la cadena alimenticia. El único animal sin depredadores naturales. Encerrado bajo el nivel del suelo, en sus madrigueras diseminadas quién sabe dónde, el asesino vivía en su mundo psíquico. Era eso lo que Carlo Biga le decía la noche de su último encuentro.

Las partículas de polvo se amasaban con la bruma que subía del canal y Mancini se sintió repentinamente separado de aquel mundo. Solo, encerrado en una caja hecha de tierra y de cielo. La realidad presionaba desde su interior y desgarraba los tejidos de los órganos en busca de un espacio que no quería concederle. A lo lejos, las crestas blancas de las olas seguían estrellándose contra la orilla. En el canal, una anguila picó en el anzuelo del viejo, que aferró la caña y empezó a luchar. ¿Tendría las suficientes fuerzas para levantarla? ¿O el animal acabaría rompiendo el sedal?

No había elección: una cosa o la otra.

55.

Roma, Hospital San Camillo

Antonio salió del taxi y mantuvo la portezuela abierta para Alexandra, que se lo agradeció con una sonrisa cómplice. No podía ser verdad, se repetía con cada gesto afectuoso que ella le regalaba.

La noche que habían pasado juntos conservaba el sabor de la ocasión, del escalofrío, de la aventura, pero a la mañana siguiente todo había sido distinto de lo habitual. Fuera consecuencia de la borrachera o de la hierba, sus veladas acababan de forma inevitable con un despertar traumático, con el desayuno y la huida de uno de los dos actores en escena, según quién fuera huésped de quién. Antonio no quería confesárselo a sí mismo y no quería, por encima de todo, dejarse arrastrar por aquel sentimiento espontáneo. Lo reprimía, convencido de que no resultaría inteligente dejar que estallara, como ocurriría si aflojaba los lazos del sentido común, y aguardaba a que Alexandra hiciera algo que revelase su auténtica naturaleza, algo que lo alejara o le hiciera desistir. Pero la realidad parecía esta vez distinta e incluso él empezaba a convencerse de ello. Era una mujer sencilla y muy dulce. Guapa y divertida.

Pagó al taxista y la alcanzó en la acera delante del San Camillo. Ella llevaba una capa color óxido sobre unos pantalones verdes, tenía el pelo radiante y despeinado, como siempre.

—¿Qué tal, Antonio? —le preguntó Andrea Rinoni, el ayudante de la unidad de cuidados intensivos.

—¿Por qué lo trajeron aquí? —Rocchi se refería al guarda de la galería Borghese, Bruno Calisi.

—En el Hospital Policlínico había una cola de narices en urgencias esa noche y nos lo mandaron para acá.

—¿Y cómo se encuentra?

—Le hicieron una brecha en el cráneo. Está en observación, pero se ha despertado y habla. No sé si se acordará mucho de lo que ocurrió. En mi opinión, ni siquiera sabe dónde estaba cuando perdió el conocimiento. Tiene una fuerte conmoción cerebral.

—¿Dices que ya habla? —preguntó Rocchi, mientras la profesora Nigro echaba una ojeada por detrás del cristal.

—Sí, pero frases sin sentido, eso es al menos lo que nos parece. Os dejo entrar ahora. Cinco minutos; después acaba mi turno y no podéis estar aquí sin mí. Ya sabes que tenemos reglas algo distintas al resto de los servicios.

—Claro —contestó Rocchi señalando el lavabo a Alexandra.

Se lavaron las manos hasta los codos y se colocaron guantes estériles y finas mascarillas que solo les tapaban la boca. Pusieron los móviles en modo silencio y entraron seguidos por la mirada del médico.

La maquinaria de mantenimiento de las constantes vitales del paciente hacía bastante ruido y Alexandra parecía impresionada mientras avanzaba hacia la cama.

—Buenos días, Bruno —dijo en voz baja Antonio, dejando medio metro de distancia respecto al borde de la cama.

El hombre acostado asintió. Tenía la cabeza vendada y la mandíbula tumefacta. La sobreceja izquierda estaba hinchada y era de un color negro amarillento.

Rocchi se volvió para señalar a Alexandra y le explicó:

—Hemos venido a hacerle algunas preguntas. Si se siente usted con fuerzas.

Bruno Calisi asintió otra vez y emitió un susurro que parecía un «sí».

—De aquella noche, cuando sufrió usted la agresión en la galería Borghese, ¿recuerda algo? —preguntó Antonio, mientras ella se apartaba.

El hombre dejó que su mirada saltara del uno a la otra y, después, la dirigió hacia las sábanas. El tictac de los aparatos llenaba la sala de ruidos eléctricos.

—Había oído un ruido. Subí a la sala de Psique —empezó a decir, con la garganta dolorida. Había estado entubado hasta la noche anterior, les había explicado Rinoni—. Y luego vi aquello en medio de la sala. Era horrible; pero no como esos...

Bruno Calisi se interrumpió y tosió, llevándose la mano a la garganta. Y también al pecho. Rocchi miró hacia el cristal, donde el médico que los observaba gesticuló para que continuara. Luego hizo una seña con tres dedos. Tres minutos más.

Sin embargo, cuando el guarda de la galería Borghese se recobró, tenía los ojos desorbitados. ¿Se estaría ahogando? Rocchi llamó a Rinoni, que entró rápidamente y puso una mano en el vientre de Bruno Calisi para tranquilizarlo mientras comprobaba sus constantes vitales en los monitores. No había nada anómalo. Sacó la linterna del bolsillo de la bata, la encendió y la dirigió hacia las pupilas del paciente. Estaban dilatadas y fijas en algo. El médico se apartó para seguir la dirección de la mirada. Pero ahí, de pie, delante de los ojos de Bruno Calisi, solo estaba Alexandra Nigro.

La enorme casa del profesor, rodeada de un jardín muy cuidado, tenía una fuente delante de la verja. El telefonillo de latón descansaba en la columna, tras la que empujaba el seto de boj.

El palacete se hallaba ahora vacío y las noticias que corrían por el barrio lo daban ya por muerto. Eran voces que afirmaban que Carlo Biga estaba en las últimas y recordaban al joven criminólogo que había dirigido las investigaciones sobre el asesino de prostitutas en Roma en los meses posteriores a la ley Merlin sobre el cierre de los prostíbulos. Las mismas voces sostenían que, en el mejor de los casos, el profesor quedaría en estado vegetativo.

La llave entró en la cerradura y dio cuatro vueltas. Cuando se abrió la puerta, Mancini pasó entre la maraña de cintas de la policía y entró. Por todas partes había señales del paso de la científica: etiquetas y manchas de polvo de aluminio para rastrear huellas dactilares en el suelo y en el sofá. No debía titubear, se limitaría a hacer aquello a lo que había venido. El diagnóstico seguía siendo reservado, pero, fuera cual fuere el dictamen para el profesor Biga —una vida rota o arruinada—, Enrico le debía por lo menos eso: completar el recorrido que juntos habían empezado.

Tenía una copia de todas las llaves de la casa del profesor, se las había dado él mismo al jubilarse, porque nunca se sabe, había rezongado, avergonzándose de ese gesto tan íntimo y elocuente.

Se acercó al pequeño escritorio donde habían empezado a esbozar el perfil psicológico del Escultor. Cargó con libros y cuadernos y se apresuró a marcharse. Cerró la puerta del palacete y se alejó mientras se preguntaba si volvería a entrar allí con su maestro.

56.

Roma, Montesacro

La cavidad del cuello se llenó con la mandíbula hirsuta de Enrico. La barbilla se adhirió a la curva y la arañó, deslizándose hacia el hombro de Giulia. El aroma a cereza se mezclaba con el sudor áspero del hombre. Los pómulos se rozaron mientras los párpados cedían bajo el peso de un deseo reprimido. Una vez que el telón cayó sobre la vista, el tacto y el olfato amplificaron su radio de acción. Una mano se levantó para acariciar el cuello, la otra se demoraba en la cadera descubierta de ella.

Después el sueño de Enrico cambió. La mezcla de olores se volvió ácida, pero conservó una nota dulzona. La piel que acariciaba —los brazos, los pechos, las caderas— parecía seca y rugosa. El sabor de esa mujer era algo muy distinto. Aquellos ojos increíbles, hermosísimos hasta un momento antes, le provocaron un sobresalto. De repente, las cuencas se habían vaciado y en su lugar lo miraban dos pozos negros, lo llamaban, lo atraían. Gritó, pero el sonido murió en la garganta y volvió hacia atrás, hinchándole el pecho. Las lágrimas, en cambio, encontraron la forma de abrirse paso y la respiración se aceleró.

También allí, entre las paredes carnales de su sueño, Enrico sabía que Marisa estaba muerta. Pero no era capaz de admitirlo ni siquiera en aquel lugar imposible. Ella estaba muerta y había desaparecido de ese mundo. Porque las mujeres de su vida, de una forma u otra, siempre acababan por irse.

Reconoció de inmediato aquel pensamiento repentino y molesto en cuanto comprendió que despertaba. Se trataba de la conciencia del remordimiento, de la equivocación.

Abrió los ojos con las primeras luces del alba. Había dormido vestido, con las persianas subidas. Tenía la barba crecida y un sabor amargo en la boca. Desde la habitación veía el salón invadido por la basura, cajas de pizza a domicilio —lo único que comía en aquel periodo eran grandes porciones de pizza margarita—, un montón de botellas de cerveza Peroni y periódicos por todas partes.

Se incorporó y estiró las rodillas para levantarse. Necesitaba tres cosas: un café, lavarse los dientes y otra cerveza. Avanzó y golpeó con un pie descalzo una lata de coca-cola, que rodó haciendo ruido y dio inicio a un dolor de cabeza latente hasta entonces. En el centro del salón, en torno al cual se abrían las demás habitaciones de la casa, se quedó sorprendido al contemplar los marcos en los que, en otros tiempos, había puertas. Obsesionado desde el momento en que la madera se había cerrado sobre el rostro hinchado y demacrado de Marisa, las había quitado. Cuando regresó de Virginia, la noche de aquel 15 de mayo, había acudido corriendo a las entrañas del hospital, al tanatorio, afligido y asustado. No era verdad. No era posible que se hubiera marchado sin él. Sin esperarlo. Aquella noche, el profesor acababa de irse a casa y Mancini se había encontrado, esperándolo, a Antonio, quien había intentado detenerlo, impedir que viera ese objeto sin alma en el que Marisa se había convertido. Nunca podría olvidar los ojos de ese hombre acostumbrado a dialogar con la muerte todos los santos días. Empequeñecidos, cansados y aquejados de un sufrimiento que solo podía ser amistad.

En esa búsqueda de sí mismo, y en las continuas recaídas a las que se había enfrentado, Enrico se había demostrado capaz de perder o de herir, de una forma u otra, a todos aquellos, pocos a decir verdad, que habían permanecido a su lado. Y Antonio, junto con Walter, el profesor y Caterina, eran los únicos a los que se sentía atado por ese vínculo único.

Y además, claro, estaba Giulia. Pero no quería pensar en eso.

No podía seguir mintiéndose a sí mismo. Esos marcos sin puertas eran heridas abiertas que, una tras otra, tendría que ir cerrando. Había llegado el momento de retomarlo donde lo había dejado. Se hizo un café, se duchó y dejó la cerveza para la noche, cuando volviera para arreglar su casa.

La música estaba tan alta que se oía desde la planta de abajo, donde Mancini acababa de tomar el ascensor para subir al piso de Rocchi, en via Ojetti, en el barrio de Talenti. No había telefoneado y no tenía la menor intención de hacerlo. Llamó a la puerta varias veces antes de que Antonio saliera a abrirle.

—Así que has venido.

Pero esa voz no era la que habría esperado, la que habría querido escuchar. El tono y la expresión delataban un fastidio o, tal vez, una desilusión que Enrico catalogó como la respuesta adecuada a la bofetada de hacía dos días.

—¿Qué quieres? —la segunda pregunta llegó con brusquedad.

Mancini decidió que se merecía esa también y contestó sin titubear:

—Tengo que hablar contigo, Antonio.

Rocchi dejó la puerta abierta y volvió a entrar en el piso, donde flotaba una capa de humo dulzón. Tomó la guitarra y siguió tocando, cantando al compás del teclado eléctrico apoyado en el sofá.

—De acuerdo. Por favor. He venido para decirte que me he equivocado.

El forense acalló el teclado. Se desembarazó de la guitarra y se sentó en el reposabrazos, donde había puesto el cenicero con el porro de marihuana. Dio una calada y exhaló el humo.

—Me he equivocado —repitió Mancini sin avergonzarse, al contrario, con el tono de quien tiene ganas, energía y prisa por arreglar las cosas—. Contigo, con todos. Y necesito que me perdones por esa bofetada.

—Yo ya te he absuelto —Rocchi trazó el signo de la cruz en el aire con los dedos índice y medio, como si fuera una bendición. Cogió el teclado y lo dejó en el suelo; se sentó en el sofá con las piernas abiertas y la guitarra en el vientre—. Lo he pensado mucho, Enrico. Y creo que ha llegado el momento de que crezcas.

Recibió el golpe como un puñetazo en pleno pecho. Y durante unos instantes le quitó el aliento; pero, por última vez, resistió.

—Antonio, disculpa. No debí hacerlo. Me noto incapaz de salir de este follón. A veces me parece estar listo para... —se detuvo—. Para volver a empezar. Otras quisiera haber muerto. He perdido a Marisa y ahora al profesor. Sueño con cosas terribles. Me da vergüenza decirlo, pero es la verdad y no sé con quién hablar de ello. Me siento culpable por ambos.

Mancini se dejó caer a su lado en el sofá, que crujió bajo el movimiento del comisario.

—¿Por qué? ¿Qué habrías hecho?

—Cuando me llamó el profesor y sonó el móvil, ni siquiera lo miré. Aún me encontraba cerca y habría podido intervenir.

—¿Qué habrías hecho?

—Lo que hubiera debido hacer en la Casita de las Lechuzas, cuando tuve la oportunidad. Tendría que haberle disparado. Estaba cerca, le habría alcanzado y todo esto no habría ocurrido.

—Todavía puedes hacer mucho, Enrico. Puedes detenerlo, puedes impedir que aumente el número de víctimas.

Mancini solo se escuchaba a sí mismo.

—Ciertas veces me pongo a pensar y al final me doy cuenta de que no sé quién soy.

—¿Que ya no sabes quién eres? —preguntó Antonio—. Pues voy a decírtelo yo. Después de lo que os ha ocurrido, quiero decir a Marisa y a ti, nunca podrás evitar cambiar, esa transformación durará años, acaso toda la vida. Y tienes que afrontarla; pero debes hacerlo de pie.

Se levantó de repente, dejó la guitarra a un lado y tendió la mano a Mancini con un gesto teatral y torpe.

—Tienes que volver a levantarte, Enrico.

El silencio y una cara metida entre los hombros fueron la única respuesta que obtuvo.

—O hundirte.

El comisario respiraba el aire viciado de humo, buscando nuevas energías en alguna parte. Pero, por mucho que lo intentara, no conseguía que saltara la chispa.

—¿Qué coño te pasa? —el tono se volvió seco y arisco—. Deja de vivir, pero en serio, si ya no existes. O si no, levántate, ve a ver a esa mujer y dile lo que sientes por ella. Sea lo que sea.

Enrico se puso de pie con el mismo deseo de golpearlo que había satisfecho dos días antes con aquel bofetón.

—¿Cómo te atreves? —apenas pudo decir.

—Aunque no sea definitivo. Aunque tengas miedo, te dé vergüenza o te sientas culpable por Marisa —prosiguió Rocchi sin pensar en las consecuencias.

Mancini se sacudió la modorra y estalló:

—Ese no es tu puto problema.

Rocchi insistía:

—Que no te dé miedo caer.

—Yo no tengo miedo de... «caer». Esa palabra no existe. No significa nada. Nadie cae. Somos atraídos...

—Ya estás, ¿no entiendes que retrocedes? ¿Otra vez con esas gilipolleces de la gravedad? Te pusiste enfermo yendo tras cosas como esa, Enrico. ¡Ya está bien!

Demasiado tarde, Mancini se había metido en su propio cauce y ya no lo escuchaba.

—La tierra nos absorbe, nos engulle. No hay remedio, es nuestro destino. Todo se hunde, queda sepultado y se reúne con los huesos de los que vinieron antes que nosotros... Todo está sometido a esa ley física.

Rocchi observaba, cara a cara, a su amigo, que ya había perdido la rabia para extraviarse en el torbellino de sus propias palabras. Podía dejar que se desmoronara o intentarlo una última vez. Decidió seguirlo en la misma senda metafórica por la que Enrico cabalgaba.

—Está el polvo, por el contrario. Piénsalo. Permanece en el aire durante días, meses, el polvo de la atmósfera. Hay cosas en suspensión, Enrico. Eso es lo que intento decirte. El polvo obedece a una ley física propia y constituye, tal vez, la única excepción a la fuerza de gravedad, no responde a ese vacío que tú ves.

Una lengua de humo fluctuaba a medio camino entre el suelo y el techo, como una delgada bufanda de lana en torno a los invisibles hombros del aire.

—Y, desde ese punto de vista especial, esas microscópicas motas parecen vencer la gravedad del mundo, suspendidas entre el cielo y la superficie de las cosas.

—Al final acaban depositándose ellas también, se trata de una pura ilusión.

—¿Y tú en qué crees que consiste todo esto —Rocchi hizo un gesto que abarcaba lo que había a su alrededor— que nos hacemos la ilusión de domesticar llamándolo vida?

Apoyó una mano en el brazo de su amigo y apretó con la misma rabia con la que dos días antes lo había hecho con él Enrico. Lo zarandeó para encontrar su mirada. Cuando lo consiguió, sacó lo que hacía tiempo que se guardaba.

—¿Cómo crees que murieron mis padres? Los dos, Enrico. Los dos. ¿Crees que yo no vi morir a mis padres?

—Hombre, no...

—¿Sabes por qué me enfrento a la mierda de trabajo que tengo sin pestañear? Porque existe una enorme diferencia entre los muertos y la muerte, entre la muerte y morir. Porque, en comparación con el momento del fallecimiento, los trozos de carne que examino en la mesa de acero del laboratorio son juguetes. Porque entre la vida y la muerte, entre el antes y el después, está ese momento de ahí. Esa sacudida capaz de arrastrarte, de hacer que des el salto. Pero es durante ese último estremecimiento cuando se obtiene la mayor revelación. Esa que tú te perdiste y que te habría revelado el mayor misterio de esta vida: que no significa nada.

A Rocchi se le había reventado una vena en el ojo derecho. Enrico parecía aturdido y seguía el eco de la misma palabra desde hacía unos segundos. *Suspensión.*

—Te lo repito. Levántate. Y vamos a coger a ese cabrón de monstruo. Los chicos te esperan.

El comisario asintió de forma mecánica, sin dejar de seguir el hilo de su razonamiento mental. La suspensión... La suspensión de lo real, la alucinación. La suspensión del polvo entre el cielo y la tierra... La transformación.

—Tienes razón —Enrico Mancini se cogió una mano, se quitó un guante y después el otro y se los dio a Antonio—: Quédatelos.

57.

—Este sitio está hecho un asco —Alexandra miraba a su alrededor con una mueca de preocupación.

—Parece peor de como lo recordaba —le hizo eco Antonio.

—¿Por qué hemos vuelto? —preguntó Caterina.

—Nos quedaremos aquí el tiempo necesario para hacer balance y organizarnos lejos de todo —contestó Mancini trajinando con las llaves.

Los cuatro, junto con Walter, se hallaban delante de la puerta de acero del antiguo Consorcio Agrícola que la brigada, huérfana de Giulia Foderà y de Carlo Biga, había utilizado como cuartel general cuando perseguían al asesino conocido como la Sombra de Roma.

—He decidido que volviéramos aquí porque quería tener un punto de vista, en cierto sentido, subterráneo, como el de nuestro hombre.

Los demás se miraron, descolocados; luego entraron para verse catapultados en la atmósfera que los había acogido hacía varios meses. La sala abarcaba cincuenta metros cuadrados y se encontraba completamente situada bajo el nivel del suelo. Después de meses de clausura, flotaba cierto olor a humedad. Todo era gris y sucio, sin ventanas, con las paredes cableadas y un sofá de Ikea. De las paredes aún colgaban las viejas pizarras, y en las mesas de trabajo donde habían sido colocados los ordenadores se había depositado bastante polvo. Mancini pasó un dedo por encima y se volvió para buscar los ojos de Rocchi que lo miraban.

El polvo.

En realidad, el comisario Mancini había querido reconstruir, en parte al menos, el ecosistema en el que habían interactuado, para recrear ese humus cuya necesidad sentía ahora. Y no solo para cerrar el caso. La química de la brigada constituía un elemento único e imprescindible.

—Nosotros no nos hemos quedado quietos, comisario. Lo hemos hecho por las víctimas y por el profesor —dijo Walter una vez que se hubieron sentado todos. Sin embargo, omitió el hecho de que, si todos habían seguido avanzando, había sido sobre todo por él.

—Os lo agradezco. De verdad.

—¿Y la fiscal Foderà? —se atrevió a decir Caterina.

—No. Ella no —cortó Mancini con un gesto de la mano.

El careo no se había producido, ni se produciría, eso lo tenía decidido. Y había decidido muchas otras cosas en esas horas. Que no seguiría viviendo de recuerdos, sino de presente. Y que si volvía a presentársele la oportunidad, si se encontraba de nuevo frente a la fiera que se le había escapado en la Casita de las Lechuzas, dispararía sin pensárselo. Actuando como cualquier otro depredador.

—Empecemos con la puesta al día de los indicios y las huellas; rápido, por favor.

Walter echó un vistazo a su pequeña libreta.

—Los vaciados de la suela lisa no han arrojado coincidencias externas por ahora. Y el pelo rubio hallado en la escena del crimen de Lamia es de la misma persona que perdió más de uno en la Casita de las Lechuzas y en las alcantarillas.

—A propósito de eso, cuando estábamos allí dentro y disparé al aire, durante una fracción de segundo lo iluminé. Lo que Walter y yo vimos no era exactamente un ser humano. No me malinterpretéis, no hablo de monstruos —prosiguió.

—¿Qué era entonces? —preguntó Rocchi.

—Una fiera, eso era, un ser completamente fuera de sí, preso de una rabia animal, incontenible. Ni Walter pudo defenderse.

Comello enarcó la ceja aún dolorida, hizo una mueca y puso sus objeciones.

—Estaba oscuro, comisario... Actuaba con rapidez y estaba rabioso, como un perro callejero, no conseguía golpearlo.

—Quizá debí haberle disparado, pero corría el riesgo de daros a ti o a la mujer.

—Lección número cinco —citó Comello de su película del oeste favorita: *El día de la ira*—. Cuando le dispares a un hombre, asegúrate de que está muerto, porque si no, antes o después, él te matará a ti.

—Pero ¿qué dices, Walter? —lo recriminó Caterina.

—Ay, caramba, perdone, comisario, no quería... Vaya, ya me entiende. Es que ese hombre era... impresionante, de verdad, como si tuviera mil manos.

—Y, de hecho, no te diste cuenta de que nos dejó su firma.

El inspector cayó de las nubes.

—¿Qué firma?

—En nuestro encuentro cara a cara, ambos nos llevamos una marca, la misma, en mi gabardina y en tu chaleco antibalas.

—Pero ¿cómo? ¿Dónde? —Comello se miró. Llevaba como de costumbre su chaleco, relleno de delgadísimas capas de kevlar. Era muy ligero y uno nunca sabía lo que podía pasar.

Mancini señaló un pequeño corte justo cuando Walter lo localizaba con la punta de los dedos.

—Pero si no tenía nada en la mano. Lo vi perfectamente cuando usted disparó al aire. Solo la piedra con la que me golpeó aquí.

—Ya lo sé.

—Entonces, ¿qué era? —dijo Alexandra.

El comisario se inclinó hacia un lado y recogió algo del suelo, una especie de bolsa, de la que sacó un libro. Tenía varios *post-it*, Mancini los recorrió con el pulgar, se detuvo y leyó: «Una vieja máxima mía dice que, cuando has eliminado lo imposible, lo que queda, por muy improbable que parezca, tiene que ser la verdad».

—¿Qué quieres decir, Enrico?

En la cubierta podía leerse el título, *La aventura de la diadema de berilo,* de Arthur Conan Doyle. En el rostro de sus compañeros aparecieron las primeras señales de indecisión.

—Que tal vez hayamos subestimado un elemento tan improbable como sencillo. Este hombre se sirve de cuchillas especiales. Las de los escultores, por ejemplo.

Fue Rocchi quien interpretó lo que los demás no se hubieran atrevido a decir nunca:

—Comprendo este homenaje al profesor. Sé que le echas de menos. A todos nosotros nos pasa. Pero aquí no estamos hablando de literatura. Estamos hablando de hechos. De cuerpos martirizados. Y tú siempre has estado del lado de la realidad, por tu trabajo, por tu carácter y...

—De eso se trata, Antonio —Mancini se pasó las manos, una después de la otra y de repente, por el pelo—. ¿Qué es la realidad? ¿Existe realmente?

La pregunta fue recibida por la mirada sorprendida de los cuatro en el sofá.

—O, más bien, como dice el profesor citando a Jung, ¿no será la realidad el producto de un acto de interpretación continua por parte del individuo?

—Comisario, no creo que debamos...

Caterina, que intentaba amortiguar lo embarazoso de la situación, fue acallada por una sonrisa trastornada.

—Si aceptamos esta idea, aunque solo sea por un instante, acaso logremos comprender la naturaleza más profunda de nuestro asesino y relacionar las contradicciones que su perfil criminal ha puesto de manifiesto.

—¿Cómo? —una chispa saltó en la cabeza de Antonio.

—Imaginémonos que el asesino vive una doble vida, una real y otra, por decirlo así, ilusoria —prosiguió Mancini.

—En el fondo, lo que todos los asesinos en serie hacen es eso, revivir sus propias fantasías de un modo obsesivo hasta dotarlas de vida. ¿Verdad, comisario? —Alexandra había dado rienda suelta a su faceta de primera de la clase y jugueteaba con un mechón que le caía por delante de la cara.

—Sí, pero aún hay más. Lo que digo es que la realidad y la fantasía del Escultor se entremezclan.

Algo iba resquebrajando las consideraciones de los miembros de la brigada, que lo miraban como se observa a un vendedor de pociones mágicas en una feria popular, entre la incredulidad y la expectación.

—Pensadlo bien —continuó—, la realidad y su fantasía se superponen. Ya no sabe qué es verdad y qué no. Su mente es poderosa, una máquina que, segundo a segundo, recrea la realidad, reconstruyéndola contra el escenario mítico que ya hemos aprendido a reconocer. El principio de realidad que lo anima no consiste más que en la relación física que mantiene con el mundo. Y su fantasía patológica, al final, acaba devorándolo.

—El mundo en el que deambulan sus monstruos mitológicos —añadió Caterina.

—¿Los monstruos a los que debe matar? —susurró Walter rascándose la frente por encima de la herida.

De la bolsa de piel marrón que tenía en el suelo, Mancini sacó otro volumen y un pequeño cuaderno. Lo abrió y empezó a hojear las notas en letra de imprenta, diseminadas por las páginas, a menudo sueltas, hasta que se detuvo en algunos pasajes fundamentales.

—El profesor insiste —Mancini usó el presente— en la idea del entorno que lo ha formado, digámoslo así, y pasa al elemento psicopatológico. Biga parece convencido de haber identificado en la historia de ese hombre una carencia del sentido de grupo, de una ética común, compartida. Se detiene en las razones de dicha carencia identificando sus raíces en el periodo de la pubertad y la adolescencia. En el perfil aislado del asesino no están, al parecer, todas las convenciones que nacen y se desarrollan dentro de un grupo de iguales. Le falta también, por lo tanto, cualquier clase de ética, la que debería orientar el comportamiento de un individuo. Sabemos que todo esto responde a un modelo «histórico» y bien conocido de asesino en serie, privado de un rasgo tan humano como la capacidad de empatizar con otros seres humanos.

Rocchi escuchaba a Mancini, pero seguía los ojos de Alexandra, que saltaban del comisario a una hoja en la que iba anotando cosas y, después, a la copia de los dibujos del asesino.

—La familia constituye el entorno en el que todo individuo se ejercita y aprende a vivir en sociedad; el lugar en el que imagina y construye su propia integración o, en el caso de nuestro hombre, donde aprende a cultivar un resentimiento hacia la denominada sociedad civil. En resumidas cuentas, esta idea de aislamiento ha hecho que se me venga a la cabeza otra cosa. Una palabra que has dicho tú, Alexandra.

—¿Yo? —ella echó la cabeza hacia atrás como para esquivar un golpe invisible.

—Sí, tal vez no sea más que un detalle, pero todo puede resultar importante en esta fase. Cuando nos vimos en el Instituto de Medicina Forense, con Antonio, dijiste algo a propósito de Escila y de los demás.

—¿El qué?

—Me refiero a la composición que el Escultor realiza de cada una de sus víctimas en su, llamémoslo así, revestimiento mitológico. A la precisión, a la fidelidad con respecto a los modelos. Hay un adjetivo que no deja de darme vueltas en la cabeza y que usaste el otro día a propósito de la exactitud en la representación de las obras con la que el homicida dispone los cuerpos de sus víctimas. Dijiste, corrígeme si me equivoco, que reproduce esas figuras de forma casi *literal*.

—Sí, por la precisión con la que actúa debe de tener un modelo al que se remite. No me refiero solo a la figura del mito, sino un modelo preciso, unas imágenes, lo que sea.

—Volvamos a la idea del aislamiento, a la hipótesis de que este hombre se haya visto inmerso en un entorno familiar cerrado, física y mentalmente, en lo que podríamos describir como una carencia, cuando no incluso una ausencia, de acontecimientos. Al mismo tiempo, y por el contrario, tuvo que haber un exceso de una realidad imaginada debida precisamente al aislamiento y a su única válvula de escape: la fantasía de tono mitológico que acabaría traduciéndose en estos «montajes».

—¿Así que recrea su realidad mitológica en la realidad real? ¿Es eso lo que quieres decir? —preguntó Rocchi.

—Lo que hace es matar a sus monstruos.

Mata a sus fantasmas, habría dicho Oscar.

—Lo que quiero decir —Mancini hojeó deprisa el pequeño cuaderno de Biga— es que él define la realidad externa mediante la estructura mítica que ha dado forma a su imaginación.

Contaba con la absoluta atención de su público. Del de ambos, porque no estaba allí solo.

—Sin embargo, esa mirada —prosiguió el comisario tocando otro aspecto fundamental— está en cierta manera monoguiada. Él lee el mundo de manera frontal, directa. *Literal,* como decías tú, Alexandra.

—Y eso ocurre porque su gramática, por llamarla de algún modo, resulta del todo interior —se aventuró a seguir la profesora—, se ha formado en un entorno restringido y no posee ni la profundidad ni la multiplicidad de sentido de las que se empapa quien vive en el mundo exterior, real. ¿Es correcto, comisario?

—Correcto, Alexandra.

—Por eso la soprano Cristina Angelini, de «sirena de la ópera» pasa a ser sirena de carne y hueso. Y, por otro lado, Priscilla Grimaldi, propietaria de una tienda de antigüedades que aparece en un anuncio del folleto publicitario de barrio que encontramos en la fosa de las bombas del Aniene, se convierte en «Scilla», Escila —intervino Comello.

—Un apodo que quizá le haya costado la vida —constató Rocchi.

—¿Y qué ocurre con Lamia? —preguntó Alexandra.

—A Lamia la eligió porque trabajaba de guardesa en la Casita de las Lechuzas. El asesino debió de pensar que la mujer que vivía allí, en esa villa repleta de diseños extravagantes, vidrieras y frescos con lechuzas, solo podía ser ella, la mujer-lechuza. Como nos contaste tú, Alexandra.

—Podríamos continuar con las demás víctimas y encontraríamos esa misma lectura frontal del mundo y de las propias palabras —dijo Mancini.

—Pero si es así como las elige, eso quiere decir que carece de móvil —Caterina también había acabado entrando en la vorágine.

—Exacto. Este hombre no mata por venganza, por beneficio propio ni nada parecido. Este hombre no asesina a seres humanos. Sus víctimas no son las personas que ha destrozado o humillado con esas puestas en escena. Sus víctimas son sus monstruos.

—¿Así que no crees que sus dibujos representen obras de arte? —preguntó Rocchi.

—No. ¿Qué tienen en común todas estas criaturas, Alexandra?

—Que todas poseen un origen griego.

—No. Son todas criaturas compuestas. Con una doble naturaleza, humana y animal. Como también, en cierto sentido, Laocoonte: hombres y monstruos fundidos en un abrazo mortal.

Ella dirigió la mirada a los dibujos. ¿Estaba confusa?, se preguntó Antonio. ¿O se sentía ofendida por la lección que Enrico le estaba dando?

—¿Eso qué quiere decir? —el forense intentó aliviar el apuro.

—Que sus fantasías no nacen de obras de arte, sino de los mitos. El hecho de que algunos remitan a obras de arte resulta secundario; la cuestión central es otra. Yo creo que la naturaleza compuesta de sus monstruos nos dice algo de él; algo que el profesor y yo empezamos a intuir en su perfil, pero que ahora me parece tan evidente que tengo miedo de equivocarme.

—¿El qué?

Mancini desplazó la silla en la que se encontraba sentado y le dio la vuelta, apoyando el pecho en el respaldo.

—La naturaleza mixta de estos seres tiene que ver con la suya, con su propia naturaleza. Como si él también estuviera a medio camino. Entre dos estados.

—Entre dos formas —apostilló Caterina.

—¿Un transexual? ¿Un hermafrodita? —elucubró Comello. No sería ese el primer ejemplo en la historia de la criminología de asesinos en serie con trastornos relacionados con la identidad sexual.

—No existen signos de mutilación ni de vejaciones o torturas que hagan suponer nada parecido. No, parece más bien como si viviera entre dos mundos. El de abajo, donde aguarda la noche, y el de arriba, en el que mata —Mancini apartó la silla para ponerse de pie. No podía quedarse quieto—. Hubiera podido escoger decenas de figuras mitológicas, o monstruos, qué sé yo, como la quimera, completamente inhumanos. Pero no lo hizo. Como si él también se sintiera medio humano y medio animal.

—Eso justificaría su perfil criminológico doble, ambiguo. Minucioso y desordenado al mismo tiempo; eso decía usted, comisario, si no me equivoco.

Cada rueda empezaba a girar como debía y Mancini pilló la ocasión al vuelo:

—Muy bien, Alexandra.

Tenía los ojos cerrados, en busca de las imágenes adecuadas, mientras los demás no dejaban de observarlo. El neón titiló, se apagó y volvió a encenderse, sin que Mancini se diera cuenta. En aquella fulguración de luz intermitente, el pelo negro y la barba, más largos de lo habitual, remarcaban la cara blanca y las cuencas de los ojos.

—Algunos elementos nos indican que se trata de un homicida organizado. Otros nos dicen lo contrario. A diferencia de un asesino organizado, que por lo general no permanece en la escena del crimen tras matar a su víctima, el Escultor se detiene, trabaja, sitúa, casi como si no le interesara evitar su captura. Hacer lo que hizo, considerando los lugares públicos en los que ha ubicado sus estatuas de carne, tuvo que llevarle tiempo, dado que cuidó los detalles con una parsimonia fuera de lo común. Por otra parte, existen aspectos que lo incluyen en el grupo de los asesinos desorganizados. Pierde tiempo en la escena del crimen y deja huellas.

Como alguien meticuloso, emplea un arma propia, siempre la misma, no una que encuentra *in situ*. Si consideramos los informes sobre los cadáveres que has elaborado tú, Antonio, y la violencia de las heridas infligidas, debemos deducir que se deja arrastrar por impulsos repentinos e irrefrenables.

—Como si fuera bipolar.

—Algo parecido, Caterina.

Mancini se había perdido en los enjambres de motas de polvo embestidas por la luz mortecina del neón. Se mecían sin dirección. Sin descanso, pero sin posarse.

—Como si viviera en una continua transformación.

58.

Esa terrible Gorgona, y despiadada,
a cuya crin horriblemente volutas viperinas
sórdida pompa dan, y aterradora.

GIAMBATTISTA MARINO, *La Galería*

Maddalena lleva un año trabajando en el quiosco. Lo hace porque los estudios de arquitectura no van muy bien que digamos y se ha cansado de pedir dinero en casa. Lo hace porque, tal vez, está ya harta de ir a la universidad. Lo indudable es que lo hace porque necesita dinero para el alquiler y todo lo demás, dado que también paga por su chico. Él la espera en casa y esta noche, como ocurre cada vez más a menudo, cocinarán una pasta con salsa, beberán un par de cervezas de marca blanca y, después de cenar, compartirán un porro. Levanta el antebrazo y deja que se deslice la manga que desvela el reloj con correa de caucho. Ha llegado la hora de cerrar, por fin.

Reina la oscuridad y no se ve a nadie por la calle.

El cazador se detiene detrás de un poste de electricidad, a pocas decenas de metros del quiosco. Apoya los hombros y respira con fuerza. El hielo en la espalda. Esta noche no será como siempre, eso lo comprendió en la Casita de las Lechuzas cuando el Rey del Caos lanzó su rayo por el aire. Lo busca. Es la quinta vuelta a la manzana que da. Ha de darse prisa. Ha de acabar lo que ha empezado y regresar al convento. Quién sabe cómo lo recibirán sus hermanos y el abrazo que le dará el padre superior. Hace años que se imagina su regreso.

Y ya no puede más.

Ahí está la mujer con las piernas delgadas como patas de cigüeña. Es ella. La reconoce por detrás, por su cabellera vapo-

rosa. *Toma aliento, solo le queda esperar el momento adecuado. La ha seguido otras veces, pero siempre de espaldas, y hace un momento ha tenido la precaución de no quedarse mirándola. Dentro de poco la chica bajará el cierre metálico, volverá a entrar trasteando con el dinero cobrado; después, saldrá cerrando la pequeña puerta tras ella.*

Maddalena, en cambio, sueña con el sencillo olor de la cena. La cebolla en el sofrito, los tomatitos que ha de pasar a recoger antes de regresar a casa, la guindilla que le devuelve el sabor del recuerdo, el de su casa en Crotona. Donde las cenas de verano eran largas, cuando se sentaban veinte personas a la mesa y el alboroto se propagaba con alegría y calidez. Las carcajadas, los relatos de los abuelos y esos sabores intensos y rotundos. Como el de un primer beso a años luz de distancia. Pensó mucho en eso recién llegada a Roma, en ese beso robado un lunes de Semana Santa bajo el cenador de los abuelos. Y en esos sabores ancestrales sigue pensando aún, con agrado y melancolía.

Tira del último cierre y gira la llave en la cerradura que ocultan las revistas de informática.

Ahora viven juntos los dos, ella y Riccardo, que no la besa muy a menudo, pero que la quiere, se lo repite. Si él también echara una mano, si buscara algo que hacer, en vez de continuar estudiando para el mismo examen desde hace casi un año, quizá entonces, alguna noche, pero solo de vez en cuando, podrían ir a cenar a ese restaurante al que acuden sus compañeros de facultad y los amigos del barrio. Es barato y hablan muy bien de él. En otros tiempos aquí solo vivían desgraciados. Pero ahora la melodía ha cambiado y el Pigneto se ha convertido en el barrio romano de moda. Un escalofrío de satisfacción la recorre mientras vuelve a entrar en el quiosco para recoger el dinero y marcharse.

Ha desaparecido dentro de su jaula de hierro. El cazador se acerca, oye un ruido. Pasa por un lado. No se ve a nadie en los alrededores. Da la vuelta por detrás, un angosto espacio entre el escaparate y un muro de dos metros de altura. Cabe con dificultad, debe contener la respiración y entonces la garganta se le contrae y algo lo constriñe como si fueran los anillos de un enor-

me reptil. Aumentan los jadeos y en el fondo verde del cristal, junto a su rostro apesadumbrado, aparece un reflejo. Es un rostro de mujer. No puede quitarle los ojos de encima. El silbido proviene de dentro. Algo centellea de un ojo a otro de la mujer aprisionada en el cristal. Y los contornos del mundo real vuelven a desvanecerse.

La rabia y la escasa afluencia de oxígeno al cerebro le dilatan las pupilas, los ojos se le hinchan. Se sujeta con las manos en el cristal, apoya la espalda contra el muro y asciende, se encarama como una salamanquesa hasta el techo. La calle sigue desierta. La farola está apagada y solo se oye el sonido de la música de un restaurante lejano. Las venas del cuello vuelven a henchirse y la cabeza le baila, como si se hallara sobre una balsa y el mar embravecido la zarandeara.

Todo, a su alrededor, se dilata y se contrae, los colores de la realidad se esfuman. La piedra vence la corteza de las acacias y devora los setos del parquecillo abandonado delante del quiosco. Frente a sus ojos de cielo, los bancos se convierten en fósiles de seres humanos transmutados por el monstruo que le espera allí abajo.

¿Se convertirá también él, dentro de poco, en una estatua de piedra?

El cazador salta y aterriza al lado de la puerta entreabierta, delante de un cementerio de losas de piedra. El olor de la fiera se siente en el aire. Se acerca a la cueva mientras hirsutas zarzas de cristal brotan por todas partes. Se tapa el rostro con el hueco del codo y espera hasta que..., ahí están, sobre la cabeza, moviéndose. Las ve.

Decenas de víboras negras.

Maddalena trajina entre los papelajos con los que llena una bolsa negra. Coloca en su sitio los tebeos, cierra la caja del dinero y busca las llaves en el bolsillo con la mano libre. Apaga la luz, se dispone a salir con la bolsa en la mano.

Pero, para el cazador, Medusa ha petrificado a otro desventurado y ahora lo arrastra fuera. La mujer-serpiente es capaz de desplazar la figura de piedra como si fuera una ramita. El monstruo está a punto de darse la vuelta y salir de su guarida.

Ha llegado el momento.

Cuando la inmunda criatura se vuelve, el cazador tiene el rostro apaciguado por una sonrisa impaciente. Ella se la devuelve con expresión de curiosidad, un instante antes de que la hoja salga lanzada hacia la garganta y la abra limpiamente. La cascada de sangre es un temblor rojo. El cazador extiende la mano siguiendo el balbuceo de la barbilla destrozada y sujeta las serpientes sin temor. Da un paso en la cueva y gira a ese ser sujetándolo por detrás. Por fin puede abrir los párpados.

Maddalena decide pedir ayuda cuando se da cuenta de que parece haber algo raro en ese hombre con los ojos cerrados. Durante un mínimo instante, todo movimiento alrededor de ella, dentro de ella, se congela. El corazón se desacelera para evitar el fin, pero es demasiado tarde. A lo lejos, el sonido de los bailes, sus abuelos danzan cogidos del brazo, sus hermanas borrachas, la guindilla que le quema los labios hasta llegar a las fosas nasales. Quema muchísimo, ya no se acordaba, pero hace mucho que Maddalena no vuelve a casa, y de repente siente unas ganas enormes de ver a su madre y a su padre, de abrazarlos y decirles que no ha podido, que regresa derrotada sin su maldito título, pero que quiere quedarse en casa con ellos, con todos ellos. Porque en Roma no hay nada y el futuro no existe.

Pero no es más que la sensación de una idea.

El futuro se derrumba en el charco rojo que mana de ella. Los olores a papel, a tinta y a cola de dentro del quiosco se mezclan con el de la sangre que sabe a hierro y la asfixia. Hasta que el estruendo de la muerte feroz los borra también.

La Medusa suelta la presa sobre la bolsa y escupe gárgaras de horror. El cazador de monstruos hunde el instrumento, corta los tendones del cuello, desgarra la tráquea hasta que llega al final. La hoja dentada se introduce dentro de la carne y busca, excava, rasca hasta que encuentra una escalera de huesos. Las vértebras. Entonces empuja con fuerza, con más fuerza, hasta que el ruido de mil caracoles bajo los zapatos le dice que lo ha conseguido.

Maddalena pende de un hilo, pero la vida se obstina en resistir. Cuando siente que la levantan, la luz le estalla dentro. El cuerpo se encuentra por debajo de ella; durante un solo segundo lo ve mientras el hombre con los ojos de cielo sonríe.

El cazador separa la cabeza del monstruo y la levanta sin mirar. El ojo líquido de la Gorgona se disuelve, mientras su cuerpo sigue convulsionándose, maquinal y blando como el agua, casi sin huesos. Las escamas se erizan antes de caer al suelo, antes de que su mundo gris se desmigaje diluyéndose en un charco negro, antes de que el universo entero se desmorone en las tinieblas y Maddalena desaparezca en él para siempre.

59.

—¿No cabe la posibilidad de que haya huido o de que haya optado por dejarlo después de vuestro enfrentamiento? —aventuró Alexandra, sujetándose el pelo en un moño desordenado.

—Imposible, no tardará en volver.

—Hay que descubrir dónde se oculta. Dónde tiene su guarida —dijo Walter.

—Es como una araña —dijo Alexandra—, como el monstruo de Nerola.

Mancini asintió, restregándose con fuerza un ojo. El párpado inferior había empezado a repiquetear otra vez.

—El monstruo de Nerola se escondía en su casa de Salaria entre árboles y campos. Aquel era su nido de araña. El hombre con el que se enfrenta Roma es mucho peor. Sus guaridas, sus trampas se hallan por todas partes.

Walter resopló, nervioso, en el silencio del búnker.

—En su modo de proceder, el profesor había apuntado una frase. Os la leo —dijo el comisario, acercándose el papel a los ojos—. «Como el vampiro de Stoker, también nuestro asesino en serie ha sembrado la ciudad de lugares seguros, donde se oculta.» Y yo estoy de acuerdo. Nuestro hombre escoge lugares inaccesibles, subterráneos, donde ninguno de nosotros entraría jamás. Una serie de escondrijos esparcidos por el subsuelo romano, y por eso, por desgracia, dificilísimos de localizar.

—No tenemos nada nuevo sobre sus madrigueras —intervino Walter—. Hay dos unidades inspeccionando el subsuelo, las alcantarillas, los accesos a los túneles del metro y otros posibles pasajes en las zonas afectadas hasta ahora; pero pensar en hacerlo por toda Roma resulta imposible.

—Si ha tenido tiempo de familiarizarse con el plano del alcantarillado, nuestras posibilidades son escasas.

El aire empezaba a cargarse y no había ventanas. No podían seguir mucho más tiempo allí abajo. Walter ya no aguantaba, quería salir, volver al trabajo de campo. Las reuniones constituían la parte más aburrida de su oficio. Caterina se había levantado y deambulaba por la sala. Rocchi y Nigro permanecían uno al lado del otro en el sofá, por más que Antonio tuviera unas ganas locas de fumar y ella pareciera encontrarse bastante nerviosa.

—Cinco minutos, chicos. Al principio de la calle hay un bar para los adictos al café. Os espero aquí dentro de cinco minutos exactos. Tenemos que cerrar esto.

Al quedarse solo, la puerta abierta que había al fondo de la habitación destacaba contra la oscuridad que envolvía su silueta rectangular, como la de la tumba de su pesadilla. Un prisma de luz blanquísima penetraba en la sala y aniquilaba la blancura del neón. Una vez más, en aquel proyector natural se multiplicaban las imágenes que las partículas de polvo inventaban para la mente disparatada de Enrico. La casa de Biga inmersa en los pequeños rayos de mil resplandores. Bombillas, pantallas y las llamas en la chimenea. Había vuelto a la tarde del careo que habían mantenido sobre el Escultor.

«¿Te acuerdas del caso Stevanin?», le había dicho Biga.

Gianfranco Stevanin fue un asesino en serie que ascendió a los honores de la crónica negra a mediados de los noventa por haber violado, matado y despedazado a varias mujeres. El caso trastornó a la opinión pública por la brutalidad de los crímenes y por las torturas infligidas a las víctimas *ante* y *post mortem*. Y, sobre todo, porque el culpable era alguien de quien no podía sospecharse, un tranquilo chico de pueblo de la provincia de Verona.

«Era un morboso hijo de puta obsesionado por el sexo que se cargó por lo menos a seis mujeres, entre prostitutas, camareras y toxicómanas, entre 1989 y 1994 y que escondía sus cadáveres después de descuartizarlos», había recitado Mancini.

«Los informes médicos y psiquiátricos de entonces pusieron de relieve traumas infantiles y problemas de comportamiento debidos a un accidente de moto, del cual despertó Stevanin con un foco epiléptico y un grave daño neurológico.»

«Recuerdo a la perfección la tesis de la defensa. Sostenían que Stevanin no se encontraba en posesión de sus plenas facultades mentales, que a causa de la lesión sufrida se hallaba incapacitado para distinguir entre el bien y el mal.»

«Otro examen médico pericial sostenía, en cambio, su condición de joven malcriado bajo el ala sobreprotectora de una madre asfixiante. Ya sabes que seguí el caso como perito de la acusación. Pues verás, algo que no olvidaré jamás lo dijo precisamente él, Stevanin, durante una de las entrevistas con los psiquiatras en la que yo estaba presente. Después de ser recluido de la noche a la mañana en un internado a causa de un embarazo complicado de la madre, que acabó en aborto, Stevanin dijo a propósito de aquel abandono: "Desde el momento exacto en que crucé esa verja y mi madre se dio la vuelta comprendí que mi familia era yo".»

Mancini había meneado la cabeza. No podía haber piedad para aquel animal. «¿Ha debido de haber un momento de abandono también para el Escultor? ¿Es eso lo que pretende decirme, profesor?»

«De angustia, de vacío. En ese vacío él se ha construido un universo hecho de las sugestiones que tan bien conocemos. Ha llenado ese vacío con sus mitos. Si a eso añadiéramos un problema patológico semejante al detectado en Stevanin después del accidente...»

De un fichero de la biblioteca, Biga había sacado, no sin esfuerzo, una pequeña cartulina amarillenta en la que había leído: «"Síndrome bilateral de los lóbulos frontales. El sujeto no se encuentra en posesión de sus plenas facultades mentales cuando mata, pero nada más terminar recobra la lucidez y es capaz de ocultarlo todo." En la época del juicio, yo había investigado sobre la epilepsia, sobre sus causas traumáticas, como en el caso de Stevanin, y sobre las genéticas. Tal vez haya algo aquí que pueda abrir una nueva hipótesis en la investigación, Enrico».

El profesor había seguido leyendo en voz alta, mientras Mancini se sorprendía a sí mismo observándolo con la misma atención de otros tiempos: «"La epilepsia autosómica dominante del lóbulo temporal lateral tiene su inicio en la edad infantil o adolescente. Las crisis, que señalan como área afectada la zona lateral del lóbulo temporal, se caracterizan por alucinaciones auditivas, vértigos, visiones y, más raramente, alucinaciones psíquicas y basadas en la experiencia. Esta variedad está genéticamente determinada por la mutación del gen LGI1." De acuerdo, aparte de los tecnicismos médicos, ¿entiendes adónde quiero ir a parar?».

Mancini había asentido y había tomado la ficha de manos del profesor. Tendría que indagar en la cuestión cuanto antes, porque esos apuntes de Biga resultaban interesantes, pero parecían algo anticuados. «Si fuera como usted dice, ese hombre debería estar encerrado en algún hospital psiquiátrico judicial.»

«O podría haberse fugado de alguno.»

Las llamas de la chimenea del palacete danzaban como medusas en un movimiento hipnótico, reproduciendo las formas que las partículas de polvo generaban girando en el aire del búnker. Y el recuerdo, tal como había aparecido, se esfumó y devolvió a Mancini al presente.

—Ya hemos vuelto —dijo otra vez un animado Rocchi, que se había tomado un café doble.

Entraron uno detrás de otro y se sentaron en el sofá. La puerta, sin embargo, se había quedado abierta y Mancini hizo un gesto para que alguien se apresurara a cerrarla. Quería volver a empezar. No podían perder más tiempo.

Cuando se dio cuenta de que ninguno se movía, saltó:

—¿Qué pasa, chicos?

Lo que recibió a cambio fue una serie de miradas incómodas. Irritado, Enrico se encaminó hacia la pesada plancha de metal, para cerrarla. Los tacones de los botines resonaban en el silencio. Cuando agarró el picaporte comprendió la causa de aquel silencio.

En el rectángulo de luz se recortaba una silueta. La de una mujer.

—¿Qué haces tú aquí? —le preguntó Enrico sin pararse a pensar.

—Resulta que soy la fiscal encargada de este caso —Giulia se interrumpió y lo miró fijamente a los ojos—. Y además, te he traído esto —concluyó, depositando un sobre en sus manos y abriéndose paso para acceder al búnker. Y esta vez fueron sus tacones los que resonaron en la vieja guarida de la brigada.

Foderà se quitó el abrigo y se sentó mientras esperaba a que Mancini volviera a entrar. Walter temía que el comisario montara en cólera y que el asunto acabara mal.

Después, Mancini cerró la puerta y regresó a su silla. Abrió la carta sin mirar a Giulia, que colocaba su bolso y sacaba de él una libreta y el móvil. Dentro del sobre había una hoja de papel. Se trataba de una copia impresa de un parte médico. O algo parecido. Levantó la barbilla y observó a los chicos, con expresión interrogante, antes de leer.

EXAMEN PERICIAL
DR. RICCARDO SCHENONI – PSIQUIATRA

Epilepsia del lóbulo occipital. Abarca las áreas visuales ubicadas en la sección media del polo occipital y en las zonas limítrofes de la corteza occipital lateral, así como las zonas de función asociativa que se prolongan en la corteza asociativa temporal y parietal. En ocasiones, la crisis determina alucinaciones visuales carentes de color, en zigzag, intermitentes, que se desplazan y se extienden como manchas de aceite en el campo visual. Si la conexión implicada afecta a la parte que linda con las áreas asociativas temporal y parietal, pueden presentarse alucinaciones complejas relacionadas con situaciones o sujetos. Raramente, dichas alucinaciones del quinto tipo pueden referirse a asuntos concretos.

El comisario había llegado a las dos últimas líneas de la hoja, subrayadas hacía poco, quizá por Giulia. Se mordió un labio y levantó, decidido, la mirada hacia ella. Qué hermosa era. Y el corazón se le encogió. ¿Por qué hacía todo eso? ¿Por qué seguía alejándose de ella si le hacía sentirse así? Una sonrisa se le frunció en las comisuras de la boca y Mancini desplazó la mirada hacia los ojos cómplices de Giulia. Walter miraba a su alrededor, preocupado, con la cara colorada. El comisario lo observó serio durante un instante, se enderezó en la silla y leyó en voz alta el informe a la brigada. Que ahora había recuperado también a la fiscal Foderà.

—Cómo podías saber... —insinuó Mancini.

—Schenoni es amigo mío, además de un psiquiatra forense de prestigio internacional, como sabes. Cuando Walter me puso al corriente sobre el caso...

La cabeza del comisario estaba fija en Foderà, pero sus ojos se desplazaron hacia Comello, que miraba hacia otro lado.

—... consideré necesario pedirle un examen pericial para poner a tu disposición un ulterior elemento que ayudara a delimitar el perfil psicológico de nuestro hombre.

El énfasis en la penúltima palabra, «nuestro», pretendía subrayar, por si todavía hacía falta, el regreso de la fiscal al grupo.

—Ya entiendo —concluyó Mancini. Se trataba de la misma intuición que había tenido Biga, en la que él habría querido, debido, profundizar con rapidez—. Pero ahora prosigamos, deprisa, y hagamos balance. ¿Qué tenemos?

Caterina contó su experiencia en el subsuelo, que la había llevado a salir frente al monasterio de Santa Lucia in Selci ubicado dentro de la ciudad. Rocchi confirmó que la misma mano que había asesinado y colocado las primeras tres «obras maestras» había actuado también con Escila, y que la malograda mujer había sido asesinada y solo después partida en dos y adornada con las cabezas de perros y las serpientes.

—Hace poco se ha puesto de relieve algo importante, en la pausa del café —sonrió Rocchi—. Llevaba ya unos minutos pensando en tu razonamiento, un poco extraño, con su punto de vista literario, digamos, sobre el hecho de que nuestro hombre pudiera en verdad ser un escultor. Así que he llamado a nuestro amigo Dario Lo Franco.

—¿Y qué tiene que ver él con esto? —preguntó Mancini.

—Es aficionado a las tallas, hace años que practica ese *hobby* y ha montado un pequeño taller en su garaje de Garbatella. Le he mandado las fotos y me ha confirmado que las marcas que encontramos en las nucas de todas las víctimas parecen realizadas por la misma familia de herramientas para tallar.

Rocchi enseñó las fotos de los cinceles y de los buriles curvos, rectos, en forma de «uve» y de «ele» que le había mandado Lo Franco; después pasó el pulgar por la pantalla y aparecieron las nucas de las víctimas.

—No cabe ninguna duda, Enrico. Son heridas provocadas por las herramientas de un tallador.

Cuando llegó su turno, Alexandra expuso los resultados de su investigación sobre los seres mitológicos y su mundo, gobernado por los dioses del Olimpo, los semidioses y los hombres.

—Los hijos de Zeus, Dioniso y Apolo, son entidades contrapuestas y complementarias que intentan reinstaurar juntos dos características del caos primigenio, la mutabilidad y la fluidez perdidas con la llegada del orden. Y por eso la mitología griega nos proporciona héroes como Heracles, Perseo, Teseo, Jasón, que con sus trabajos y hazañas restablecen de una vez por todas el orden y arrojan luz a la oscuridad. Perseo, Teseo, Ulises, Heracles son todos ellos cazadores de monstruos.

—Habrá que profundizar en ese punto de vista a la luz de las reflexiones que se han hecho hoy aquí, Alexandra. Tengo la impresión de que nos encontramos cerca, pero también de que no dejamos de dar vueltas. Walter, ¿tú qué tienes? —preguntó Mancini.

Walter llevaba bastantes minutos impaciente, pero no había querido interrumpir la lectura de las notas del profesor y, después, se había perdido entre las hipótesis del comisario y sus compañeros. Relató sus propias novedades, explicando los resultados de la visita a Regina Coeli y del contacto posterior con el taller que había fabricado la cuerda con la que el asesino había atado al profesor Biga y a Lamia.

—Bien hecho, Walter.

Giulia le lanzó una mirada de aprobación que el comisario captó a medio camino. El ruido del grueso manojo de llaves resonó como un despertador y Mancini hizo un gesto a todos para que se pusieran de pie. Después repitió:

—Ya casi estamos. Las últimas teselas empiezan a colocarse en su sitio. Necesito razonar mientras vamos.

—¿Adónde?

—¿Te ha dado el taller el nombre del convento al que vendió esas cuerdas?

—Sí, es el convento de San Giorgio, en Valnerina.

—Pues entonces iremos de peregrinaje nosotros también. Tú, Caterina, ve a Santa Lucia. Quiero fotos de todo. Lleva una cámara oculta. Antonio, tú márchate a casa y descansa, que tienes muy mala cara. Peor de lo habitual. Luego echa un vistazo a tu correo electrónico. Te he mandado un mensaje para una pesquisa. Calla y espera a que yo te llame cuando vuelva.

—Obedezco. Y voy a darme una ducha.

—Alexandra... —Mancini hizo una pausa estudiada—. Tú te vienes con nosotros.

Giulia se había levantado y se dirigía hacia la puerta cerrada. Se giró y, antes de que Enrico pudiera decir nada, explicó:

—Yo voy a ver qué dice nuestro superintendente.

Quinta parte

LA OSCURIDAD

60.

Roma, tres años después de la huida

Desapareció detrás de la puerta, tras comprobar que nadie lo seguía en el momento en que los músculos del cuello y de los hombros se le ponían rígidos. El olor a inmundicia húmeda lo acogió como algo querido, familiar.

Cada vez que le sucedía eso se sentía peor. Se había dado cuenta, tras haber matado a Escila, de que esos instantes de sufrimiento después de la matanza, cuando las alucinaciones desaparecían, se dilataban. El estado de parálisis en el que se hallaba, casi como si se viera inmerso en un cuerpo que no era el suyo, se amplificaba. Y eso no parecía nada bueno. Preparaba los cuerpos de los monstruos, poco antes de que se pusieran rígidos, y de inmediato debía refugiarse en uno de sus escondrijos subterráneos para no acabar como ellos.

La primera vez sucedió de noche. Aquella noche en el convento, cuando descuartizó el cuerpo del hermano. Se había quedado observándolo invadido por una enorme tristeza. ¿Por qué lo había hecho? El cuerpo de aquel desgraciado carecía ya de forma humana. Luego, poco a poco, había percibido cómo el frío iba creciéndole por dentro; se había sentado en el suelo y había notado que los brazos se le ponían rígidos y que las junturas de los codos y las muñecas se le contraían. Lo encontraron así, sólido como una estatua. Después de aquel horrible episodio, el padre superior lo había encerrado en su celda; pero no lo había abandonado. «Dispongan de las herramientas e instrumentos necesarios para su oficio», había repetido el padre superior al dárselos. Recogió el trozo de cuero que contenía sus buriles y cinceles curvos. Siete herramientas que conservaba con esmero. Su hilo directo con la vida antes de la huida del convento. Era allí donde lo había aprendido todo, en el taller al lado de su celda. Empezó con pequeñas piezas de madera blanda que tallaba para esbozar minúsculas siluetas de animales. No le resultaba difícil, conocía el funcionamiento de los cadáveres de los animalillos que encontraba en el bosque. O que él mismo mataba. Detrás del seto del camposanto se hallaba su jardincillo, con un pequeño belén que había construido con sus propias manos, reuniendo ramas, piedras y hojarasca. Contra ese telón de fondo había situado sus estatuillas: una liebre y un gato montés colocados de forma artística, junto a la cuna que albergaba a un ratón de campo. Todos contraídos en la mordaza de la muerte.

De esta forma, el muchacho aprendió deprisa, espoleado por la obsesión del encierro, a trabajar incluso las maderas más duras, el nogal y el olivo, y pasó a esculpir figuras más grandes y complejas. Muy pronto, las estatuillas de santos que le encargaba el padre superior le parecieron demasiado fáciles. Sentía la necesidad de algo más exigente y satisfactorio.

Para empezar, cambió de temas. Copió las figuras de monstruos de su libro. Unidas al terror que acarreaba su imagen, constituyeron, al principio, un desafío irresistible, pero después el miedo acabó encontrando un camino. Cuando también ese juego perdió fuerza, de las nieblas del inconsciente surgió una idea: cambiaría el material de su arte. Carne, huesos y músculos, en vez de madera. Y usaría su sombrío mal para repartir justicia en el mundo, para dominar el caos y acabar con los monstruos. Con sus monstruos.

61.

Giulia había ido a la jefatura central para evitar que Gugliotti, acorralado entre la espada de la prensa y la pared de la política, le quitara el caso a Mancini. Sin embargo, en su interior temía que aquel hombre se maliciara algo de lo que había entre ella y el comisario. Los rumores corrían como la pólvora en sus respectivos círculos profesionales y eran muchos los que albergaban escasas simpatías por los sujetos en cuestión.

El superintendente parecía molesto con el tema y, al mismo tiempo, complacido por la visita de la fiscal, a la que siempre había cortejado de forma discreta.

—Mancini no ha obtenido por ahora los resultados que necesito —dijo sin rodeos.

—Después de lo que le sucedió al profesor, hemos acelerado —contestó Giulia, atusándose el pelo, con un gesto destinado a distraerlo.

Se había puesto en «modo trabajo» e intentaba hablar igual que el hombre que tenía enfrente. Confiaba en que Gugliotti no supiera que hasta ese momento ella había desertado decididamente de la investigación.

—Me permito hacerle notar que la nueva pista de los cabellos rubios hallados tanto en la escena del crimen de las cloacas como en la Casita de las Lechuzas puede resultar decisiva —mintió.

Gugliotti, que se había asomado a la ventana, se volvió de golpe.

—¿Y por qué el comisario no me lo ha comunicado?

Giulia dio dos pasos hacia el superintendente y exhibió una sonrisa conciliadora.

—Está siguiendo esa pista en caliente, dentro de unas horas él mismo se lo comunicará.

—¡Señora fiscal, lo único que sé es que el Escultor sigue ahí fuera disfrutando de muchos más minutos de gloria que los quince de rigor! Mancini debe encontrarlo porque la televisión se ha olido el negocio. Cubren la noticia con reportajes, tertulias y gilipolleces por el estilo. ¿Sabe cuánto pagan los patrocinadores por esa mierda de programas?

—Fíese de mí. Está esperando los resultados del análisis de ADN del cabello y hoy sabremos, por el sistema de identificación dactilar, si las huellas encontradas en la madriguera de Escila y en la casa de la Sirena nos conducen a una ficha policial.

Giulia salió del despacho de Vincenzo Gugliotti situado en la última planta de la jefatura central. Una vez en la calle, sacó el móvil

—Enrico —dijo en cuanto Mancini contestó. Era extraño oír su voz por teléfono después de tantos días de silencio—. Hemos ganado unas horas, hasta mañana no creo que haga nada. Pero poneos manos a la obra.

Antes de marcharse, Mancini había pasado por el hospital. Subió las escaleras a la carrera presa de un presentimiento cargado de ansiedad. En cambio, los médicos le confirmaron que la situación del profesor seguía estable gracias al coma inducido. Una buena noticia: Biga se encontraba fuera de peligro. Y otra mala: durante los minutos que pasó en el sofá desangrándose, la falta de oxígeno en el cerebro le había ocasionado daños.

—Cuando las neuronas no reciben oxígeno suficiente para alimentar los procesos neurológicos, el cerebro se desenchufa. Y, en efecto, eso es lo que ha ocurrido, comisario —le dijo el jefe del servicio de neurología.

Mancini se había asomado al pequeño cuarto y había visto la boca del profesor cubierta por la mascarilla de oxígeno, la malla levantada en el pecho con los electrodos para el electrocardiograma y las pequeñas ventosas de las sienes. Tenía el rostro consumido por el dolor, más blanco y ahuecado que nunca.

—Al cesar la actividad eléctrica del cerebro, sobreviene la muerte biológica. En el caso de nuestro paciente, si ello no ha sucedido ha sido de puro milagro —el jefe del servicio se había tocado la cruz del cuello con la mano derecha y había levantado la mirada hacia el cielo—; pero no existe forma de saber qué daños ha sufrido hasta que no lo saquemos del coma inducido —después se había santiguado.

Mancini siguió el movimiento, arriba-abajo-izquierda-derecha, de la mano y no pudo dejar de pensar que el profesor, como el viejo comecuras que era, habría soltado en su lugar una sarta de exorcismos poco ortodoxos.

—Desde el mismo instante en que la sangre deja de fluir por el cerebro, transcurren un puñado de segundos antes de la pérdida de conocimiento. A partir de ese momento pueden pasar varios minutos antes de que se produzca el fallecimiento, minutos terribles, marcados por sensaciones de vacío y de horror.

El jefe de servicio había pronunciado aquella larga frase sin apenas tomar aliento y con cierta satisfacción, pensó Mancini mientras se alejaba.

En la furgoneta, Comello y la profesora Nigro lo esperaban en silencio. Desde el asiento trasero, incómodo y muy desgarrado, ella miraba los charcos que empezaban a puntearse de lluvia. Walter, en el asiento del conductor, tecleaba un SMS a Caterina.

«¿CÓMO ESTÁ ALEX?», había escrito Caterina.

«BAH...», fue la respuesta lacónica de Walter.

Alexandra no parecía muy entusiasmada con aquella excursión a las afueras, como la había llamado el comisario. Tal vez se debiera a Antonio. Comello desconocía lo que había entre ellos, pero resultaba evidente que algo había cambiado, al menos según decía Caterina, quien, de asuntos así, entendía más que él. Lo único seguro era que, en los últimos días, las dos partes en cuestión estaban un poco raras. Ella daba la impresión de encontrarse ausente, incluso durante las reuniones, desganada, tensa. ¿Enamorada acaso? Le parecía imposible que alguien pudiera enamorarse de Antonio, pero ya se sabe cómo funcionan las cosas entre compañeros, y él sabía algo de eso. Además, a pesar de cierta zafiedad en su modo de vestir y de la cómica torpeza de sus maneras, Alexandra era, en verdad, una mujer muy guapa, culta e inteligente.

El ruido de la portezuela anticipó la entrada de Mancini. Hizo un gesto con la cabeza a Walter, que puso el motor en marcha y arrancó. El comisario se quedó contemplando el parabrisas hasta que llegaron al final de la autopista.

Salieron en Orte y tomaron la E45 hacia Terni, y después la provincial, pero Mancini, perdido en los pensamientos, hipótesis y dudas que le abarrotaban la cabeza, no se percató de que la carretera que los llevaba al convento de San Giorgio era la misma que le conducía a sus montañas. Pasaron por el cruce de Polino y prosiguieron, entre las rocas y el verde intenso de la zona de Valnerina, hasta toparse con el indicador de madera que señalaba, a la izquierda, el convento de San Giorgio.

Mientras avanzaban, Alexandra leía en internet:

—«La comunidad religiosa que reside en este convento forma parte de los franciscanos menores. En estas instalaciones no se ofrece hospitalidad, ni se alquilan habitaciones para retiros espirituales. Hasta finales del siglo XIX era conocido solo como Convento de los Franciscanos Menores; después, hace cuarenta años, la fraternidad decidió cambiar de nombre».

—¿Y eso? —preguntó Mancini.

—Parece ser que ocurrió cuando el nuevo superior de la congregación tomó posesión de su cargo. La orden siguió siendo la misma, la de los franciscanos menores, pero el convento cerró sus puertas y tomó el nombre de San Giorgio.

Walter forzaba las marchas cortas para hacer avanzar a su rocín sobre las piedras resbaladizas tanto a causa de la lluvia como de las hojas de castaño que lo habían cubierto todo de amarillo. El recorrido discurría alrededor de la montaña y acababa contra una pared rocosa, en cuya base, rodeada por un bosque de encinas y abedules, se hallaba una edificación baja circundada de muros almenados. Al lado izquierdo, un campanario, y al otro, anunciado por un exiguo grupo de cipreses, un minúsculo cementerio.

Salió a abrirles el que parecía un joven con no más de veinte años a cuestas, pero ya con una hermosa barba oscura que le suavizaba el rostro enjuto y los ojos delicados. Un pozo romano dominaba el centro del patio en el que algunos frailes ordenaban haces de leña.

—Policía —dijo Comello, enseñando la placa.

Los pómulos del muchacho enrojecieron.

—Adelante, pasen —abrió de par en par el batiente, que parecía el de un castillo, de tan macizo como era, y les hizo un gesto para que le siguieran—. ¿Qué es lo que buscan? —preguntó con un murmullo.

Mancini se subió las solapas de la gabardina para taparse la garganta del viento gélido que se había levantado.

—Quisiéramos hablar con alguien. ¿Quién manda aquí?

—El padre superior, pero ahora no puede atenderles. Se encuentra ocupado en la oración contemplativa hasta mañana por la mañana.

—Mientras tanto, acompáñenos usted a dar una vuelta, hermano —insistió Mancini echando un vistazo a su alrededor.

El aire punzaba y se condensaba a bocanadas ante los labios de los cuatro. Nada más bajar del coche, Alexandra se había puesto un fular oscuro que encerró su rostro en un marco que la hacía parecer distinta, pensó Walter, aunque seguía estando muy guapa. El fraile iba a la cabeza y el grupo se dirigía hacia un amplio parterre cuadrado. Elevado respecto al suelo de piedra tosca del patio, encerraba en su interior cinco árboles de caqui sin frutos y con largas hojas ovaladas, peladas y coloridas.

—Lástima que se hayan acabado —afirmó Walter—. Según cuentan, el caqui es una planta muy presente en las abadías debido a la imagen que se observa una vez abierto el fruto por la mitad. La de Cristo en la cruz —dijo muy contento y despreocupado.

El fraile lo miró, pero no replicó nada y siguió caminando.

—Su nombre en griego, *diospyros,* significa «fruto de los dioses» —se entrometió Alexandra con el dedo índice levantado, para puntualizar.

Para Enrico, el olor dulzón de los caquis se asociaba con un único núcleo emocional, junto con el vino joven que su padre descorchaba a primeros de octubre, las castañas asadas, «castradas», como decía su abuela, la alfombra de hojas en el viale Adriatico, en Montesacro, amarilla, anaranjada, marrón, y las velas rojas que su madre colocaba en los alféizares del salón una semana antes del día de los difuntos. Era el sabor de una vida de la que él se había deshecho, aunque no supiera decir hasta qué punto de forma voluntaria. Una existencia que había encerrado en un cajón, cuyas llaves había perdido, ¿o tirado?

En el follaje perenne empezaron a repicar las primeras gotas de plata de una lluvia fina y cortante. Apresuraron el paso con los ojos puestos en el cielo bajo, donde una nube ocultaba los tres picos del monte.

—¿En qué consiste esa oración contemplativa de la que nos hablaba? —preguntó Alexandra al joven fraile, que se había subido la capucha para resguardarse del agua.

—Se trata más bien de una meditación para dar las gracias a nuestro Señor, para confiarle a nuestros seres queridos y a quienes padecen necesidad. Y, además, para llevar la paz a nuestros pobres corazones —dijo el fraile con un marcado acento de Umbría.

Se detuvo y los otros lo imitaron, a pesar de que la lluvia arreciaba.

—Pues aquí se encuentra la iglesia, allí el edificio principal con la biblioteca y el *scriptorium;* y por allí, en cambio, se hallan el refectorio y la cocina. Al fondo, antes del bosque, está nuestro cementerio.

—No le importa, ¿verdad? —preguntó el comisario señalando la puerta central de la iglesia, y sin aguardar respuesta empujó la enorme manija y entró, seguido por los demás.

El olor a madera, a cera y a incienso los recibió como un abrazo antiguo. Cerca de la pila bautismal, donde todos excepto Mancini se humedecieron los dedos para santiguarse, había una estatua de madera con la imagen de san Francisco, en la que aparecía representado en una escena célebre entre aquellas montañas. Frente a la figura del *poverello* de Asís inclinada hacia delante había un lobo al que el santo tendía la mano en señal de paz.

—Hace referencia a la historia del lobo de Gubbio. De cómo san Francisco lo domesticó y lo convirtió en amigo de la comunidad.

—«Hermano lobo» —Walter leyó la inscripción en el pedestal de la estatua.

En la pared de la izquierda había un fresco del santo con el ángel que le anunciaba la remisión de sus pecados. De los muros de la iglesia emanaba un frío espectral y los cuatro recorrieron la nave abriéndose camino entre los bancos. A su alrededor se cernían los escaños del coro de nogal, el atril y la base de un enorme farol de cristales amarillos que iluminaba las páginas del cantoral. Encima del altar se hallaba un crucifijo esculpido por los artesanos carpinteros del convento. Colgaba en lo alto, sujeto por dos cables de acero, y el joven fraile se arrodilló ante él; después se levantó, se santiguó otra vez e hizo ademán de alejarse; pero Mancini, que se encontraba cerca del púlpito del lado derecho del altar, le preguntó a quemarropa:

—¿A qué viene lo de san Jorge?

El joven religioso, con los párpados entrecerrados, se volvió para observar el brazo extendido del comisario, que señalaba una enorme pintura que había en el muro: un caballero vestido de negro, con aureola dorada, sobre un caballo blanco enjaezado con un paño anaranjado como la lanza hundida, un poco más abajo, en el pecho de un dragón que sangraba.

—Es uno de los santos mártires defensores de la cristiandad. Como nuestro Francisco, entregó todo lo que poseía a los pobres y, ante la corte del emperador Diocleciano, que le exigía que reconociera a los dioses paganos, se proclamó cristiano —la mirada del joven se endureció, Walter la habría tachado de cruel; la timidez de poco antes, torpe y asustadiza, se había esfumado—. Fue golpeado, torturado y abandonado en una mazmorra. Allí se le apareció nuestro Señor, que le anunció que padecería siete años de suplicios, que moriría tres veces y que resucitaría otras tantas. Y así ocurrió después de que Diocleciano ordenara que fuera partido en dos con una rueda de clavos.

Las palabras del fraile parecían cargadas de un indudable tono de hastío, algo extraño en un hombre de Dios, razonó Walter.

—Si no me equivoco, se trata de una copia de un cuadro de Gustave Moreau. ¿Por qué se escogió esta, cuando existen otras muchas más clásicas y cristianas? —preguntó el comisario.

En ese instante, por la puerta de cristal de la nave de la derecha se asomó una figura alta que arrastraba un inusual sayo, largo y completamente negro. El joven fraile realizó una prolongada reverencia delante de la figura que avanzaba envuelta en un aura mágica. Era un hombre espigado y enjuto, podía adivinarse por los hombros que presionaban bajo el sayo y por el óvalo de la cara que asomaba de la capucha. Cuando la echó hacia atrás, Mancini contempló un rostro escuálido, la mirada intensa de unos grandes ojos azules, una calva completa que revelaba una larga escala de arrugas, los labios delicados y una piel clara y punteada de blanco en la barbilla. Daba la impresión de ser un hombre no carente ni de una aguda inteligencia ni de cierta severidad de formas.

Antes de que el joven pudiera presentar a los visitantes o de que estos intentaran hacerlo por sí mismos, el padre superior se santiguó tres veces con el pulgar sobre la frente y con la mirada fija en el crucifijo que colgaba; después se volvió, con un crujido del hábito:

—«No creo ni en lo que toco ni en lo que veo. Solamente creo en lo que no veo y en aquello que siento».

—Gustave Moreau.

Mancini señaló el lienzo con san Jorge y el dragón. Moreau era una de las grandes, grandísimas pasiones de Marisa, y al final él también acabó por interesarse en él y por estudiarlo con ella, porque todas las pasiones de Marisa requerían estudio. Y juntos pasaron un fin de semana en París en la casa-museo del pintor: ella tomando notas; él, inmóvil, sin apartar los ojos de esa tela.

—Me llamo Bernardo, soy el padre superior de este convento. Paz y bendiciones.

—Paz y bendiciones —contestó el joven fraile, haciendo la enésima genuflexión.

Walter asintió, la profesora Nigro y Mancini no pestañearon y, uno tras otro, fueron presentándose.

—¿A qué debemos la visita de la policía entre estos santos muros? —con un amplio movimiento del brazo izquierdo, el padre superior invitó a los presentes a aproximarse al lienzo.

Bajo la reproducción del célebre cuadro de Moreau había un basamento de madera de nogal en el que aparecían grabadas dos líneas: *Dios me ha mandado ante vosotros para libraros del dragón. Si abrazáis la fe de Cristo, recibiréis el bautismo y yo mataré al monstruo.*

—Se trata de un fragmento de la *Leyenda dorada,* del fraile dominico Santiago de la Vorágine, obra de la que conservamos un códice manuscrito en nuestro *scriptorium.* Resume la inestimable importancia de san Jorge en el mundo.

—Su fiesta es el 23 de abril, ¿verdad? —preguntó Comello.

—Sí, el día en el que fue brutalmente asesinado por los paganos, en efecto. Y el día en el que lo recordamos.

Alexandra, con el fular alrededor del cuello, se sentía intimidada por aquella voz cavernosa que resonaba entre las naves de la iglesia.

—Usted no es de esta zona, ¿no? ¿De dónde entonces?

La pregunta de Mancini sonó como una irreverencia, pero él no le dio importancia y permaneció con la mirada fija en la del otro.

—Aquí tenemos hermanos de toda Italia, comisario. Yo mismo, como ha notado usted, soy del Véneto, pero antes de trasladarme aquí pasé muchos años en Tierra Santa.

Exhibió una sonrisa que le iluminó el rostro consumido. Desprendía un encanto que no resultaba de ningún modo espontáneo, muy poco franciscano, y no hacía nada por ocultarlo.

—Como le preguntaba al hermano, ¿por qué inclinarse por Moreau? ¿Cómo han elegido una representación tan alejada de la clásica iconografía cristiana de san Jorge, tan distinta de la imagen del héroe recubierto de plata y con el escudo cruzado?

—Parece usted un observador minucioso, comisario. He de admitir que responde a una debilidad mía, pues siempre he admirado el lema que animaba todo el arte de Moreau.

—El que ha citado hace un momento.

—Sí, exacto. Forma parte de nuestro universo de creencias, y el hecho de que esta obra incluya en su interior algo de ese principio me agrada. Y con las palabras de Santiago de la Vorágine, constituye uno de los dos pilares de esta congregación.

—Pero ¿los franciscanos no colocan la pobreza en la base de todo? Vaya, la historia del *poverello* de Asís... —se inmiscuyó Comello.

—En realidad, los treinta y tres hermanos que estamos aquí pertenecemos a una orden menor, más libre, en cierto sentido, que la antigua orden franciscana.

Un hereje, pensó Mancini, lanzando una mirada a Alexandra Nigro.

—Nuestro lema sigue siendo «paz y bien», y las características espirituales de nuestra orden son la caridad hacia el prójimo, la humildad, la sobriedad, la simplicidad y la «perfecta alegría».

—¿Y qué ocurre con la historia del dragón? —replicó Mancini—. Debo de haber leído algo acerca del sentido y la relación entre el hombre y el animal. El dragón encarna la figura del monstruo, la personificación de la oscuridad y lo desconocido. ¿No representaría entonces el dragón la síntesis, el símbolo mismo de todos los monstruos?

—Es una posible lectura, comisario. Pero ¿por qué me lo pregunta? Dígame, ¿qué ha venido a buscar aquí arriba, a estas solitarias montañas?

—Necesitamos información sobre un objeto.

—¿Qué clase de objeto?

—Un cordón, o mejor dicho, un cíngulo. Así es como lo llaman, me parece.

62.

Era dueño del antro un varón monstruoso;
pacía sus ganados aparte,
sin trato con otros cíclopes,
y guardaba en su gran soledad
una mente perversa.

HOMERO, *Odisea*, IX, 187-189

Diluida por la neblina, a una luna preñada le costaba esparcir sus rayos de algodón entre los tiovivos del viejo parque de atracciones. Detrás de las vallas, un revoltijo de carruseles oxidados y la maraña mecánica de la hierba. Un cementerio de monstruos de aluminio y cartón piedra, donde se alza el anillo de la noria, manchado de gemas llenas de herrumbre. La fuerza mecánica que la movía se ha apagado bajo los dardos del agua y del orín que siguen devorándola. Los neumáticos dormitan en el recinto de su gigantesco motor. De las veinticuatro cabinas, solo dos continúan en su sitio. Las otras descansan, exhaustas, a los pies de la atracción. Rojas, amarillas, violetas, cápsulas espaciales para pequeños viajes intergalácticos transfiguradas en escuálidos nidos de pañuelos, preservativos y jeringuillas. Un campo de batalla, setenta mil metros cuadrados de helicópteros destrozados y tanques devorados por la vegetación. El empalagoso olor del algodón de azúcar disuelto en el hedor de orines y excrementos.

El camello se desenvuelve bien. A pesar del parche en el ojo que tiene que agradecer a ese cabronazo de magrebí; así es como se hace llamar en su entorno el colega negro que le hizo la bromita con el cuchillo. No tiene dificultades porque conoce estos recovecos como si hubiera nacido aquí. No hay cepo ni trampa vegetal con los que se pueda tropezar. Sonríe a la noria, a los radios apretados y estrechos como los de su vieja bicicleta azul. Cada vez que entra aquí reconoce el eco lúgubre de este lugar. De pequeño le asustaba, le hacía sentir escalofríos incluso de día, cuando pasaba por la verja pintada cogido de la mano de su padre. Se abrazaba a su pierna mientras hacían cola para subir a la montaña rusa, recuerda aún aquel nombre maravilloso, Himalaya, saborea la emoción del vuelo. Sin embargo, también de más mayor, cuando el sábado hacía novillos en el colegio y se refugiaba entre el follaje para fumar, advertía ese desasosiego suspendido.

No era un parque familiar, sino un sitio repleto de pasajes espantosos. Cada escenografía, cada juego, cada rincón, estaban envueltos en un aura siniestra. Un lugar que amenazaba, que desafiaba a enfrentarse con los gritos lúgubres que salían de los monigotes de cartón piedra. Los altavoces murmuraban para atraer a los niños a los tiovivos; y luego la discoteca ochentera, las luces que aturdían, los humos de las atracciones entremezclados con el olor a fritanga.

Han pasado muchos años desde entonces. Su padre se suicidó y el camello dejó de estudiar, se marchó a Tailandia, se puso hasta las cejas y ahora es el que vende esos colocones químicos. Cincuenta y cinco años tirados a la basura, piensa, pero después rebusca en la bolsita salvavidas lo que precisa para hacerse una rayita y ya está, la memoria se pone a cero. El polvo blanco ha consumido sus fosas nasales; después le ha destrozado el tabique y se ha adentrado en el paladar hasta desmigajarle la mandíbula. A veces, cuando aspira por la nariz, nota cómo tiembla el paladar, cómo le cuelga, blando, como una esponja adherida a la roca.

Esta noche la ronda está a punto de acabar. Y mañana, vuelta a empezar desde el Pigneto. Sopla un aire frío y el camello se mete la mano en el bolsillo interior de la chaqueta y extrae una petaca, la abre, la levanta y echa un buen trago. Mira la hora por enésima vez. El tío al que espera se retrasa. Cinco minutos más y se largará. Y es que el alma de este sitio es negra.

Avanza, pasa el chalé y llega hasta el viejo tren del laguito; la locomotora y el último vagón hacen las veces de la cabeza y la cola de Nessie, el monstruo del lago Ness. El espejo de agua está verde y el camello cruza la torre de cartón piedra para encontrarse delante de la Casa del Terror, con sus enormes figuras de la araña y el búho, las patas peludas, los ojos saltones. La peor de todas, la irresistible pesadilla de todos los niños, porque se entraba andando y había cosas que cobraban vida y te rozaban. Y porque su padre nunca lo acompañaba.

Le tiemblan las piernas mientras alcanza la entrada. Ha quedado allí; pero se topa con la pesadilla que emerge de su memoria de chiquillo. Vuelve a ver el suelo de la Casa del Terror, que se tambalea, mientras se gira en busca de su padre. Este, sin embargo, ya no está, se ha ido a fumar o a estirar las piernas. Stefano se siente perdido y quisiera echarse atrás. Con el ruido en los oídos de las cuñas del barco de los piratas, de los pistones del Tagadá y de la música de los carruseles de los niños pequeños. No, él ya no es un niño, se dice acuclillado en el suelo, solo, en la casa oscura. Se levanta y respira con la boca abierta. Ánimo, se dice. Pero cuando desde la pared lo sujetan dos manos esqueléticas enloquece, patalea, llora, echa a correr. Choca contra la barandilla de hierro y las luces rojas parpadean desde abajo. Un cuerpo putrefacto se levanta de la tumba, él no sabe qué hacer, anda perdido en el juego macabro, en la horrible ficción de las paredes de cartón. No hay modo de refrenar la vejiga, que se libera mientras él se apresura hacia la salida. Fuera lo espera papá con una gran sonrisa, pero cuando lo ve llorar, con los pantalones de pana mojados por el pis, lo recibe con una bofetada que lo devuelve a la realidad. A la vergüenza de sentirse un inadaptado. Al miedo a la oscuridad. Y a las cosas que oculta.

El camello intenta ahora también superar el pánico, mientras se adentra en la Casa del Terror, donde suele quedar. Da una patada a una lata, que rueda lejos y choca contra una pila de estacas para levantar vallas. Todas han salido del césped, donde quedan unos agujeros profundos, aunque no mayores que una moneda grande. Alguien las ha amontonado para usarlas como leña.

Stefano mira a su alrededor, nervioso, se sacude la muñeca para liberar la esfera del pequeño Casio de la manga. Esperará cinco minutos más y ya está, se dice, pero no se le oculta que sin dinero no puede volver a casa, donde le esperan los peces gordos, porque él no es más que el último eslabón de la cadena. Se enciende un cigarrillo y, cuando el humo sube y el olor a tabaco se expande y lo envuelve, reconoce en sí a otro hombre. A su padre. El mismo gesto de la cabeza, los ojos cerrados para evitar el humo, la idéntica bocanada de aire blanco.

63.

Valnerina, convento de San Giorgio

Mancini hizo un gesto a Walter, que le pasó la bolsa de plástico en la que había metido los trozos de cuerda hallados en la escena del crimen.

—¿Por qué han venido hasta aquí? —repitió el padre superior, repentinamente ensombrecido.

—El artesano que fabricó este cordón nos ha dicho que pertenece a una partida hecha a mano, con lana blanca, que fue vendida a este convento hace más de diez años —dijo Walter.

Sin aguardar, el comisario preguntó:

—¿Cuántos años hace que está usted aquí?

El hombre lanzó una mirada a Mancini.

—Llevo cuarenta años como padre superior entre estas santas paredes.

—Entonces, quizá recuerde al artesano del que le hablo. ¿Cómo se llama, Walter?

Comello, tratando de encontrar la libreta, se palpó los bolsillos de atrás y, después, el chaquetón de piel.

—Le he mandado un correo, espere, que lo miro en el móvil.

El padre superior frunció la frente y puso fin a un espectáculo indigno de aquel lugar.

—Se llama Mariucci. Fue el último gran lote que negociamos con el viejo Mariucci, en Asís.

—¿Y por qué ya no se los compran a él? ¿No se fabrican ya con los mismos métodos artesanales?

—Creo que sí, pero el viejo era un hombre devoto del Señor y de nuestra orden, mientras que a su hijo no le gustan

351

los sacerdotes, ni los frailes, ni las monjas. Su hijo no ama a Dios. Es alguien que hace su trabajo por afán de lucro. Y yo, nosotros, no queremos tener nada que ver con gente así. En su momento adquirimos los suficientes, y un cíngulo basta para toda la existencia terrenal de un hermano.

—Entiendo —asintió Mancini.

—¿Por qué le dan tanta importancia a un cíngulo sucio y gastado? —preguntó el religioso con un hilo de voz.

Alexandra se entrometió:

—Se trata de la cuerda con la que fueron atadas las víctimas de un peligroso asesino.

Mancini la miró fijamente, con los ojos muy abiertos, irritado por esa intervención.

—Dios Todopoderoso —el fraile se llevó los dedos a la boca, asustado.

El comisario se inclinó hacia delante:

—Él es el Todopoderoso —dijo secamente—. El único Todopoderoso de verdad es ese asesino —precisó apretando la mandíbula, enseñando los dientes en su esfuerzo por contenerse.

Bernardo se quedó mirándolo incrédulo. ¿Estaba blasfemando en la casa de Dios?

—Ya han muerto varias personas. Y fueron asesinadas de un modo horrible, inhumano. Monstruoso —el volumen había aumentado.

El padre superior desplazó su peso sobre la pierna posterior para alejarse. Mancini temblaba. Era la primera vez que se veía en una situación como esa con un hombre de Iglesia. Notaba que la rabia que lo invadía tenía raíces profundas y quería aprovecharla.

—¿Se refiere a ese al que llaman «el Escultor»?

—¿Cómo es que sabe usted eso?

—Tenemos un viejo televisor en el refectorio, y una vez a la semana un hermano baja al valle y compra un ejemplar del *Avvenire** que conservamos en la biblioteca. Nos resulta

---

* Periódico de inspiración católica, cuyo accionista mayoritario es la Conferencia Episcopal italiana. *(N. del T.)*

necesario para seguir en contacto con la realidad exterior de alguna manera y saber qué ocurre, cómo evolucionan la sociedad y el mundo y cómo podemos llevar ayuda y consuelo a nuestros hermanos.

—Nosotros lo hemos visto —se entrometió Comello, que empezaba a preocuparse por la actitud de Mancini—. Quisiéramos saber si entre los hermanos ha habido alguno que se pareciera a este.

Esa mañana, muy temprano, Walter se había pasado por la oficina técnica de la científica para que le hicieran, con la ayuda de un programa informático específico, un retrato robot del hombre que lo había agredido en la Casita de las Lechuzas. No eran muchas las referencias que había podido dar, pero, aunque algo tosco, el dibujo proporcionaba una idea del rostro que había entrevisto aquella noche.

El padre superior se apartó un par de metros, hacia un candelabro sostenido por una talla de san Francisco. Walter pasó la hoja al religioso, quien la cogió, acercó el rostro al enorme cirio blanco y la observó entrecerrando los ojos rugosos. La mano pareció temblarle durante un instante, agitada por un viento invisible.

—¿Lo reconoce? —lo agredió Mancini, agarrándolo del hábito.

Fray Bernardo permaneció en silencio y acercó la hoja un poco más a la llama. Sus ojos claros relucían y el cráneo brillante parecía dilatar el resplandor de la mecha.

—Es muy importante —añadió Alexandra en voz baja.

—No está del todo claro, pero...

—Se lo ruego —dijo ella, apoyando una mano en el brazo libre de la presa del comisario, que seguía mirándolo fijamente.

—Me parece imposible...

Su actitud titubeante y el velo de desánimo que le había enturbiado la voz fueron la gota que colmó el vaso para Mancini.

—¿Y bien? —la manga del franciscano tembló por los tirones.

—Cualquier elemento, a estas alturas, por pequeño que sea, puede resultar decisivo —confirmó Walter—. Le ruego que intente recordar —sacó su libreta para apuntarlo todo; entretanto, los ojos ambarinos de Alexandra relucían entre sus pecas.

Mientras Comello se sentaba en un banco de la primera fila, Mancini estalló de nuevo:

—¡Dios santo, hable de una vez!

Apartó a Alexandra y agarró el cuello del hábito con las manos:

—¡Ahora mismo!

Walter se levantó de un salto y metió un brazo para separarlo del cuerpo del religioso.

Mancini apretó la tela e hizo que el fraile se tambaleara. Ni siquiera se había dado cuenta de la intromisión de Walter.

—Huyó de aquí. Hace tres años. Y no hemos vuelto a saber nada de él —los ojos del religioso buscaban los de Walter y Alexandra.

Mancini lo soltó. Sus manos, que antes sujetaban el borde del hábito, se abrieron, y las palmas se adhirieron al pecho del hombre.

—Tenía... Teníamos a un chico muy joven, aquí en el convento —se le notaba visiblemente asustado.

—¿Cómo se llamaba? —el volumen había disminuido y las manos se apartaron del pecho del fraile.

El hombre movió la cabeza sin dejar de mirar hacia un punto en lo alto.

—Nunca llegamos a saberlo —contemplaba el crucifijo sobre el que pasaban las sombras de la iglesia.

—¿Y eso cómo es posible? —la voz del comisario se elevó de nuevo, con los puños listos para saltar.

—Fue abandonado aquí cuando no era más que un niño. Nunca supimos nada más de él. Solo recibimos el encargo de tenerlo aquí, con nosotros. De criarlo, de educarlo.

Mancini se iba irritando y su ira aumentaba en oleadas.

—Pero ¿qué dice? ¿De qué encargo habla?

—Es que eso fue lo que ocurrió. Lo encontramos delante del portón. Tenía siete años. Era verano, pero aquí por la noche hace frío incluso en agosto y los dientes le castañeteaban. Le dejamos entrar. Era la primera vez que sucedía algo parecido desde que yo estaba aquí, por más que la orden ya hubiera socorrido en el pasado a los hijos de Dios, extraviados o abandonados, daba igual. El pequeño no hablaba, no decía nada. Miraba a su alrededor, curioso. Tenía unos ojos..., los ojos más increíbles que he visto, de un azul clarísimo, y el pelo rubio —volvió a fijar la vista en la hoja con el retrato robot—, rubio ceniza, y una expresión ausente.

—¿A qué se refiere con ausente? —Alexandra se ajustó el fular en la frente.

—Parecía como si siempre dirigiera su mirada hacia otro lugar, como si sus ojos buscaran algo en otro mundo. Era incapaz de demostrar la menor emoción.

—¿Por qué no lo pusieron en conocimiento de las autoridades? —preguntó Walter, que había vuelto a sentarse. Las cosas empezaban a adquirir un cariz que no le gustaba.

—Al principio pensamos en llamar a la policía, pero luego...

—Luego ¿qué? —Mancini levantó la barbilla en busca de una respuesta.

—Tres días después, uno de los hermanos encontró una gran bolsa de deporte en el patio. La habían lanzado desde el exterior, del otro lado de la valla, probablemente la noche anterior. Dentro había una foto suya, del niño quiero decir, y una gran cantidad de dinero.

El hombre agachó la cabeza. Hasta las almas devotas, consagradas a la espiritualidad, saben estar calladitas cuando encuentran la motivación adecuada, pensó Comello con el bolígrafo en la mano.

—¿De cuánto dinero hablamos? —preguntó el comisario.

Dos frailes entraron por el fondo de la iglesia e hicieron que penetrara un viento gélido. Pero el temblor que lo sacudió no se debía al frío, sino a la irritación que le provocaba aquella forma de hablar, ese avanzar con circunloquios, sin ir nunca al grano.

—Bastante —el hombre dirigió la mirada hacia lo alto, a la izquierda, y siguió hablando de forma entrecortada—. Solo sé que nos sirvió para construir el pozo, que antes se hallaba en la montaña, y para arreglar el *scriptorium,* la capilla y el dormitorio general, que habían sufrido graves daños durante el terremoto de 1997.

Mancini resopló, rechinando los dientes con la mandíbula contraída.

—Ya está bien.

—¿Cómo? —el fraile palideció.

—Venga, vamos a darnos un poco más de prisa.

Mancini había pillado por sorpresa incluso a Comello y a Alexandra.

—¿No sería mejor salir de aquí, comisario? —se atrevió a proponer Walter para tratar de rebajar un poco la tensión, aunque sabía que corría sus riesgos.

—Ahora me lo vas a contar todo —Mancini se sorbió la nariz y apuntó el mentón hacia arriba hasta que tuvo a tiro la cara del fraile—. Ahora vas a decirme qué había en esa bolsa.

Había pasado al tuteo y a Walter no se le ocultaba que aquello no era una buena señal. La situación empeoraba. Mancini saltó de nuevo. Tenía muchas cosas en la cabeza que nada tenían que ver con aquel fraile, con esa iglesia y con el caso. El olor a incienso, las velas, el funeral de Marisa. Las palabras del cura, la falsedad que había respirado durante la homilía y la retórica del padre superior. Se sentía asqueado por aquel horror y en un instante decidió que había llegado el momento de trazar una línea. O dentro o fuera.

Las manos se lanzaron otra vez hacia la pechera del hábito empujando ahora con firmeza. La figura del anciano se alzó mientras resbalaba hacia atrás, impulsada por la fuerza nerviosa de Mancini. Se detuvo contra la columna.

—¿Qué más había en esa bolsa de los cojones?

Walter y Alexandra lo sujetaban por los codos e intentaban hacer que retrocediera, pero sin excesiva convicción.

Todo pareció aminorarse y detenerse, hasta que las arrugas de la cara del viejo se humedecieron por las lágrimas.

—Una carta. Había una carta.

El comisario soltó al fraile de golpe y Alexandra se acercó a este.

—¿Dónde está esa carta?

—No lo sé, señorita —el padre superior había acusado el violento golpe y no dejaba de mirar a su alrededor—. No he vuelto a verla, después de que el muchacho se marchara.

—¿Y qué decía? —le preguntó ella, tranquilizándolo con una voz suave.

—Incluía unas instrucciones sobre cómo criar al chico, sobre sus costumbres alimentarias; solo comía carne y fruta, nada de pan, cereales o pasta. Y nos prevenía.

—¿Sobre qué?

Mancini y Comello pronunciaron la pregunta con medio segundo de diferencia.

—Ese muchacho, verán... No se encontraba bien.

No cabía ya la menor duda. ¿Era allí, en aquel universo encajado entre los Apeninos de Umbría y alejado del mundo, de la realidad, donde había empezado todo? ¿Tendría razón Biga?

—Nunca supimos con exactitud qué le ocurría, desconocíamos el nombre de su enfermedad, pero a intervalos regulares se extraviaba. No sabría explicarlo de otra manera. Una vez, la primera, llevaba poco tiempo con nosotros, era invierno y había nevado, entré en su celda y me lo encontré desnudo mirando el ventanuco. Permanecía inmóvil y no respondía a nuestras palabras. Lo tapamos y nos dimos cuenta de que tenía el cuerpo tan rígido como un trozo de mármol. Resultaba imposible levantarlo o desplazarlo.

—¿Epiléptico? —murmuró Walter para sus adentros.

—El gran cambio, desastroso, ocurrió más tarde, en la adolescencia. Se mostraba impaciente, ausente, se veía que estas paredes le venían estrechas y que empeoraba. En ese momento empezaron los primeros arrebatos de ira y, a medida que fueron pasando los meses, los ataques se hicieron cada vez más frecuentes y peligrosos.

—¿Qué quiere decir? ¿Peligrosos en qué sentido? —preguntó Alexandra.

—Actos violentos contra los hermanos, auténticas agresiones. Se escondía en los confesonarios o entre las lápidas del cementerio y atacaba a los frailes como si fuera un animal vagabundo, arrojándose sobre ellos y arañándolos como un tigre.

La mecha de una vela crepitó y el enorme retrato del santo pareció cernirse con el peso de la oscuridad que lo envolvía. Los ojos del padre habían adquirido una expresión seria y melancólica. Y ahora miraban fijamente el dragón atravesado por la lanza de san Jorge.

—Me daba miedo. Nos asustaba a todos aquí dentro.

Comello apartó el bolígrafo de la libreta y buscó a Mancini. No había sido un espejismo aquello a lo que habían asistido en la Casita de las Lechuzas.

—Aunque eso solo ocurría cuando... Durante sus ataques.

—Cuando *cambiaba* —dijo Mancini.

—Sí, así es. Parecía como si otro ocupara su lugar, alguien que vivía otra vida —el hombre se santiguó tres veces—. Intentábamos distraerlo con algunos trabajillos, pero en determinado momento nos vimos obligados... —soltó un enorme suspiro y sacudió la cabeza, contrito—. *Me vi* obligado a recluirlo en una de las celdas que usaban los frailes del siglo pasado. A partir de entonces, salía raras veces y solo conmigo. Era y soy el padre superior, la responsabilidad era mía. Tenía esa cruz. Mi... prueba.

Su cruz, pensó Mancini volviéndose hacia el altar y escudriñando el crucifijo suspendido en el aire. Por ella había arriesgado su propia incolumidad y la de los suyos, al no denunciar el abandono y el hallazgo del chico. Una lástima repentina lo recorrió y volvió a dirigirse al fraile. Con la mirada dura, con la voz airada:

—¿A cuántos mató antes de escaparse?

El padre superior dejó que sus miradas se retaran durante unos instantes; luego contestó:

—A un hermano que se hallaba en su celda durante una de sus crisis. Fue entonces cuando me vi obligado a encerrarlo. Más de uno entre los que estaban aquí dio las gracias al Señor cuando el muchacho desapareció para siempre de este convento.

—¿Y cómo es posible que durante todo el tiempo en que estuvo aquí no le dieran nunca un nombre? —preguntó Alexandra.

—Nunca. Figuraba entre las exigencias de la carta. Quien lo dejó aquí sabía que su enfermedad empeoraría con el tiempo. Y nosotros debíamos desalentar cualquier señal de afecto por su parte, cualquier gesto. No ponerle un nombre resultó necesario para anular toda posibilidad de cogerle cariño.

—Si estuvo aquí durante quince años y tenía seis o siete cuando llegó, hoy debería rondar los veinticinco —comentó Alexandra, haciendo una seña a Walter para que lo apuntara—. ¿Aún tiene esa foto? ¿Podría enseñárnosla?

El religioso meneó la cabeza:

—No, lo siento, acabó por perderse.

—Yo me sigo preguntando cómo es posible que haya llegado a Roma en esas condiciones —tampoco Comello parecía convencido de la sinceridad del fraile.

—Como les decía, esos periodos se alternaban con otros de lucidez en los que se comportaba como un chico normal. Conseguimos educarlo en el espíritu franciscano y venía a misa, rezaba, ayunaba, era uno de nosotros.

El olor a incienso se había vuelto insoportable.

—Quiero recorrer el convento. Y echar un vistazo a la celda de la que habla —Mancini no le dejó opción.

El fraile hizo un gesto con la cabeza y entrecerró los ojos; después volvió a subirse la capucha:

—Si puedo ayudarles..., que Dios los bendiga.

Por la capilla se accedía a la sección más antigua del convento: el refectorio de los frailes, el dormitorio general y un pasillo con celdas que se abrían a derecha e izquierda.

Diminutas y sin puertas, todas se encontraban excavadas en la roca, sin más mobiliario que un jergón. Parecía claro que hacía tiempo que nadie entraba en ellas. Al observar una cerrada más adelante, Walter preguntó al fraile qué guardaba.

—Esa era su celda —dijo el religioso, con la mirada esquiva. Luego hizo un gesto al otro fraile, que rebuscó entre las llaves que llevaba colgando del cordón y cogió una oxidada. Seis vueltas y la puerta se abrió con un chirrido. Mancini entró con las tripas encogidas, amordazado por la tensión.

Había un profundo nicho con un ventanuco y la base de una cama de madera con un viejo colchón encima. Se acercó. En la pared enlucida resaltaba un dibujo grande y preciso, realizado con un lápiz gris. Mostraba a san Jorge matando al dragón.

El comisario dejó que su mirada se perdiera entre las líneas precisas de la figura del santo. Cuando todo se volvió desenfocado, lo *vio*. El muchacho, en el frío de la celda, vestido solo con el hábito, se movía frenético como un animal enjaulado. Arriba y abajo, pisando la piedra desnivelada del suelo y aguardando a que pasara el tiempo. Tenía los ojos clavados en el ventanuco mientras esperaba a que apareciera la luna, su única compañera durante aquellas terribles noches. Después, el chico se encogía en un abrazo solitario y retrocedía, con los ojos inundados de un intenso miedo. Vio cómo se daba la vuelta, cómo se lanzaba a la cama, cómo levantaba la almohada y aferraba algo y lo apretaba contra él.

Mancini sacudió la cabeza, y la alucinación, suspendida entre el sueño y un recuerdo con los ojos abiertos, se desvaneció dejándole la sensación de haber rozado la esencia de aquel Mal. Fueron unos pocos instantes; en ellos había intuido algo mucho más importante que el caso al que se enfrentaba.

Sabía cómo se encendía la fantasía de los asesinos en serie, cómo se alimentaba de los macabros éxitos que lograban. Cómo se insuflaba de vida. Pero lo que sentía, lo que experimentaba cuando se asomaba a la escena del crimen, ese estremecimiento que punzaba en la base de su nuca, nacía como adrenalina para transformarse en algo distinto. Algo terrible, perturbador. ¿Una forma profunda y retorcida de empatía? Una identificación desconocida y honda. Una íntima complicidad con el asesino. En esos momentos en los que se ausentaba, Mancini fluía en otro cuerpo, casi como si pudiera percibir el mundo con los sentidos del Escultor.

Sin embargo, ¿qué sucedía esta vez? ¿Qué podía acercarlo a ese asesino ajeno a la gracia de Dios? La respuesta apareció por sí sola. La clave de su empatía con el asesino en serie consistía en la alucinación. La clave de lectura que no había encontrado aún. Esa que tan solo había tanteado en la cueva de Escila. ¿Sería ese carácter alucinado la «ligazón» entre el Escultor y él? Su capacidad de com*partir* con el asesino, de ponerse en su pellejo, aún más, la correspondencia molecular de las emociones, eso que no le había contado a nadie. Su secreto.

Sobre el colchón, una sábana llena de polvo tapaba un cojín muy ligero. Mancini lo levantó y descubrió un pequeño animal que yacía debajo. Parecía un muñeco, aunque no se entendía de qué clase, pues estaba muy raído. Quién sabe cuántas noches el muchacho lo habría abrazado con fuerza.

—Era un osito, se lo hizo un hermano con unos saquitos y unos botones. Fue aquí donde el chico estuvo durante todo ese tiempo, antes de escaparse hace tres años —el padre superior tenía un tono desconsolado, era incapaz de serenarse.

La historia de un niño solo y enfermo, pensó Comello, estaba atrapada entre esas paredes de piedra que nada hubiera podido convertir en una habitación infantil. Se imaginó sus miedos de niño encerrado allí dentro, sus noches espantosas, la soledad, sin ningún cariño, sin nadie con quien jugar. Sin un nombre siquiera que le hiciese compañía. Se volvió y vio a Alexandra que miraba la cama y, en especial, el muñeco. Walter le apretó un brazo.

El comisario pasó la mano por la superficie del nicho y notó la capa de cera solidificada durante años. En la superficie blanca había surcos con formas precisas. Se volvió de golpe hacia el padre superior, con los ojos relucientes.

—Aquí había dos libros, ¿verdad?

—Sí, una biblia.

—Estas son las marcas de dos lomos.

El padre superior se paró a reflexionar; después cayó en la cuenta.

—Pues claro... En la bolsa de deporte había otra cosa. Un libro que yo le leía cuando venía a hacerle compañía antes de que se quedara dormido —inclinó la cabeza.

—¿Y de qué trataba? —preguntó Alexandra.

—De mitología; contenía numerosas figuras, ilustraciones, fotos. Parecía muy unido a él.

Lo habían encontrado. Tenía que ser ese el manual de muerte del Escultor.

—¿Se lo llevó con él cuando huyó? —dijo Mancini, bajando del escalón que había delante del nicho.

Fray Bernardo lo miró como se mira a un estudiante que ha lanzado una respuesta al azar y se ha equivocado.

—Por supuesto que no. Se encuentra en nuestra biblioteca, al igual que su biblia.

64.

El cazador de monstruos sabe que no puede permitirse más errores y que tiene que darse prisa porque el Rey del Caos viene pisándole los talones. Lo siente dentro de las venas, está a punto de ser atrapado. Por eso se ha escondido en la casa con la araña y el búho. Allí no entraría nadie, ni él mismo, de no haber pasado ya tanto tiempo desde las espantosas noches en el convento. Pero es allí donde aguarda en silencio, porque no es la primera vez que ve a ese sujeto con un solo ojo, al que ha decidido hacer suyo, al que dentro de poco convertirá en su Cíclope. Justo allí, entre las cuevas de cartón piedra, donde ha encontrado su enésima madriguera, húmeda y oscura, le ha visto entregar un sobre blanco y una bolsita transparente a un hombre que temblaba y sudaba mucho.

Escondido dentro del habitáculo que sirve de taquilla, el cazador ve a su presa, pero se queda quieto, porque aún no ocurre nada dentro de él. Y entonces se agarra la garganta con la mano. Y aprieta con fuerza. Aprieta como si quisiera partirse el cuello, como si deseara arrancarse todo el aire del cuerpo. Cuando el hambre de aire se hace irresistible, suelta la mano y se queda sentado, con los ojos desorbitados clavados en el suelo. En el cristal negro ve el reflejo de su rostro lívido. Tiene el pecho y la espalda empapados de sudor. El repentino desorden de la actividad eléctrica del cerebro desencadena la primera convulsión. Delante de él, el camello pasea arriba y abajo. Ha de darse prisa, antes de que el Cíclope se aleje. Los músculos del cuello y de los hombros balbucen; le tiembla el labio inferior.

La transformación acaba de empezar.

En ese momento, por el seto de detrás de la noria aparece un hombre de color. Lleva un mono y calzado negros y se mueve como un felino entre los hierbajos y los cascotes. Una bolsa le cuelga del hombro.

Stefano mira hacia el otro lado, porque es por ahí por donde suele aparecer el magrebí, saltando la valla que él observa. Cuando se da cuenta es demasiado tarde. El hombre negro ha extraído ya el cuchillo de la cazadora de piel. Alguien le está gastando una broma pesada a Stefano y algo le dice que el negro no se contentará esta vez con el otro ojo.

En ese instante la rabia enferma del cazador explota como una bomba junto con el cristal negro tras el que se oculta. El estruendo de las esquirlas es el fragor de una cascada de cristal. El grito que le sale de la boca se parece a un absurdo chillido animal. Para el cazador, el mundo no existe. El cartón piedra se ha convertido en roca, los hierbajos crecen todos a la vez, se alargan, con los árboles y arbustos como centinelas de la cueva. A pocas decenas de metros, el laguito se ensancha en un anillo que lo rodea como el mar que abraza la isla del gigante. En el aire, el olor asilvestrado de los rebaños; por el suelo, los cráneos descarnados de los marineros que han servido de alimento al monstruo. Debe matar al Cíclope antes de que lo haga pedazos y lo devore.

Stefano se gira por completo, debido al parche. Entonces, los tres ojos de los camellos se posan en el hombre del jersey gris y el pelo de luna bajo la luz de la luna. Lleva en las manos dos grandes piedras y tiene el rostro cubierto de puntitos rojos. Ambos se quedan mirando la mueca que le altera la boca, el movimiento ocular incontrolado. El cazador está listo.

La hoja del magrebí raja el chaquetón de Stefano, el jersey y la camiseta de debajo. Desgarra la piel, penetra en la primera capa de grasa y se detiene a dos centímetros del bazo. Stefano se derrumba con las manos en el costado, del que asoma la empuñadura del cuchillo de cocina. En su mirada se refleja la luz negra del horror, el miedo al monstruo que ha surgido del pasado, a la muerte que se halla ahí, a un paso, inesperada.

El cazador se lanza contra el hombre negro en el momento en que el Cíclope cae de rodillas. Ha de ser él quien lo mate. De un salto se pone a tiro del negro, que se agacha y lo golpea dos veces, gancho y cruzado al rostro. Pero el rostro del cazador ya no está ahí. La cara se le echa encima y los dientes se hunden en

*el cuello negro como los de un dóberman. El otro lo ciñe con
fuerza y aprieta mientras los dientes del cazador desgarran el
músculo esternocleidomastoideo y un relámpago le incendia
el cerebro. La presa no cede y al cazador no le queda más remedio que emplear la fuerza: del bolsillo oculto en la manga extrae
su instrumento y lo hunde en la sien izquierda.*

*Los brazos del magrebí ceden de golpe, aflojan el abrazo y el
cuerpo cae por el suelo como una manzana del árbol. El camello
no tiene tiempo ni de lanzar siquiera un grito. En el rostro del
cazador no hay ninguna emoción cuando le aferra la cabeza
entre las manos; se queda mirando los ojos blancos y le estrella la
nuca contra el escalón del parterre. Después, como un animal,
se vuelve hacia la auténtica presa. Nuestro comehombres, el Cíclope, sigue aún allí, paralizado, con su único ojo relampa-
gueando: el cuchillo en el vientre y el cazador sobre el cuerpo del
magrebí.*

¿De qué lado llegará la muerte?

*El cazador se levanta, con la figura humeante del negro a
sus pies. Da el primer paso y Stefano estalla en un llanto repentino. El otro avanza y lo escruta con curiosidad. El camello
agita la cabeza y llora a lágrima viva, como aquel día tras la
bofetada de su padre. Y por primera vez desde que está en el
suelo halla fuerzas para moverse. Dando un tirón, se arranca
el cuchillo del costado y lo tira; se levanta y se vuelve para tratar
de alcanzar la verja. Cuando los músculos abdominales se con-
traen, una punzada invisible se le expande por todo el abdomen
como una llamarada. Se levanta el jersey y el chaquetón y ve la
herida estrecha y profunda, los bordes nítidos e irregulares. Por
alguna absurda razón parece convencido de poder salir de esta,
de que conseguirá saltar la valla y huir. Encontrará algún servicio de urgencias y ya se inventará una historia que contar a los
enfermeros.*

*Las lágrimas empapan el rostro de Stefano, pero él no sabe
bien a qué se deben, si al costado o a la rabia por haber permi-
tido que el magrebí le pillara. O si es por su padre, por el miedo
que nunca llegó a vencer del todo, o por no haber tenido valor
para enseñarle los daños invisibles de aquella bofetada.*

Avanza a gatas; detrás de él, solo el silencio. El agresor se habrá marchado, espera. Mejor dicho, por un segundo lo cree, tiene la certeza. Está a salvo. Ya casi ha llegado a la pila de estacas amontonadas, solo debe dejarla atrás y encaramarse hasta arriba. Extiende la mano, se agarra a una, tira y cae junto a la estaca. Los calambres le paralizan el abdomen. Apoya las manos en el suelo y se levanta. A sus espaldas, algo se mueve, lo aferra y le da la vuelta como una hoja.

El cazador toma la estaca que ha caído rodando del montón. Tiene una punta roma. La otra, la que en otros tiempos iba clavada en el suelo, está lista para el Cíclope. De repente, la criatura ancestral se revuelve con torpeza y patalea. Protegido por la jaula de los huesos, de los músculos y de los pulmones, el corazón sigue bombeando, acelerando. Polifemo bracea como un hombre a punto de ahogarse y lucha contra su Ninguno.

El cazador apoya la mano derecha en la cara del Cíclope y la aplasta contra el suelo; levanta la estaca y la hunde en el ojo vivo con un movimiento seco.

El grito es horroroso, resuena entre los armazones de metal del parque, multiplicándose en cada rebote. Pero al camello no le queda tiempo de acostumbrarse al espasmo y a la ceguera total, porque, de inmediato, el cazador le empuja con todo el peso de su cuerpo. Las cejas y los párpados son apenas el marco de la forma circular que va excavando hasta que el grito se pierde en un gorjeo.

Stefano, el camello, el Cíclope, permanece tendido, mientras el cazador le propina la última sacudida, le arranca el músculo recto del ojo y le hunde la cavidad. El último grito, espeluznante, antes de que incluso la oscuridad se apague, adopta la silueta de sus remordimientos:

—¡Papá!

65.

Valnerina, convento de San Giorgio

—Lo crie como si fuera mi propio hijo.

El padre superior hablaba lentamente y en voz baja mientras abría camino a sus tres huéspedes. Avanzaban a través del laberinto de corredores. Las ventanas redondas daban a un almacén de productos alimentarios.

—Y lo era; era el hijo del convento cuando estaba bien y jugaba con la pelota de trapo en el patio con los demás. Perseguía a las gallinas en el huerto o les gastaba bromas a los preceptores.

Aquel hombre tenía una relación personal, profunda, con el asesino que aterrorizaba a Roma. Mucho más de lo que admitía. A Mancini no le cabía ninguna duda. A pesar del distanciamiento con el que se esforzaba por hablar, se intuían unos lazos muy enraizados que debían de haber chocado con la decepción por su huida y que se enfrentaban ahora a la preocupación por quien había sido una especie de hijo espiritual, a juzgar por lo que decía.

Fray Bernardo se había manchado con dos delitos: no había entregado el niño a las autoridades cuando lo encontraron delante del portón del convento y no había denunciado el asesinato de un monje por parte de quien, años después, se transformaría en el Escultor. En nombre de esos dos delitos, Mancini podría hacer que lo detuvieran de inmediato. Pero la avanzada edad del hombre —no pasaría un solo día en la cárcel— y la necesidad imperiosa de colaboración lo habían convencido de desistir. Ya pensaría más adelante en anudar los hilos del asunto para localizar a los padres que habían confiado su hijo a los frailes de San Giorgio. Los interrogantes acerca de la historia de aquel chico se multiplicaban a medida que las teselas iban colocándose en su sitio. ¿Por qué no lo habían internado en alguna institución médica en vez de dejarlo abandonado allí?

El pasillo giraba a la izquierda y desembocaba en un ala que parecía abandonada.

—El convento alberga un dormitorio general. Aquí vivieron durante siglos, mucho antes que nosotros, los frailes franciscanos; hasta que llegué yo. Desde entonces nos trasladamos a la planta superior. Hace mucho frío en invierno e incluso en verano la humedad te devora los huesos.

El *scriptorium* era una habitación circular excavada en la roca, en el costado de la montaña. En el centro había una mesa, redonda también, rodeada por doce sillas. Tres se encontraban ocupadas por frailes que se afanaban en transcribir de unos grandes volúmenes abiertos sobre unos atriles.

No era asunto de la incumbencia de Mancini, pero le resultaba extraño que una hermandad franciscana conservara todos esos textos y que hubiera un taller de amanuenses, que se imaginaba más en un convento de monjes benedictinos.

—¿Por qué siguen copiando textos antiguos? —preguntó—. Ahora uno lo encuentra todo en internet y sé, también, que las editoriales afines al Vaticano imprimen vidas de santos y cosas por el estilo. ¿Qué beneficio le sacan a tanto esfuerzo?

Cada comentario del comisario sonaba poco apropiado y descortés a oídos del viejo fraile, quien, a pesar de todo, se esforzaba en contestar.

—Para transmitir las técnicas de la escuela amanuense, de forma que no se pierdan —hizo un gesto con el brazo señalando a los frailes que mojaban los plumines y las plumas de oca en los tinteros—. Sobre todo las de los miniaturistas. Y, además, no todos los textos que reproducimos aquí pueden comprarse en librerías religiosas.

El padre superior se volvió haciendo gestos para que se apresuraran a pasar en silencio y se puso un dedo delante de la nariz. Por una puertecita se accedía a la biblioteca, instalada en una única sala rectangular de unos treinta metros cuadrados. Las paredes de roca asomaban solo en el techo y en el suelo. El resto se hallaba completamente cubierto de estanterías. Parecían recias, aunque se notaba que eran bastante recientes y que habían sido hechas, asimismo, a medida. La única ventana que daba al exterior estaba bloqueada por un gran escritorio de madera maciza. Encima, una pequeña familia de velas consumidas en distinta medida. En el techo, un tragaluz que debió de construirse con el dinero que encontraron en la bolsa del chico, pensó Mancini, considerando la calidad de la carpintería. Lo que resultaba extraño, en cambio, era la falta de electricidad en esa ala del monasterio.

—Solo podemos estudiar hasta la caída del sol —dijo el anciano, como si hubiera leído el pensamiento del comisario.

—Enséñenos el libro —le atajó Mancini.

—Desde luego, está aquí.

El padre superior se dirigió, con sus pasos ocultos por el largo hábito, hacia un aparador con dos hojas de cristal a través de las cuales podían verse cuatro estantes repletos de libros con los lomos de cuero, todos idénticos, excepto por las incisiones doradas de los títulos. Entre los textos, Alexandra pudo distinguir los *Diálogos* de Platón, varios ejemplares de la *Poética* de Aristóteles y el *De amore* de Andrea Cappellano.

—Son excelentes copias de los originales que guardamos en un compartimento de la biblioteca. Aquí está la biblia que el chico tenía en su celda. Esta es.

La sacó delicadamente con su mano huesuda y se la dio a Mancini, que se quedó contemplando el libro y lanzó una mirada inquisitiva al padre superior, que no pareció captarla. Lo cogió y abrió la cubierta de piel de becerro; hojeó las primeras páginas en busca de una señal, una firma, algo.

—¿Qué relación tenía con este libro?

—Lo guardaba en su habitación, le servía de consuelo tras verse segregado después de aquellos horribles sucesos. De vez en cuando leía algunos pasajes en voz alta y por la noche rezaba a mi lado.

Mancini deslizó arriba y abajo el pulgar, liberando el olor rancio del interior. Después, lo cerró de golpe y volvió a plantar sus ojos insolentes en la cara del padre superior.

—Deme ese libro, haga el favor. El *otro* libro.

Estiró el antebrazo y puso en las manos de fray Bernardo el tomo sagrado como si fuera un peso del que quisiera librarse lo antes posible. El anciano lo colocó en su sitio con los ojos atemorizados, cerró la vitrina y se agachó para abrir uno de los dos cajones que había en el centro del mueble. Alexandra asomó la cabeza por detrás del hombro de Comello para poder ver. El cajón se abrió con dificultad ante los débiles tirones del fraile. Dentro había un libro negro de aspecto reciente, al menos en comparación con los ejemplares de la biblioteca. Bernardo se incorporó apoyándose sobre sus rodillas y haciendo fuerza con los brazos, y, en pleno jadeo, tendió el volumen a los tres que lo aguardaban.

Mancini lo cogió y se dirigió al escritorio que daba al pequeño cementerio. Los cipreses ondeaban sacudidos por el agua y el viento. Se sentó y lo apoyó por el lado de la portada. En el centro de la superficie rectangular, rígida y negra, se veía un círculo. En su interior se encontraban representadas, en una composición fotográfica de escasa calidad, una serie de criaturas mitológicas. Por encima, en caracteres blancos, el título rezaba: *Monstruos, entre mito y realidad*.

—Dejadme solo —dijo el comisario sin volverse. Y en cuanto Walter y Alexandra se hubieron alejado, volviendo hacia donde se hallaba el padre superior, empezó a hojear el libro, deteniéndose en algunas páginas y leyendo pasajes sueltos, siguiendo las líneas con el dedo. De vez en cuando meneaba la cabeza, molesto o preocupado por algo, y resoplaba sonoramente, atrayendo la atención de los demás, que no dejaban de observarlo mientras esperaban; hasta que la profesora Nigro interpeló al viejo fraile.

—Hace un momento ha dicho que cuando llegó aquí no traía nada más que la bolsa de deporte con unas cuantas cosas y una carta.

—Así es —confirmó él, solemne.

—Y que ni siquiera sabían cómo se llamaba.

El hombre asintió.

—¿Las instrucciones que contenía la carta no incluían el nombre del niño...?

—No había ningún nombre y...

Alexandra lo interrumpió con un gesto de la mano y levantó el tono de voz, que hasta entonces había sido un murmullo:

—Mi pregunta es otra. ¿Por qué ustedes, aquí, en el convento, no le pusieron ninguno? En otros tiempos, eso era lo habitual con los expósitos.

Aquella era una observación que podía conducirlos a alguna parte, pensó Walter.

—Figuraba en las instrucciones, como les decía.

—¿En la carta? —preguntó.

—Claro. Explicaba que no debíamos darle ningún nombre y que el verdadero había sido borrado.

—¿Borrado? —dudó Alexandra.

—De la cabeza del chico, decía. Nadie entre quienes lo habían criado hasta entonces lo llamaba por su nombre, sea el que fuere. Y nosotros debíamos hacer lo mismo, dejándolo vagar en la oscuridad de la memoria. Eso es lo que decía la carta.

—¿Y cómo lo llamaban en la vida diaria? —Walter se había perdido.

—Nadie en el convento lo hizo nunca.

—¿Ni siquiera usted, padre? —preguntó Alexandra.

—Ni siquiera yo. Y él no parecía darse cuenta de esa... carencia.

El padre superior se tambaleó y se agarró al tablero del aparador. Walter lo sujetó y lo acompañó a la silla más cercana. Parecía fatigado, pero al cabo de unos minutos continuó hablando.

—La carta aclaraba que el chico debía mantener cierto distanciamiento del mundo y también de su pasado. Su nombre solo supondría un peso, un ancla con respecto a sus primeros años de infancia, que tenía que olvidar. Durante un año, siguiendo las instrucciones, le echamos unas gotas a escondidas en el agua. Lo mantenían tranquilo y me parece que al final llegó realmente a olvidar todo lo que había en su pasado.

—¿Y qué era?

—Me imagino que algún calmante, pero creo que lo ayudó a olvidar, dejándolo en un estado de aparente tranquilidad.

—Podían ustedes haberse rebelado. ¿Por qué no lo hicieron?

—La verdad —fray Bernardo se pasó una mano por la frente rugosa y agachó la cabeza antes de terminar— es que teníamos miedo y, además…, seguimos recibiendo ayudas hasta que huyó de aquí.

A Walter y a Alexandra apenas les dio tiempo de cruzar una mirada de sorpresa, cuando Mancini los interrumpió desde el escritorio.

—¡Venid!

El comisario movía los párpados como si estuviera enfocando algo que los demás no veían. Volvió a abrir el libro y plantó encima el dedo índice:

—¡Por fin!

En la hoja había dos imágenes que reproducían a la misma mujer. En la primera, esta se bañaba a la sombra de una enorme gruta al borde del mar; en la segunda, emergía del agua, transmutada en la criatura mitológica conocida desde la antigüedad con el nombre de Escila. El pie de foto rezaba: *La ninfa de los ojos azules transformada en monstruo por el hechizo de Circe.*

—Están aquí. Están todos aquí —dijo Mancini pasando páginas hacia delante y hacia atrás, deteniéndose y señalando al Minotauro, a Lamia, a la Sirena—. En este volumen se encuentran los monstruos mitológicos y las otras criaturas míticas.

Volvió a las primeras páginas. Se detuvo en la imagen del troyano Laocoonte que forcejeaba en vano para liberar a sus dos hijos de los anillos de Caribea y Porce, las dos monstruosas serpientes marinas, como rezaba el pie de foto extraído del segundo libro de la *Eneida*. A continuación, el comisario señaló de forma sucesiva los demás monstruos que el asesino en serie había «representado». La secuencia, aunque interrumpida por capítulos sobre criaturas no mitológicas como el hombre de las nieves, era idéntica al orden en el que habían sido asesinadas y colocadas las víctimas del Escultor: Laocoonte, la Sirena, Escila y Lamia. Por lo menos hasta ese momento. En esa serie faltaba, desde luego, el profesor. Pero Mancini estaba convencido de que la agresión del asesino contra Biga había sido una respuesta, una advertencia, una venganza después del «encuentro» en la Casita de las Lechuzas. Cada nueva amenaza quedaba encuadrada de forma inevitable en el contexto de su delirio visionario, porque ese era, en definitiva, el único modo en que el Escultor era capaz de afrontar el mundo exterior. Y así había creado su Baco. Además, proporcionaba también otra pista decisiva: la coherencia interna del proyecto criminal del Escultor iba disgregándose, sus acciones perdían homogeneidad, *modus operandi* y firma, avanzaba hacia una entropía, espejo del caos que estaba imponiéndose sobre su psique.

—¿Cómo podemos saber cuáles serán los próximos? —preguntó Alexandra—. Aquí hay decenas de seres con todo tipo de orígenes culturales.

—Hemos dicho que toma como modelo las criaturas que tienen naturaleza humana y monstruosa, mixta, en definitiva. ¿No es así?

—Sí, comisario —contestó el inspector.

—Pues entonces veamos qué viene después de Lamia.

Continuó pasando páginas y las figuras se multiplicaron ante sus ojos. Fray Bernardo se puso de pie con mucho esfuerzo, sujetándose en el respaldo de la silla al otro lado de la sala, y se acercó. Lo probable era que la sucesión tuviera que deducirse siguiendo el hilo de la naturaleza mixta de las víctimas escogidas hasta ese momento por el asesino, y la mitología griega podía servir de indicio. Por ello, decidieron reunir ambos elementos. Se detuvieron a considerar el Centauro, la Esfinge y Cécrope, este último medio hombre y medio serpiente. Si optaban por confiar en que la serie fuera la recogida en el libro, el siguiente monstruo no podía ser otro que el ser mitad hombre mitad caballo. Admitiendo que se tratara de la hipótesis correcta, aún quedaba por averiguar dónde actuaría el Escultor. Seguían dando vueltas en torno a un mismo punto. ¿Cómo podían anticiparse al asesino si no sabían dónde había diseminado sus madrigueras? Hasta ese momento, no había salido a la luz ninguna relación, simbólica o real, entre los lugares donde depositaba a sus víctimas y la elección de los monstruos. Caminaban a tientas en la oscuridad, era inútil hacerse ilusiones.

En aquel silencio ensimismado, la biblioteca se vio sacudida por el timbrazo del móvil de Comello. Fue como un puñetazo en la cara para Walter, quien pidió perdón, sonrojado, y se apresuró a salir para contestar.

Mancini leía pasajes del libro, volvía a los pies de foto y les enseñaba a Alexandra y al padre superior la precisión de las copias que el asesino había puesto en escena basándose, sin duda, en las imágenes de aquel volumen.

Comello regresó anunciado por el rechinar de sus zapatillas de deporte en el pavimento de piedra. Se metió el móvil en el bolsillo y, cuando Mancini y Alexandra se volvieron con expresión interrogante, se encogió de hombros:

—Han encontrado a la Medusa, comisario.

—No —dijo Alexandra, hundiendo la cara entre las manos.

El comisario apartó los ojos del Centauro, se humedeció el pulgar y volvió hacia atrás, donde recordaba haber visto la cabeza de serpientes. Un círculo encerraba el escudo verde con la cabeza de la *Medusa* de Caravaggio. El rostro de la Gorgona descompuesto por el desgarrón inesperado, el grito sordo, la mirada alucinada, los dientes puntiagudos y la larga cabellera de serpientes sibilantes. La firma de Caravaggio impresa en la sangre que mana del cuello. *La prudencia adquirida por medio de la sabiduría,* aparecía escrito debajo de la imagen.

Mancini contempló el escudo que rodeaba la figura siguiendo sus bordes hasta que el hueco negro de la boca de la

Medusa lo sedujo, hechizándolo. Esa cara pintada que se movía, las serpientes que silbaban, la palidez de la piel que representaba la de quién sabe qué pobre chica...

—Me lo llevo —dijo sin volverse, dirigiéndose a fray Bernardo.

Se metió el libro bajo el brazo y se agachó para recoger la gabardina del suelo. El padre superior miró el libro y después al comisario. Pasaron de nuevo por la iglesia y, frente al altar, Alexandra estrechó la mano a aquel hombre que ahora parecía frágil y trastornado. Cuando Walter, que lo tenía sujeto, lo soltó, el fraile se alejó a paso lento, arrastrando los pies hacia el arco por el que había surgido aquella mañana.

Antes de desaparecer se giró hacia el altar, donde el comisario miraba fijamente la copia del cuadro de san Jorge.

—Por favor —tenía la voz rota y los ojos le temblaban humedecidos, aunque ninguno de los tres podía verlos—, no le hagan daño.

Mancini meneó la cabeza sin titubear.

—Eso, padre, no puedo prometérselo.

66.

Roma, monasterio de Santa Lucia in Selci

Esta vez la verja se encontraba cerrada. Caterina se pegó al telefonillo sobre el que destacaba una placa: MONASTE-RIO DE CLAUSURA DE SANTA LUCIA IN SELCI. El nombre, según había estudiado Caterina, provenía de los antiguos restos del empedrado romano denominados *silices,* que aún asomaban aquí y allá bajo los adoquines. Más abajo figuraba escrito: *MONIALES ORDINIS SANCTI AUGUS-TINI – MONJAS AGUSTINAS.*

El runruneo del auricular al levantarse se confundió con el de una voz menuda, lejana. Caterina accionó la pequeña cámara digital oculta en el bolígrafo.

—¿Sí? ¿Hermana? Soy la agente De Marchi, de la policía.

El ruido de fondo desapareció. La mujer que se encontraba al otro lado de la línea había colgado. Caterina se quedó esperando a que la monja, o quien fuera, viniese a abrirle. Hubo un zumbido y un chasquido. Al cabo de unos instantes en los que sintió la tentación de empujar la verja y entrar como la vez anterior, vio de pronto en el umbral a una monja.

—¿Es usted quien ha llamado, señorita?

—Sí, disculpe —contestó Caterina, acercándose, mientras intentaba secarse las manos en la parte de atrás de los vaqueros—. Soy la agente De Marchi, de la policía —repitió, sin suscitar ningún efecto en la mujer.

A juzgar por el óvalo del rostro que el largo hábito blanco dejaba entrever, la monja había superado de largo los setenta. Las arrugas le remarcaban el rostro constreñido en su contorno, mientras el hábito se ceñía en la cintura con un cíngulo negro y al final de las cortas piernas aparecían dos zapatitos diminutos del mismo color.

—¿Podría decirme su nombre, hermana? —preguntó Caterina, extrayendo el bolígrafo y un cuaderno en el que fingiría tomar notas. Entretanto, sacaba fotos pulsando el capuchón.

—No soy más que una mujer de Dios, mi nombre cuenta poco —contestó la monja, con una sonrisa que multiplicó el número de líneas en su rostro—. ¿Qué es lo que desea, señorita? —añadió con cierta premura.

—Solo son unas preguntas. Es para una investigación importante.

La mujer frunció el ceño y Caterina sacó la placa haciendo ademán de entrar en el patio. La monja se echó a un lado, acostumbrada a apartarse ante símbolos mayores que ella. Cerró la cancela a espaldas de la agente y se quedó mirándola en silencio.

La turbación de Caterina duró solo unos instantes. El tiempo de dejar vagar la mirada por las estatuas de la Virgen y de santa Lucía.

—¿Es vuestra patrona o como se diga?

—Sí —contestó la monja, molesta.

—Me gustaría saber cómo funciona el convento... Aquí solo hay mujeres, ¿verdad?

—Para cualquier información sobre el convento y sobre la orden de las monjas agustinas, puede ponerse en contacto con la diócesis de Roma. Yo no puedo proporcionarle ninguna información —concluyó la religiosa, e hizo ademán de acompañar a la fotógrafa hacia la verja.

—Perdone, hermana, pero yo...

La otra se volvió de repente y, desde abajo, comprimió sus ojos hasta que se convirtieron en dos ranuras diciendo:

—Este es un convento de clausura, señorita. ¿Entiende lo que quiere decir eso?

Caterina apretó los labios, inclinó la mirada hacia el suelo y dejó a la monja donde estaba.

—Ahora, ¿adónde va?

Caterina había echado a andar y la vieja monja trotaba tras ella. La agente cruzó el pequeño patio con palmeras y se detuvo ante el portal de madera.

—¿Qué es esto? —preguntó a la religiosa, que la había alcanzado.

La agente señalaba la aldaba circular.

—¿Esto?

Casi oculta por el anillo de hierro, en el panel de madera aparecía grabada una figura. No se trataba de una cruz, ni tampoco del rostro de Cristo o de la patrona del monasterio, Santa Lucia in Selci. Era un rostro. Una mueca inhumana desgarraba una ancha cara barbuda, con sus grandes ojos fuera de las cuencas.

La vieja religiosa se lanzó hacia el llamador y se puso delante.

—¡Tiene usted que marcharse! ¡Ahora mismo!

—Quiero saber quién lo ha hecho —contestó tranquila Caterina.

—¡No lo sé!

—Yo, en cambio, me apuesto algo a que es la misma persona que ha esculpido también esas dos tallas de ahí —añadió la mujer policía, señalando a la Virgen y a santa Lucía.

—Yo no sé nada, señorita. Ya se lo he dicho, tiene que ir a preguntar a la diócesis.

—¿De verdad, hermana? ¿Y tampoco sabe nada de esto otro?

Caterina apuntó el índice hacia abajo. En el suelo, a pocos pasos de la puerta, donde el techo de la edificación había protegido el suelo de la lluvia, había una serie de puntitos oscuros. Parecían gotas de sangre incrustada.

—Me apuesto algo a que son de la misma persona que ha hecho esto y aquello de allí.

La estatua de la Virgen seguía mirando el trono que acogía a santa Lucía revestida con sus paños rojos, con una palma en la mano. Ambas figuras debían de haber sido extraídas de gruesos troncos de madera, dado que, bajo el marco, se entreveía el marrón claro.

—Y me apuesto algo a que el artífice no es una mujer. Si entiende lo que quiere decir eso, *hermana* —la remedó Caterina.

La monja la observó y miró las manchas de sangre en el suelo. Cuando levantó la vista, había una nueva condescendencia en sus ojos.

—Quería usted saber cómo «funciona» nuestro monasterio... Nos dedicamos a rezar, pero algunas de nosotras llevan a cabo lo que la diócesis de Roma denomina «apostolado directo».

—¿Qué quiere decir eso?

—Que nos dedicamos a la educación de chicas jóvenes o al cuidado de huérfanos.

—¿Y qué tiene que ver con lo que le he preguntado?

—La persona que busca —dijo la anciana monja señalando el retrato en la madera— ya no vive aquí.

—Siga, por favor.

—Es un hombre, joven. Se encargaba de hacer pequeñas reparaciones en la institución. Arreglaba las puertas y las ventanas, que son muy viejas y a menudo se estropean.

—¿Fue entonces él quien realizó esto? —Caterina desplazó la mirada hacia la cara deforme grabada en el portal.

La monja asintió.

—Tenía un pequeño cuarto con una mesa y algunas herramientas. Todo estaba siempre lleno de virutas por el suelo. Ninguna de nosotras entraba nunca allí.

—¿Por qué?

—No era un sitio seguro. Dejaba siempre las ventanas cerradas y trabajaba a oscuras, a la luz de unas pocas velas. No sé cómo lo hacía. Pero se respiraba un aire... raro. Y además, allí dentro guardaba animales, muertos. Parecían disecados, con los ojos blancos. Los colgaba de la pared con unos grandes clavos negros. Sentía miedo solo de asomarme. Y tampoco las otras se acercaban a él.

—¿Era un tipo peligroso, hermana? —Caterina levantó una ceja.

—No lo sé, pero daba esa impresión. Siempre estaba solo, nunca hablaba con ninguna de nosotras. Tal vez porque somos mujeres, no lo sé. Bueno, menudos ojos tenía, alejados de la gracia de Dios —se santiguó deprisa—, parecían ocultar algo. Inexpresivos. Vacíos, como los de un animal en la oscuridad.

—Pero, si le tenían tanto miedo, ¿por qué no lo obligaron a marcharse?

La monja levantó la vista hacia las ventanas del edificio que tenía delante.

—No dependía de nosotras.

Alguien lo había enviado a ese monasterio de clausura. Alguien que quería protegerlo, pensó Caterina, si el huésped del que hablaba la religiosa era el mismo que iba segando vidas por la ciudad eterna. No conseguía hacerse a la idea de encontrarse tan cerca del monstruo.

—¿Cuánto tiempo permaneció aquí?

—Bastante, no sabría decírselo con exactitud, pero desde luego más de un año, tal vez dos.

—¿Y hace cuánto que se marchó?

—Un par de meses, más o menos —la religiosa giró su pequeña mano delante de la cara.

Caterina tenía que marcharse. Debía correr a informar a los demás de lo que había descubierto acerca del caso del Escultor. El comisario había acertado: se hallaban muy cerca. Lo tenían a su merced.

—Aunque creo que pasó por aquí no hace mucho.

—¿Cómo dice?

La monja dirigió sus ojos cansados hacia las manchas de sangre y susurró:

—Todas sus herramientas. Han desaparecido.

67.

Autopista del Sol

Walter conducía la furgoneta, y esta vez Mancini había preferido ir con Alexandra en el asiento de atrás. Iluminado por una linterna que encontraron en el coche, *Monstruos, entre mito y realidad* estaba siendo sondeado, línea a línea, en busca de respuestas a la pregunta que se había quedado en el aire. Después de los tres del Laocoonte, después de la Sirena, de Escila y de Lamia, le había llegado el turno a la Medusa. Pero lo que no conseguían imaginar era hasta dónde pretendía llegar el Escultor en su serie homicida, quién sería el siguiente y dónde actuaría.

Rebuscaban a lo largo y ancho de las páginas, convencidos de que entre las imágenes acabaría revelándose la criatura que serviría de modelo para la futura obra del asesino. Comello, entretanto, tomaba la salida que, desde el gran anillo de circunvalación, los llevaría al barrio del Pigneto, donde había sido hallada una pobre chica transformada en Gorgona por el Escultor.

Alexandra hablaba deprisa sin detenerse ni un instante. Inmersa en pleno torbellino de palabras, tenía la sensación de que la guiarían hacia algún sitio:

—Cómo decíamos en la reunión en nuestra madriguera, Perseo, Teseo, Ulises y Heracles son, todos, cazadores de monstruos. Yo creo que, al igual que ellos, el Escultor siente que debe matar a los monstruos del caos, esas fieras terrestres, para restablecer el orden, el bien. En cierto sentido, me parece que reconoce la necesidad psicofísica de suprimir el desorden.

—Lo que no me explico —Walter bajó del Ford y rodeó el coche para reunirse con los otros dos— es por qué estuvo parado durante tres años. ¿A qué se debió ese prolongado letargo?

—¿No sería que se estaba preparando? —apuntó Alexandra, sin llegar a creérselo del todo.

—Imposible. Si está enfermo y condicionado por esas crisis, ¿cómo ha logrado contenerse para no matar?

—¿Y dónde ha permanecido oculto? Resulta increíble que haya podido resistir en sus escondrijos bajo tierra durante todo ese tiempo.

Alexandra se detuvo y sacó de la pequeña mochila una bolsa con un par de bailarinas nuevas, y dado que las que llevaba se habían mojado fuera del convento, se las calzó y puso una sonrisa de alivio.

—Comisario, ¿se acuerda del caso de ese taxista asesinado por la mafia que encontramos en esa calle detrás de la estación Termini? Ese que tenía unas monedas en los ojos, ¿se acuerda? —preguntó Walter.

Mancini volvió a ver en su mente la foto de aquel desgraciado con la garganta rebanada y las monedas como señal de traición.

—Un caso de ajuste de cuentas en los bajos fondos del mundo de los taxistas, si no me equivoco.

—Sí. Era uno de esos sin licencia. O, por lo menos, eso supusieron los de la brigada contra el crimen. Sin embargo, ahora que lo pienso —Walter señaló el libro que el comisario llevaba en la mano—, ¿no hay un tipo encargado de transportar las almas, ¿cómo se llamaba? ¿Caronte?

Mancini se detuvo de repente y abrió de par en par el libro. Algunas páginas antes del Laocoonte aparecía la figura de un cadáver con dos monedas sobre los párpados cerrados. El cuerpo se encontraba reclinado en una barca conducida por un hombre canoso con los ojos rojos. El cadáver tenía los brazos cruzados en el pecho y una cruz grabada en la frente.

—Aquel hombre del taxi tenía las monedas y esa marca.

—Y también los brazos, comisario.

—Pero, si fuera así, en ese entonces habría cometido un error, porque no puso en escena a Caronte, sino el alma de un difunto —los corrigió Alexandra.

—En cambio, creemos que debe matar a los monstruos del caos para restablecer el orden, la luz, el bien. Si tu teoría de los héroes resulta cierta, los monstruos le recuerdan el estado de desorden que precedió a la creación, y ahí entra en juego el otro libro, el libro de los libros.

—La Biblia —asintió Comello.

—Exacto —respondió el comisario y reemprendió la marcha con paso firme.

—Es el uno contra lo múltiple. El dios único, el orden, contra la terrible mutabilidad de los monstruos, contra su naturaleza adulterada y cambiante.

Alexandra estaba concentrada en su razonamiento y se limitaba a seguir a los dos policías entre las callejuelas del barrio.

El comisario de Porta Maggiore había avisado a la central, que se había puesto en contacto de inmediato con Comello. Es probable que se toparan con los chicos de la científica en la escena del crimen. Mancini no había vuelto a recibir noticias de Tomei, y en el fondo de su corazón el comisario sabía a qué se debía eso: aquel a quien la prensa llamaba el Escultor empezaba a cambiar su *modus operandi*. Se sentía acosado, tenía miedo y no raptaba antes a sus víctimas. Al contrario, actuaba a toda prisa, sin la planificación de los casos precedentes.

Pegada a la acera opuesta al quiosco había una furgoneta de la científica. Un coche patrulla había aparcado a su lado con los faros azules encendidos. Tres agentes colocaban las vallas y desenrollaban la cinta blanca y roja. Una decena de curiosos se había asomado a la calle y uno de los agentes los mantenía a distancia.

El quiosco parecía un pequeño barracón, atestado de periódicos y revistas de todas clases. Delante había dos columnas con música y películas y tres cestos repletos de álbumes de dibujo, juegos y pinturas. Sobre el fondo blanco del techado, el letrero rezaba un triple *Il Tempo,* y justo debajo empezaba el cierre metálico. Estaba echado casi hasta el límite, al nivel del mostrador del quiosquero.

Walter les había dado un par de guantes a Alexandra y a Mancini, quien se acercó doblando las rodillas para mirar a través del espacio rectangular que quedaba, de unos veinte centímetros.

—Menudo asco, comisario.

Se dio la vuelta y vio a un hombre de blanco que le hacía gestos para que mirara en el interior del quiosco.

—¿No habéis entrado aún?

—El inspector nos ha dicho que le esperáramos a usted. Solo hemos echado un vistazo.

Alexandra permanecía quieta un par de pasos atrás, observando las manchas de sangre coagulada que había por el suelo. Comello se anticipó a Mancini y se acercó. El tirador de hierro se hallaba medio oxidado; apoyó encima la mano y presionó con delicadeza hacia abajo.

—Walter...

El inspector miró hacia dentro y, como por un acto reflejo, se llevó la mano a la boca. Empezó a respirar por la nariz. A sus espaldas, el agente de la científica meneaba la cabeza. El comisario dio un paso deslizándose junto a Walter. En el interior, la semioscuridad desvelaba el led de una radio o de un pequeño televisor, un taburete en el centro del estrecho espacio rectangular con una bolsa encima. El olor a papel, a pegamento de cromos y a revistas se mezclaba con otro más intenso y familiar.

Mancini adelantó a Walter y apoyó un pie en la tarima del interior. La puerta se abrió de par en par ante el empuje del antebrazo, lo que dejó que la luz se filtrara desde atrás. El comisario agachó la cabeza y apoyó el otro pie en el interior.

Fue entonces cuando advirtió la ciénaga de líquidos y tejidos.

Deslizó la mano con la que no sujetaba el libro negro por la pequeña columna hasta encender la luz. Por el suelo, tapando el légamo, había trozos de papel, de plástico y restos de los envoltorios de DVD y de revistas. La bolsa negra se mantenía derecha en el taburete debido a la forma que contenía.

El corazón retumbaba en la caja torácica, a pesar de que no hubiera peligro: el olor y la visión de aquel horror habían acelerado sus latidos y habían puesto en alerta el sistema endocrino. Cruzando el aire como si estuviera hecho de carne, la mano de Mancini llegó hasta el borde de la bolsa y lo bajó.

Un amplio mechón de rastas coloreadas embellecía la cabeza que lo estaba mirando desde la base de madera. Se acuclilló tapándose la nariz con los dedos y, en el suelo, debajo del mostrador, encontró lo que quedaba del cuerpo de la muchacha,

Al incorporarse, se topó de nuevo con los ojos apagados de la joven. En la mueca de dolor cristalizada de su rostro revivió la cara monstruosa de la *Medusa* de Caravaggio y la vista vaciló, trémula como la luz de una vela que agonizaba. El Escultor la había atacado por detrás, lo sabía, lo *veía*. Lo había hecho para evitar su mirada, que petrificaba. Ese bastardo la había abrazado, sujetándola contra él, y le había destrozado el cuerpo, arrancándole la cabeza con una de sus herramientas.

—¿Cómo ha podido hacer algo así? —la voz de Comello era un murmullo vago, pero bastó para que el hechizo se rompiera.

El comisario no contestó, se levantó procurando no perder el sentido en el aire viciado de aquel cuchitril, salió y se alejó del quiosco para evitar a los agentes, a Alexandra y la mirada marmórea de la Medusa.

68.

Roma, barrio del Pigneto

Entre los curiosos que iban amontonándose junto a las vallas aparecieron Antonio y Caterina. Mancini los vio e hizo un gesto a los agentes para que los dejaran pasar.

—Vámonos de aquí —dijo, una vez que Alexandra y Walter se reunieron con ellos.

Se alejaron de la muchedumbre en dirección opuesta hasta llegar a un bar, bajo un emparrado, que Walter conocía de sus tiempos en la brigada antidrogas. Tenía una salita en la trastienda y allí podrían estar tranquilos. El dueño lo reconoció y, ante un gesto del inspector, desalojó a dos clientes medio bebidos para que pudieran sentarse. Había una mesita de hierro y cinco sillas azules con cordaje de PVC, que alguno podía considerar *vintage,* bajo una bombilla que colgaba del techo.

—No tenemos tiempo para esperar a que los equipos especiales tropiecen con su escondrijo y lo desalojen. Sabemos casi todo lo que nos hace falta. Debemos adivinar dónde atacará y cuál será el próximo. Ahora —repitió por enésima vez el comisario mientras abría el libro.

Mientras lo hojeaba, Walter y Alexandra pusieron al corriente a Antonio y Caterina de la historia del chico del convento y del hallazgo del volumen en el que el asesino se inspiraba para sus obras.

—Pero ¿cómo es posible que se acuerde tan bien de cada detalle? ¿Es que tiene un ejemplar? —preguntó la fotógrafa.

—Yo diría que forma parte de sus obsesiones y que es probable que tenga una memoria visual extraordinaria, algo que no podemos excluir, dada su patología. Ahora bien, según lo que sabemos, el próximo en ser emplazado, después de este horror de la Medusa, debería ser el Cíclope. Es el siguiente que reúne todas las características detectadas en sus anteriores elecciones.

—¿A qué te refieres? —preguntó Antonio.

—Su origen griego y el hecho de ser *impuro*.

—Pero no se trata de una mezcla entre hombre y animal.

—No, aunque según cuenta el mito es en parte hombre y en parte gigante, un monstruo —especificó Alexandra.

—De acuerdo. Entonces, ¿qué hacemos? —insistió Rocchi.

Mancini sacó del bolsillo trasero de los vaqueros un plano de Roma, lo desplegó y lo puso sobre la mesita. Rodeadas por un círculo se hallaban todas las escenas del crimen y las madrigueras que habían conseguido localizar. Extrajo de la gabardina un rotulador rojo y empezó a unirlas, marcando una tras otra con números. El área resultante ofrecía una forma irregular, considerando que, después de los primeros hallazgos en la zona de Villa Borghese, el asesino había empezado a alejarse de esta. Era inútil tratar de establecer un baricentro, el punto equidistante de los lugares de los crímenes donde se ocultaba el escondrijo del asesino: aquel hombre tenía refugios por todas partes, que acabarían saliendo a la luz por casualidad al cabo de los años. La niebla parecía más densa de lo que a Mancini le cabía esperar, dada la evolución de las investigaciones. Y los demás iban dándose cuenta mientras él desplazaba el rotulador de un punto al otro y meneaba la cabeza.

Desde la puerta les llegó una voz. Era el dueño del bar que los llamaba. Después entró Vincenzo Gugliotti, escudriñando a los cinco que estaban a la mesa como si los hubiera sorprendido in fraganti. Todos se levantaron, excepto Mancini, que se hallaba de espaldas y seguía mirando el plano de Roma. Se dio la vuelta y lo vio, se levantó despacio, listo para escuchar el desahogo de su superior. Y todo lo que ello conllevara.

—¡Nos la ha jugado otra vez! —exclamó Gugliotti azotando el aire de un puñetazo.

—¿Ha visto lo que le ha hecho a la chica del quiosco? —exclamó Rocchi para romper la frialdad de la situación.

Gugliotti no le hizo el menor caso.

—¿Dónde estaban? He mandado a Messina a buscarlos.

El comisario sacó el móvil de la gabardina y vio que había recibido cuatro llamadas de la central. Pero el teléfono se había quedado en modo silencio, incluso después del ataque contra Biga. No quería que lo interrumpieran durante la visita al convento.

—¿Es que no saben nada? ¡¿Cómo es posible?!

Un fantasma acarició los cinco rostros expectantes, llevándose consigo algo de su color y dejándoles una repentina sensación gélida.

—Los jardineros de EUR estaban barriendo esta mañana la hojarasca en los alrededores del LunEur, el viejo parque de atracciones —Gugliotti daba un rodeo para sentar las bases de lo que se disponía a decir.

Alexandra buscó a Antonio con la mirada, sus ojos expresaban todo su *miedo*. Walter tomó la mano de Caterina. Mancini aguardaba.

—Y han encontrado el cadáver de un hombre.

—Un traficante —Walter conocía los círculos de camellos que recorrían la zona por sus contactos con sus compañeros de antidrogas.

—Es probable. Llevaba un parche negro en un ojo.

—¡Stefano Conte, el tuerto! ¡Se lo han cepillado! —dijo Walter con un poco de lástima.

—Eso parece, y a su lado había otro traficante. Muerto también. Se le conocía como «el magrebí» en los bajos fondos. ¿Sabe usted de quién hablo, inspector?

Comello asintió. Se trataba de uno de los camellos más temidos del sur de Roma. Uno menos, por lo que a él se refería.

—Su amigo, Conte, tenía una estaca clavada en el ojo. En el bueno, claro —Gugliotti sonrió y concluyó, satisfecho.

A Alexandra se le ensombreció el rostro y se estremeció. Los demás miembros del equipo sacudieron la cabeza.

—Tenía usted razón, comisario. Le tocaba al Cíclope.

Mancini lanzó el libro contra la mesita, que se tambaleó. El dueño se asomó, preocupado, y desapareció de nuevo. El comisario se levantó de la silla y chilló:

—¡No!

—Ha pisado el acelerador, ya lo suponíamos, comisario —dijo Walter.

—¡Mancini, tiene usted que hacer algo! —las pupilas palpitaban en los ojos de Gugliotti.

Por primera vez desde que trabajaba con el superintendente, Mancini sintió que había caído en falta. Por encima de todo, lamentaba haber traicionado a la gente para la que trabajaba. Habían muerto otras dos personas, asesinadas de la misma y espantosa forma, y él no había podido hacer otra cosa más que aguardar a que ocurriera.

—Mañana por la tarde me reúno con la gente de la política y después habrá una conferencia de prensa. Tienen cuarenta y ocho horas.

Gugliotti miró de arriba abajo a Alexandra; había apostado por ella, pero había fracasado. Se marchó del bar con su capote de *loden* marrón habano que revoloteaba junto a la cabellera de color jergón.

—¿Vamos al parque de atracciones para la inspección ocular? —preguntó Walter rebuscando en los bolsillos las llaves de la furgoneta.

—Esta vez no. Alexandra, ven aquí.

Mancini volvió a abrir *Monstruos, entre mito y realidad* sobre el plano.

—Mira, según nuestra hipótesis de investigación, este debería ser el siguiente, ¿no es así?

Señaló un recuadro en cuyo interior aparecía representado un joven cubierto solo por una túnica roja que, en un sendero de montaña entre árboles y piedras, señalaba con un dedo una roca desde la que lo observaba un ser con cuerpo de león, alas de ave rapaz y cabeza de mujer. El pie de foto rezaba: *Edipo y la Esfinge*, François-Xavier Fabre.

—¿Han acabado ya? —preguntó, asomándose de nuevo, el dueño del bar, pero cuando Walter le contestó con una de sus miradas más torvas decidió que era mejor no insistir y volvió a la barra.

Alexandra movió el libro en la mesita para acercárselo. Era su momento. Así lo sentía. Por fin había llegado y tenía que dar el máximo, ahora que se encontraba a un paso de la meta. Se sentó y lo hojeó hacia atrás hasta dar con la página de la Medusa; después fue hacia delante hasta llegar al Cíclope. Entre este y la Esfinge, que era la última criatura del volumen, corrían doce páginas con seis monstruos. Las páginas crujieron durante un rato hasta que Alexandra abrió el libro de par en par con ambas manos.

—Aquí está.

Una ilustración de Gustave Doré mostraba a un ser antropomorfo con una cabeza enorme y ojos despiadados que se disponía a cortar la garganta de un niño perdido en el plácido sueño de su camita.

—¿Por qué el Ogro? —preguntó Caterina.

Mancini se alineó con ella.

—No encaja con la anterior serie de monstruos, Alexandra. ¿Qué tiene que ver un monstruo de los cuentos de hadas con las demás criaturas?

—No es así. Para la gente en general, se trata de un personaje de los cuentos de hadas del folclore centroeuropeo difundidos a partir del siglo XIII, el mismo personaje que volvemos a encontrar siglos después en autores tan populares como los hermanos Grimm o Perrault. Lo que se ha perdido de esa especie de hombre del saco en su recorrido a lo largo de los siglos es precisamente su origen clásico.

Todos esperaban que prosiguiera como si de sus palabras dependiera la vida de la siguiente presa. Y tal vez fuera de verdad así, o por lo menos eso era lo que creía Mancini.

—En la mitología romana, Orco era el dios de los infiernos. Una especie de precursor de Hades. Y Horcos, el hijo de la diosa de la discordia, Éride, era el demonio encargado de castigar las promesas no cumplidas y los juramentos desatendidos.

—¿Y entonces cuál es el hilo que lo une a los demás? —Mancini hervía de impaciencia.

—El del origen griego, para empezar. En cierto sentido, él también, al igual que el Cíclope, posee una naturaleza espuria. Tanto él como el Cíclope son hombres distintos, deformes, o que esconden el mal en su interior. Como el Ogro. Sin embargo, dejando a un lado todos nuestros razonamientos, me da la impresión de que el único hilo evidente es también el más sencillo. Tan sencillo que no lo vemos.

—¿A qué te refieres? —preguntó Caterina.

Había llegado su momento. Tenía que ir hasta el final.

—Al miedo.

—¿Al miedo? —Mancini se quedó atónito. Después, de repente, se acordó. *Persigue sus miedos. Y mata a sus fantasmas.*

—Lo has dicho tú antes, él es el hombre del saco —insinuó Rocchi.

—Sí. Ese niño estuvo leyendo este libro durante años a la vez que la Biblia y, según nuestra hipótesis, quizá construyó su mundo con esos instrumentos, dado que el mundo exterior le estaba vedado. Mata a los monstruos de su infancia, a los que están encerrados aquí dentro.

—Podría ser..., pero eso no cambia nada, Alexandra —Mancini se encogió de hombros—, si no sabemos dónde encontrarlo.

Alexandra replicó sin abrir la boca. Apoyó el dedo en la otra imagen que acompañaba el capítulo del Ogro. Se trataba de una foto en blanco y negro de escasa calidad en el centro de la cual se hallaba una gran escultura circular. Era una cara deforme con unos ojos horripilantes y una enorme boca que, abierta de par en par, daba a un espacio interior.

Sobre la foto, el título: *El Orco del Parque de los Monstruos de Bomarzo*. Un párrafo bajo la foto hablaba de una antigua inscripción, desaparecida después, que rodeaba las fauces del monstruo: «Perded cuantos entréis todo pensamiento».

—Ahí está, el Infierno, el punto de contacto entre la mitología clásica, la de los dioses, la de lo múltiple y la del uno, la de Dios y la de la Biblia.

Las miradas revelaban el miedo al fracaso y el deseo, mejor dicho, la necesidad, de agarrarse a esa intuición como una tabla de salvación.

—Por favor, comisario. Sé que es así.

Mancini no contestó. Cogió el libro, lo cerró y cruzó la sala para salir del bar.

69.

Bomarzo, Parque de los Monstruos

El último animal habita en este lugar mágico, rodeado por muchas criaturas de piedra. Y de este lugar acaso es rey, su oscuro señor. El cazador recuerda aún la foto en su libro, la del monstruo con la boca abierta de par en par.

A todos los demás los ha aniquilado, a los hijos de los dioses generados por el caos, esos que susurraban cuando se iba a dormir. El padre superior le leía la Biblia y, después, el libro negro, y los monstruos se arrastraban fuera de las páginas, amontonándose en desorden por todas partes, los veía, estaban vivos. Cuando se quedaba solo de noche seguían deambulando en la celda, con sus enormes ojos inhumanos, con sus voces broncas y espantosas.

Entre todos ellos había uno que lo aterrorizaba. El oscuro dibujo, las sombras, los ojos desorbitados, el cuchillo de carnicero apoyado en la cándida garganta de un niño adormecido. No le dejaba conciliar el sueño. Y se trataba del único pasaje del texto que se sentía incapaz de leer, el único que evitaba, incluso ya de mayor, al hojear el volumen.

Ahora ha llegado al lugar donde se oculta el antro del Ogro. No sabe qué ocurrirá, pero pasa por encima de la verja y entra como atraído por un imán.

Hace rato que ha anochecido y el parque está cerrado al público. El viento acaricia las copas de las encinas, mientras, más abajo, el torrente completa sus falsos saltos de agua en el cañón. Son los únicos sonidos que oye al avanzar entre los peñascos de roca volcánica. Un millón de años atrás, la lava viscosa hizo añicos la corteza, esparciendo los bubones de toba que pueblan el bosque. Una gran cantidad de rocas ígneas aparecen diseminadas entre la vegetación, cubiertas de musgo, entre las reverberaciones de la luz que, al filtrarse, impregna el aire de un aura misteriosa y casi pagana. En el siglo XVI, Vicino Orsini transformó esas tres hectáreas en un mundo aparte, un jardín místico, un bosque sagrado habitado por gigantescas criaturas de piedra.

El cazador de monstruos pisa las hojas que visten las veredas de tierra batida. El paso mudo, los ojos aturdidos por la aparición de vírgenes y fieras y héroes, estructuras fantásticas, edificios imposibles iluminados por algún solitario farolillo. Equidna, los leones, la Furia alada. Prosigue sin rumbo hasta que, por encima de una colosal roca inclinada, aparece una casa de piedra cubierta de hiedra.

El suelo, en el exterior, es plano, pero cuando el muchacho con los ojos de cielo cruza la puerta, algo sucede. El pavimento en el interior es oblicuo, ofrece una perspectiva alterada y el vértigo le revuelve el estómago. De repente le entran ganas de vomitar. Se da la vuelta para salir, pero la habitación gira a su alrededor y el cuerpo le pesa, renquea como si la fuerza de gravedad fuera más cruel de lo acostumbrado. La mirada intenta aferrarse a algo firme, pero el ojo engaña al cerebro.

Su mente alucinada se pierde entre las miles de paredes de ese lugar enloquecido. Por primera vez, sufre una alucinación impuesta por la improbable geometría de esa casa demente. Y en esa danza del desequilibrio, por un instante, el cazador capta un resquicio entre dos mundos, el lugar en donde el orden se convierte en desorden y el caos halla su forma. Donde el mal es un bien y el bien causa el mal.

De repente vuelven a presentarse las náuseas: ¿a qué mundo pertenece? El remolino lo engulle, ¿existe su mundo? La vorágine lo zarandea, ¿adónde ha ido a parar su orden? ¿Dónde se encuentra la realidad?

Cuando todo se derrumba otra vez, el muchacho se deja llevar y cae a cuatro patas. Cierra los ojos y avanza despacio siguiendo la imagen mental de la abertura por la que ha entrado. Su hombro izquierdo se golpea con la jamba de la puerta. A ciegas, de rodillas aún, se endereza y sale. La luz de un farolillo en el terreno lo despierta, lo hiere, le fustiga los sesos como una cuchilla de fuego, los abrasa. Se incorpora, abre los ojos y se aleja corriendo, aterrorizado por el edificio que siente tambalearse a sus espaldas. Huye de la absurda casa que le ha mostrado el abismo en el que se hunde el infinito juego entre lo real y lo irreal.

El terreno se eleva delante de su recorrido y la cuesta resbaladiza lo obliga a disminuir la marcha. Arbustos de laurel y espino blanco marcan el camino hacia un claro poblado de seres de piedra. Entre las encinas y los nogales habita el elefante. Sobre su poderosa espalda se levanta una torre, su trompa aferra el cuerpo extenuado de un legionario. Junto a él, el dragón alado, épico centinela de piedra, la severa fuerza de la roca enfrentada al perro, al lobo y al león.

En los ojos del cazador aparecen el horror y el asombro, está a merced de esos colosos impasibles. Después esa descabellada combinación de criaturas, árboles y piedras llenas de musgo se disuelve en un remolino que lo engulle y lo arrastra hacia abajo, hacia el espacio de las visiones.

Ahora no, no puede *cambiar* en este momento.

Demasiado tarde. Nota ya cómo las tres fieras gruñen, desgarran las patas del dragón, a la vez que el paquidermo sacude su tentáculo gris partiéndole la espalda al hombre que ha atrapado. El cazador ya no respira, aprieta las manos contra las sienes; se le doblan las rodillas, las piernas le tiemblan. Algo lo atrae. El imán. Una fuerza que lo desplaza, que hace que se tambalee, que lo arrastra hacia ella, y entonces se da la vuelta y el misterio de las estatuas se desvela frente a sus ojos en una última alucinación. Una rama muerta se rompe bajo su peso, mientras se acerca a la meta acostumbrada.

Las sombras del inconsciente se disipan bajo la bóveda de los árboles descomunales. Ahí está. Inmenso y fuerte, con la mirada alucinada y severa, con la voz enronquecida por el follaje, el monstruo lo espera en el centro del claro. El muchacho con los ojos de cielo se encuentra por fin ante la enorme boca desencajada, feroz, voraz.

En ese universo caprichoso e imaginario, en el jardín irreverente, habita el monstruo de los monstruos. Es el Orco que construye la noche, mastica el miedo, exhala el caos y vive de la muerte.

El cazador se acerca despacio. Retrocede, cada paso lo devuelve a años, meses, días atrás; cada paso representa un sobresalto, un peldaño en la escalera que se hunde y que desaparece en el pozo de la infancia. *El pelo corto y la sensación de un rostro femenino.* Después, ese terror que lo paraliza. Negrísima, la mancha negra se arrastra dentro de él como un topo, desgarrándolo, día tras día. Durante años. Desde los días de su celda, el devorador, el Orco, no le ha dejado tranquilo ni una sola noche. Ahora, por fin, él liberará a la tierra del último hijo del caos. Aunque no sea más que un niño solo y asustado, la transformación le hace fuerte, como siempre ha ocurrido. Esta vez, incluso él sabe que será diferente.

Porque esta vez, allí fuera, hay monstruos de verdad.

La punzada que le quiebra el estómago no es miedo. Es un sentimiento de culpa, el peso insoportable del pecado. Desconoce el mal que ha hecho a ese rostro de mujer. ¿En qué se ha equivocado? Solo sabe que, de pronto, se siente angustiosamente culpable. Después, incluso ese dolor desaparece y vuelve a hallarse en el mundo alucinado en el que él es quien provoca el miedo, él, quien mata. ¿Podrá el hechizo de la metamorfosis que lo domina derrotar al último monstruo? Ahora descubrirá el enigma que vive dentro de esas impúdicas fauces.

Ahí está, ya sale, negro como la noche eterna. Despiadado como el infierno.

El Rey del Caos.

70.

Bomarzo, Parque de los Monstruos

En el corazón de esmeralda de Bomarzo, un castaño de indias se cierne sobre la boca desencajada del Orco. En lo alto, suspendido como el cable de un funambulista, el eco de las partículas de polvo.

El comisario y su equipo se encuentran en el bosque sagrado. Él mismo ha estudiado el plano, ha repartido las tareas, asignando las zonas de búsqueda. Aquel lugar parece un completo absurdo. Y, una vez más, razona mientras avanza en la oscuridad, su recuerdo va unido a su padre, al volumen que tenía en el salón, en la estantería con libros de viajes, y a la excursión con su madre. Tenía siete años, las imágenes se le presentan desenfocadas, pero pervive la extraña emoción de esas estatuas. Los monstruos de piedra... Lo siente dentro, aquí dará con su hombre. Otro niño de siete años que se ha extraviado entre los ídolos y los fantasmas de la infancia.

Avanza hacia el claro que ha memorizado. Ha mandado a Caterina, a Alexandra, a Antonio y a Walter a cubrir los cuatro puntos cardinales del plano del parque. Les ha ordenado que avancen despacio hacia el centro en busca del Escultor y que empleen las alarmas acústicas y las Beretta si es necesario. Él, Mancini, se halla más o menos en ese centro ideal de su plano mental.

Y cuando oye cómo se mueven las hojas y cómo se quiebra una rama en alguna parte de los alrededores, comprende que no está solo.

Entra en la boca del Orco. Rápido. Y permanece a la espera. Apenas respira, oculto detrás de la mesa de piedra que hay en el interior de aquel antro.

Un crujido lo avisa de que se aproxima.

Echa una ojeada fuera y lo ve acercarse lentamente. El Escultor parece confundido, se tambalea. Durante unos instantes, el corazón de Mancini se encoge con un absurdo sentimiento de culpa. Pero no queda tiempo. Ahoga ese impulso y sale de la boca del Orco. Baja los tres escalones que lo separan de la hierba empapada de rocío.

El cazador de monstruos coloca un pie delante de otro siguiendo una línea imaginaria, vencido por el estado de trance. El dolor en el estómago es fuerte, pero es la cabeza la que grita ahora, las sienes las que le estallan, la presión en el interior del cráneo la que deforma percepciones, sensaciones, emociones.

Mancini levanta los brazos, como si estuviera frente a un enorme animal al que debe espantar. Y avanza un paso y se detiene. Con el jersey negro sobre los vaqueros negros. Nada más que una silueta oscura.

El cazador de monstruos *cambia* para la última caza. Pero esta vez el mundo le espera tal como es. A la izquierda, el dragón y el elefante han ganado sus propias batallas y se mueven ahora a través del prado para llegar hasta el Rey del Caos. Por el otro lado del claro se acercan las esfinges, grotescas en el imperfecto vuelo de la toba. Se posan en la encina más alta, listas para descuartizarlo.

Mancini da otro paso y se detiene. A sus espaldas algo se mueve. Ya han llegado los demás. Hubiera querido que fuera todo para él, pero a esas alturas no puede echarse atrás. Se esconden. Les había advertido que no interfirieran si se encontraba cara a cara con su hombre. Walter intervendrá solo si las cosas se ponen feas. Detrás de una enorme piedra abandonada, Antonio custodia a Caterina y a Alexandra.

De repente, el chico con los ojos de cielo se percata de que Pegaso, la ballena y la tortuga se le abalanzan por detrás. Está rodeado. Ya no puede escapar y no quiere hacerlo. Delante de él, el Rey del Caos le espera con los brazos abiertos. Es su viejo truco, recibirlo como a un hijo para estrecharlo y arrastrarlo a la boca del Orco. No cederá al deseo de ese abrazo. Las punzadas se transforman en rabia, los globos oculares palpitan por la presión, los dientes rechinan y retienen la espuma del odio.

El comisario mira fijamente al hombre que tiene delante. Es él, el mismo de la noche de Lamia. El que ha asesinado a no se sabe cuántas personas, el que ha dejado ciega a una mujer, el que ha matado a un fraile. El mismo que huyó del convento hace tres años. El que se cebó con el viejo maestro de Enrico y el que esta noche se despedirá del mundo de una vez por todas.

El cazador dobla la cabeza hacia un lado, como si un martillo gigante se abatiera sobre ella, y aúlla. Es la señal, el último combate acaba de empezar. Se agacha como un lobo furioso y arremete con la cabeza baja.

Cuando el grito rompe el silencio, Mancini no hace ni el más mínimo movimiento; aguarda a la fiera, con el viento que remolinea alrededor del claro y se pierde entre las encinas. También los miembros del equipo permanecen inmóviles. Solo Walter ha sacado el arma.

Los separan diez metros. El cazador los cubre en un instante, vuela sobre sus piernas y prepara el golpe, el que falló la primera vez. La mano derecha se halla lista para cortar.

Mancini se mueve un instante antes de que su adversario se abata contra él. Se desplaza cincuenta centímetros y la mano del asesino, dirigida a la garganta, de donde la vida mana rápida, le silba al lado de la oreja izquierda, mientras el codo golpea la nariz del comisario.

El cazador se echa hacia atrás y vuelve a intentarlo, pero cambiando de blanco. Esta vez lo atravesará.

Porque Mancini tiene ahora las manos en la cara, el golpe le ha roto los cartílagos nasales. Se dobla hacia un lado, en busca de sus compañeros.

Comello sale de su escondite.

El cazador apunta al vientre, su enorme objetivo parece despejado, a su alcance. El rey está a punto de abdicar.

Mancini ve cómo la mano afilada se lanza; la espera. El antebrazo del joven Escultor horada la defensa como si fuera mantequilla y la mano se hunde a la altura de las vísceras. Supera el jersey, avanza y se clava en las primeras capas de piel.

El Rey del Caos se encuentra con el rostro del otro a su lado; ojos contra ojos. Y entonces se agacha y lo agarra del pecho. Aprieta con fuerza para quitarle el aliento. El cazador se ve sorprendido. El abrazo le corta la respiración y una arcada le sube a la boca. Consigue soltarse, pero el rey se incorpora, grande y negro.

Mancini contrae pantorrillas, cuádriceps y dorsales y lo lanza hacia atrás. Lo hace con toda la rabia, el odio, el amor que lleva dentro, como si se sacudiera de encima quintales de piel muerta que lo ahogan. Y también grita contra el cielo estrellado.

El cuerpo del asesino vuela como una piedra y su carrera acaba entre las piedras. Aterriza sobre las escaleras del antro del Orco, con la boca desencajada, a la espera. El estruendo de los huesos contra las piedras abre de par en par el horror. Cuando Mancini se le acerca, él apenas se mueve. Le agarra la cabeza, con la imagen del profesor sobre el carro de Baco en los ojos, y le suelta un puñetazo en la barbilla.

En vez de rematarlo, el golpe lo despierta. El cazador ve el final y lucha como un león. Lanza hacia arriba la mano con el arma y esta vez el formón con el mango de madera y la hoja curva alcanza su objetivo. El desgarrón no parece profundo, pero afecta al cuello.

Mancini se tambalea hacia atrás, los huesos le crujen de dolor. El asesino se pone de rodillas y se arroja contra el comisario. Cuando caen por tierra, Mancini se ve con la nuca contra el suelo y las estrellas volando en círculo en un movimiento que le asquea. Sobre su pecho, las rodillas del asesino. Con su mano aferrada a la garganta.

Después, un grito hace añicos la acción.

71.

Bomarzo, Parque de los Monstruos

—¡Angelo!

Las tres sílabas salieron lanzadas como saetas hacia el centro del claro, mientras Alexandra aún permanecía escondida detrás de la roca con Caterina y Antonio. Cuando alcanzaron su objetivo, Alexandra salió de allí y corrió hacia la boca del Orco.

—¡Quieta! —le gritaron sus compañeros ocultos.

Ella dio unos pasos más y se detuvo a pocos metros de los dos. Mancini parecía haberse desvanecido y tenía los ojos cerrados.

El cazador de monstruos la analizó con los ojos corroídos por el mal y por la pregunta que lo devoraba. ¿Qué significaba ese nombre?

El eco de esa duda lo devolvió a la ciénaga de las sombras, a la del recuerdo más oscuro.

De la superficie fangosa se yergue el cuerpo diminuto de un niño. Tiene cinco años. No sabe cómo, pero está seguro. Tiene el pelo rubio ceniza, cortado a tazón, los ojos extraños. A su lado emerge un cuerpo de mujer, flota sobre el légamo pútrido, con la melena rubia extendida en abanico. Abre los ojos y se yergue empujada por una fuerza invisible. Se encuentra de pie al lado del pequeño. Lo acaricia y él nota un calor repentino, intenso, le gusta, invade los intersticios entre los huesos y la piel, conquista músculos, carne, órganos. Ya no le duele la cabeza. Nada de dolor en los oídos. Pero algo sucede. Tan repentino como una ráfaga de viento, el niño *cambia,* y él siente frío. Sigue mirando dentro de esa esfera repleta de sombras, nieblas negras, polvo oscuro, y allí, donde está su ciénaga, ve cómo el niño se transforma en un pequeño monstruo despiadado, con los dientes finos e irregulares como cristales rotos. El ruido lejano de los gritos. Después, todo desaparece.

El cazador de monstruos se hallaba de nuevo en el claro del Orco.

—Angelo. Soy yo.

La observó inclinando la cabeza, como lo haría un animal herido, incapaz de comprender.

—Soy Alexandra.

Los tres que estaban escondidos salieron de la vegetación. Comello avanzó despacio a espaldas del asesino con la pistola en la mano.

—¿Te acuerdas de mí?

La pregunta permaneció suspendida, en el silencio atónito del chico.

—Soy tu hermana.

Walter se detuvo, buscando con la mirada a Antonio y a Caterina. ¿Había oído bien? Los otros observaban la escena que se desarrollaba a pocos metros de ellos. Antonio estaba quieto, con los brazos colgando de sus costados y la boca abierta.

El cazador agitó la cabeza para espantar los recuerdos que lo arrojaban dentro de su mundo confuso. Y dentro de ese mundo confuso algo se quebró, la bóveda oscura del cielo se desgarró y dejó pasar una luz débil. La mujer flotaba de nuevo sobre el agua pútrida, pero ahora todo estaba más claro. Tenía la garganta cortada. Y las lágrimas, los gritos que había oído eran los de un hombre. Y los de una niña.

—He vuelto a por ti.

Otra grieta se abrió en la esfera negra y un haz de luz sorprendió al niño de pie junto a la mujer muerta, al hombre y a la niña.

—Fue papá. Lo hizo por tu propio bien, Angelo.

¿Era ese su nombre? Lo había olvidado. Nadie lo llamaba así desde entonces. Pero esa niña era esta mujer, no le cabía ninguna duda.

—Yo te maté.

Las palabras salieron solas, no de su boca, sino de su mundo alucinado, en el que la realidad no existía. Recuerdos, sueños, visiones, navegaron juntos llevándose consigo a los monstruos, la celda, al viejo fraile y, más atrás, a la mujer muerta, a aquel hombre que, ahora lo recordaba, era su padre. Y esa niña, claro, era Alexandra. Su hermana.

—No, Angelo. Estoy aquí. He venido a por ti.

—Yo te hice mucho daño. Por eso papá me mandó lejos de casa.

Caterina no daba crédito. ¿Debía echarse a llorar o sentirse horrorizada ante lo que estaba escuchando? Antonio la sujetaba junto a él, estremecido: ¿quién era Alexandra? ¿La mujer de la que se había enamorado o la cómplice de ese asesino? Walter dio otro paso. Mancini se había espabilado, pero era incapaz de moverse. Tenía el cuello agarrotado.

—Sí —continuó Alexandra—. Así es. Pero ahora estoy aquí. Lo que pasó no importa. Papa ya no está. Y tú necesitas curarte.

El comisario desplazó los dedos de la mano. Lentamente, dejó que ese movimiento llegara a los músculos de los brazos. No había sufrido daños.

—Angelo —Alexandra hablaba como se hace con los niños—. Has matado a gente inocente.

El rostro del chico empalideció y una luz nueva encendió esos ojos.

—¿Inocentes? Ninguno lo era. Los monstruos son el mal, el desorden. Los maté para defenderme, Alex, y ahora acabaré con él —dijo señalando a Mancini, que se detuvo—. El orden de las cosas volverá a ser el del Señor. Y yo me sentiré bien de nuevo. Me iré al convento, con mi verdadero padre.

Mancini movió una pierna y el cazador lo fulminó con una mirada. También la de Alexandra se cruzó con los ojos negros del comisario: parecían trastornados por el dolor, pero había algo más.

—Angelo... —empezó a decir Mancini—. Escucha a tu hermana. Has matado a personas inocentes y has aterrorizado a la ciudad. ¿Era eso lo que querías?

Angelo frunció el ceño y Mancini comprendió que debía continuar.

—Has sumido a Roma en el caos, el mismo caos contra el que luchas. Y, al hacerlo, te has convertido en uno de ellos.

—Pero ¿qué dices, monstruo? —la voz parecía alterada y sonó dura. El chico con los ojos de cielo dejó caer de golpe la mano en el rostro del Rey del Caos—. Tú eres el mal. *Tengo* que matarte.

—No, Angelo, déjalo en paz. Vámonos de aquí —Alexandra hizo un gesto de complicidad al comisario—. Vendrás conmigo y nadie te hará daño. Te lo prometo.

Mancini no le hizo caso y continuó:

—¿No te das cuenta de en qué te has convertido?

El chico con los ojos de cielo escuchaba impaciente las palabras del Rey del Caos.

—Tú también te has transformado en un monstruo.

El impacto fue más fuerte que el anterior y dejó un corte en la ceja del comisario. El cazador lo había golpeado con el mango de su herramienta y Mancini gimió.

—Nos iremos juntos, tú y yo —Alexandra cogió la mano asesina de su hermano y lo ayudó a incorporarse, liberando a Mancini. Igual que un niño, él secundó su movimiento. Después, el abrazo de la mujer le llegó de forma inesperada y el calor repentino que lo conquistó hizo que se dejara llevar.

—¿Dónde está mamá? —le preguntó entre los cabellos, mientras los sollozos lo sacudían.

—Ya no está —se limitó a responder ella meneando la cabeza.

—No fui yo, ¿verdad, Alex?

Allí estaba, su hermanita, sus dos trenzas pelirrojas habían dado paso a una melena perfumada. Era lo que más quería en el mundo. ¿Qué había hecho él para merecerse tanto desamparo? Las lágrimas le afloraron a los ojos y la transformación volvió a comenzar sin que él pudiera detenerla.

—¿De verdad soy un monstruo? —levantó la voz mientras la garganta se le ensanchaba, con la cabeza hundida entre los cabellos y el hueco de la clavícula de Alexandra.

Nadie podía ver lo que ocurría.

—¿Soy un monstruo? —gritó, y las manos saltaron para ceñir el delgado cuello de ella. La cabeza se alejó, junto con el cuerpo, del abrazo, y la cuchilla presionó hasta perforar la piel debajo de la barbilla.

Cuando la mujer gritó, un grito trágico, sin ningún matiz de miedo, la detonación desgarró la garganta del asesino. Y en el oscuro regazo del tiempo, Angelo se quedó en silencio, con la espalda en el suelo. Mancini le había disparado desde abajo, perforando la parte blanda del cuello, aunque sin alcanzar la tráquea.

A Angelo le costaba respirar.

—¿Por qué? —bramó Alexandra.

La bala adecuada en el momento adecuado, pensó Comello en el instante en que la abrazaba. Un segundo después los demás se encontraban a su lado.

—¿Por qué? —seguía gritando ella.

Se soltó hasta quedar de rodillas junto a su hermano. Él levantó la cabeza, despegando la barbilla de su garganta desgarrada. El susurro de la voz se perdió en los misteriosos sonidos de la naturaleza. El dolor y la desolación que dejaba a sus espaldas se mezclaron con el lamento del torrente en el barranco y con el viento que soplaba con fuerza entre las piedras y la espesura. Cuando por fin habló, aquel murmullo cargado parecía venir de un mundo inmerso en la noche eterna.

—Tengo miedo.

¿Dónde se hallaba el hombre que lo había cuidado y protegido como a un hijo? ¿Dónde estaba el padre superior en aquel momento? Entrecerró los párpados y lo buscó, en la oscuridad de su propia conciencia. A lo lejos, guiado por un viento sutil, ascendía el eco de aquella voz: «El caos, hijo mío, es un mal necesario; el padre del miedo, que es el padre de la fe. Sin miedo al demonio, se desvanece el temor a Dios. Sin los monstruos, hijo mío, no existen los héroes».

¿Había luchado en vano?

La voz se apagó y las lágrimas corrieron a empapar el desgarrón. Las pupilas dilatadas, infinitas, buscaban la escasa luz que un farolillo proyectaba a pocos centímetros del peñasco. El rostro transfigurado recobraba poco a poco su forma, la piel de mármol, la boca dulce del sabor de la muerte.

Mancini se acercó al hombre que había estado a punto de matarlo. Al monstruo que había aniquilado a toda una ciudad. Al hermano de Alexandra Nigro. Era ella el elemento que le faltaba, el que había intentado aferrar en casa del profesor, el que intuyó en la Casita de las Lechuzas. Algo que ya había visto. La forma de sus rostros. Y de sus ojos, grandes y penetrantes, el amarillo del sol agonizante en el azul del mar. Un hermano y una hermana.

¿Qué le ocurriría?

—¿Angelo? —le llamó su hermana.

Los oídos de ella recogieron el último suspiro del hombre que tenía delante.

—Alex, nunca he visto el mar —dijo con los ojos de un niño.

El cielo dentro de su mirada se apagó. Una hoja se separó de la rama que había encima de él, cayó dando vueltas y se detuvo entre las manos del cazador, vencido por el último monstruo.

El cuerpo de Angelo, ajeno a la vida, se puso rápidamente rígido para vivir su última transformación. La piel se convirtió en mármol, las articulaciones, en nudos de encina, hasta que solo quedó de él una estatua sin alma. Una estela luminosa cruzó el cielo reflejándose en la única lágrima que había vertido en su vida.

Después, la hora de la muerte lo atrapó y lo arrojó al oscuro corazón de las tinieblas.

Epílogo

La pequeña palanca de mando que había en el brazo de la silla de ruedas estaba desactivada. Se movía impulsada por la fuerza de los brazos de Enrico, que se detuvo ante la verja del palacete. Buscó las llaves y abrió, siguió empujando la silla de ruedas en el breve tramo de sendero hasta la puerta y se dio la vuelta para introducir al profesor dentro de la casa.

Un rayo de luz cálida, a pesar de la nieve que había rociado las ramas y el tejado de la vivienda, inundaba de naranja la figura sentada. Como un sol extraviado, también Carlo Biga acabaría desapareciendo detrás de la línea del horizonte. Pero aún quedaba tiempo. Por el momento, su coriácea cáscara había sabido aguantar y, aunque la parálisis en las piernas y en el brazo izquierdo perdurara, estaba recuperando deprisa la palabra.

—Ya hemos llegado, profesor. En las próximas semanas vendrá un fisioterapeuta para ver cuánta movilidad consigue recuperar en sus extremidades, y un logopeda. La mujer se ha ofrecido a dormir aquí durante una temporada. Después, ya nos apañaremos.

Biga hizo una mueca de desaprobación mientras entraban en la casa. Se había limpiado todo a fondo y no quedaban ya restos de sangre en la alfombra delante del sofá. Mancini se detuvo a observarlo. No parecía muy turbado.

Biga captó la duda en los ojos de su alumno y sacudió la cabeza:

—No te preocupes, no estoy nervioso —dijo rezongando un poco—. ¡Al fin y al cabo esta es mi casa!

La mujer salió de la cocina para recibirlos. Mancini la saludó distraído y siguió observando a Carlo Biga que, con el gorro en la cabeza, miraba el enorme reloj de péndulo.

—Siempre me he preguntado qué tiene de especial ese reloj.

El viejo esbozó una media sonrisa, con los ojos brillantes:

—Es allí donde se esconde la hermana muerte —dijo el profesor, mirando las dos grandes manecillas de bronce—. Pero todavía no ha sonado mi hora. Y además... —un golpe de tos hizo que le temblara la parte derecha del cuerpo—. Ahora tengo tu sangre en las venas —rio con torpeza.

A medida que hablaba, los labios parecían ir soltándosele y Mancini no quería interrumpirlo. El profesor bebió un sorbo de agua del vaso con la pajita que la mujer le había traído.

—Antes de que te vayas quiero decirte una cosa.

—Pues aquí me tiene, profesor —contestó Enrico, agachándose frente a él; con los ojos clavados en los suyos.

—Hay personas para quienes el pasado constituye una dimensión existencial. Mejor dicho, la única. No hablo de los ancianos, como yo, que tienen más pasado que futuro, más camino a sus espaldas que el que les queda por recorrer. No, me refiero a quienes solo son capaces de habitar una única realidad: la del tiempo transcurrido. Para ellos, vivir quiere decir sobre todo poner al día su propio pasado.

—¿Por qué me dice esto, profesor?

Biga le lanzó una mirada cómplice:

—Me parece que ya lo sabes, ¿verdad?

—Creo que sí.

—Pues entonces haz lo que creas que debes hacer —dijo Biga, quitándose el gorro con la mano derecha y lanzándolo al sofá.

—Muy bien, profesor —Mancini se puso de nuevo en pie—. Le dejo en buenas manos. Pero usted pórtese bien.

—¡A sus órdenes!

Fuera, el frío era penetrante y Mancini se sorprendió preguntándose si el profesor llegaría a recuperar al menos una parte de la función motora perdida. En el fondo de su corazón sabía que no iba a resultar fácil y que el trabajo del fisioterapeuta quizá sería en vano, pero lo importante era que Biga siguiera vivo y en plenas facultades mentales. Que siguiera aún allí, protegido por las paredes forradas de madera y de libros de su vieja casa, listo para escucharlo y seguirlo.

Roma, via San Vitale

En la jefatura central de policía, Vincenzo Gugliotti no dejaba de dar vueltas por su despacho. Había recibido la noticia del inspector Comello: el comisario Mancini había matado al Escultor en un tiroteo. Los detalles los conocería por el informe que no tardaría en recibir.

El inspector Comello había procedido a la detención de una persona involucrada en el caso del Escultor: el padre superior de la comunidad de frailes de San Giorgio, en Valnerina, que se había revelado culpable de no denunciar dos muertes —de dos hermanos brutalmente asesinados por el Escultor— y ocultar sus respectivos cadáveres. Puesto entre la espada y la pared por Mancini, el fraile lo había confesado todo.

Vincenzo Gugliotti había leído el breve informe de Caterina De Marchi sobre su inspección en el monasterio de Santa Lucia in Selci, donde el Escultor había permanecido oculto, protegido por la larga mano del padre superior. Los interrogatorios del personal y del director del convento en la diócesis romana habían desvelado la tupida trama de redes mediante las cuales el padre superior había seguido protegiendo a su muchacho, Angelo Nigro, desde lejos.

Como es natural, Comello, o alguien en su lugar, había filtrado la noticia a las agencias de prensa y el superintendente sabía que, desde ese momento, ya no le valdría de nada pasar a escondidas noticias y fotos de las escenas del crimen. Su proyecto para desacreditar a Mancini, de una manera u otra, había vuelto a fracasar.

Walter cruzó la placita y cerró con el mando la puerta del Giulietta. La pared anaranjada del viejo edificio estaba descolorida y servía de marco a la enorme silueta de un futbolista con un balón en la mano y con la mirada dirigida al cielo. Por encima campeaba el letrero BUENA SUERTE, CAPITÁN, flanqueado por un corazón con los colores del Roma. Aquel era el corazón de Garbatella, el antiguo barrio obrero que aún no había olvidado su alma popular. Comello venía de ver al juez que estaba valorando la solicitud de libertad vigilada para Luigi Delgatto: lo excarcelarían la semana siguiente.

Dentro de casa hacía calor, los radiadores ardían y Walter tomó nota de que debía pasarse a la calefacción individual con la paga extra del año siguiente. Se quitó las Adidas y se dejó caer en el sofá, extenuado por los últimos días detrás del Escultor. Cogió el mando a distancia y encendió el televisor. Puso en marcha el DVD y la cara de Giuliano Gemma apareció en la pantalla, sirviendo de telón de fondo a la banda sonora de Riz Ortolani. Walter se incorporó, tan excitado como si la viera por primera vez. Muy satisfecho, se volvió para echar un vistazo al cartel gigante que se hallaba encima del sofá: *El día de la ira,* con las figuras de cuerpo entero de Giuliano Gemma y Lee van Cleef y un Colt enorme. A pesar de que Caterina pensara que todo aquello resultaba vulgar, propio de gente ordinaria, y que encajaba poco con un funcionario público de las fuerzas de seguridad, él no quería desprenderse de ello. Le gustaban mucho los lugares, los ambientes y el profundo sentido de la justicia que empapaban historias como esa.

Cuando el teléfono de pared sonó, Walter se encontraba en pleno trance cinematográfico y se sobresaltó. Se levantó para contestar. Era ella. Se había olvidado de la cita para comer en su casa.

—Dentro de diez minutos estoy ahí —le dijo.

—Te espero —contestó ella, dejando que sus labios se apoyaran en el auricular del teléfono. Luego colgó.

Walter no estaba seguro de haber oído bien. ¿Había sido un beso o solo un crujido? Detuvo el DVD y apagó el televisor. Ya continuaría por la tarde. A menos que Caterina no decidiera que siguieran juntos después de comer. Con la duda impresa en la cara, bajó a la calle y se encaminó hacia el Giulietta. Había oscurecido y en el suelo todavía quedaba aguanieve. De repente, chocó con algo a la altura de la cintura.

—Disculpe —dijo de inmediato, pensando que había atropellado a una de las ancianas del barrio. Agachó la mirada y vio a un chico.

Ese chico.

—¿Niko? ¿Qué haces aquí?

Es verdad. ¿Qué hacía allí? No era su zona, ni tampoco una de las que recorría como vendedor ambulante.

El chico levantó la vista y clavó sus ojos negros en los de Walter, sin temor. Luego, sacó un pañuelo de tela del bolsillo de los pantalones azules de pana que llevaba debajo del pequeño jersey amarillo.

—¿Qué es esto? —preguntó Comello.

Parecía sucio y tenía restos de tierra. En una esquina se veía bordada una «C» y Comello se acordó de que Caterina se lo había regalado a Niko, junto con muchas otras cosas. Le había cogido mucho cariño, pensó, pero no conseguía entender la verdadera razón. Ni que fuera su hijo. Y quién sabe lo que Caterina pensaba de los hijos. Nunca se lo había preguntado.

Comello lo miró con interés, su cara pequeña y tierna, y volvió a preguntarle:

—¿Qué hay ahí dentro?

Niko le tendió el pañuelo y Walter lo cogió. Estaba envuelto por un pequeño lazo. Lo desató y lo abrió sobre la palma de la mano. Se giró buscando la luz del sol. Dentro estaba la pulsera que él le había regalado a Caterina; la que tenía el corazón de oro. «Es como el tuyo», le había dicho ella al encontrársela debajo de la servilleta del desayuno. Sin embargo, después la había perdido en las alcantarillas cuando había resbalado en la cisterna, en medio de las ratas. Niko debía de haber vuelto allí, al laberinto del Minotauro, a buscarla.

—¿Dónde la has encontrado? —la pregunta ocultaba admiración y gratitud. Aquel chico tenía agallas, una cualidad que Walter apreciaba mucho; pero, cuando se dio la vuelta, Niko ya había desaparecido.

Tenerife

La línea plana de la arena quedaba interrumpida por la silueta de algún bañista valiente. El viento doblaba las dos palmeras que resistían a pocos metros del agua. A pesar de que Tenerife no fuera el Caribe, Antonio había tomado la decisión de irse, en cualquier caso, de vacaciones. Él solo.

Después de la muerte de su hermano, Alexandra se había encerrado en su ático, había interrumpido todo contacto con el mundo exterior y estaba a la espera de ser interrogada por segunda vez para aclarar su posición en el caso del Escultor. ¿Había sido su cómplice desde un principio o había utilizado la colaboración con el equipo de Mancini para localizar a su hermano desaparecido antes que la policía? Fuera cual fuere la verdad, Antonio se sentía utilizado. A pesar de ello, había intentado hablar con ella, pero no contestaba a sus SMS. La decepción se había agudizado ante el recuerdo de los recortes de periódico sobre el caso del Escultor que había entrevisto en casa de Alexandra.

En el primer interrogatorio de la joven, mientras Mancini y los demás investigadores le planteaban las preguntas y Antonio la observaba al otro lado de la pared de espejo, había salido a la luz la terrible historia de los dos hermanos. El hecho de que afectara a Alexandra, a su Alexandra, le dejó hecho polvo durante días. Los médicos que habían tratado a Angelo después del asesinato de su madre lo habían encerrado durante meses en una clínica y lo habían sometido a una serie de pruebas. El análisis diagnóstico había resultado concluyente: no había esperanzas de una curación definitiva. Su padre, el escultor metafísico Pietro Nigro, había decidido llevarlo a Estados Unidos, donde seguiría un protocolo médico-psiquiátrico en una institución de vanguardia para enfermedades mentales degenerativas y donde Alexandra se reuniría con sus abuelos maternos, que cuidarían de ella. Sin embargo, las esperanzas eran pocas, y Angelo, días antes del viaje a Estados Unidos, dio muestras de falta de memoria. No reconocía ya a su padre, ni a su hermana, y durante una crisis nocturna intentó matar a Alexandra. Por ello, y contra la opinión de los médicos que aconsejaban su traslado, Pietro Nigro —quien después de la trágica muerte de su mujer había caído en una profunda depresión traumática— decidió que al menos tenía que proteger a su hija. Debía salvarla de ese niño que —estaba profundamente convencido— jamás se curaría del mal que lo afligía, solo Dios podía acogerlo y, acaso, perdonarlo, porque él no era capaz de hacerlo. De modo que lo abandonó en el convento y ofreció al padre superior una considerable suma de dinero, además de incluir instrucciones para que mantuviera a raya al monstruo que incubaba en su interior.

A Antonio se le vinieron a la cabeza el pelo rojo de Alexandra y sus noches juntos, sus charlas en la terraza mirando las estrellas en silencio. Los monstruos celestes, así las llamaba ella, formaban parte de los sueños y de las fantasías que Pietro Nigro había construido para la infancia de sus hijos. Fueron separados con el fin de proteger a Alex y, durante años, nadie en su casa habló del asunto, de modo que la memoria de la pequeña empezó a reconstruir un universo habitable. Un lugar en el que su madre había muerto en un accidente de coche y no asesinada de una puñalada por Angelo en pleno sueño. Un universo del que incluso el recuerdo del hermano quedó borrado. Alexandra era hija única y dejaron Italia por Estados Unidos, para continuar allí la carrera del padre. A medida que crecía, destellos de memoria volvían a fulminar su mente, pequeñas sensaciones, atisbos de reminiscencias. Hasta que se atrevió, ya en la adolescencia, a pedir aclaraciones a su padre, quien se lo confesó todo quitándose aquel enorme peso del corazón.

Cuando murió, su hija regresó a Italia. Lo demás ya era historia y a Antonio no le quedaban fuerzas para recorrerla mentalmente. La imagen de Bruno Calisi, el guarda de la galería Borghese, que observaba aterrorizado el rostro de Alexandra, seguía sin borrársele de la cabeza. Hubiera debido darse cuenta de que había algo equívoco en aquella mujer. Seguía enamorado de ella, pero también esa historia acabaría por alejarse pronto de su vida. Por eso, después de unos cuantos días de sufrimiento, Antonio decidió que ya estaba bien. Buscó en internet y consiguió reservar un vuelo de última hora para Tenerife, donde decían que siempre lucía el sol, incluso en invierno.

Eso decían.

Roma, Montesacro

El cuarto de estar se hallaba en penumbra; fuera, el sol empezaba a ocultarse detrás de los edificios de viale Adriatico. Enrico había metido lo primero que había encontrado en su bolsa grande de viaje. Bajó las persianas de todas las habitaciones, y cuando iba a hacer lo propio con las del cuarto de estar, se volvió para comprobar que no se había dejado nada por ahí. Un haz de luz caía sobre la parte superior de la cómoda e iluminaba el primer cajón. Ese que él, Enrico, nunca había abierto. El cofre de Marisa.

Mancini soltó la bolsa de viaje y entró en la habitación; se fue derecho hacia la mesilla de su mujer. Encendió la lamparita y rebuscó con los dedos en el armazón de madera. Sabía que estaba ahí, colgada de una pata con una cuerdecita. La rozó con la punta de los dedos un par de veces, antes de poder sujetarla. Volvió corriendo al cuarto de estar. El rayo de luz seguía sumergiendo la cómoda y Mancini decidió hacerlo por fin, antes de retirarse a Polino.

Metió la llave y la hizo girar en la cerradura, que saltó dos veces. Enrico tiró hacia él del ancho cajón.

¿Qué era lo que buscaba? Se detuvo, presa de una duda repentina. ¿Estaba exhumando el enésimo fantasma? Antes de que pudiera volver a cerrarlo, sus ojos se hundieron en el cajón y vencieron las bridas de la conciencia.

Decenas de marcapáginas de todos los colores invadían el fondo forrado de papel blanco. Una caja de bombones llena de mensajitos con frasecitas, una funda de gafas, un pequeño cofre con sellos de lacre que le había regalado en un cumpleaños. Y una postal. Que reconoció enseguida. Se la había mandado él desde Quantico la primera vez que estuvo allí, y en ella le tomaba el pelo porque representaba el edificio central del FBI. Le dio la vuelta y leyó: «Pienso en ti incluso desde el otro lado del océano». Debajo de su firma Marisa había añadido con rotulador rojo: «¡Qué postal más romántica!».

No había nada más. Una decepción para Enrico, quien creía de verdad poder encontrar algo, un mensaje del más allá, una señal. Lo que fuera. O tal vez no, y se alegraba de que no hubiese nada más de ella para él. Metió las manos dentro del amplio cajón y revolvió los marcapáginas como si nadara en ellos. Y lo vio.

Un sobre rojo, como esos en los que se meten las felicitaciones de Navidad. Lo sacó. Estaba sellado con lacre ámbar que llevaba impresa una «M» mayúscula. Incapaz de retener las manos, arrebatado por la fuerza automática que lo había obligado a mirar dentro del cajón, rompió el sello.

Una hoja de papel verde claro doblada en dos surgió del abrazo del rojo.

Enrico:
Leerás estas pocas líneas dentro de unos días, semanas o meses. No importa. El tiempo, donde yo estoy, no existe, pero quiero que el que te aguarda sea hermoso y te dé las cosas que juntos no pudimos tener. Me hubiera gustado verte como padre de nuestro hijo. ¡Seguro que hubieras sido estupendo, tan torpe

y serio! Sin embargo, las cosas no salieron como pensábamos, dado que estás leyendo estas líneas.

Las cosas que verás aquí están unidas a nosotros dos. Incluso los marcapáginas, que me traía de nuestros viajes por Italia. Guárdalas para siempre, forman parte de nuestra vida juntos, son muy importantes para mí. Prométeme que las dejarás aquí dentro. Prométeme que cerrarás este cajón. Y que volverás a vivir, amor mío. Los últimos meses han sido más duros para ti que para mí, créeme. Quiero que vuelvas a ser feliz. Lo deseo con todo mi corazón, con toda la energía que mi cuerpo aún me permite transmitir, aquí en este pequeño trozo de papel. Eugenio Montale (¡es un poeta!) decía que las cosas de todos los días, nuestros objetos, son como símbolos vivientes de nuestros sentimientos, de nuestras emociones, de nuestro amor y, por suerte, nos sobreviven.

Por eso, amor mío, consérvalo todo aquí dentro, pero tira la llave, quema esta carta y sé feliz.

Marisa

Roma, Trastevere

—¿Quién te ha dado esto? —le preguntó Giulia a Marco, señalando una mochila muy vistosa con la cabeza de Spiderman asomándose detrás de una casa.

—Me lo ha dado él.

—¿Él? ¿De quién hablas?

—El señor del kárate.

—¿Tu maestro? —preguntó ella.

—No. Ese amigo tuyo alto y que habla tan poco.

Ese al que Marco llamaba su amigo no podía ser su padre, su expareja que la abandonó al descubrir que se encontraba embarazada de Marco. Lo había arrinconado o, mejor dicho, fue él quien se quitó de en medio, y resultaba evidente que no volvería. No le importaba absolutamente nada de su hijo. Y era mejor así.

—¿Es el papá de algún compañero tuyo? —preguntó con cierto tono de preocupación en la voz.

—No, mamá, es ese amigo tuyo. Ese que vino a recoger los guantes a casa —contestó sonriendo, y Giulia tuvo que enfrentarse a un rubor tan inesperado como las palabras de Marco.

—¡Ya ha venido otra vez a verme! —exclamó satisfecho el niño; después lanzó un puñetazo y se colocó en posición de guardia.

Ella estaba confundida.

—¿Y qué te dijo cuando te dio la mochila?

—Nada —respondió él lanzando una patada frontal; pero se corrigió enseguida—. Solo que a él también le gusta el kárate, y que si yo quería podía ir a verme de vez en cuando, o también a recogerme para llevarme a casa.

¿Sería posible?

—¿Y tú que le has contestado?

—Que antes tenía que ir a casa a preguntártelo a ti.

Esta vez, la sonrisa de Marco iba dirigida a ella, con los ojillos cómplices reluciendo de alegría. Por un instante, Giulia se sintió como él, pequeña y cuidada. La sensación que le provocaba su hijo era la misma que le transmitía su padre, y una oleada de dulce melancolía la invadió. Se agachó y tomó la carita de Marco entre las manos. Lo miró como no lo había hecho hasta entonces. Su hijo se había convertido en todo un hombrecito y ya era hora de que él también tuviera un padre.

Polino

Reclinado sobre los brazos, Mancini cerró los ojos y apoyó la frente en el cristal mojado. Al igual que el viejo castaño del claro, a él también le había caído encima un rayo, la furia del azar. Y, al igual que ese árbol, había sobrevivido y, tal vez, en el invierno de su corazón sembrara esquejes que algún día germinarían.

Inspiró el olor húmedo del cristal. Abrió despacio los párpados y, al cabo de un instante, las pupilas empezaron a escrutar el prado distante en busca de la encina. Pasaron unos segundos y le pareció reconocer el tronco del árbol que él mismo había plantado. Era casi invisible, pero sabía que, con los años, extraería savia de esa tierra fecunda y acabaría creciendo, penetrando en ese suelo nuevo, echando raíces profundas y agitando los brazos enhiestos contra aquel cielo que el halcón, silencioso, vigilaba.

Se acercó a la chimenea. Estaba encendida y desprendía llamaradas ardientes. El grueso trozo de leña del fondo calentaría la casa hasta la mañana siguiente. Se sentó en el sofá y tomó la carta de Marisa en sus manos. Se quedó mirándola durante un largo rato y, justo cuando iba a abrirla, venció el deseo de volver a leerla y la arrojó a las llamas. El papel verde se volvió rojo y al cabo de un momento ardió en el abrazo del fuego que la devoró para siempre.

Nota del autor

La forma de la oscuridad prosigue la senda iniciada con *Así es como se mata,* entre las calles, los pasadizos, los monumentos clásicos y postindustriales, el arriba y el abajo, el acero y el verde de Roma. Si *Así es como se mata* representa un libro sobre el sentido (relativo) de la justicia y versa sobre la falta de humanidad a la que son capaces de llegar los hombres, *La forma de la oscuridad* afronta el tema de la realidad y su doble: la ilusión, la visión, la transformación. Justicia y realidad, dos ejes del pensamiento occidental, dos conceptos centrales sobre los que se fundan nuestras sociedades, se ven sometidos a discusión en estas novelas por la fuerza perturbadora de agentes negativos externos: los asesinos en serie.

La idea de *La forma de la oscuridad* nació de una definición de Jung que siempre me ha fascinado, según la cual la realidad, al contrario de lo que, por lo general, creemos, se presenta como algo escurridizo, algo que la psique recrea constantemente para hacerla domesticable, digerible: «Nuestra mente consciente recrea de forma continua la ilusión de un mundo exterior configurado de un modo claro, "real", que constituye la fuente de muchas otras percepciones».

El telón de fondo contra el que se mueven los personajes del equipo de Enrico Mancini, y el Escultor, es esta vez la Roma de los palacetes y de los parques, lugares antiguos y modernos en los que habitan los fantasmas del tiempo. La galería Borghese, en el homónimo palacete, reúne grandes obras de Bernini, Tiziano y Caravaggio, y Villa Torlonia alberga la mágica y pintoresca Casita de las Lechuzas. Sin embargo, junto con estos parques antiguos, existen otros *sui generis* que conservan los fragmentos de la memoria infantil, de los cuentos de hadas, del sueño y, resulta obvio, de los miedos. El parque zoológico y el viejo LunEUR, el parque de atracciones de la capital. Todos ellos son lugares que custodian desde siempre algunos de los símbolos de la alteridad: las formas surrealistas de los animales exóticos y las fantásticas de los monstruos de nuestras pesadillas.

Y los monstruos constituyen las criaturas perturbadoras por antonomasia. Etimológicamente, son portentos de la naturaleza y, en cuanto tales, encarnan la irrealidad, la fantasía. Más en general, expresan la manifestación de lo que está fuera de lo común, de algo que viola las leyes de la naturaleza y el propio sentido de la realidad. Admonición, presagio o espantosa maravilla, el monstruo se sitúa, en cualquier caso, más allá de lo humano, de lo natural, de lo real, como una esencia ambigua y esquiva que alude y remite al otro tema de esta novela: la transformación, tal como emerge de las literaturas antiguas. Estoy pensando en los pobres compañeros de Ulises, convertidos en cerdos por la maga Circe en la *Odisea,* recuerdo la fascinante carga de fantasía en las *Metamorfosis,* de Ovidio, o de *El asno de oro,* de Apuleyo. El paso de un estado a otro, la hibridación entre hombres y animales, animales y animales, la esfinge y el centauro, la quimera y el hipogrifo. El tránsito de formas desde lo divino hasta lo humano, a través de miles de mutaciones animales que han fascinado a generaciones de lectores.

Son sugestiones que han concurrido para imaginar una novela que tuviera en su seno esta condición de ambigüedad y de transformación. Y, en cierto modo, *La forma de la oscuridad* es también un libro en transformación. Sus protagonistas, de una manera o de otra, se hallan todos de viaje para cambiar, para convertirse en algo distinto a lo que eran. Todos atraviesan un cambio de estado que se capta en su devenir.

Y no solo ellos. No puedo hacer caso omiso, en efecto, de la importancia de mi viaje, de mi propia mutación, en el momento de la concepción de *La forma de la oscuridad.* Empecé a escribirlo mientras viajaba por la Italia de las librerías para presentar *Así es como se mata,* mientras yo también, por lo tanto, me enfrentaba a una metamorfosis fundamental: la de pasar de trabajador del sector editorial, editor y traductor, a escritor.

Si bien los miedos, la noche, los monstruos, las visiones, el vértigo de las pesadillas me han acompañado en este año agotador y dichoso, gracias a los lectores y a los libreros que he podido conocer he conseguido transformar todo ese material imaginario en la novela que ahora el lector tiene en sus manos.

Agradecimientos

A mis hijos, Zoe y Tomás, y a mi Paola. Juntos somos un equipo invencible, una alianza cotidiana contra las asechanzas de la realidad. A Annarita, por los libros y la vida. A Gherardo, por la voluntad. A Paola Babbini y sus espléndidos noventa y tres años. A mi Isabella. A la pequeña Chiara. A Giorgio, Liviana y al pequeño Mario, por su afecto y las comidas juntos.

A Fabrizio Cocco, mi necesario demonio de la guarda. A Stefano Mauri, mi editor. A Giuseppe Strazzeri, mi director editorial. A Alessia Ugolotti y al equipo editorial de Longanesi. A Raffaella Roncato y a Tommaso Gobbi, por su enorme paciencia. A Graziella Cerutti, nunca dejaré de darte las gracias. A Giuseppe Somenzi y a su equipo, que recorren Italia por mí.

A Laura Ceccacci, a sus necesarios cuatro cuartos y a la absurda alquimia Tauro-Libra. A Giorgio Amendola, mi extraordinario asesor psicofilosófico, capaz de desvelarme el espejo de este libro. Y sus mil reflejos.

A Giulio Vasaturo, por sus consejos criminológicos (¡como siempre, me incliné por la ficción!).

A Luigi Nava, asesor farmacológico atento y severo.

A Chiara Lucarelli, por esa charla que ella sabe, y a Valeria Maccarone por sus consejos.

A mi alcalde, Enzo Matteucci, por esa mañana en Polino entre troncos y raíces. Y a su estupenda familia.

A Alba Maiolini, mi amiga romanomilanesa.

A Nicola Ugolini, Eleonora Bonoli y Walter *Neqrouz* Comelli.

A Manolo el Carterista y sus peligrosas cuchillas.

A mis ciudades. Roma, Polino, Terni, Latina, Dublín. A Grottammare, que me ha adoptado, que en verano me alimenta y, sobre todo, calma mi sed.

A mis amigos de ayer y de hoy, Enrico *Drinkerrum* Terrinoni, Ronnie *Redneck* James, Corrado *Red Ribbon* Quinto, Andrea *Ploughboy* Binelli, Andrea *Honest* Terrinoni, Andrea *Waster* Comincini, Daniele *Djalma* Casella, Antonio *NMM* Positino, Neil *Thelastpint* Brody, Vincenzo *The Hat* Brutti, Daniele *The Voice* Masci. *Up the Irons!*

A mi profesor, Carlo Bigazzi.

A mis editores extranjeros por su espléndido trabajo y el entusiasmo con el que me reciben en mis viajes por Europa.

A todos los amigos escritores que me presentaron en la larguísima gira de presentación de *Así es como se mata*.

A MIS libreros y a sus extraordinarios corazones. Sin su abracadabra la magia que vive en mis libros no pasaría de mero truco de feria.

A MIS lectores. Mis historias son para vosotros. Mis personajes, mis palabras.

A Giovanna De Angelis, que me sigue paso a paso.

A mi madre. A pesar de todo, la sigo echando de menos.

A la ficción, al vértigo, a la ilusión.

Ad astra per aspera

Índice